KB150422

열일곱,
열일곱 아이들의
열일곱색 이야기
꿈의 비바체
[vivace: 빠르고 경쾌하게]

열일곱, 꿈의 비바체

초판 1쇄 인쇄_ 2010년 5월 25일 | **초판 1쇄 발행**_ 2010년 5월 30일
지은이_포산고등학교 꿈꾸는 아이들 1기 | **엮은이**_최희숙
펴낸이_진성옥 · 오광수 | **펴낸곳**_꿈과희망
디자인 · 편집_김창숙, 박희진 | **마케팅**_김진용
주소_서울특별시 용산구 원효로 1가 112-4 디아뜨센트럴 217
전화_02)2681-2832 | **팩스**_02)943-0935 | **출판등록**_제1-3077호
http://www.dreamnhope.com| e-mail_ jinsungok@empal.com
ISBN_978-89-90790-97-2 43810 | 값 13,000원

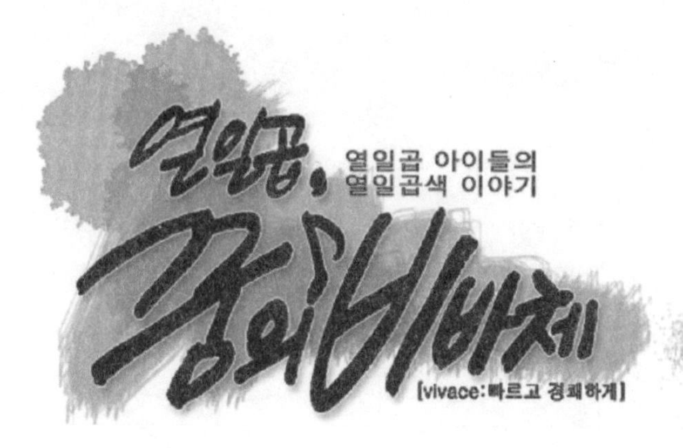
열일곱,
열일곱 아이들의
열일곱색 이야기
꿈의 비바체
[vivace:빠르고 경쾌하게]

꿈과 희망

책머리에

미래에 대한 꿈은 우리의 오늘을 밝혀 줍니다. 아무리 어렵고 힘든 일이 있어도 좌절하거나 괴로워하지 않고 즐거운 마음으로 노력하게 해 주는 것이 미래에 대한 꿈입니다. 꿈이 있는 사람은 어떤 상황에서든 밝고 행복합니다.

꿈은 여러 번 변합니다. 가치관과 시대의 변화와 자신의 상황과 능력에 꿈을 맞추기에 그럴 것입니다. 가치관과 시대의 변화에 따라 꿈을 바꾸는 경우는 괜찮지만, 자신의 상황이나 능력 때문에 꿈이 바뀌는 것은 매우 아쉬운 사실입니다. 분명한 꿈을 가지고 확신 있는 삶을 꾸려 나가는 사람은 자신의 상황과 능력을 꿈에 맞게 맞추어 나갑니다. 그래서 꿈을 일찍 정해서 노력하는 것이 중요하지요.

여기 열일곱 명의 소중한 꿈이 아름답게 펼쳐집니다. 꿈을 찾아가는 현재의 고민과 미래에 꿈을 이룬 자신의 모습에 대한 즐거운 상상과 세상에 대한 소망이 이 책에 그려지고 있습니다. 각각의 꿈도 다양하여 열일곱 명의 열일곱 가지 꿈이 우리의 마음을 끌어당깁니다.

자신의 꿈을 정해서 그것에 대한 이야기를 써 내려가는 동안 열일곱 명의 주인공들은 매우 행복했다고 합니다. 자신을 돌아보는 계기가 되었고 꿈을 이루었을 때를 상상해 보는 것이 무척 기뻤다고 말합니다. 그래서 학업에 좀 더 몰두할 수 있었고 학교생활을 더 즐겁게 할 수 있었다고 이야기하는 것을 들었습니다.

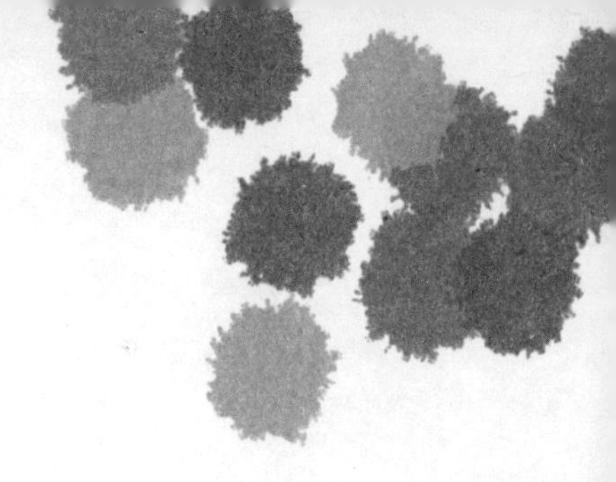

꿈을 가진 사람은 행복합니다. 모든 것에 긍정적이고 자신의 일에 최선을 다합니다. 그리고 주변의 사람들을 배려할 줄 압니다.

이번에 책쓰기를 통해 꿈을 펼친 열일곱 명의 학생들이 그 꿈의 나래를 접는 일은 일어나지 않길 바랍니다. 또한 그 꿈을 이루기 위해 변함없는 자세로 열심히 생활했으면 합니다. 자신의 꿈을 책으로 펴내는 과정에서 느꼈던 감동과 결심의 전율을 오래도록 기억할 수 있길 소망합니다.

열일곱 명의 꿈 이야기가 한 권의 책으로 나오게 된 것을 진심으로 축하합니다.

2009년 12월 30일
포산고등학교장 김호경

목차 contents

Ⅰ. 꿈의 Overture 9

1. 솔직한 이야기 _ 김서영 11

2. Just my style _ 권주희 25

3. 도란도란 _ 김경민 57

4. from me to me _ 전재량 69

5. 해류뭄해리 _ 배유리 81

6. π _ 장은진 95

7. 세상의 날개 _ 박영주 130

8. Dream Or Dream _ 안효숙 142

Ⅱ. 꿈의 Ballade 157

9. Musical Producer _ 박현아 159

10. 내가 세상에게 바라다 : 그 곳에 꿈이 있었다 _ 최미현 175

11. 화분 _ 김은비 209

12. Dream Maker _ 임준수 227

13. 달맞이꽃 _ 엄지혜 245

14. 잿빛세상 _ 윤상은 264

Ⅲ. 꿈의 Nocturne 289

15. 별 _ 강준현 291

16. Intersection Point of X _ 황다정 305

17. 자연철학의 희성적 원리 _ 박희성 331

꿈의 Overture

솔직한 이야기

김서영

1

"철수가 밥을 먹습니다."

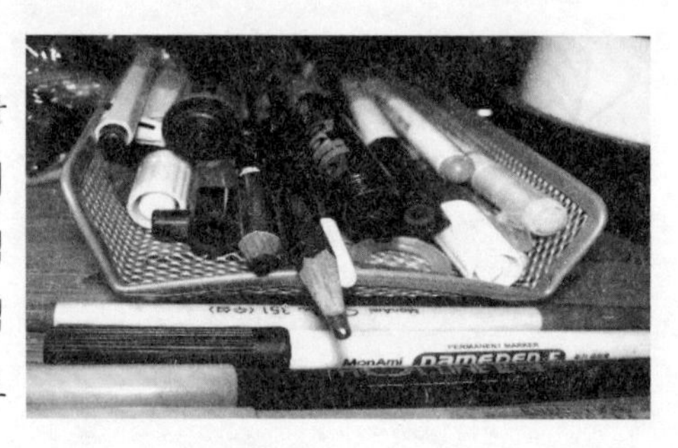

어릴 적 나는 선생님이 또박또박 읽어주시는 문장을 들으면서 열심히 받아 적었다. 찢어질 듯 세게 눌려 적힌 종이와 심하게 꺾인 글자는 아직 어눌한 나의 글쓰기를 고스란히 보여주고 있었다.

뾰족하게 깎인 연필심이 그려내는 섬세한 선. 날카롭게 도도하던 뾰족한 연필심이 종이 위 흔적으로 남겨지던 모습. 난 뾰족 연필이 좋았다.

그러나 날카롭고 자존심 세던 연필이 점점 뭉툭하고 굵어지면서 우둔해지는 모습을 보면서 괜히 나 자신도 미련해지는 것 같아서 조금만 써도 글씨가 굵어지면 바로 연필깎이로 뾰족하게 깎았다.

그러던 어느 날 시간이 흘러 샤프의 존재를 알게 되었다.

처음 마음먹었던 것과 달리 시간이 지나면 사람들 앞에서 점점 작아지고 미련해지던 날 닮은 연필이 아닌, 언제나 한결같이 뾰족한 자존심을 내세우는 샤프를 동경하게 되었다. 더 이상 자신에게 연필은 어울리지 않는다는 듯 샤프로 어려운 수학문제를 풀던 중학생 언니처럼 당당하고 멋있어 보이고도 싶었다. 무겁고 어색하던 샤프였지만 그 뾰족하고 당당한 자신감을 나도 누릴 수 있을 것 같아 나에게 버거워도 계속 쓰고 또 썼다.

그러다가 어느 순간 항상 어딘가 불편하고 무겁던 샤프는 깔끔하지는 않아도 정성이 담긴 나의 글씨체를 바꾸어버렸다. 애정이 들어간 꺾어 쓰기는 어느 순간 없어지고 또박또박하던 글자들은 쓰기도 귀찮은 듯 의미 없는 선처럼 아무렇게 나 그려지게 되었다. 바뀌어져 가는 글씨체처럼 내 마음도 목표도 삶의 즐거움도 점점 흐려져 가는 것 같았다.

2

똑딱똑딱…째깍째깍…

시간은 절대 멈추지 않는다.

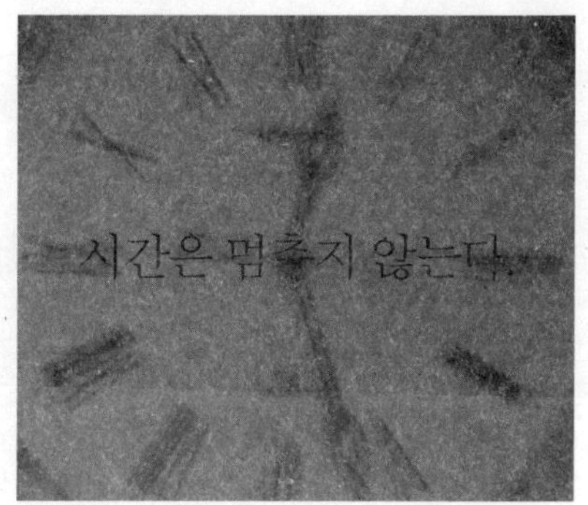

간혹 시계바늘이 멈춰 건전지를 가는 순간에도 시간은 흘러간다.

이 세상에 인간으로 태어난 이상 영원히 벗어날 수 없는 시간의 굴레에 갇혀 끊임없이 움직여야 한다. 쳇바퀴를 굴리는 햄스터처럼…….

언젠가 끝나버릴 덧없이 짧은 인생을 살아가는 운명을 가진 난 멈출 수 없다.

어릴 적 소풍가는 날이 언제냐고 물었을 때 열 밤만 자면 된다는 어른들의 대답에 몇날 며칠 소풍가는 날을 기다리며 들떠 있는 나에게는 열 밤이라는 시간이 살아왔던 날보다 더 길게 느껴졌다.

비록 열흘이 아니더라도 넓은 의미를 포함하고 있는 어린이의 열 밤은 엄청나게 긴 시간이었다.

그러나 혼자서 달력을 읽게 되고 소풍에 설레어 밤잠을 설치지 않게 되었을 때 즈음부터……. 차츰……. 내 주변의 시간이 빨라지기 시작했다. 눈 한번 감았다 떠보니 어느새 중학생이었고 눈 두 번 감았다 뜨니 고등학생이 되어 있었다.

고등학교에 올라온 이후 내 주변의 시간은 살아왔던 날들보다 훨씬 빠르게 지나가 버렸다. 나에겐 끊임없이 해야 할 일들이 있고 쉬지 않고 보이지 않는 내 주변의 무언가가 날 계속 몰아세운다.

'너! 3일 뒤가 시험이야, 정신 똑바로 차려!!'

'너! 시험 끝났다고 지금 쉴 때야? 시험 끝나면 수행평가가 쏟아져 내리는 거 몰라?!'

학생인 나에겐 끝없는 시험이 있고 계속 평가당해야 하며 영원히 공부하라고 다그쳐진다.

학생들에게는 사회인이 되는 순간 너희는 자유라며 귓가에 달콤한 목소리로 몽롱하게 만들어 놓고는 뒤에서는 바로 채찍질을 가한다. 마치 사회인이 되기 전……. 통제 범위를 벗어나기 전에 모든 것을 끝내려는 듯이.

그러나 저 멀리 밝은 빛을 쫓아 쉬지 않고 달린 후 나온 바깥세상. 사회라는 곳은 너무도 잔인한 곳이었다. 모든 것이 있으면서 아무것도 갖춰지지 않은 곳. 보이지 않는 무언가가 머릿속에서 계속 소리치며 닦달했다. 여유조차 너무 느려 답답하다는 듯이…….

혹 시계바늘이 멈춰
건전지를 가는 순간에도
시간은 흘러간다.

째깍……. 시간이 흘러갈 때마다 신경은 날카로워져가며 뒤에서 누군가가 쫓아오듯 다급해진다.

3

가족들의 보살핌과 친구들과의 동질감을 느끼며 중학교 시절을 보냈다. 이 세상 모두가 내 것이었고 나는 마음만 먹으면 뭐든 할 수 있을 것 같았다. 그렇게 자만했다.

안정적인 생활을 하다 보니 모험을 하고 싶어졌다. 마침 내 앞에 고교 입학이라는 새로운 기회가 찾아왔고 기숙사 학교라는 모험에 도전하게 되었다. 모든 불안과 걱정을 애써 뒤로 숨겨놓은 채 원서를 내고 나 스스로를 속여 가며 잘 될 것이라 타이르고 세뇌시켰다.

중3 겨울 방학 동안 친구들의 부러움과 가족들의 걱정 속에서 나는 당연히 잘 할 것이라 믿고 희망에 가득 찼었다.

마지막 꿈같이 달콤하던 겨울방학이 끝나고 배웅해 주시는 엄마에게 인사를 한 후 기숙사에 들어갔다.

5명의 룸메이트들
좁은 방
3개의 이층침대
6개의 캐비닛
공동화장실
공동샤워실
공동독서실
모든 게 낯설고 신기했다.

맨 처음엔 친구들과 얘기하며 기숙사에 적응하며 지내다보니 이 모든 것이 며칠 여행을 온 것 같았다.

그렇게 몇날 며칠 새로운 환경에 신경을 곤두세우니 점점 지쳐가고 힘들어 집 생각이 저절로 났다. 새로운 친구들 사이에서 소외될까 괜히 마음을 졸이고 낯선 장소에서 마음이 편하지 않아 스트레스만 쌓이고,

'잘못된 선택을 한 것은 아닐까?'

겁이 나기 시작했다. 안정된 생활로 되돌아가고 싶었다. 편안함에 안주하던 그때가 너무 그리웠고 내가 선택한 길이 두려워 마음 깊은 곳에서부터 후회의 눈물이 났다.

처음 집에 갔을 때는 너무 힘들어 몇 년 만에 처음으로 울면서 전학을 가고 싶다고 했다. 무슨 소리냐고 다그칠 것 같았던 부모님은 안쓰러운 눈으로 나를 바라보며 일단 조금만 더 다녀보자고 하셨다. 그 목소리가 너무 다정해서 죄송스러운 마음이 들었다.

내가 선택한 길이기에 조금만 더 다녀보기로 했다. 그렇게 한 달이 지나고 두 달이 지나 조금씩 적응이 되었다.

그러나 아무리 같은 지붕아래 같은 밥을 먹고 같이 살아가는 친구들이 있어도 이따금 침묵이 찾아올 때는 외로워졌다. 빙빙 돌아가는 환풍기와 똑딱똑딱 시계 소리에 내가 혼자라는 것이 더 처절하게 다가왔다.

암흑이 다른 소리까지 빨아들인 듯한 밤. 내가 환풍기 속으로 빨려가는 듯한 느낌.

모두가 웃고 떠드는 분위기 속에서 웃기지 않아도 억지웃음 지을 때 다가오는

외로움.

애써 3년만 있으면 끝난다고 위로하고…….

여기 공부하러 왔지 놀러온 게 아니라고 다그치고…….

하지만 아무리 자신을 추스르려 해도 지독한 외로움은 깊어져만 갔다. 나날이 신경이 날카로워졌고 '나' 하나만 생각하는 이기심이 날 지배했다. 오직 혼자 세상의 모든 불행을 다 가진 듯 행동했다.

그런데 점점 시간이 흐르고 기숙사가 더 이상 낯설지 않을 때 즈음 어두운 무대 위 나만을 향하던 스포트라이트가 다른 것들을 비추기 시작했다. 다른 사람들을 보기 시작하니 나 자신이 얼마나 어리석었는지 느껴졌다. 평소 내가 철없고 한심하게 생각하던 행동들을 내가 당연하다는 듯이 무의식적으로 하고 있었고 나만을 위하느라 다른 사람은 안중에도 없었던 것이다.

그러나 집을 떠나 외로웠던 것은 나만이 아니었다. 기숙사에 들어온 한 명 한 명 모두가 새로운 환경에 노출된 것이었고 모두가 이질감을 느끼고 힘들어 했는데 바보같이 그걸 몰랐다.

다른 애가 힘들어 하는 모습을 볼 때마다 동정심 대신 동질감이 느껴졌다. 그렇게 차츰 내가 이방인이 아니라 모두와 같은 구성원이라는 것을 알게 되었다.

다른 아이가 끼를 발산하며 반짝반짝 빛날 때 어두운 뒤편에서 바라보며 부러워하는 대신 진심으로 즐거워하며 나도 할 수 있다는 용기를 얻었다.

나에게 용기를 주는 아이들이 하나 둘 늘어났다. 차츰 늘어나더니 내 주변을 채우기 시작했고 세상에 많은 사람들이 있다는 것을 느꼈다.

수많은 사람들 속에서 나 스스로를 바깥과 단절시키는 막을 쳤고 그 막이 언제 깨질지 모른다는 두려움으로 나는 겁먹고 있었던 것이었다. 나 혼자가 아니라는 사실을 안 순간부터 왠지 모르게 불안하고 짜증나던 것이 사라졌다.

나는 그냥 나 자신이었다. 세상 속에서 나만 힘든 것이 아니었고 외로움을 느낄 필요도 없었다. 나는 그냥 내 길을 가면 된다는 것을 깨닫게 되었다.

4

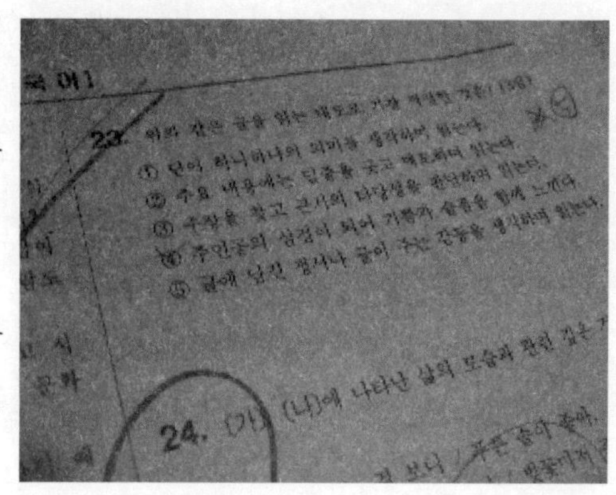

왁자지껄한 교실 속에서 덩그러니 앉아 있는데 손에 자꾸만 땀이 났다. 떨리는 마음으로 볼펜을 들고 천천히 손을 움직였다.

지익, 지익, 지익!!

늘어나는 붉은 직선만큼 내 마음에도 붉은 상처가 생겨나는 것 같았다.

아, 이럴 수가…… 고쳤던 건데……!

고민했던 흔적이 고스란히 담겨 있는 두 개의 선택지엔 붉은 선이 지나가 있었다. 그 흔적들을 보며 나는 믿기지 않아 멍하니 있었다. 예상하지 못한 결과에 후회, 자책감, 안타까움 심지어 배신감까지 느껴졌다.

다 매기고 난 시험지. 간간이 있는 동그란 원 속으로 가족들의 얼굴이 떠올랐다.

갑자기 가슴 깊은 곳에서 뜨거운 뭔가가 치밀어올랐다. 엄마, 아빠. 이제 어떡해요.

점점 떨어지는 성적 때문에 어둡고 축축한 구덩이 속에 빠진 느낌이 들었다. 환호와 탄식이 공존하는 교실 속에서 혼자 앉아 점수만 계속 내려다보았다. 그 숫자들은 마치 나의 미래를 나타내는 좌표 같았다. 나의 행복지수를 나타내고 나의 존재를 인정하는 것이었던 숫자들은 나를 놓지 않고 계속 두려움 속으로 끌어당겼다.

나는 성적 떨어지는 것이 두려웠다. 부모님의 한숨과 힘없는 슬픈 눈을 보기 싫었다.

어느 순간부터 부모님은 놀고 있는 나를 발견할 때마다 잠시의 휴식도 사치인 듯한 눈초리로 방에 들어가 공부하라고 했다. 학교에서 있었던 일들을 얘기할 때보다는 시험에 관해 얘기할 때 나의 존재감을 더 느낄 수 있었다. 그래서 점점 부모님께 내 감정을 말하지 않게 되었고 보이지 않는 깊은 골은 더 커져만 갔다.

숫자 몇 개에 사회에서 실패자로 인식되고 집에서 불효자로 취급 받는 것이 너무 두려워서 점점 내 어깨는 무거워졌고 배움의 기쁨 따위는 희미해져 갔다.

그렇게 나는 점점 지쳐가고 있었다. 매일 매일 공부하느냐는 전화를 하고 학습

홈페이지의 출석부를 확인하던 아빠. 뭐하고 있냐는 전화 너머 아빠의 물음에 내가 무엇을 하든 공부하는 것 이외에는 만족스러운 대답이 되지 못했다.

어느 날 아빠가 친구 딸 이야기를 해줬다.

"개는 머리가 나쁜 건지 공부쪽으로는 영 아니더라. 개 아빠는 포기했다 카더라."

"아빠, 카면 그 아저씨는 자기 딸내미 안 좋아해요?"

"막내딸인데도 별로 신경도 안 쓰더라."

"나도 공부 못하면 그렇게 할 거예요?"

"당연하지, 공부 못하면 딸 취급 안한다."

장난으로 던진 질문이 비수가 되어 돌아왔다.

비록 장난이었을지라도 아빠의 그 말 속에서 아빠가 나를 그냥 딸이 아닌 '공부 잘 하는 딸'로 생각한다는 것을 느꼈다. '공부를 잘 해야 하는 딸'이 내 존재 가치인 것 같아서 마음 속 깊은 곳에 커다란 구멍이 뚫려버렸다.

고등학교에 들어와서 떨어지는 성적과 함께 나는 점점 자신감을 잃어가게 되었다. 내 자신이 실망스럽고 날 이렇게까지 몰아붙인 사회와 가족들이 미웠다. 그럴수록 푸른 하늘과 눈부신 태양을 잊게 되고 회색 빛 땅만 바라보며 걷게 되었다.

그러던 어느 날, 문득 고개를 들고 바라본 부모님에게서 쓸쓸한 세월의 흔적을 엿보게 되었다. 푸짐하고 푹신하여 그 무엇보다 듬직하던 아빠의 등이 쏙 빠져버린 살과 함께 힘없는 중년아저씨의 등이 되었고 그 누구보다 곱고 예뻤던 엄마의 피부는 탄력을 잃고 손은 힘든 일을 하며 생긴 상처들로 얼룩져 있었다. 세상에서 제일 강하고 제일 예뻤던 부모님은 어느새 내가 지켜드려야 할 것만 같은, 찬란하고 멋졌던 젊은 시절을 내가 대신 보상해 드려야 할 것 같은 약한 모습이 되어있었다. 알지도 못하는 사이 어느새 훌쩍 늙어버린 그 모습을 보니 너무 안쓰럽고 죄송스러웠다.

그리고 세월이 지나간 두 분의 눈을 바라보고 난 깨달았다.

내가 했던 수많은 잘못들과 오해들을……. 부모님은 결코 날 성적으로만 판단하지 않았다.

단지 당신께서 해주지 못한 많은 것들을 스스로 이루어내길 바라셨던 것이다. 자식에게 못해준 것들이 눈에 아른거려 하루에도 몇 번씩 가슴이 아렸을 부모님의 그 고통을 난 몰랐다. 나에게만 한없이 관대하던 그 이기심으로 눈이 덮여 부모님의 사랑까지 보지 못했다. 이제는 보이기 시작한다.

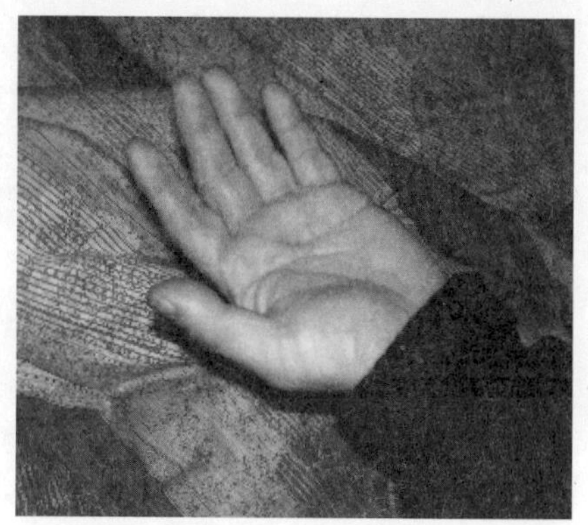

부모님의 진심 어린 걱정과 사랑을, 곁에 있을 땐 알아채지 못한 그 절대적인 사랑을, 늦둥이 막내딸인 내가 받았던 사랑을 다시 되돌려주기에 아직 늦지 않은 시간이기를 빌며 다시 한 번 가족들의 얼굴을 새겨본다.

5

나는 내가 누군지 모르겠다.

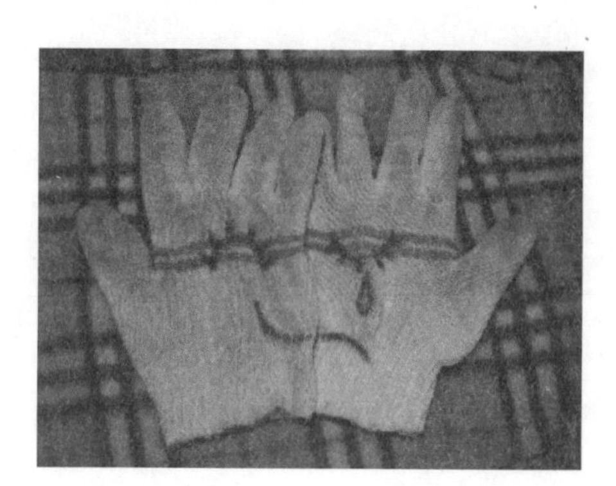

둘째딸
늦둥이
여자
학생
기대를 저버리면 안 되는 사람
김서영
B형
161cm
닮은게 많은 사람
 – 강아지, 쥐, 고라니, 남자 같은, 뱀파이어, 윈슬로, 만화캐릭터…….

나는 누구지?

수동적이던 아이. 나의 어린 시절 어른들은 날 만나면 착하다고 했다.
예쁘지도 귀엽지도 않은 아이에게나 쓰는 말.
"너 참 착하구나."

나는 그 말을 들으면 들을수록 너무 좋았고 진짜 내가 착해진 것 같았고 착하다고 인정받았기에 착해져야만 할 것 같았다. 그래서 사람들 앞에서 착한 아이가 되었다. 나 자신이 누군지도 모른 채로 착한아이가 아니면 내가 아닌 것 같았다.

'나' 라는 인간 < 착한 아이

무조건 말 잘 듣는 아이였다. 죽으라면 기꺼이 죽은 시늉까지 할 만한 아이였다. 스스로의 감정 없는 속이 빈 껍데기…!

누군가가 먼저 말을 걸어 주어야 말을 했고 집에서도 무언가를 시키지 않으면 가만히 있었다. 원래 가지고 있던 내 색깔은 차츰차츰 나도 모르게 빛을 잃어 회색이 되어 있었다. 의욕적이지도, 긍정적이지도, 반항적이지도 않은 회색빛.

그렇게 자라면서 세상을 조용히 관찰하던……. 결코 자기 자신은 볼 수 없는 눈이 아주 신기한 것을 발견했다. 세상에 맞추지 않고 자기중심으로 삶이 돌아가는 사람들을 발견했다. 어른들은 그 사람들을 반항아, 이단, 미친 사람들이라고 했다. 나에게 없는 그 무언가를 가지고 살아가는 사람들. 그들을 보면서 이질감을 느꼈다. 나와 너무 다르고 이해되지 않았기에.

하지만 그들이 있어야 말 잘 듣는 아이가 칭찬을 받으므로 알게 모르게 환영하고 있었을지도 모른다. 하루하루 착하게 살아가면서 회색인간이 되어가고 있는 나에게 차츰차츰 균열이 생기기 시작했다. 선생님이 하는 칭찬 한 마디, 한 마디에 구역질이 났다. 날 칭찬하는 게 아니라 말 잘 듣는 아이에게 칭찬하는 거니까. 그 아이는 내가 아니야. 나는 누굴까?

친구들에게는 착한 아이가 아닌 나로써 행동했었다. 하지만 그조차 나의 전부를 나타낸 것이 아니었다.

사람들이 날 오해하고 멋대로 생각해 버릴수록 나는 더 외로워졌다. 이 세상엔 내가 존재하지 않는 것일까? 이 지긋지긋한 연극을 그만두는 순간, 내 존재도 깨질 것 같아서 그만둘 수 없었다. 외로움이 날 갉아먹어도 나는 가면 속에 슬픈 얼굴을 가린 채 살아갔다. 아무도 내 모습을 모르는 것 같았다. 가족조차……. 아니 오히려 가족들이 더 몰랐다. 더 맘대로 생각해버리고 억압했다. 점점 모두가……!!

완전히 회색빛으로, 꿈도 가증스러운 가면 뒤에 숨겨진 채로 살아가다보니 자꾸만 자기 중심의 그들에게 시선이 갔다. 나는 현실을 피하고 싶었던 걸까. 나에게 없는 무언가를 가지고 있는 사람들. 그 무언가는 자신감이었고 당당함이었다.

그들을 동경하기 시작했다. 세상과 다른 모습, 그 넘치는 자신감을 갈구했다. 비록 세상은 그들을 '이상하다, 미쳤다, 틀렸다, 잘못됐다'라고 말했고 나 역시 그렇게 말했었지만 역겨운 사회 속에서 편견으로 살아가며 뒤에서 수군거리는 사람들보다 그들이 훨씬 행복해 보였다. 스스로가 잘못됐다고 제제를 받으면서도 굴하지 않는 그 본모습 그대로 살아가는 반항아들은 너무 빛이 나서 나까지 비추어 주는 듯했다.

그 찬란한 빛을 보며 문득 내가 회색이라는 것이 생각났다. 공사 중 바닥에 차갑게 발라져 있는 시멘트 빛깔이었다. 내가 마치 무생물, 꼭두각시 같았다. 더 이상 순종하는 얼굴을 띤 가면 뒤에서 숨죽여 울고 싶지 않았고 나 자신 그대로 살고 싶었다.

자신감을 가지고 당당히 살아가는 사람들을 볼 때마다 난 가면 속에서 내 자신을 세상 밖으로 꺼내 스스로를 드러낸다.

6

그 곳

우리가 삶을 살아가며 가장 순수하게 사고하며 집중하는 그 곳.

엄청난 집중력을 바탕으로 계속 새로운 생각을 이어가는 그 곳.

무심코 지나쳐버릴 생각을 잡아내기도 하는 깨달음의 그 곳.

인간의 더러움과 순백의 청결을 동시에 추구하는 그 곳.

단순히 인위적 구조물이 될 수도 있고 진리를 찾을 수도 있는 양면의 그 곳.

그 곳, 화장실. 그 곳에서는 대부분의 시간을 고립된 채 혼자 활동한다.

난 그 곳이 너무 무서웠다. 혼자 양치를 하게 되었을 때부터……. 더 이상 엉덩이를 기저귀로 감싸지 않으면서부터…….

해가 지고 어스레해지기 시작해서 거실에 어두운 불빛 두어줄기만이 빛나고 있을 때 방문 틈으로 살며시 내다보면 구석진 화장실은 그야말로 악의 구렁텅이였다. 그래도 이불에 그려진 지도가 부끄럽고 험상궂어진 할머니의 눈빛이 날 향하는 게 무서워서 화장실이 무섭고 두려워도 밤마다 눈을 감고 숨도 쉬지 않은 채 화장실로 달려가서 불을 켜고 문을 잠갔다. 그러나 아무리 환한 화장실이라도 혼자 갇혀진 공간은 너무나 두려웠다. 할머니 옆에서 이불을 덮어쓰고 눈만 내놓은 채 보던 '전설의 고향' 에 나온 귀신이 거울 속에서 날 바라보는 듯 했고, 좁은 창문사이로 붉게 충혈된 눈이 이리저리 눈알을 굴리는 듯 했다. 무서운 상상들을 떨쳐내려 머리를 흔들고 방으로 돌아가기 위해 불을 끄면 다시 시작된 암흑에 또 숨을 참고 눈도 감은 채 방으로 달려와서 숨을 헐떡여야 했다. 엄청난 위험과 어둠 속에서 무사히 돌아온 것이 스스로도 대견스러워서 자랑스럽게 언니에게 말하곤 했다. 물론 대견스럽다는 눈빛과 칭찬의 손길 따윈 전혀 없었지만 말이다.

그렇게 무서웠던 화장실인데 전설의 고향이 종영되고 밤이 되도 거실이 어두워지지 않으면서 화장실은 더 이상 악의 구렁텅이가 아닌 편리한 구조물이 되었다.

지금 생각하면 왜 숨을 참았는지. 그러나 그 때는 무섭고 잔인한 귀신들로부터 날 지키기 위한 최선의 방어책이었다. 비록 악의 구렁텅이라는 두려움의 존재가 하나 사라졌지만 어릴 적 숨을 참던 순수함도 함께 사라진 것 같은 기분에 추억 속에 담겨 있는 화장실이 자꾸 그리워진다.

7

나는 나 혼자 살아가는 것일까? 혼자서 행동하고, 혼자서 결정하고, 혼자서 책임지는 삶을 살아가고 있을까? 만약 그렇다면 외롭고 쓸쓸하겠지만 무서워도 꿋꿋이 행동을 결정하고 책임질 텐데…….

그러나 나는 혼자 살아가는 것이 아니다. 가족들과, 친구들과, 사람들 속에서 함께 살아간다. 즐겁고 행복하고 달콤한 사탕 같지만 함께 살아간다는 것은 무겁고 답답한 짐이기도 하다.

어릴 땐 마음 편하게 시키는 대로 하면 됐는데……. 그게 당연한건 줄 알아서 커서도 누가 시키지 않으면 내가 뭘 해야 할지 모르게 되어버렸다. 그래서 내가 결정하고 책임져야할 때가 왔을 때 너무 혼란스러웠다. 뭘 기준으로 선택해야 할지……, 이걸 선택하는 게 옳은 건지……. 모든 게 불안했다.

그러나 피해갈 수 없으니까, 언제까지나 어린애가 아니니까 최대한 올바른 선택을 하기로 마음먹었다. 그런데 마음먹었어도 꿈이 없으니 목표도 없었다. 목표가 없으니 선택도 못 했었다.

그래서 태어나서 가장 진지하고 심각하게 내가 원하는 것에 대해 고민해보았다. 하지만 알쏭달쏭 하기만 하고 아무런 생각도 안 났다. 아무리 고민해도 꿈은 쉽게 모습을 드러내지 않았다. 생각하면 할수록 오히려 수렁에 빠진 듯한 느낌이었다. 그렇게 심각한 분위기를 띤 채 생각해도 답이 안 나오니까 어느 순간부터 슬슬 잊혀지기 시작했다. 다시 일상생활로 돌아가서 살다보니 아무리 심각한 고민이었다고 해도 생각나지 않았다.

그런데 어이없게도 내가 하고 싶은 꿈은 그렇게 고민할 때는 코빼기도 안 보이다가 일상생활 도중 간간이 튀어나왔다.

밥을 먹다가도 접힌 뱃살을 보며 '아. 이거 심각한데? 진짜 살 좀 빼야겠다!' 라는 사소한 생각들이 모여 다이어트라는 커다란 고행을 시작하듯이 내 꿈도 조금씩 쌓여 형체를 드러내기 시작했다.

꿈은 나와 항상 함께 했다. 아빠와 함께 비스듬히 누워 방에서 TV로 영화를 보다가도 꿈이 생길 수 있다. 국제적으로 왔다 갔다 하며 일을 처리하는 스파이가 멋있어서 그 날 밤 꿈에서 내가 스파이로 활동한 적도 있다. 그래서 나는 '꼭 커서 국가 기밀보안 정보를 둘러싼 음모를 처리하는 요원이 돼야지!' 라고 마음먹었었다.

또 다른 경우로 가끔씩 보는 뉴스에서 어떤 표와 함께 빨간색 화살표와 파란색 화살표가 많기에 궁금증을 가진 일을 계기로 주식이라는 것이 오르락내리락하는 걸 알게 되었다. 또 그 뉴스에서 영어로 NEWS라고 적혀 있는 걸 처음으로 읽을 수 있게 되었던 날, 영어를 읽을 수 있게 되었다는 희열과 넘치는 기쁨에서 우러나온 자신감으로 질색했던 영어를 좋게 보게 되었고 막연한 소원이었던 꿈에 대해 한 발짝 나아갈 수 있는 능력을 가지게 되었다.

또 중학교 때 생물 선생님이 아빠와 닮아서 친숙하게 느껴졌었다. 그걸 계기로 친구들이 질색할 때 나는 남몰래 생물에 대한 관심을 높여갔다.

그런 사소한 생각들은 살면서 하루에도 수백 번씩 든다. 그 많은 생각들의 외침에 조금만 귀 기울이면 내가 무엇을 좋아하는지……. 무엇을 하고 싶어 하는지, 조금씩 감이 잡힐 것이다.

꿈은 먼 곳에 있지 않다. 그러니까 먼 곳에 있는 꿈을 잡기 위해 고민하지 않아도 된다. 내가 꾸는 꿈이니까, 꿈은 일상생활, 혹은 수면 속 꿈 등 내 행동과 생각 속에 모두 녹아있다. 조금만 생각들의 외침에 귀 기울이자, 그러면 꿈이 보이고 목표가 생길 것이다.

8

요즘 다시 연필을 쓰기 시작했다.

인체공학적 설계에 손보호 고무까지 장착한 샤프보다 흑연과 나무냄새를 은은하게 풍기며 소박한 듯 가벼운 연필이 다시 편해졌다. 이젠 뾰족하지 않아도 굵으면 굵은 대로 개성 있는 글씨를 써가는 연필도 마치 오랫동안 친하게 지낸 동네 친구처럼 편하게 느껴진다. 도도한 자존심만 세우던 어릴 적과는 다르게 내가 커가는 만큼 연필이 오랜 친구처럼 느껴진다.

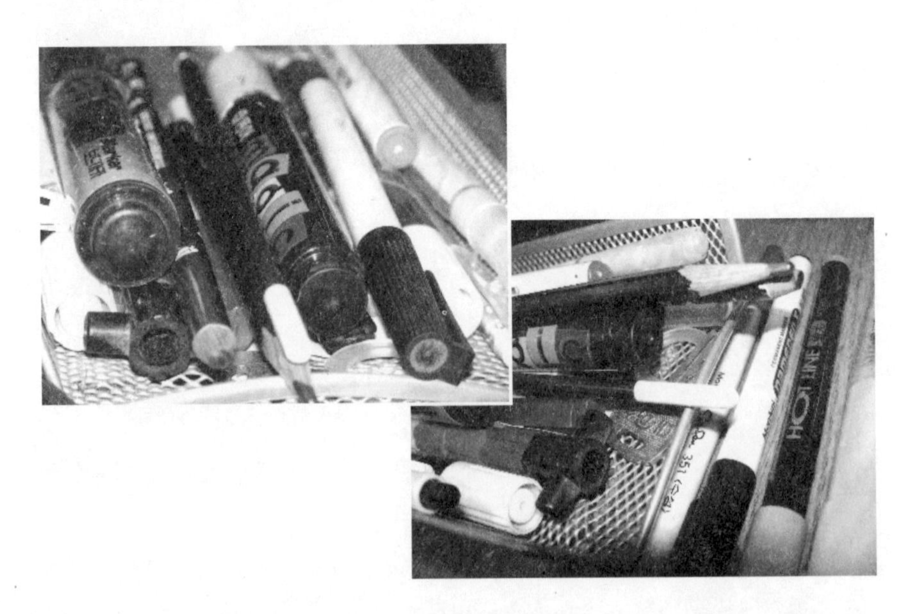

Just my Style

권주희

유리 창 너머로 들어오는 하얀 햇살을 가볍게 받아 치는 주전자의 매끄러운 은색 손잡이 위로 능숙하게 손을 뻗었다. 그 안에 담긴, 김이 모락모락 나는 뜨거운 물을 투명하고 둥근 주전자로 부었다. 그 물을 또 다시 은색 주전자로 옮겨 담았다. 몇 번을 반복하는 이 행동은 물의 적정 온도를 맞추기 위해서, 즉 물을 식히기 위해서이다. 물의 온도 차이만으로도 커피는 각양각색의 맛을 낼 수가 있다. 어느 정도 물이 식었을 때쯤, 투명한 주전자 위로 마치 바닥에 구멍이 송송 뚫린 찻잔처럼 생긴 드립퍼를 올려놓았다. 그 위로 조심스럽게 종이필터를 올려놓고 향긋한 커피가루를 소복이 쌓았다. 자, 이제 핸드 드립을 할 준비는 다 되었다. 살짝 거친 커피가루 위로 아까 준비해둔 물을 아주 조심스럽게 부었다. '쪼르륵' 소리가 나는 것과 동시에 커피가루는 거품을 가득 머금은 채 풍성히 부풀어 올랐다.

'음, 잘 부풀어 오르는 걸 보니 어제 커피가루를 제대로 골라 산 것 같군.'

'후두둑'

빗방울이 얼마나 굵은지는 소리만 들어도 대충 상상할 수 있었다. 여름은 내게 있어 항상 짜증나는 계절이다. 작열하는 태양과 숨이 차오를 만큼 답답한 습도, 거기에 시도 때도 없이 내려대는 우중충한 비. 지금도 나는 매우 짜증이 난다. 그러나 지금은 비가 와서가 아닌, 더워서가 아닌, 그냥 내 자신을 향한 막연한 화풀이이다.

'그 동안 장래희망 하나 정해두지 않고 뭐 했니.'

그 순간 부으응 하는 핸드폰 진동소리가 들려왔다.

'아픈 건 괜찮아? 그러기에 공부 좀 작작 하라고 했잖아. 허구한 날 일등만 하겠다고 낑낑거릴 때부터 알아봤어. 근데 인턴십 어디서 할 거야? 나랑 같이하자♥'

순간 머리를 묵직한 망치로 한 대 얻어맞은 듯한 기분이 들었다. 한참을 그 문자를 멍하니 바라보았다. 그러다 문득 폰이 비에 젖어가는 것을 발견하고 재빨리 폰을 교복치마에 대충 닦아 주머니에 쑤셔 넣었다. 인턴십이라. 갑자기 정신이 맑아지는 기분이 들었다.

그래, 그 망할 인턴십제도. 얼마 전, 우리학교는 어처구니없게도 '인턴십제도 시범학교' 라는 우습지도 않은 이름을 가지게 되었다. 신경 쓰지 않으려고 했지만, 그럴 수가 없는 것이 이렇게 여름휴가 과제물이 되어 날 괴롭히고 있기 때문이다.

"멘토 시범학교니 뭐니 하는 것 때문에도 귀찮아 죽겠는데."

이미 이전에 멘토 시범학교로 선정된 덕에 나는 지금 귀찮은 대학생 오빠, 아니 대학생 혹 하나를 달고 지내고 있다. 멘토라는 이름하에 허구한 날 불러내서 영화를 보자니 밥을 사먹자니 하는 둥 괴롭히는 바람에 귀찮은 게 이만저만이 아니다. 나조차도 내키지 않는 내 '진로' 상담을 위해서 얘기를 나눠야 한다나 뭐라나. 아무튼 멘토라는 것도 별로 믿음이 안 간다. 나 스스로도 세우지 못한 진로를 자기가 어떻게 하겠단 말이야? 거기다 내 진로는 늘 정해져 있었다.

'상위권 성적, 좋은 대학, 좋은 직장, 그걸로 끝. 얼마나 심플하고 좋아?'

그러나 하늘은 내 의견에 적극적인 반박을 보내왔다. 그것도 나의 소중한 여름휴가를 이용해서 말이다. 인턴십제도, 자신의 장래희망에 맞춰 학생들에게 직업체험을 하도록 하는 제도.

'대체 뭘 하라는 거야? 구체적으로 방안을 제시해 주는 것도 아니고. 너무 막무가내인거 아니야?'

대충 넘겨버리려고 해도 수행평가니 뭐니 하는 말도 안 되는 조건 때문에 안 할 수도 없는 노릇이었다. 생각할수록 막연해져, 자꾸만 화가 났다.

비는 계속해서 주룩주룩 내렸다. 날카롭게 곤두선 신경 때문에 집으로 가고 싶지는 않았다. 그렇다고 그냥 길에 서있기도 안 되겠다 싶어서 나는 급하게 주위를 두리번거렸다. 그 때 한 건물의 2층이 내 시야에 들어왔다. 벽면이 두꺼운 유리로 되어 있었는데 내부가 뿌옇게 흐려 잘 보이지 않았다. 그 곳으로 올라가는 입구에 가자 향기로운 냄새가 내 코를 자극했다. 뭔가 구미가 당기면서도 예쁘고 따뜻한 향이였다. 순간 나는 영문 모를 호기심에 사로잡혔다. 계단으로 만들어진 복도는 발을 댈 때마다 작게 '삐그덕' 소리를 냈다. 고개를 들자 위쪽에 '오늘의 커피는 아포카토' 라고 적힌 귀여운 초록색 나무 칠판이 보였다.

'져스트(Just)? 새로 생긴 카페인가?'

한참을 머뭇거리던 나는 결국 위쪽으로 가는 계단을 오르기 시작했다. 차가운 유리문을 열자 시원하고 건조한 바람과 함께 청량한 종소리가 둥글게 울려 퍼졌다. 그리고 한참이나 낮은 톤의 남자 목소리가 뒤를 이었다.

"어서 오세요."

손님 하나 없이 텅 빈 카페 안은 조용한 음악소리와 빗소리, 그리고 향긋하면서도 달콤한 향기로 어우러져 있었다. 전체적으로 밝은 분위기가 감도는 이곳은 왠지 모르게 따뜻하다는 느낌을 안겨주었다. 그래서일까, 나는 아무런 부담 없이 창가 쪽 빈자리에 걸어가 앉았다. 종업원으로 보이는 남자는 아직 앳된 얼굴인 것 같은데 머리는 탈색이 된 건지, 일부러 염색을 한 것인지 모를 어두운 갈색 빛이었다. 게다가 무뚝뚝해 보이는 인상에 나는 순간 흠칫 겁을 먹고 말았다. 그는 무표정하게 물 컵 두 개를 쟁반에 올려 나에게 걸어왔다. 이윽고 탁자 위에는 물 한 컵과 딱딱한 느낌의 진한 갈색의, 어느 가게에서나 흔히 볼만한 메뉴판이 올려졌다.

"아, 혼자예요."

"무엇으로 하시겠습니까?"

그러나 메뉴판을 여는 순간 나는 할 말을 잃고 말았다. 각양각색의 커피이름들이 내 머릿속을 비집고 들어와 이리저리 헤집고 다녔다. 물론 스타벅스니 뭐니 하는 다른 커피전문점에서 들은 익숙한 이름들도 있었지만, 그보다 강렬하게 내 시야를 잡아당긴 것은 다름 아닌 가격란의 동그라미들이었다.

'커피가 뭐 이렇게 비싸?'

"결정하셨습니까?"

최대한 싼 걸 찾아 눈을 굴리던 내가 꽤나 오랜 시간을 끌었던 모양이다. 종업원이 나를 무표정하게 내려다보고 있음에도 불구하고 그 난처한 시선이 느껴졌다. 평소 커피에 대해서는 전혀 문외한 덕에 나는 커피 가격이 이렇게 비싼 줄 전혀 몰랐다. 난 커피 자판기의 300원짜리 커피를 생각하고 있었던 걸까? 갑자기 두 볼이 화끈거렸다. 이유 없는 창피함을 느낀 나는 조용히 그를 올려다보며 조심스럽게 도리질을 했다. 그러자 그는 기다렸다는 듯이 피식, 살짝 입 꼬리가 올라갔다.

'뭐지? 장사하기 싫은 건가?'

"그럼 제가 제안하나 해드리죠."

"네?"

"라떼아트. 가격 절반. 아직 연습중입니다만 먹을 만할걸요."

순간적으로 내 머릿속에는 메뉴판에서 본 라떼아트의 가격이 스치듯 지나갔다. 반값이라면 내 지갑 사정으로도 어느 정도 커버가 가능했기에 나는 살짝 미소를 지으며 고개를 끄덕였다.

"그럼 잠시만 기다리세요."

그 이상한 종업원은 야릇한 미소와 함께 카운터로 빠르게 걸어갔다. 나는 그를 무심하게 지켜보다가 덮치는 피곤함에 소파에 파묻히듯 몸을 기댔다.

'아르바이트생인가? 고등학생인지, 대학생인지 좀 어려보이네. 그런데 종업원이 커피도 직접 만들어?'

점점 부풀어 오르는 의아함에 불안해져 나는 눈동자만 이리저리 굴리며 가게만 을 둘러보니 얼핏 '수제 커피' 라는 글자가 시야에 들어왔다. 순간적으로 몸이 부르르 떨려왔다. 사실 나는 고열로 오늘 학교에서 조퇴를 받은 몸이다. 그런데 지금 집도 병원도 가지 않은 채, 커피가게에서 뭘 기대하고 있는 건지 나조차도 이해할 수 없었다.

'어차피 집으로 가봤자, 대충 병원 갔다 오고 나서 학원에나 가야겠지.'

하루 종일 드는 생각이지만 오늘만은 정말 공부하기가 싫다. 나에게 있어 이런 날은 굉장히 드물었기에 낯설기도 하고 어떻게 대처할지 도무지 알 수가 없었다. 여전히 으슬으슬 느껴지는 추위에 따뜻한 갈색 빛 커피가 더욱 기다려졌다.

"드세요."

"아, 네! 감사합니다."

내가 살포시 잠에 빠졌을 쯤에 낯선 목소리가 들려왔다. 화들짝 놀란 나는 재빨리 몸을 일으키며 커다란 머그잔을 바라보았다.

'따뜻한 커피다~'

그러나 그의 손에서 탁자로 옮겨진, 내가 한참 동안 기다리고 기다리던 그 커피는 그냥 커피가 아니었다.

"이, 이건 뭐에요?"

"라떼아트. 커피 위에 우유로 그림을 그리는 겁니다."

컵 안에는 진한 갈색 커피 위에 하얀 우유가 몽글몽글하고 아기자기한 그림을 이루고 있었다. 꽤나 섬세하고 다양한 그림 위에 초코 시럽 같은 것이 그림의 테두리를 그리고 있었다. 너무 추워서 간절히 원했던 커피인데도 불구하고 나는 차마 마실 수가 없었다.

"안 드세요?"

"너무 예뻐서 못 먹겠어요."

"그냥 드세요."

그는 멋쩍게 머리를 긁적이며 먹으라는 손짓을 하였다. 긴장감에 나도 모르게 '꿀꺽', 시끄럽게 침이 넘어갔다.

'이건 단순히 사진을 찍고 싶을 정도로 예쁘다는 느낌이 아냐.'

지금 느낌을 가장 단도직입적으로 말하자면 그랬다. 그러나 확실하게 뭐라 확정 짓기에는 그에 해당하는 단어가 도무지 떠오르지 않았다. 한참 신나게 머리를 굴리던 중, 문득 하루 종일 날 괴롭히던 끝이 보이지 않는 우울함이 또다시 날 덮쳐왔다. 이유가 뭔지도 모를, 혹은 알고 있지만 내가 피하고 싶은 원인으로 인한 그 무력감에 내 눈은 금방이라도 눈물을 뱉어 낼 것처럼 화끈거리기 시작했다.

'대체 나는 뭐 때문에 이곳에서 이러고 있는 거지?'

눈앞에 커피는 미동 없이 따뜻한 하얀색 김을 내 뿜고 있었다. 김은 점점 가늘어지고 있었지만 향기만큼은 시간이 갈수록 짙어졌다. 그러나 곧 내 코가 이 향기에 익숙해지면 더 이상 느낄 수 없겠지. 그런데 갑자기 이상야릇한 충동이 느껴졌다. '이 커피를 내가 만들어 보고 싶다.'는 그런 말도 되지 않는 억지 충동. 시간이 지나가든 말든 신경도 쓰지 않은 채, 멍하니 그 예쁜 커피를 바라보던 나는 갑자기 눈물 한 방울과 함께 큰소리로 재채기를 했다.

'아차, 실수했다.'

잠시 동안 나를 의아하게 쳐다보던 종업원이 알겠다는 듯이 고개를 끄덕이며 '잠시만 기다려요.'라는 말과 함께 어디론가 사라졌다. 그리고 잠시 후, 그는 커다란 타월을 내게 내밀었다.

"여기."

새하얗게 질린 손을 뻗어 그 타월을 받자, 그 종업원은 아무런 말도 없이 자신 몫의 커피 한잔을 가지고 내 맞은편에 앉았다. 그리고 아무런 말도 하지 않았다. 예전에 책에서 읽은 시베리아 횡단 열차 여행객들의 이야기가 생각났다. 간혹 전혀 모르는 사람들을 만날 때 알던 사람보다 오히려 더 편안함을 느껴 자신들도 모르게 서로 고민을 털어놓고, 들어주고 있었다고. 사회에 지위나 복잡한 인간관계 따위를 전혀 신경 쓰지 않은 채 말이다. 그걸 읽을 때에는 난 전혀 이해할 수가 없었다. 그러나 지금은 그들의 말이 왠지 이해가 될 것만 같다. 나를 전혀 모르는 사람에게 슬픔을 털어놓는 다는 것.

'완벽주의.' 철저히 남의 시선에 의식하며 지내오던 나는 언제나 주변인들의 이목을 끌었다. 항상 '전교 1등' 이라는 타이틀이 따라 다녔고, 이제껏 '사고' 라는 것 하나 저지른 적이 없었다. 우등생, 좋은 성격, 착한 딸, 그 모든 게 완벽했다. 다만 한 가지 치명적인 콤플렉스가 있다면 그건 바로 목표, 꿈이 없다는 것이었다. '계획' 과 '목표달성' 만큼은 철저하게 해내던 내가 단 하나, 내 인생 최대의 '장기간 계획' 을 세우지 못한다는 것은 늘 나를 괴롭혀왔다. 그러나 분명히 말하자면 나는 하고 싶은 게 없었다. 이러한 것들을 말하는 내내 나는 내 생각들이 헷갈리기 시작했다.

'그래서 결국 내가 바라는 것은?'

재미없는 이런 말들을 그 종업원은 무표정한 얼굴로 끝까지 다 들어주었다. 이야기가 끝날 쯤에 내 머그잔은 텅 비어 있었고, 그가 내온 빵들도 부스러기만 남아 있었다. 그리고 어느 새 이 카페의 사장님이 우리 곁에 앉아 함께 웃고 있었다.

"우리 이현이가 얼굴이 좀 잘 생겨서 그런지 여학생들이 잘 꼬여. 그래서 처음에 난 이 여학생도 그런 부류인 줄 알았지."

"사장님!"

"맞잖아, 이 녀석아! 그래도 뭐, 이렇게 멋진 고민을 하는 학생 정도라면 내가 기꺼이 허락해주지. 어어? 표정이 다들 왜 그래? 농담이라고, 농담! 하하하!"

사장님의 깜짝 발언에 나는 이현이(아까 그 종업원의 이름이 정이현이었다.)의 얼굴을 뚫어져라 쳐다봤다. 머리를 긁적이고 있던 이현이는 조금 더 굳은 표정으로 '커피를 더 내오겠다' 라면서 부리나케 자리를 떴다. 이현이가 사라지자, 방금 전까지 짓궂게 굴던 사장님께서는 갑자기 진지한 표정을 지으시며 날 뚫어지게 쳐다봤다.

"그래서 이 예쁜 여학생은, 아니 진아라고 했던가? 진아는 인턴십을 어디서 하려고?"

"아직 정하지 않았어요."

"그럼 우리 카페로 오지 않을래? 한번쯤 커피 만드는 걸 배워도 멋질 텐데."

"정말이요?"

"물론. 원하면 언제든지 이야기 하렴."

이유 모를 두근거림이 시작되었다. 혹시 나도 저 무뚝뚝한 애한테 관심이 가는 것인가에 대해 아리송한 의문이 한참이나 있었지만, 내 머리는 그것이 아니라 '예쁜 커피'를 더 만날 수 있기 때문이라는 대답을 무심하게 던져 주었다. 나는 또 다시 '이 커피를 내가 만들어 보고 싶다'라는 욕구에 휩싸였다. 활짝 웃으면서 고개를 끄덕이자, 사장님은 내게 자신의 오른손을 내밀었다. 나도 황급히 양손을 내밀어 어정쩡한 악수를 했다.

"앞으로 잘 부탁해. 또 새로운 바리스타의 등장인 건가? 이거, 이현이가 바짝 긴장 해야겠는 걸?"

"바, 바리스타라니요. 열심히 하겠습니다."

"농담이야. 아직 고민이 많은 것 같으니깐, 여기서 이것저것 배우면서 쉬엄쉬엄 생각해 봐. 편하게 생각해."

"감사합니다."

씨익 미소를 짓던 사장님이 내게 살랑살랑 손짓을 하셨다. 고개를 숙여 가까이 다가가자 사장님은 내 귀에 낮게 속삭였다.

"이현이 저게 보기에는 무뚝뚝해 보여도 사람 말은 정말 잘 들어줘. 게다가 진아 학생을 마음에 들어 하는 눈치니깐 이것저것 많이 물어봐. 아는 것도 정말 많고, 바리스타로서는 어른 못지않아."

시계를 들여다보니 시간은 저녁을 향하고 있었다. 나는 몇 번이나 죄송하고 감사하다는 인사를 하면서 그 곳을 나왔다. 어느새, 비가 그치고 저녁 하늘은 깨끗하게 닦여져 있었다. 비를 잔뜩 실은 바람이 장난스럽게 내 볼을 툭툭 건드렸다. 나는 가볍게 집으로 달려갔다.

엄마는 내가 학원을 빠졌다는 것을 아시면서도 날 혼내지 않으셨다. 처음으로 학원을 빠진데다가, 이미 학교에서 선생님이 집으로 전화를 한 듯했다. 엄마가 병원을 가자는데도 나는 거절을 하고 일찍 잠자리에 들었다. 나는 더 이상 아프지 않았고, 오히려 상쾌했다. 마치 커다란 짐 하나를 어딘가에 버리고 온 것처럼 말이다. 그리고 다음날, 나는 여름휴가 인턴십 계획표에 당당하게 '져스트(Just)'를 적어냈다.

방학이 일주일째로 접어든 오늘도 나는 가벼운 발걸음으로 카페를 향해 가고 있었다. 부모님은 내가 여름 방학 과제물로 무척이나 바쁜 걸로 생각하시며 학원을 조금씩 빠지는 걸 조용히 봐주고 계셨다. 카페 문을 조심스럽게 밀자, 익숙한 종소리가 '찌르릉' 맑게 울려 퍼졌다.

'역시나, 정말 일찍 오는군.'

벌써 삼일 째, 내가 가게 문을 열어보려고 도전을 했음에도 나는 연달아 실패 중이었다. 오늘까지 깔끔하게 삼전삼패. 카페 안은 에어컨을 틀고 난 후 얼마 안 된 듯, 아직 조금 더웠다. 그 때, 주방에서 이현이가 가게열쇠를 손가락으로 돌리며 천천히 걸어 나왔다.

"1등은 나야. 노리지 마."

"그런 게 어디 있냐! 나도 가게 문 열어보고 싶다고!"

"내일은 10분 더 일찍 나와야겠어."

이 카페의 정식 아르바이트생인 이 남자 아이의 이름은 정이현. 나이는 나와 같은 고2이고, 근처 실업계 고등학교를 다니고 있다. 그리고 지금 이 카페에서는 부모님의 동의를 얻어 종업원 겸 임시 '바리스타'로 일을 하고 있다고 한다. 여기서 바리스타 라는 건, 직접 원두를 갈아 커피를 만드는 사람을 말하기도 하는데 그 외에 커피에 관련 된 일이라면 만능이 되는 직업이라고 해야 하나? 어쨌든 주로 하는 일은 커피를 만드는 것이다. 이현이는 아주 어릴 적에 본 '바리스타' 라는 직업에 첫눈에 반해 오랜 기간 동안 그 꿈을 이루기 위해 꾸준히 노력해 왔다고 한다. 이미 학원에서 딴 자격증을 가지고 있으며 대학도 그 쪽으로 생각하고 있다고 했다. 이 아이는 지금까지 나와 비슷하면서도 반대의 삶을 살아온 것이다. 자신에게 정말 필요한 공부만 하고 있었으며, 일찍이 목표라는 것을 향해 최선을 다하고 있었다. 처음 이, 삼일 동안은 이현이와 함께 있다는 자체만으로도 나 스스로가 열등감에 빠지곤 했다. 몇 년을 품어온 콤플렉스가 하루아침에 사라질 수는 없지만, 열등감 정도는 금방 떨쳐 낼 수 있었다. 남의 시선을 전혀 신경 쓰지 않고 앞으로 나아가는 이현이와는 달리 내 마음은 이미 십 년도 전에 멈춰 있을지도 모른다.

'그게 이현이와 나의 가장 큰 차이점일까?'

예쁜 커피를 직접 만들 수 있다는 아주 작은 두근거림에, 마치 유치원생이 체험 학습을 하는 기분으로 방학 전부터 나는 이 카페를 들락거렸다. 그리고 그 다음에는 이현이가 해주는 이야기들이 너무나도 좋아서 이곳을 더 자주 오게 되었다. 시큰둥하게 귀찮다며 대답을 피하는 듯 보여도 웬만한 이야기는 모두 해주었다. 바리스타에 관련된 이야기, 원두를 고르는 법, 커피에 대한 그 다양한 이야기들. 눈치 채기 힘들 정도이긴 해도, 이현이는 커피 이야기를 할 때만큼은 그 낮은 목소리가 살짝 높아졌다. 어쨌든 그렇게 어린애처럼 칭얼거리던 내가 드디어 커피를 만질 수 있게 된 것은 얼마 되지 않았다. 그래도 일주일 동안 카페 안에서 살아서 그런지, 어느 정도의 기구 사용법은 알게 되었고 이현이의 잔심부름도 해줄 수 있을 만큼 되었다.

"진아가 정말 열심히 해서 그런지, 이현이를 줄곧 잘 따라 하는구나."

사장님께서도 하루하루 즐겁게 배워가는 내 모습이 흐뭇하신지 내 머리를 쓰다듬으며 자주 칭찬을 하셨다. 고작 일주일 만에 이 카페는 내게 있어 집 다음으로 소중한 곳이 되어버렸다. 그렇게 나는 시나브로 커피 향에 그윽이 취해가고 있었다.

"오늘은 뭘 가르쳐 줄 거야?"

"음, 글쎄. 로스팅이랑 에스프레소 추출법은 계속 연습했고, 에스프레소로 만드는 커피 만드는 법이나 계속할까?"

"그래! 이번에는 음, 마키아또, 이게 뭐야?"

"마키아또는 데미타스잔에 담긴 에스프레소에 우유거품을 올려놓은 것이라고 볼 수 있어."

여기서 로스팅이란 원두를 볶는 것을 말하는 것이다. 원두를 볶을 때에는 원두의 종류에 따라 포인트를 두는 곳이 달라야 하는데, 이걸 이야기하면 길어지니 일단 패스하도록 하자. 그리고 데미타스잔이라는 것은 에스프레소를 담는 작은 커피 잔이라고 할 수 있다.

'백문이 불여일견'이라는 말을 항상 입에 달고 사는 이현이인지라, 이번에도 몸은 이미 설명 없이 에스프레소 머신으로 향하고 있었다. 나는 앞치마에 꼭 챙겨두었던 메모지를 꺼내 들어 이현이의 뒤를 따라갔다. 에스프레소 머신은 물의 강한 압력으로 커피를 추출하는 기계이다. 나도 몇 번 다뤄 본 적이 있는데 제대로 양을 맞추질 못해 아직도 애를 먹고 있다.

"커피는 크게 봐서 두 가지로 나뉘어."

"에스프레소, 드립 커피. 맞지?"

"응, 맞아. 평범한 커피 점에서 먹을 수 있는 커피는 주로 에스프레소를 이용한 것들이 많아. 이제껏 배운 커피들도 에스프레소에 물과 우유를 섞거나 크림을 섞는 방식이었지?"

나는 말없이 고개를 끄덕이며 메모지에 받아 적었다. 이현이는 그런 나를 몇 초 응시하더니 다시 머신에 주의를 기울였다. 나도 이현이가 마키아또를 다 만들어 내게 내밀 때까지 침묵을 유지하며 이현이의 손만 뚫어져라 관찰하였다.

'언제쯤 나는 이현이처럼 저렇게 빨리빨리 움직일 수 있을까?'

평소에도 우리 둘은 대화를 잘 하지 않았다. 일방적으로 이현이의 설명을 내가 들어주는 편이라고 해야 하나? 서로 대화를 할 때는 내가 질문을 한다든가, 이렇게 오늘 하루 무엇을 공부할지에 대해서 이야기 할 때를 빼고서는 거의 없었다. 굳이 쓸 데 없는 대화를 할 부담감을 서로에게 주지 않아서 그런지 우리는 서로 침묵을 유지하면서도 편히 지낼 수 있었다. 지금처럼.

"으아, 덥다!"

"고작 하나 만들어 놓고서는 엄살이냐?"

"하지만, 주방은 항상 불타는 찜질방 같다고."

마키아또가 완성되자마자 나는 도망치듯 주방을 빠져 나왔다. 상쾌한 에어컨 바람이 땀에 푹 전 내 몸을 감싸주었다. 남이 보면 이상하다고 생각할지 모르겠지만, 나는 이 순간을 가장 좋아한다. 주방에서 열심히 공부를 한 후 땀에 젖었을 때, 시원한 에어컨 바람을 쐬는 것. 방학 전까지는 이런 종류의 기분을 잘 몰랐는데, 최근에 들어서 너무나도 좋아진 사소한 일 중 하나였다. 잠시 후, 소파에 널브러져 누워 있는 나에게 이현이가 마키아또 두 잔을 가지고 왔다. 한심하다는 표정을 지으며 컵을 내려놓은 이현이는 마시라는 눈짓을 보냈다.

"이렇게 매일 커피를 마시면 밤에 잠이 안 오지 않아? 그럼 키도 안 클 텐데."

두꺼운 머그잔을 입으로 가져가던 나는 무심결에 내 생각을 내뱉었다. 그러자 이현이는 웃음을 꾹 참는 표정을 말했다.

"아니, 별로. 그리고 키도 클 만큼 다 커서 신경 안 써. 너는 어때?"

"글쎄, 키는 모르겠지만 잠은 잘 자는 것 같아."

확실히 최근에 지쳐 잠든 경우는 드물었다. 꼬리에 꼬리를 무는 생각에 빠진다거나, 커피를 마셔서 잠을 못 자는 일도 없었다. 그냥 방까지 배어 버린 그윽한 커피 향을 한숨 가득 삼키고서는 잠든다, 그게 내 잠자기 전의 시나리오의 전부였다.

"그럼 다행이고. 너 요새 갈수록 여자애 같은 모습이 안 보이길래, 잠이 부족해서 까칠해진 건 줄 알았어."

이 말을 끝으로 이현이는 '큭' 하며 참았던 웃음을 터뜨렸다. 나는 방방 뛰며 화를 냈다. 물론 장난으로 저런 말을 했다는 것쯤이야 눈치로 알아챌 수 있지만, 괜히 기분이 이상해졌다.

'내가 얼마나 여성스러운데! 혹시 무거운 원두자루를 나 혼자 번쩍번쩍 들어서 그런가?'

머릿속이 괜히 복잡해졌다. 그렇게 이현이는 오늘 하루 종일, 사장님이 무슨 일이냐고 물어보실 때까지 킥킥거리며 은근히 날 놀려댔다.

다음 날 아침, 간만에 비가 쏟아졌다. 카페의 축축하던 내부가 방금 켜놓은 에어컨으로 서서히 말라가던 중이었다. 이제 막 이현이와 함께 원두를 주방으로 옮겨 놓았을 때, 주머니에 있던 핸드폰이 시끄럽게 울렸다. 나는 이현이에게 미안한 표정을 지으며 전화를 받으러 나왔다.

"여보세요?"

"어어, 진아야, 잘 지냈니?"

전화기를 귀에 대자 익숙한 남자 목소리가 들려왔다. 그 귀찮은 멘토였다. 웬일로 방학이 일주일이나 지났는데 조용한 가 했더니 연락이 왔다.

"방학도 했는데, 요새 뭐하고 지내니? 그 인턴십 문제는 잘 해결됐어?"

"그냥 아는 카페에서 일하고 있어요."

"그래? 무슨 일 배우고 있니?"

"커피 만드는 거요."

웃음을 섞어가며 대답하던 상대는 갑자기 대답이 뚝 끊겼다. 그 침묵에 대해 곧바로 추궁하지는 않았지만, 핸드폰을 귀에서 땐 체 1초씩, 2초씩 늘어가는 통화시간만 뚫어져라 쳐다보았다. 그리고 잠시 후, 방금 전과는 조금 다른 낮은 목소리가 들려왔다.

“진아야, 그냥 취미로 배우는 거지?”

“네?”

“아니면 혹시 그 쪽으로 직업을 생각하는 거야?”

“무슨 말인지는 잘 모르겠지만 지금은 이쪽에 흥미가 있어요.”

“…… 너 혹시 지금 시간되니?”

“아니요. 지금 바쁜데요.”

“그러면 한마디만 할게. 그쪽으로 미래를 생각하게 만드는 흥미라면 그만 둬.”

“무슨 말을 하시는지 잘 모르겠어요.”

“흥미는 흥미일 뿐이야. 그 쪽 길은 네 길이 아니야.”

혼자 허둥지둥 대는 멘토 오빠를 의아해 하던 나는 갑자기 무언가를 들킨 것처럼 귀까지 얼굴이 확 달아올랐다. 너무 즐거워서 이런 일을 직업으로 삼아보고 싶다는 생각을 간혹 하고 있었다. 물론 사장님이 일을 금방금방 잘 배운다면서 그 쪽 일을 내게 권유하시긴 했지만, 절대적인 농담으로 듣기 위해 노력했다. 왜냐하면 그런 일을 하려면 정말로 재능이 있어야 하고, 그에 반해 나는 이현이보다 한참 부족하니깐. 그런 일은 이현이 같은 사람들만이 할 수 있는 일이라 무의식중에 단정 짓고 있었다. 그래도 내 미래를 자기 멋대로 단정 짓는 이 사람의 말은 무척이나 아팠다. 대체 왜요?

“오빠가 제 멘토로서 열심인 것은 알겠는데, 이런 것까지 사사건건 참견할 자격은 없다고 생각하는데요?”

“그래? 난 부모님들이나 선생님들 생각도 고려해서 이런 말을 하는 거야.”

“뭐라고요?”

“넌 반드시 명문대에 들어가야 해. 네가 아직 어려서 그러는 건데, 그러니깐 그런 일은 전문대로 가야 하는 건 알고 있지?”

“전문대가 뭐가 어때서요? 공부를 잘하면 꼭 명문대로 가야만 해요? 전교 1등은 꼭 좋은 대학 가라는 법, 이 세상 어디에도 없어요.”

“그 동안 넌 그것 때문에 공부한 거잖아, 안 그래? 그런 너를 딴 길로 새도록 내버려 둘 수는 없어. 이렇게 바른길로 인도하는 게 나 같은 멘토의 일이기도 하니깐. 어, 그러니깐 우리 천천히 대화 좀 할 수 있을까? 그래, 말 나온 김에 대학 얘기도 좀 하고, 2학기 예습에 대한 이야기도 좀…….”

“싫어요!”

‘어른들은 하나같이 바보에다가 이기적이야!’

더 이상 이 사람 목소리가 듣고 싶지 않아 난 무작정 핸드폰의 배터리를 분리시켜버렸다. 하지만 오빠의 말은 내게 있어 충분히 설득력이 있었다. 그 동안 나의 목표는 전교1등, 좋은 대학 이었고, 그걸 포기하기에는 두려움이 앞섰다. 오랜 기간, 목표 없는 날 지탱해 준 나름의 미래를 향한 ‘목표’였는데 이제 와서 이것들을 포기하자고? 게다가 부모님을 설득할 자신도 없었다. 갑자기 확실하게 무서워졌다, 나의 불확실한 미래가.

‘차라리 나 같은 건 공부나 하는 게 제일 편하고 안전할지도 몰라.’

문득 인기척이 느껴져 옆을 돌아보니 이현이가 내 옆에 앉아 있는 것을 발견하였다. 다행히 아무런 말도 걸지 않은 채, 밖을 바라보고 있었다. 나는 재빨리 눈 주위를 슥 닦았다.

“너, 그렇게 공부를 잘하냐?”

“그냥 그럭저럭.”

“그럼 여기서 이러고 있으면 안 되잖아.”

평소에도 무신경하게 말을 하는 이현이지만, 지금 상태로는 저 말투가 정말 마음에 들지 않았다. 괜한 화풀이인지는 몰라도 짜증이 났다. 나는 울음과 짜증을 꾹꾹 눌러 참는 티가 팍팍 나는 목소리로 대답했다.

“그건 내가 알아서 할일이야. 내가 하고 싶은 것도 마음대로 하지 말라는 법이라도 있어?”

“아니 없어. 꼭 네가 하고 싶은 대로 해.”

그러자 이현이는 저 혼자 씩 웃으며 내 어깨를 툭툭 두드렸다. 그리고 이제 자기 할 일이 끝났다는 것처럼 순식간에 계단을 따라 카페로 훌쩍 올라가 버렸다. 황당하기 그지없는 이현이의 대답과 돌발행동에 나는 한대 얻어맞은 기분이었다. 꼭 내가 하고 싶은 대로 하라니 알 듯하면서도 잘 이해가 가지 않는 말이었다. 그런데도 방금 전까지는 묵직하던 공기가 한결 가벼워진 것이 느껴졌다.

“조금 있다가 원두 로스팅 할 거야. 빨리 와.”

조금 열린 카페 문 사이로 이현이의 목소리가 들려왔다. ‘로스팅’이라는 단어를 듣자마자, 나도 모르게 원두의 향긋하면서도 구수한 향이 떠올랐다. 상상만 해도 가슴 설레는 그 향기를 조금이라도 더 빨리 맡고 싶어졌다.

"응! 알았어!"

나는 계단을 쿵쾅거리며 카페로 뛰어올라갔다.

"그래서 이 부분에서는 x가 이렇게 되니깐……."

사방에서 부담스러운 사각거림이 들려왔다. 물론 나도 그 사각거림에 함께 동조하고 있었지만, 마음만은 허옇게 질린 칠판을 떠나 창 밖 하늘을 훨훨 날고 있었다. 숨이 막힐 정도로 무더운 교실 한중간에 앉아있음에도 불구하고 내 머릿속은 이미 에어컨 바람이 쌩쌩 부는 카페 안에서 커피를 홀짝이고 있었다. 지금쯤 카페에서 원두를 볶고, 에스프레소 머신을 살펴보고 있을 이현이가 떠오르자 가슴이 무너져라 질투가 났다. 보충수업이 시작되고부터 나는 더 이상 학원을 몰래 땡땡이 칠 수 없게 되었다. 부모님 눈치도 보이지만, 그보다 더 중요한 것은 내가 한창 즐거운 시간을 보내고 있을 때 다른 아이들은 이미 선행학습을 시작하고 있다는 것이다. 고등학교에 들어와서 전교 1등을 하기 위해 얼마나 많이 고생을 했는지는 생각만 해도 눈물이 앞설 지경이었다. 확실히 중학교와는 전혀 다른 환경, 모두가 최선을 다했다. 그래서 나는 그 아이들을 뛰어넘기 위해서 앞으로는 더더욱 노력을 해야만 한다. 그래서 다시 멋지게 공부를 하겠다고 그렇게 다짐을 했는데.

'하지만, 정말 커피가 너무너무 보고 싶다고!'

카페에 못 간지도 어느덧 다섯 손가락에 꼽힐 정도가 되었다. 마치 카페인 중독이라도 걸린 것처럼, 지금 난 커피향기를 향한 갈증을 짜증이 날 정도로 느끼고 있다. 조금만 멍하게 있어도 나도 모르게 내 손은 잔뜩 웅크리며 알 수 없는 야릇한 동작들을 벌이고 있었다. 그 때, 수업을 마치는 종소리가 울렸다. 나는 자리에서 일어나 집에 갈 준비를 했다.

"진아야?"

"…… 네? 저 부르셨어요?"

"그래, 뭘 그렇게 멍하게 있어? 벌써 4시인데, 얼른 밥 먹고 학원 가야지. 오늘은 영어학원이랑 논술학원 가는 날이지?"

"네."

나는 애꿎은 두부조림만 젓가락으로 꾹꾹 눌러 산산조각을 내버렸다. 내 기분을 조금도 알 리가 없는 엄마는 날 바라보며 생긋 웃기만 하셨다. 고등학교에 와서도 내가 성적을 유지할 수 있을지에 대해 나름 속으로 애를 태우신 모양이신지, 기말고사 성적이 전교 1등으로 깔끔하게 마무리가 되면서 엄마는 전보다 더 자주 활짝 웃는다. 그래서 머뭇거리며 커피 얘기를 은근슬쩍 하려다가도 심장에 무언가가 푹 꽂히는 기분이 들어 포기하고 만다.

'이대로여도 괜찮아?'

"손진아! 대체 몇 번을 불러야 대답을 해 주실 겁니까!"

"아! 죄송합니다."

"요새 어디 아프기라도 하니?"

"아니요, 그냥 좀……."

장난 섞인 목소리로 내 이름을 크게 부르시던 선생님은 내 표정을 보시더니 걱정을 하기 시작했다. 오늘 하루만 해도 저 말을 벌써 열두 번은 더 들었을 것이다. 내일이면 괜찮겠지, 하면서 미루던 내 상태는 며칠이 지나도록 괜찮아지지 않았다. 아니, 더 악화되었다 해도 과언은 아닐 것이다. 원래 잡념에 자주 빠지는 편이였으나, 금방 툭툭 털고 일상으로 금방 돌아오곤 했다. 그러나 현재, 지금까지도 바보가 되어버린 내 머릿속에서는 물음표가 좀처럼 떠나지 않았다.

'정말 괜찮아?'

"진아야, 너 요새 정말 아픈 거 아니야?"

쉬는 시간을 알리는 종이 울리기가 무섭게 수빈이가 내 곁으로 쪼르르 달려왔다. 그리고 얼굴 가득 울상을 하고선 옆에서 쨍쨍거리며 잔소리를 하기 시작했다. 공부를 너무 많이 해서 그런 거라니, 자기랑 놀아주지 않아서 그런 거라니. 그러나 그 말소리들은 내 귀에 틀어박히는 것 하나 없이 허공에서 부서졌다. 그리고 잠시 후, 나도 모르게 불쑥 튀어나온 한숨과 함께 수빈이의 잔소리는 끝이 났다.

"너 아픈 게 아니라 고민이 있는 거구나! 완벽한 척 해도 소용없어. 너도 역시 사람이구나."

이번에는 잔소리 대신 까르륵거리며 내 고민을 추측하기 시작한 수빈이는 어

느듯 노트에 필기까지 해가며 날 상담하기 시작했다. 그러더니 결국 그녀가 내놓은 결과물은,

“혹시 좋아하는 사람이 생긴 거 아냐? 이건 틀림없이 상사병이라고!”

“상사병이라…….”

“어? 정말이야?”

동그래진 표정으로 내 얼굴을 구석구석 살피는 수빈이에게 나는 말없이 웃으며 고개를 흔들었다. 그러나 내 웃음을 꼬투리 잡아 자신의 추측을 확정시키려고 하던 중에 쉬는 시간의 끝을 알리는 종이 울려 퍼졌다.

“꼭 네가 하고 싶은 대로 해.”

순간 깜짝 놀라 급하게 소리가 나는 곳을 쳐다봤다. 그러나 그곳에는 아무것도 없었다.

“진아야, 왜 그래?”

“누가 뭐라고 하지 않았어?”

“종소리밖에 안 들렸는데. 종소리를 잘못 들은 거 아냐?”

“그런가.”

달빛이 창가를 향하여 하얗게 부서지던 어느 늦은 밤, 내 맘 깊숙한 곳에서 어떤 부드러운 목소리가 나직이 내 이름을 불렀다. 따뜻하면서도 미묘한 일렁거림이 일어났지만 난 대답조차하지 않은 채 묵묵히 공부를 했다. 내 마음이 내게 물었다.

‘넌 정말 이대로여도 괜찮아?’

난 책을 직시하며 대답하지 않았다. 내 마음이 바라는 대답은 나도 알고 있었다. 그러나 무서워서, 그걸 대답하면 어떻게 될지 몰라 두려워서 회피해 버렸다. 내 앞에 맞닿은 그 진심을 한 번 더 힘껏 밀어냈다. 그러자 내 생각의 빈 틈을 발견한 마음이 그걸 비집으면서 다시 물어왔다.

‘정말, 정말로 괜찮아? 후회 하지 않을 자신 있어?’

‘응, 정말 괜찮아.’

‘진심이야? 마지막이 될지도 모르잖아.’

순간 그 말이 너무나도 슬프게 다가왔다. 벅차오른 먹먹함은 내 눈 가득 눈물을

불러 모았다. 그때였다. 순간적으로 난 중얼거렸다.
"아니, 괜찮지 않을 거 같아……."

"그래서, 내 목소리를 닮은 환청 몇 번 들었다고 학원을 땡땡이 치냐?"
"…응"
어이없다는 표정으로 날 째려보는 이현이에게 나는 웅얼거리면서 애써 시선을 피했다. '무슨 큰 문제가 있는 거일수도 있잖아!' 혹은 '나 어디에 문제가 있는 걸지도 몰라!' 라고 외치고 싶었지만, 입안에서만 뱅글뱅글 맴돌 뿐이었다. 그 때, 주방 쪽에서 사장님이 두꺼운 컵 세 개를 들고 등장하셨다. 뭐가 그리도 좋으신지 싱글벙글 웃으시면서 내게 인사를 하자, 이현이는 사장님을 향해 신경질적으로 소리를 빽 질렀다.
"애한테 그렇게 오냐오냐만 하지 마요!"
"하지만, 이현이 너도 진아를 꽤나 보고 싶어 했잖냐."
"절대로 그런 적 없어요. 그리고 잘못한 건 잘못 한 거에요."
"그래, 무려 보름 만에 카페에 놀러 온 기분은 어떠니? 이번엔 또 무슨 일이야?"
이현이의 신경질을 웃음으로 넘기시며 사장님은 내게 조심스럽게 질문을 시작하셨다. 아무래도 이현이나 사장님, 두 사람 다 내가 잠시 커피에 흥미를 가지다가 곧 제자리로 돌아가 공부를 할 것이라고 굳게 예상하고 있었던 것 같다. 방금 전, 내가 카페 문을 열고 비장한 표정으로 등장했을 때 그 당황한 표정들이란. 멍하니 내 얼굴만 보시던 사장님은 허겁지겁 나를 자리에 앉히시더니 첫 마디는 다름 아닌, '오랜만에 어떤 향을 맡고 싶니?' 이었다. 덩달아 당황한 나는 '갓 볶은 원두 향이요……' 머뭇거리며 대답했다. 그때서야 사장님은 웃으시면서 주방으로 횡 하니 사라지셨다.
"진아야, 아직 보충수업 기간이니?"
"네, 곧 끝나면 개학도 해요."
"그런데 어쩐 일로?"
'사장님, 있잖아요……!' 그간 나 혼자 나름 힘들었던 일들을 허겁지겁 털어놓고 싶었다. 하지만 대체 뭐부터 이야기를 해야 될지 몰라 우물쭈물 입만 오물거렸다. 원두가루를 만지지 못한 지 일주일째부터 요상한 환청과 모든 냄새가 커피와 연관된 것 같았다고 하면 날 이상하게 볼까? 그래도 꾹꾹 참으며 이주일이 지나고, 새로운 주가 시작되려고 할 때쯤, 난 결국 인내심의 한계를 느끼며 책가방을 메고 이곳으로 전력 질주했다.

"진아야?"

"야, 손진아!"

사장님은 걱정스러운 표정으로 날 바라보셨다. 이현이는 내게 조금 화가 난 모양이다. 왜 화가 났을까? 하고 싶은 대로 하라고 한 건 정작 본인이면서. 괜히 심술이 난 나는 숨을 가득 들이 킨 후, 두 사람을 향해 큰소리로 외쳤다.

"커피가 너무 보고 싶었어요!"

닮은 구석이라고는 조금도 없는 두 사람이지만, 지금 이 순간만큼은 표정이 똑같았다.

'진아야, 이제 더 이상 도전을 두려워하지 마. 만약 실패를 한다면 툭툭 털고 일어나렴.'

'하지만 그건 너무 무서워. 너무나도 아픈 일인 걸.'

'그렇다고 피하기만 하면 넌 평생을 후회하게 될지도 모르는데?'

그날 저녁 내내, 사장님은 곤란하다는 미소와 함께 한참을 머리만 긁적이셨다. 이현이 또한 의외라는 듯한 표정으로 나를 바라보더니 한숨과 함께 자신의 이마를 쓸어 올렸다. '하지만 진아야, 커피관련 일을 종사하게 되면 네가 생각하는 성공과는 전혀 다른 길이 된단다.', '상상하는 것보다 더 단단한 각오가 필요한 힘든 직업이란다.' 사장님은 한참을 멋쩍게 우물쭈물 거리시더니 어렵게 날 설득하기 시작하셨다. 나중에 후회할지도 모르는 날 걱정해서 이러시는 걸 잘 알기에 조금 화가 나도 꾹꾹 참으며 나 또한 내 마음을 설명하기 위해 노력했다. 새하얀 머그잔 안에 시원하게 식은 커피를 홀짝일 때 쯤, 결국 사장님은 내게 두 손 두 발을 다 드셨다. 이현이 또한 날 보며 혀를 차고 있었지만 뭐, 표정을 보아하니 썩 나빠 보이지는 않았다. 오히려 반가움의 표정이 보였다랄까?

"하지만, 대학에 원서를 내기 전까지 공부를 손에서 놓지 않겠다고 약속해 주지 않겠니? 그럼 우리 카페에서 틈틈이 커피를 공부하게 해주마."

아, 그리고 중요한 이야기도 빼먹지 않으셨다.

"이현이 같은 경우에는 부모님의 허락을 받아서 아르바이트를 하고 있는 거란다. 원래 미성년자는 그렇게 해야만 하거든. 그런데 진아는 부모님께 허락을 못 받으니깐 가게에서 절대로 앞치마를 맨다거나, 일을 해서는 안 돼. 진아가 만든 커피를 손님께 팔아도 안 되고. 알겠지? 꼭 기억하렴."

그 날 밤, 나는 짙은 에스프레소처럼 잠들 수 있었다.

"오늘 또 야자 땡땡이 치는 거야?"

자리에서 일어나자마자 창밖에 날아다니는 마른낙엽이 눈에 들어왔다. 중학교와는 달리 정신없이 바쁜 고등학교 생활에, 혼자 하는 커피 공부에 어느 덧 넉 달이라는 시간은 허겁지겁 내 속에서 소화되고 있었다. 멍하니 창 밖을 바라보던 나는 문득 정신을 차리고 수빈이를 바라보며 조금 늦게 대답을 했다.

"응. 어제는 영어학원 가느라고 조금밖에 못해서 말이야……."

"그러다가 선생님한테 들키기라도 하면 어쩌려고? 기말고사도 못 쳤다며."

"그렇게 못 친 건 아니니깐 걱정 마. 그럼 안녕!"

날 바라보는 수빈이의 표정에는 오래 전부터 조금씩 나타나던 실망감으로 가득 물들어 있었다. 평소 나를 우상으로 삼았던 수빈이이기에, 그 마음을 이해하지 못하는 건 아니었기에, 나는 씨익 웃어 보이면서 살금살금 교실 문을 열었다. 그 때, 문을 열자마자 담임선생님의 모습이 내 시야에 가득 들어왔다.

"손진아, 잠깐 선생님 좀 보자."

"예? 저요?"

선생님은 그 한 마디만 툭 뱉으시고는 싸늘하게 교무실로 걸어가셨다. 나는 한숨을 쉬며 별수 없이 그 뒤를 따라갔다.

"대체 이게 뭐지?"

선생님이 내민 하얀 종이는 다름 아닌 이번 기말고사 성적표였다. '전교 17등' 난 속으로만 입맛을 쩝쩝 다시며 떨리는 마음을 최대한 가라앉히기 위해 노력했다.

'예상했던 일이잖아.'

하지만 목구멍 근처에서 욱하면서 아려오는 무언가는 내가 생각하던 것보다 더 묵직하고 큰 것 같았다.

"진아야, 설마 이전에 성적을 단순한 운이라고 그러지는 않겠지?"

"……."

"2학기 중간고사서부터 자꾸 떨어지고 있는데, 무슨 이유라도 있니?"

"할 말이…… 없습니다."

내 얼굴을 찬찬히 뜯어보시던 선생님은 깊은 한숨과 함께 다시 성적표로 시선을 옮겨 가셨다. 나 또한 속으로 선생님의 다음 말에 대해 마음의 준비를 단단히 하고 있었다. 분명 하고 싶은 말은 많았다. 어쩌면, 분명 선생님이라면, 날 이해해 주시지 않을까 라는 달콤한 유혹이 팔랑거리기 시작했다.

"그렇다면 네 노력부족이구나. 이제 겨울방학이 지나고 나면 고3이 되는데, 앞으로 더 열심히 하겠다고 약속 할 수 있겠지?"

"저기…… 선생님?"

"그리고 네가 요새 야자를 자주 빠진다는 얘기가 들리더구나."

"……."

"지금까지는 내가 눈감아줬지만, 앞으로는 국물도 없을 줄 알아라."

굳어있던 표정이 조금 풀리신 선생님은 어색하긴 해도 다시 평소의 미소를 지으셨다. 그리곤 이제 그만 나가보라는 손짓을 하시더니 책상으로 시선을 옮기셨다. 졸지에 할 말을 하지 못한 나는 자리에 어정쩡하게 일어나 입만 벙긋거리며 공기만 연신 삼켜댔다. 그 때, 어디선가 툭 튀어나온 의무감이 지금 꼭 말을 해야 한다는 생각을 확고하게 만들었다. 결국 나는 한층 높아진 목소리로 다시 선생님을 불렀다.

"선생님! 그건 안 돼요! 실은 저 공부보다 더 하고 싶은 일이 생긴 것 같아요."

"무슨 일인데? 혹시…… 아아, 그 나이 때는 다 그런 거야. 연예인이니 뭐니 아무리 이름이 번지르르 하다해도 정작 후에 생각하면 별것도 아닌, 그러니깐 오히려 후회만 하게 된단다. 그러니깐 공부 외에 괜한 곳에 관심두지 말거라. 진아는 그걸 잘 알고 있으리라 믿었는데."

"그런 것이 아니라 진지하게 직업으로 고려하고 있는 일입니다."

난 눈을 질끈 감고 주먹을 꽉 쥔 채, 힘 있게 웅얼거렸다. 등 쪽에서 식은땀이 주르륵 흐르기 시작했다. 장난 섞인 목소리로 날 충고하시던 선생님은 내 대답에 잠시 멈칫하시더니 조금 굳은 표정으로 또 다시 싸늘하게 날 올려다보셨다. 무서웠다. 선생님의 그런 표정은 방금 전과는 또 다른 낯설음이 느껴졌다. 정말 처음이었기에 도무지 적응할 수가 없었다.

"그래서, 앞으로 어쩌겠다는 거지? 공부는 안하겠다는 거니?"

"그건 아니지만, 언어영역 문제집을 푸는 것보다, 수리 오답노트를 작성하는 것보다, 그 일이 더 즐겁고 기뻐서……. 그런데 시간이 없다 보니 야자시간에 빠지게 되었습니다."

"그건 안 돼."

"……."

"부모님도 아시니?"

"아니요, 아직……."

"그럼 일단은 없던 일로 하마. 한번 만 더 이런 일이 있으면, 그때는 부모님을 호출하겠다."

"……."

"고2나 됐으면 어느 정도 앞을 생각 할 줄 알아야지."

최대한 내 방식대로 내 마음을 표현하기 위해 머리를 굴렸다. 허나 자신이 없어 고개를 푹 숙이고 고백하듯 조용히 중얼거리기만 했다. 그러나 내 말을 뭉텅 잘라버리는 선생님의 단호한 어투와 '부모님' 이라는 말에 나는 더 이상 따진다는 것을 상상할 수가 없었다. 침묵을 대답으로 대신한 채 나는 천천히 발을 움직여 뻑뻑한 나무문을 힘겹게 열고 밖으로 빠져나왔다. 이제 곧 눈물이 나올 것이라 생각했음에도 어째서인지 나오지 않았다. 오히려 지끈거리는 머리로 생각을 하고 있었다.

'어른들을 어떻게 해야 내 식대로 이해시킬 수 있을까.'

되뇌고 되뇔수록, 선생님의 말씀이 내 가슴을 향하여 비수처럼 날아왔다. 언제까지나 피할 수 없는 일이기에 나는 그것들을 받아내기 위해 자리에서 버티고 싶었다. 그러나 그것들을 해결하기 위한 방도는 쉽사리 떠오르지 않았다. 그리고 벽은 하나 더 남아 있었다. 바로 '부모님' 이다. 현실에는 왜 드라마 속 선생님들처럼 멋있는 눈물의 배려와 이해 따위가 전혀 보이지 않는 걸까?

터덜터덜 교실 문 앞으로 당도하자 나는 갑자기 문을 열기가 두려워졌다. 왠지 나와 이곳은 단절된 것 같은 기분이 느껴졌다. 나를 이해해주지 못하는 학교, 어른들에게 나는 지금 상처를 받고 있었다. 부모님은, 엄마는 날 이해해 주실 수 있을까? 믿고 싶은데 믿고 싶지 않았다. 참 이상한 기분이다.

난 결국 학교를 뛰쳐나와 달리고 있다. 지금 벌어진 일은 당장 매듭을 짓고 싶었다. 솔직히 어떻게 해야 할지에 대한 대책은 전혀 없었다.

'넌 지금 무슨 자신으로 이렇게 달리고 있는 거니.'

어느 덧 도착한 곳은 커피향이 솔솔 풍겨 나오는 카페가 아닌 무거운 쇠로 만들어진 대문이었다. 자꾸 굳어져 가는 입으로 '아이우에오'를 꿍얼거리기 시작했다. 그리고 한 번의 심호흡과 함께 불안함으로 떨리는 것만 같은 내 뱃속을 진정시켰다. 그리고 손을 내뻗어 초인종을 꾸욱 눌렀다. '띵동' 익숙한 벨소리가 귓속을 날카롭게 파고들었다.

"진아니? 지금 학교에 있을 시간 아니야?"

"어, 엄마. 저기 급한 일이 있어요."

무거운 철문이 철컹거렸다. 나는 계단을 따라 집안으로 향했다. 가방 끈을 꼭 쥐고 있는 두 손은 어느 새 땀에 젖어 축축해졌다.

"그래, 진아야. 무슨 일이니?"

엄마는 걱정스런 표정으로 서 계셨다. 거실에 회사에서 이제 막 퇴근을 하신 것으로 보이는 아빠도 계셨다. 나는 두 분께 일단 소파에 앉아 달라고 부탁을 하고 잠시 내방으로 들어갔다. 가방을 책상에 올려놓고 크게 숨을 들이 킨 후, 나는 다시 거실로 향하였다.

"저기 엄마, 아빠."

"무슨 일이니?"

여전히 근심이 가득한 표정을 하신 엄마는 떨리는 목소리로 내 안부를 계속해서 물으셨다. 아빠도 눈짓으로 내 행동을 살피시면서 신문의 페이지를 넘기고 계셨다. 마치 큰 웅변대회라도 나온 것처럼 나는 심장이 두근거리기 시작했다. 이제 시작이야. 온 몸이 긴장감에 부르르 떨려왔다.

"중요하게 드릴 말이 있어요."

"그래, 말해 보렴."

"이걸 고민한 지는 어떻게 보면 짧을 수도 있는데, 저 스스로에게는 굉장히 오랜 시간이었어요. 나름 다른 방안도 찾아보고 최대한 모두에게 옳은 방향으로 노력을 하려 했는데요, 저 혼자 너무 힘들어서요."

마지막 한마디와 함께 터져 나온 내 숨소리는 남들도 들을 수 있을 만큼 떨고 있었다. 엄마는 동그래진 눈으로 날 뚫어져라 바라보셨다. 어느새, 아빠도 신문을 접고 내 쪽으로 얼굴을 돌리고 계셨다. 온몸이 쿵쾅거렸다. 얼굴이 빨개졌다

"저, 실은, 하고 싶은 일이 생겼어요. 앞으로, 직업으로 말이에요."

"무슨 일인데 그러니?"

내가 세상에서 제일 좋아하는 우리 엄마의 예쁜 미소가 지금만큼은 먹먹한 내 마음을 아프게 찔러왔다.

"바리스타……요."

"그게 뭔데?"

아차, 전혀 생각지도 못한 일이었다. 어른들은 바리스타라는 직업을 모르고 있었다! 뭐라 대답할지 몰라 허둥거리던 나는 결국 생각나는 대로 중얼거렸다.

"커……커피를 만드는……."

"……뭐라고?"

"진아야."

내 말이 끝나기도 전에 엄마의 얼굴은 새하얗게 질리고 말았다. 아빠 또한 한층 더 깔린 목소리로 내 이름을 지긋이 부르셨다. 당황한 나머지 내 머릿속은 실타래처럼 점점 엉키기 시작했다. 무슨 말을 해야 할지 전혀 떠오르지 않았다. 거기에다가 혀가 꼬여 말이 나오지 않고 눈앞이 캄캄해졌다.

"어……엄마! 아빠! 이건 절대로 그런 이상한 일이 아니에요!"

"그래서 계속해 봐. 그 일을 하려면 어떻게 해야 하지?"

"아, 전문대에 바리스타과에 입학하기만 하면……."

"그건 안 돼! 고작 전문대에 가자고 그 동안 공부한 게 아니잖니!"

엄마보다는 한결 침착하신 아빠는 내 뒷말을 추궁하셨다. 그러나 곧 바로 '전문대'라는 금기의 단어가 나오자마자 엄마의 비명 비슷한 목소리가 온 집안을 울려댔다. 난 더 이상 아무런 말을 하지 못했다. 아빠도 아무 말도 하시 않으신 채, 생각에 잠기신 듯 보였다. 엄마는 다급한 표정으로 내 두 손을 힘주어 꽉 잡으셨다.

"진아야, 다시 한 번 더 생각해 보렴. 대체 전문대가 인생에 무슨 도움이 된다는 거니? 좋은 직업을 가질 수 있는 기회를 너 스스로 포기하는 거야, 지금. 게다가 그

직업으로 먹고 살 수는 있겠니? 커피? 바리스타? 이름만 번지르르 하지 결국은 다방에서 커피 파는 거나 다를 게 뭐가 있다는 거야. 아무튼 이 엄마는 널 이해할 수가 없구나. 이 엄마의 마음을 조금이라도 이해한다면 지금이라도 그만둔다고 해 주렴."

"그건, 그건 분명히 엄마가 오해하는 거예요. 전혀 그렇지 않아요! 그리고 전문대가 뭐가 어때서요?!"

"그 직업으로는 절대로 성공할 수 없어. 네가 아직 어려서 그런 것 같은데 그 직업은 너에게 맞지 않아! 아무튼, 절대로 안 돼! 허락할 수 없어."

"엄마? 어떻게 그러실 수가 있으세요? 저에 대해 똑바로 아시기나 하시냐고요!"

"지금 네가 꾸는 꿈은 단순한 너의 착각이야. 그래, 아직 어리니깐 그런 직업이 멋있어 보일 수 있는 건 당연해. 하지만 엄마는 어른이야. 그래서 이성적인 시선으로 앞을 볼 수 있는 거야. 알겠니?"

"아니요, 모르겠는데요. 저야말로 엄마가 도무지 이해되지 않아요! 전문대가 대체 뭐라고 이러시는 거예요?! 그런 생각이야 말로 감정에 치우친 거라구요!"

"진아야, 대체 너 왜 그러니! 그런 직업은 결국 남들에게 웃음이나 파는…… 그런 질이 낮은 직업이란 걸 왜 몰라! 나중에 후회하는 건 바로 너라고!"

"절대로 후회하지 않을 거예요!"

"안 돼! 아무튼 절대로 안 돼! 지금 당장 방으로 들어가!"

한참 동안 엄마를 쳐다봤다. 아니, 감정에 치우쳐 노려봤다고 하는 게 더 어울릴 정도로 지금 내 눈길은 날카로웠다. 그러나 엄마는 다른 곳을 바라보며 내 시선을 피했다. 그렇게 나는 내 방으로 도망치듯 달려갔다. 방에 들어가자마자 침대 위로 힘없이 쓰러졌다. 지금 당장 카페로 가고 싶어졌다. 다시 방문을 열고 나오다 엄마의 날카로운 목소리를 들었다.

"말이 되기나 해요? 전문대에 가서 대체 뭘 하겠다고. 분명히 얼마 안 가서 금방 질려 버릴 거라고요. 그런 허튼 직업을 꿈꾸는 것 자체가 아직 어리다는 거 아니겠어요? 요새 학원도 자주 빼먹는 걸 안 그래도 혼내려고 했었는데."

"학원까지 빼먹었어?"

"예. 아휴, 정말 창피해서 어떡해요? 만약에 친척들이 알면 뭐라고 손가락질 하겠냐구요. 나는 그냥 저만 믿고 있었는데, 자식이라고 저 하나 있는 걸 뻔히 알면서 어떻게 저렇게 부모의 뒤통수를 칠 수가 있어요? 진아는 꼭 일류대학에 들어가야만 해요."

"하지만 진아의 이야기를 좀 들어 보는 게……."

"됐어요. 더 이상 들을 가치도 없어요. 우리가 누구 때문에 이렇게 고생을 하는데."

나를 향한 엄마의 기대심리는 이전부터 알고 있었다. 그러나 그건 내 생각보다 훨씬 더 컸던 모양이다. 실망에 빠진 엄마를 이해 할 수 있으면서도 한편으로는 무척이나 섭섭해졌다. 괜히 눈물이 났다. 지금 고민하고 힘든 건 나인데, 어째서 어른들은 자신들의 생각만 하는 걸까. 왼손으로 볼에 흐르는 눈물을 닦아내며 오른손 주먹을 꽉 쥐었다. 반드시 포기하지 않으리라. 바리스타라는 직업으로 반드시 떳떳하게 성공을 할 것이다. 난 조용히 다시 내 방으로 돌아갔다. 핸드폰을 들어 통화버튼을 꾹 눌렀다. 몇 번의 통화음이 지난 후에, 익숙한 낮은 톤의 목소리가 들려왔다.

"이현아, 나 말이야……."

그 날 이후, 나는 조금 변했다. 물론 평소와 다름없이 엄마와 아빠를 대하고, 선생님을 만났다. 그러다 곧 수험생이 되었다. 최선을 다해 공부를 하고 성적을 다시 올려 1학기 중간고사 때는 전교 1등을 되찾았다. 그렇다고 해서 커피 공부에서 손을 떼지는 않았다. 학원을 차차 줄여가며 커피공부와 자습시간을 늘려갔다. 틈이 날 때 마다 카페로 달려가 모르는 것들을 물어보고, 이현이가 메모해 주는 것들과 내가 직접 조사한 것들에 대해서 매일매일 조금씩 노력하고 있었다. 비록 몸은 피곤했지만 마음만은 든든했다.

실은 선생님과 부모님의 논쟁 후, 많은 생각들을 할 수 있게 되었다. 막연히 그 일이 하고 싶다고 졸라봤자 그건 단순한 어린아이의 철없는 투정이라는 것을. 그래서 나는 생각을 바꿔서 어른들이 원하는 것과 내가 원하는 것을 동시에 취하도록 했다. 그래서 결정한 것은 '우선 성적을 올리자'이었다. 엄마도 성적에 대해서는 나름 흡족해 하시는 것 같았다. 그러나 아직까지도 늦어지는 나의 귀가를 못마땅하게 생각하셨다.

"벌써 새벽 2시인데, 안 자니?"

"아, 아빠? 곧 잘 거예요."

"요새 열심이구나. 성적도 다시 올라가고."

"앞으로도 쭉 유지할거에요."

부드러운 미소와 함께 따뜻한 코코아 한 잔을 가지고 들어오신 아빠의 시선이 내 책상위로 머물렀다. 다름 아닌 바리스타에 대한 갖가지 조사 자료들이었다. 아빠는 내게 코코아를 내미시면서 침대 끝에 걸터앉으셨다.

"너무 무리하지는 말거라. 그러다가 몸 상할라."

"아니요. 저는 제 꿈이 철없는 게 아니라는 것을 꼭 보여 드릴 거예요."

아빠는 쓸쓸한 미소와 함께 창밖을 내다 보셨다. 어느덧, 계절은 봄을 지나 여름을 향하여 급하게 달리고 있었다. 다시 푸르러지는 세상을 볼 때마다, 그것들이 내게 '시간은 빠르게 지나간다' 고 조용히 속삭여 주는 것 같았다. 한참의 침묵이 흐르고 그 정적을 초바늘이 여러 번 갈라냈을 쯤에 아빠의 입이 열리었다.

"저기, 진아야."

"네?"

"요새 네 모습이 예전과는 다르게 열정이 담겨 있는 것 같아 보기 좋구나."

"……."

"예전에도 열심히 했지만 항상 뭔가에 지쳐 끌려 다니는 느낌이 있었거든. 그런데 요즘은 아니야. 뭐랄까, 네가 네 일들을 주도적으로 이끌어 나가는 것 같아. 내 말이 맞지?"

나는 말없이 웃으면서 고개를 끄덕였다. 환하게 웃는 아빠의 얼굴이 문득 참 많이 마르셨다는 것을 느꼈다. 그것을 자각하고 나니 갑자기 가슴 속 일렁이는 것들이 내 목구멍을 간질이는 것 같았다.

"그래서 말이다, 이 아빠는 네 꿈에 대해 조금은 마음이 긍정적으로 바뀌었단다."

"정말요?"

"그래, 정말이다. 우리 딸이 이렇게 열심히 한다면 아빠로써 해줄 수 있는 최선의 일은 너를 믿어주는 것이라고 생각해. 어때, 조금은 힘이 되니?"

"헤헤, 아주 많이요. 감사합니다. 열심히 해 볼게요."

방금 전까지 졸음으로 뻑뻑했던 내 눈동자들이 물기를 가득 머금기 시작했다. 나는 더 이상의 아무런 말없이 아빠를 바라보며 미소 띤 얼굴로 코코아를 벌컥벌

컥 마셨다. 조금 진한 코코아, 아무래도 아빠가 직접 탄 것 같다. 아빠는 자리에서 일어나시면서 방문쪽으로 천천히 걸어가셨다.

"네 엄마도 겉으로는 단단해 보여도, 실은 네 걱정에 매일 밤잠을 설치신단다. 그럼 일찍 자렴."

'달칵' 소리와 함께 나는 갑자기 긴장이 확 풀리면서 참을 수 없는 피로들이 몰려왔다.

'오늘은 이만 자야겠다.'

왠지 내일은 새벽 3시까지 공부해도 버틸 수 있을 것만 같은 그런 생각이 들었다.

"내가 조사 해둔 대학이야."

"괜찮은데? 나는 여길 조사했어."

카운터에 찰싹 붙어 사이좋게 서있던 우리 둘은 잠시 후, 높아진 언성으로 서로 다투기 시작했다. 어느새 시간은 흐르고 흘러 우리를 '대학교 입학'이라는 인생의 갈림길 앞으로 던져 놓았다. 지금까지의 준비와 노력들이 한 순간의 결정으로 끝이 나겠지? 둘 다 수능 준비로 바빠 카페에 안 나온 지도 한참이었다. 가끔 전화로 사장님과 이현이, 두 사람과 연락을 하고 있었는데 오늘은 대학에 대한 이야기를 나누고자 잠시 이렇게 시간의 짬을 냈다. 벌써 우리가 대학생이 된다니, 흥분이 되면서도 앞날에 대한 걱정으로 우리 둘은 힘들어 하고 있었다.

"아, 어렵다, 어려워."

"정말 공부하는 것보다 더 힘든 거 같아."

"일단 수시는 여기저기 다 넣어두긴 했는데…"

"그러게 평소 공부 좀 같이 해두지 그랬어?"

"네가 독한거야."

"아, 네, 네."

나는 엉금엉금 소파로 걸어가 털썩 주저앉았다. 툴툴거리던 이현이는 끝내 참던 웃음을 피식 지어보였다. 가끔 난 이 아이를 만나 정말 다행이라는 생각을 든다. 정작 누군가가 필요할 때, 내 곁에는. 심지어 가족마저 내게 차가운 시선을 보낼 때, 이현이만은 말 한 마디 하지 않으며 조용히 내 옆에 서있었다. 게다가 그간의 바리스타 공부도 전적으로 이현이가 시켜주지 않았던가? 어느덧, 나의 이현이는 유일한 커피 선생님이자 가족이라는 이름이 더 어울릴 것 같은 친구가 되었다. 내게 있어 이 아이는 정말로 중요한 존재이다. 앞으로는 내가 이 아이에게 도움이 되고 싶다.

"야, 졸지 말고 여기로 와서 빨리 봐."

"알았다고! 언제부터 그렇게 꼼꼼했다고."

"대학 안 갈거냐?"

"간다고! 완전 잔소리는 시어머니 빰 쳐!"

"대체 어디에 있지?"

잔뜩 경직된 손가락은 어설프게 마우스 휠을 돌리면서 바쁘게 움직였다. '손진아' 이름 석 자를 찾는 게 이렇게 힘들고 긴장되는 일인 줄은 몰랐다. 입을 덜덜 떨며 겨우겨우 대답했던 면접이 엊그제 같은데 벌써 합격 발표라니. 이현이는 그 대학에 수시를 넣었고 나는 처음부터 생각한대로 '당당히' 정시로 원서를 냈다. 처음부터 이현이를 따라 갈 작정이었는데, 이현이가 바라는 대학은 생각보다 경쟁력이 굉장한 학교였다. 전문대에 대해 문외한 나는 솔직히 말해 전문계의 일류대학 이라는 타이틀이 굉장히 생소했다. 일류대학이라면 언제나 S대나 K, Y대를 떠올리던 단순하고 바보 같던 전교 1등이라서 그런가?

"찾았다, 손진아. 어, 수석합격?"

허겁지겁 따뜻한 방안을 뛰쳐나와 목도리를 둘둘 감으며 나는 달리고 있다. 이 기쁜 소식을 빨리 이현이와 사장님께 알려야 된다! 칼 같은 겨울바람 사이로 정신없이 달리면서도 꽁꽁 언 내 손가락은 핸드폰을 꾹꾹 누르고 있었다. '이현아, 나 수석으로 합격했어. 너는?'

'딸랑딸랑' 익숙한 종소리가 텅 빈 카페 가득 울려 퍼졌다. 헐떡이며 두리번거려 보았지만 그 곳에는 아무도 없었다.

'카페 안에 히터가 틀어져 있는걸 보니 금방 오나보네.'

나는 시계를 보면서 천천히 앞치마를 둘렀다. 그때 그 여름 방학 이후부터는 인턴십 기간이 아닌지라 가게 일을 도울 수가 없었다. 그렇다고 해서 부모님이 아르바이트를 허락해 주실 일도 없었기에 나는 매일 따로 내 공부만 하고 조용히 사라지곤 했다.(학생의 경우 부모님의 허락 없이는 아르바이트가 불가능 하다.) 늘 그게 마음에 걸렸는데, 수능을 치고 나서는 아빠의 허락으로 아르바이트가 가능해졌다. 마음을 차분히 비우려고 해도 빠르게 리듬을 타고 있는 내 심장이 좀처럼 진정을 하지 않았다. 한참 심호흡을 하고 있는 도중 등 뒤로 '찌르릉' 거리는 종소리가 조용히 울려 퍼졌다.

"어서 오세…… 엄마?"

놀랍게도 카페에 온 오늘의 내 첫 손님은 엄마였다. 너무나도 당황한 나는 아무런 말도 하지 못한 채, 그저 쳐다보기만 했다. 그러자 엄마는 아무런 대답 없이 자리에 앉으며 내게 매몰차게 소리쳤다.

"여기, 주문 안 받아요?"

"바, 받아요!"

나는 엉금엉금 거북이걸음으로 메뉴판을 든 채, 엄마에게 다가갔다. 엄마는 내게서 빼앗듯이 메뉴판을 받아가셨다. 한참동안 메뉴판을 주시하시던 엄마는 좀처럼 주문을 하지 않으셨다.

"저기, 엄마? 무슨 일로……."

"바보같이!"

"네?"

"바보 같은 딸 하나가 있는데, 한동안 반항만 하면서 속을 썩이더니 방금 전 나한테 대학에 수석으로 합격했다는 문자를 보냈습니다. 속이 터져서 커피라도 한 잔 해야겠다 싶어서요."

순간 나는 주머니를 뒤져 핸드폰의 통화기록을 살펴보았다. 아뿔싸, 엄마의 말은 사실이었다. 통화기록에는 '정이현'이 아닌 '우리 엄마'가 남아 있었다. 머리를 긁적이며 다시 조심스럽게 엄마를 바라보니, 방금 전 볼멘소리와 어울리게 엄마는 무척이나 새침하게 메뉴판을 주시하고 계셨다. 잠시 후, 엄마의 주문은 다름 아닌 라떼아트.

"뭔지는 모르겠지만 맛없으면 두고 봐."

"아, 네!"

난 주방으로 냅다 달려 들어가 와당탕거리는 소리들과 커피를 만들기 시작했다. 에스프레소 머신에서 에스프레소를 뽑아내고, 한쪽에서는 우유를 뜨겁게 가열시켰다. 그리고 그 우유를 커피 컵에 천천히 부어내며 그림을 그리기 시작했다.

아직 어설프기 짝이 없는, 너무나도 지나치게 큰 못생긴 하트하나가 떡하니 머그컵 가득 만들어졌다. 허둥지둥 거리며 빵과 다과거리를 꺼내와 쟁반 가득 담았다. 잔뜩 긴장한 내 두 다리는 후들거리기 시작했다. 심호흡을 한번 한 후, 나는 쟁반을 꽉 쥐고 주방 밖으로 나갔다.

"커피 나왔습니다."

고개를 들어 엄마의 표정을 살펴보니 엄마는 동그래진 눈으로 날 보고 계셨다. 그러다가 손을 뻗어 내가 만든 라떼아트를 유심히 바라보시더니 천천히 그걸 입으로 가져가셨다. 아주 작게 '후룩' 거리는 소리가 들렸다. 순간 엄마의 눈이 또 한 번 커졌다가 원래 크기로 돌아왔다. 당황한 나는 머릿속이 복잡해지기 시작했다. 맛이 없는 건가, 아니면 혹시 뭔가 실수를 한 건가. 그러는 중, 엄마는 소리가 나도록 컵을 탁자위에 올려놓으셨다. 그리고 하얀 우유가 가득 묻은 입으로 빙긋이 미소를 지으셨다.

"진아야, 맛있다."

[후기]

원래는 '인턴십제도'와 '멘토 제도'에 대해 집중하고 싶었는데, 그러지 못해서 무척이나 아쉬웠습니다. 그리고 주인공 '진아'의 고민을 너무 급하게 전개된 것이 아직 글 쓰는 것에 미흡하다는 걸 말하는 것 같아 부끄럽습니다. 읽는 사람을 배려하기 위해 몇 번이나 고치고 수정을 했는데, 실제로 어떨지는 잘 모르겠네요. 어쨌든 직접적으로 글 한편을 써 볼 수 있던 좋은 기회였던 것 같습니다. 실제로 제 꿈도 이렇게(바리스타가 꿈은 아니지만) 꼭 이루어졌으면 좋겠습니다.^^

도란도란

김경민

수많은 아픔을 견뎌 냈던 모든 꿈들은
언젠간 돌아 온다고 믿어
땀과 이 열정과 소중한 사랑만 있다면
우린 무엇이든 될거야

once in your life time 우리 그날 위해
영원히 함께 만들어가야 할
Love for your dream

-신화once in a life time 중..-

삶의 진정한 행복은 손에 쥐고 있는 그 무언가에 의해 결정되는 것이 아니라 누가 내 곁에 있는가에 달려있음을 나는 배웠다.

글을 시작하며

글을 시작하는 것이 두렵다. 책을 써 본 적도, 써 보려는 생각도 노력도 해본 적 없는 나에게 책 쓰기란 꿈이란 단어만큼이나 거대하고 멀게만 느껴졌다. 처음엔 몰랐지, 책 쓰기가 이렇게 힘들 줄이야. 그냥 내 이름이 들어간 책이 나오면 신기할 것 같아서 그 과정은 생각지도 못하고 무작정 신청을 했고.

쉽게 글을 써내려 가는 친구들을 보면서' 나는 뭘 하지? 그냥 하지 말까? 포기해 버려?' 라는 생각도 했지만 쉽게 포기할 수 없게 만드는 무엇인진 모를 책 쓰기의 매력에 이미 난 빠져 있었고 그것은 나를 쉽게 빠져 나오지 못하게 꽉 잡고 있었다.

그렇게 나의 책 쓰기 활동은 시작되었다.

#1

그저 놀기만 좋아하고 꿈에 대해 막연한 생각도 고민조차도 없었던 그런 나였다. 꿈이 정해진 친구를 보면서도 "그게 이루어질 것 같아? 다 이뤄지는 거면 누가 꿈을 안 가지겠니?"라며 고민해서 꿈을 가질 필요 없고 그냥 주어진 하루하루를 살다보면 언젠가는 내 꿈을 찾게 될 거라는 생각에 꿈에 대한 이야기조차도 회피하곤 했었다. 그렇지만 언제부터였던가 내 주변에는 점점 자신의 꿈을 찾아가는 사람들로 가득 찼고 그렇지 않으면 적어도 자신에게 적합한 꿈을 찾기 위해 노력하는 사람들이 내 눈앞에 하나, 둘 보이기 시작했다. 그 때부터였다. 남들과 똑같이 살아가는 일상의 평범한 생활이 지루해지기 시작했고 꿈에 대해 고민하게 된 것이. '나는 무엇을 하면서 살아가지?', '내가 진정으로 잘 할 수 있는 것은 뭘까?', '지금 내 태도에서 변화시켜야 할 것은 뭘까?', '난 무엇을 배워야 하고, 무엇을 고쳐야 하지?', '난 어느 고등학교에 가야 할까?' 라는 나의 꿈과 미래에 대한 의문과 걱정이 머릿속을 메우기 시작했다. '뭐가 되고 싶어' 라는 질문에 '몰라' 라고 대답했던 옛날에 비해 달라진 것은 없었지만 이때부턴 내 꿈을 찾기 위해 적극적으로 행동하기 시작했다. 이때는 중학교 졸업식이 다가오고 있던 시기였다.

역시 꿈을 찾아가는 길은 매끄러운 포장 도로 같은 것만은 아니었다. 나로선 더욱더 그럴 수밖에 없었던 것이 꿈에 대해 고민하던 것도 잠시 '고등학교 진학' 이라는 결정이 나를 기다리고 있었기 때문이다. 어느 것 하나 결정한 것이 없는 나에게 닥친 첫 번째 기회는 과연 엄청난 것이었다. 우연히 담임선생님께서

"기숙형 공립고등학교인 포산고에 한번 가봐라. 이번에 좋은 애들이 많이 간다더라."

라고 말씀하셨다. 생전 처음 들어보는 학교 이름에 처음엔 관심도 없었고 갈 생각도 없었다. 게다가 현풍에 있다고 하시길래 더욱 확실히 '포산고' 는 내 선택에서 제외되었다. 그러나 지루한 학교생활이 싫었고 좀 더 특별한 '기숙사 생활을 해보고 싶다', '특별한 우리들만의 추억을 갖고 싶은데' 라는 생각이 문득 들었다. 그렇게 나는 '포산고' 에 관심을 갖기 시작했고 이것저것 혼자 알아보던 중에 결정을 하게 되었다. '한 번밖에 없을 고등학교 생활 좀 더 알차고 특별하게 보내 보자' 그러나 이렇게 생각처럼 단순한 문제만은 아니었지만 나는 덜컥 혼자서 평범한 학교생활을 뒤로하고 '포산고' 라는 기숙학교에 지원하게 되었다. 그렇게 내 꿈을 위한 첫 발판이 될 고등학교 선택을 마쳤다.

평범하게 생활하는 게 싫었다. 남들과 똑같이 그저 평범하게 사는 삶은 무지 싫

었다. 특별해지고 싶었고, 특별한 생활을 하고 싶었고, 특별하게 살고 싶었다. 그렇게 내 감정에 이끌려 쉽지만은 않은 선택을 쉽게 해 버리고 말았다.

아무런 준비도 하지 않은 채 나의 평범하지 않은 고등학교 생활은 그저 그렇게 시작되어 버렸고, 어느덧 정신을 차려 눈을 떠 보니 1학년 생활의 반이 지나가고 있었다.

#2

기숙사, 나에겐 참 익숙한 단어지만, 많은 사람들에게 기숙사란 단어는 아직 생소하고 낯선 단어일지도 모른다.

그럼 우리의 꿈에 대한 열정과 고민, 꿈을 이루기 위한 노력으로 가득 찬 포산고등학교 기숙사에서의 생활을 소개해 볼까 한다.

처음에는 기숙사가 아니었다. 세상과 단절시킨 채 우릴 가둬놓고 구속하는 감옥, 그렇게 우린 맨 처음의 기숙사를 감옥이라 불렀다.

옥상에서 내려다본 대구의 넓은 모습만으로도 나는 충분히 놀랐다. 하물며 대한민국의 모습이란 과연 얼마나 넓을까 나는 상상조차 하기 힘들었고 감히 상상할 수도 없을 거라 여겼다. 그 때 생각했다. 과연 난 저 넓은 곳에서 무엇을 하며 살아갈까?

"내가 생활할 곳은 저곳 전부일 거야."

그렇게 넓은 세상 전부를 누비며 살아가고 싶었고 또 그러리라 믿었다. 그런데 그 넓은 곳을 두고 작고 아주 작은 '기숙사'란 단절된 공간에서 아등바등 매달리며 살아간다는 것이 정말 한심해 보였다. 그 넓은 곳을 떠올리며 내가 생활하고 있는 이곳을 생각하니 몹시 답답했다. 정말 '감옥' 같다는 생각이 문득 들곤 했다. 비록 그것이 날 위한 것이고, 내 꿈을 위한 것이란 걸 알았지만, 그땐 그게 날 정말 힘들게 했다.

아무 일 없이, 의미 없이 보낸 중학교 3년 생활, 그 생활에 적응되어 버린 나는 갑작스럽게 변한 새로운 환경과 예상치도 못한 고등학교 생활에 당황할 수밖에 없었다. 매일 아침 이불을 개야 하는 것도, 6시 15분 점호를 하기 위해 내려가는 것, 시간을 맞추어서 아침 일찍 밥 먹으러 가는 것, 제 시간에 기숙사에서 나가야 하는 것 등의 규칙적인 생활도, 휴대폰을 소지할 수 없다는 기숙사 규정도, 벌점 제도, 그 모든 것이 이전과는 다른 새로운 것들뿐이었다. 이런 고등학교 생활에 적응할 틈도 없이 아무런 준비가 되지 않은 나에게 너무나 많은 것들이 쏟아져 들어왔다. 내가 이때까지 경험한 '변화' 라는 개념이 순식간에 깨어져 버린 순간이었다. '아, 이런 것이 진정한 변화구나' 라고 느꼈고, 변화가 두려워지기 시작했다. 내 나름대로 많은 변화를 경험해 왔다고 느꼈었고, 또 그런 새로운 환경에 적응을 참 잘했던 나였고, 그 자체를 즐기던 나였기에 이번 역시 이제까지 해왔던 것처럼 그렇게 쉽게 쉽게 즐기며 생활하면 될 거라고 정말 단순하게 생각했다. 그렇지만 그 생각은 나를 배신해 버리고 말았다. 항상 긍정적으로 행동하고 생각하려 했지만 새로운 변화에 이미 지쳐 버린 나는 '이거 하면 뭐해', '싫어, 안 할래' 라는 생각들이 머릿속을 메우기 시작 했었다. 꿈에 대한 열정도, 고민도 모두모두 귀찮아져 버렸고 예전의 나로 돌아가 버릴 것만 같았다.

이제까지 함께 생활해 온 가족들과 편안한 집을 떠나 처음 보는 친구들과 새로운 집에서 생활해야 했다. 고1이라도 아직 어린 '우리' 이기에 오직 우리의 꿈을 위해서 집을 떠나 새로운 환경인 기숙사에서 스스로 살아가야 한다는 것이 외롭지 않을 리가 없었다. 입사하고 약 한 달간은 저녁만 되면 울음 바다였다.

"집에 가고 싶어."

"엄마 보고 싶어."

집에 전화를 하면 늘 울게 되었고 또 친구들이 울면 집 생각이 나서 덩달아 같이 울곤 했었다. 기숙사에서 의지할 사람이 친구밖에 없었고 그 친구들 모두 함께 힘들어 했기에 위로가 되기도 했지만 처음 만난 친구에게 속마음을 털어 놓는 일이 쉬운 일만은 아니었다.

지금은 그렇지 않지만 '행여 나 때문에 저 애가 더 힘들어 지면 어쩌지?', '괜히 방해하는 거잖아', '과연 내 속마음을 말하면 저 애는 날 진심으로 생각해 줄까?' 등의 이런저런 생각 때문에 쉽게 마음을 털어 놓을 사람이 없었다. 그래서 우리들은 더욱더 외로움을 느꼈었다. 또 다른 면에서 생각해 보면, 잠시 공부가 안 될 때 옆에 있는 다른 아이들을 지켜보고 있으면 정말 한 사람도 빠지지 않고 모두 자신의 꿈을 이루기 위해 열심히 하는 것 같아서 나만 이렇게 나태한 건 아닌가 생각하며 다른 사람과 나를 자꾸 비교하게 되고, 친구를 경쟁자로 보게 되었다. 또 서로서로 더 잘 하려고 애쓰고, 더 인정받으려고 애쓰는 아이들의 모습이 눈에 보였기 때문에 '역시 우린 모두 경쟁자 일 수밖에 없는 것이구나', '결국은 혼자 살아가는 것이구나.' 라는 바보 같은 생각들 때문에 그땐 정말 외로움을 많이 느꼈었다.

꿈, 꿈을 찾아 가는 기나긴 여행 속에는 긴 여정을 함께 떠나는 사람이 있기 마련이다. 함께라면 칠흑 같은 어둠 속도 헤쳐나갈 수 있는 자신감이 생기게 하는, 옆에 있다는 것만으로도 든든한 버팀목이 되는 그런 사람 말이다. 나를 더욱더 빛나게 해주며 항상 내 옆에 있어주는 사람. 그들이 존재하기에 나도 이 자리에 이렇게 잘 서 있게 하는 나의 가장 소중한 사람들…….

평범한 인연은 아닌 우리만의 좀 더 특별한 인연, 이제 그 사람들을 소개해 볼까 한다.

3

3월 3일, 설레는 마음을 안고 처음 기숙사에 입사한 날. 이 날은 소중한 가족 5명을 만난 아주 의미 있는 날이었다. 처음 만난 우리는 어색한 인사를 나누면서도 마음은 첫 만남답지 않게 서로에게 의지하고 있고, 또 표현은 안하지만 서로 같은 것을 느끼고 있다는 것을 알 수 있었다. 3년 동안 같이 살아갈 우리는 '가족' 이었고, 난 그 새로운 가족을 만날 수 있게 된 것에 대해 매우 감사하고 있었다. 어색함을 단번에 날려버린 계기는 '매트리스' 가 없는 침대였다. 우리는 가져온 이불을 바닥에 깔고 이슬, 은진, 주희, 나, 미래 이렇게 6명이서 나란히 누웠다. 누군가 불을 껐다. 바로 그때였다. 불이 완전히 꺼지지 않아 푸른빛이 나는 형광등을 보며 우리는 괜히 배를 잡고 웃었고 그 분위기를 이어 짧지만 우리가 살아온 얘기, 기숙사에서 살아갈 얘기, 또 서로 함께 살아갈 날들에 대한 기대 가득한 대화도 나누었다.

"경민이는 처음엔 되게 차가워 보였다, 근데 이젠 아니다"

"아, 진짜? 아, 맞다. 우리 그 때도 만났었제."

첫인상에 대한 얘기도 나누면서 가깝게 누워 있는 거리만큼이나 서로에 대해 더 가깝게 다가갈 수 있었고, 우린 금세 친해졌다. 마치 세상을 다 얻은 듯 행복에 가득 차 있었고 앞으로의 생활에 대한 걱정도, 불안도 모두 사라지는 순간이었다.

이렇게 나는 말로만 듣던 '룸메이트'를 5명이나 얻었다.

룸메이트

'포산 학사의 301호' 첫날부터 웃음꽃이 피어올랐던 우리 방. 그렇게 6명만의 생활이 드디어 시작되었다. 생전 처음 해보는 요일 다툼.

"난 화요일 할래."

"어! 그럼 난 수요일"

"아, 내가 수요일 하고 싶은데……."

청소 당번을 정하자라는 말에 이렇게 요일 다툼에서부터 시작해서

"휴지 좀 가져와라!"

"세제 좀 가져와."

라는 생필품 나르기 다툼까지……. 살아온 환경도, 생각도, 모습도 모두 다른 6명이 뭉쳤기에 서로 다른 점도 많았고 이해가 되지 않는 상황도 적지 않았다. 그렇지만 이러한 점 때문에 '내가 기숙사에 있구나'라는 것을 실감하게 되는 것 같아서 그리 나쁘지만은 않았다.

초기에는 어색한 감이 없지 않아 있었지만 날이 가면 갈수록 점점 서로를 알아가고 나를 알아가면서 가까워지기 시작했다.

"너희들한테는 아무 신경도 안 쓰고 따지지도 않고 그냥 내 모습 그대로 보여줘두 되지?"

"당근이지."

그렇게 6명이서 하나가 되어 함께 생활하고 시험 기간이 되면

"애들아, 5시야. 일어나!"

"오늘, 우리 같이 심자하자."

서로 격려해 가면서 공부도 하고 있다.

어느 날 새벽에는 모두 뜬눈으로 밤을 새며 처음으로 마음에 담은 진솔한 얘기들을 털어놓기 시작했다. 처음에는 모두 망설이고 어색해 했지만 그것도 잠시.

"진짜 다른 애들 보고 있으면 무섭다. 그게 아닌데 괜히 나만 뒤쳐지는 것 같고 나만 못 따라 가는 것 같고……."

"절실하게 성공하고 싶은데, 진짜 절실한데 그게 마음처럼 안돼서 참 힘들다."

"진짜 무섭고 떨린다."

"아~ 벌써 1학년 끝났다."

"진짜 오늘 만큼은 펑펑 울고 싶다. 그래도 되지?"

서로 가슴 속 깊이 담아 놓았을 것만 같은 생각들을 하나 둘 세상 밖으로 꺼내놓기 시작했고 참았던 눈물마저도 함께 쏟아냈다. 또 우리가 흘린 눈물과 땀, 무엇인가에 대한 열정, 그것들이 모두 빛이 되어 우리의 꿈을 밝혀주길 간절하게 기도하기도 했다.

나는 이 시간이 참 좋았다. 진실한 나를 만날 수 있었던 유일한 시간, 정신없이 살아온 날들에 대한 반성도, 앞으로의 각오와 다짐도 할 수 있었던 시간. 새로운 나 자신과 만나 친구들과 함께 내 진심을 터놓은 시간이 내겐 더 없이 소중하고 힘이 되었다.

나 혼자만일 줄 알고 철저히 혼자만의 세상에 나를 가둬 버릴 줄 알았지만 지금 접한 새로운 세상은 의외로 좋은 곳이었고, 난 그 따뜻함에 매료되어 모두를 사랑하게 되었다. 3년 동안 우린 이렇게 함께 갈 거라 생각했다.

"나, 퇴사한다."

갑작스런 말에 눈물부터 났다. 좀 더 소중하게 간직하고 싶었던, 평생 함께하고 싶었던 건 내 욕심이었을지도 모른다.

"봐라, 이렇게 울 거니까, 울면 힘드니까 미리 말 안한 거다."

그 말에 너무 속상했고, 혹시 내가 잘못된 생각을 하고 있던 것은 아닌가 하는 의심마저 들었다. 처음으로 실망이란 단어가 내 입 밖까지 나오던 것을 참았다.

모든 것을 다 알고 있는 줄 알았다. 적어도 우리만큼은.

기대했던 것만큼이나 내가 받은 실망감도 클 수밖에 없었다. 한 며칠 동안은 몸이 힘들고, 공부에 지친 것도 아니었다. 마음이 힘들었다. 사막에 홀로 버려진 낙타가 된 것 같은 기분이었다. 주인과 함께 가다가 버려진 낙타 말이다. 그렇게 사막 한 벌판을 혼자 뚜벅뚜벅 걸어가고 있는 것만 같았다.

결국 나는 내 감정을 이기지 못하고 솔직한 내 마음을 담아 편지 한 통을 남기기로 했다.

〈사랑하는 301호〉

참 많은 것을 생각하게 만들더라, 이번 일. 우리 비록 몸은 늘 같이 생활하지만 마음만은 아직은 아닌 것 같더라. 싫으면 싫다고, 힘들면 힘들다고 왜 말 안 해? 사소한 것일지라도 너희들이 힘들어 하는 거면, 너희들 힘들게 만드는 거라면 들어줄 수 있다고, 들을 거라고, 듣고 싶다고……. 그렇게 혼자 힘들어 하지 마. 난 너희들에게 솔직했었는데 너희는 그게 아니었던 것 같더라.ㅠ 그래서 오늘 진짜 외로웠고, 실망도 했어. 이럴 거면 왜 우리, 밤잠 안 자면서 울고 달래 주고 했었는데?

이젠 너희도 알잖아. 혼자 힘들어 하는 게 얼마나 큰 고통이고 외로움인지……. 그래서 은진이도 나간 것 같고……. 더 마음 아프다. 같은 방에 살면서 힘이 되어 주지 못한 것 같아서, 혼자 내버려 둔 것만 같아서. 나만 이렇게 느끼고 있는 거 아니지? 내가 우리 방에, 그리고 너희들에게 너무 큰 기대를 한 건가? 내 욕심이었던가? 아닌가? 너희들의 진심을 알고 싶다.

더 이상 이런 슬픔, 지금 이 감정, 상황, 되풀이하고 싶지 않고, 이렇게 2년 반을 더 살아야 하는데 혼자 앓고 있을 만큼 우리 그렇게 강한 사람 아니잖아? 너희들의 진심을 듣고 싶다. 진짜!

이젠 더 이상 사랑하는 사람들 잃고 싶지 않아.

정말 정말 사랑하는 이슬, 은아, 주희, 미래. 우리 301호 비록 3년이지만 늘, 모든 것을 함께 했으면 좋겠다. 꼭!

사랑해, 애들아~

-경민-

편지를 주고 받으면서 서로에 대해서 더 많은 것들을 느낄 수 있었고 새벽까지 모여 얘기하면서 변명 아닌 변명도 들었다. 이 사건을 계기로 우린 좀 더, 아니 완전히 마음으로 통하는 사이가 될 수 있었다.

사막에 버려진 낙타가 주인을 만나는 순간이었다. 비록 앞으로 힘든 사막 길을 걷게 되겠지만 주인과 함께라면 외롭지 않을 그런 행복한 낙타 말이다.

어떻게 보면 경쟁자가 되기도 하지만 누구보다 서로를 잘 알고 하루 24시간을 함께하는 룸메이트들 그들이 있어 매우 행복하고 즐거운 학교생활을 할 수 있는 것 같다.

훗날 서로의 꿈을 이룬 후 다시 만나 학창 시절의 얘기를 추억처럼 할 수 있을 날을 기대하며 오늘도 모두와 함께 한 걸음, 한 걸음 나아가본다.

4

'1학년 1반 언제나 어디서나 희숙씨가 옆에 있어~♪'

반가처럼 늘 우리 곁을 든든히 지켜 주시는 담임선생님. 덕분에 재미있는 경험도 많이 해 봤다.

하루는 9교시 자습 시간에 운동장에 나가 뛰어 놀자고 하시더니 침체된(?) 우리 반 아이들을 이끌고 운동장으로 나가 뜬금없이 피구를 시작했다.

"밤중에 뭔 운동이야, 추워 죽겠는데."

라고 말했지만 얼마 안 가 정신없이 뛰어 놀았고 왜인지는 모르겠지만 스트레스가 풀리는 것 같았다. 그렇게 아무 생각 않고 모든 것을 잊은 채 웃고 놀다 보니 한 시간이란 시간도 모자랐다.

방 아이들과 시내에서 만나 밥 먹으며 나눈 얘기들도, 방에서 함께 자며 새벽까지 뜬눈으로 나눴던 얘기들도, 동아리 시간에 발야구하며 함께 웃으며 뛰어 놀았던 그 시간도 모두모두 우리 담임선생님이었기 때문에 가능했다.

이제 거의 1년을 우리와 함께 웃고, 울었던 진짜 엄마처럼 따뜻하신 우리 담임 선생님.

자칫 힘들고, 외로울 수 있을 기숙사 생활, 선생님의 사랑 덕분에 잘 생활할 수 있었던 것 같아 너무 감사하단 말을 전해 드리고 싶다. 나에겐 뭔가 특별했던 1학년 1반과 선생님, 영원히 내 기억에 남을 것 같다.

담임선생님뿐만 아니라 여러 선생님들께서 우리에게 정말 많은 관심을 쏟아주시고 계신다. 항상 곁에 서서 응원해 주시고 격려해주시는 선생님들. 이 분들이 계시지 않았더라면 우리는 잘못된 길을 걷고 있을 지도 모를 일이다. 항상 바른길로, 빠른 길로 걷게 도와 주시고 정말 많은 도움과 참된 가르침을 주시는 우리들만의 영원하실 '선생님'. 그 분들의 무한한 관심과 열정, 믿음이 있기에 지금의 우리가 좀 더 발전된 모습으로 당당하게 설 수 있는 것 같아 항상 감사하다.

선생님들의 한 말씀, 한 말씀에 진심어린 사랑과 배려가 깃들어 있는 존경스런 포산고등학교 1학년 모든 선생님들의 수고와 노력이 헛되지 않도록 오늘도 우리는 꿈을 향해 한 발짝, 한 발짝 결코 외롭지 않은 길을 걷고 있다.

5

꿈을 위해 나아가는 여정이 외롭고, 힘들고 지치기 마련이다. 그러나 어떤 것에 대한 노력도, 열정도, 바람도 없이 그 결과만 놓고 생각한다면, 영원히 우릴 구속하는 굴레에서 벗어나지 못할 것이다. 비록 조금 늦게 깨닫긴 했지만 '오늘은 앞으로 살아갈 남은 내 인생의 첫날'이라는 말처럼 지금부터라도 나에게 주어진 삶에 대해 만족할 줄 알며 그 길 위에서 정말 최선을 다해 후회 없는 삶을 살 것이다.

사소한 결과에 얽매이지 않으며 큰 눈으로 넓은 세상을 바라보며 멀리 내다 볼 줄 아는 그런 멋진 삶을 희망하며 언젠가는 세상에 펼쳐지게 될 아름다운 꿈을 고이 간직한 채 오늘도, 내일도 걸어간다. 한 발짝, 한 발짝 천천히 내딛으며…….

[후기]

처음해 보는 책 쓰기란 것에 우왕좌왕하며 시간을 보내던 기억이 나네요. 일취월장한 아이들의 실력에 감탄하며 걱정하던 때가 생생한데 벌써 이렇게 후기를 쓰고 있다니 쓰는 지금도 믿기지가……. 비록 많이 부족한 실력이지만 제 글을 읽고 같이 공감해 주신다면 그것만으로도 저는 성공한 거라 생각 되네요.^^ 이 글을 읽고 계신 모든 분들께 행운이 가득 하시길 빌며 끝으로 1년 동안 함께 해온 우리 동아리 친구들에게도 감사의 말을 전하고 싶습니다.

from me to me

전재량

이 꿈을 갖기 전의 나는 그냥 아무 목적 없이 공부하는, 내가 무엇을 해야 되는지 모르는 평범한 학생이었다. 내가 진지하게 꿈에 대해 생각하고 꿈을 가지기 시작한 건 중학교 1, 2학년 시절쯤이었던 것 같다. 나는 다른 학생들에 비해 꿈을 빨리 찾은 경우에 속한다. 그래서 요즘 고민이 많은 것도 사실이다. 너무 이른 나이에 아무 생각 없이 대뜸 멋있다고 선택한 거 아닌가, 그 직업의 단점은 하나도 모르고 오직 좋은 것들만 고려하지 않았나 하는 생각 때문이다. 솔직히 그 점에 대해선 나도 좋다, 나쁘다고는 못 하겠다. 하지만 후회하지 않을 것이다. 그 직업에 대해 좋은 점을 많이 알아버려서 되돌리기에는 너무 먼 길을 걸어 왔다는 생각이 들기 때문이다. 지금까지 알아낸 나의 꿈은 나를 이끄는 수많은 매력이 있다. 내가 이 꿈을 선택하게 된 건 당연한 일이었을지도 모른다. 난 내가 선택한 꿈과 항상 가까이 있었기 때문이다. 내 눈 앞에서 계속 보고 있었다. 내 꿈은 군인이다. 그래서 육군사관학교에 입학하고 싶다. 나에게 가까운 존재인 나의아버지는 군인이다. 난 어릴 때부터 군인인 아버지를 보고 자라왔고 많은 것을 들었다. 그래서 남들보다 군대에 대한 인식이 좋은 것도 사실이다.

나는 이런 마음으로 지금까지 그 길을 달려왔고, 내일은 마지막 결승선과 같이 중요한 날이다. 우리에겐 숙명과 같은 '수능' 이 다가왔다. 떨리지만 자신 있다. 난 최선을 다해왔고, 누구보다 의지가 강하다고 자신할 수 있기 때문이다. 난 이미 육군사관학교 1, 2차 시험을 통과해 놓았다. 시험은 어려웠지만 그 날 그 날 컨디션이 좋았다. 아마 가족과 친구들 그리고 선생님 등 많은 분들의 응원 덕택이었을 것이다. 오늘따라 잠이 잘 오지 않는다. 어떤 강심장이라도 나와 비슷할 것이다. 오늘 같은 날, 잠을 잘 자는 강심장은 과연 몇 명이나 될까? 어휴……. 내일을 위해 잡념은 그만두고 잠을 청해야겠다. 그러다가 잠이 들었던 것 같다.

아침이 밝아왔다. 내 몸도 긴장을 했나보다. 매일 고장 난 로봇처럼 아침을 맞이했건만 오늘만은 요란한 소리로 나를 괴롭히던 알람시계보다 먼저 일어났다. 거실로 나가보니 엄마가 식사준비를 다 해놓으셨다. 안색을 보니 한숨도 못 주무신 것 같다. 하여튼 당사자보다 더 걱정이 많으시다. 아빠는 시험 잘 치라는 말을 해주시고 일찍 출근하셨다. 혹시나 내가 시험을 잘 쳐야 한다는 부담을 느끼게 될까봐 평소보다 더 일찍 나가셨을 것이다. 항상 그러셨기 때문이다. 난 아침을 먹고 수능 시험장에 도착했다. 너무 긴장을 해서 그런지 어떻게 했는지 자세히 기억이 안 난다. 그냥 열심히 문제를 풀고, 집중해서 풀고, 또 풀었다. 이젠 결과를 기다리는 일만 남았다.

그동안 도와주셨던 분들께 감사의 마음을 전하러 다니고 싶다는 생각을 했다. 집에 돌아가니 부모님은 결과를 물으시지 않는다. 그냥 고생했다고 하신다. 난 중, 고등학교 때부터 항상 성적보다 나에 대해 먼저 물어봐주시는 부모님께 감사했다.

그럼 수능 결과는 어떻게 되었을까? 하나님 아버지, 감사합니다. 합격이 가능한 성적이다. 수능은 잘 쳤다. 나도 내 자신에게 칭찬과 격려를 해준다. 난 내 자신을 하루 3번 칭찬하는 습관을 가지도록 노력했기 때문에 (뭐 남들에겐 어떨지 모르겠지만), 난 나 스스로를 칭찬하는 것이 자연스럽다. 그렇다고 다른 사람들이 나를 자만심에 빠져 있는 사람으로 오해하지 않았으면 좋겠다. 이렇게 성적이 나오고 나니 하고 싶은 것들이 더 많아지기 시작했다. 친구들 말대로 욕심이 너무 많은 것 같긴 하다.

조금 있으면 입학식을 한다. 그동안 시간이 좀 있다. 그동안 못해본 것들을 해보고 싶다. 그러고 나서 천천히 기숙사 들어갈 준비를 해야겠다. 기숙사에 들고 갈 짐을 챙기는 일은 익숙하다. 이미 3년 전에 해봤다. 그 땐 이제 졸업할 포산고등학교 기숙사에 들어올 준비를 했었다. 하지만 지금 다시 짐을 싸게 된다면 또 다른 느낌이 들 것만 같다. 그럴 것 같다. 하하. 가족들과 또 떨어져서 지내야 한다는 게 안타깝게 느껴지기 때문이다.

친구들과 함께 수능을 끝낸 고3 분위기도 즐겨보고, 기숙사 생활하면서 딱히 바쁜 것도 없으면서 집에 전화도 자주 못했는데 요즘은 너무 자주 하는 것 같다. 이렇게 사람이 풀리는 것도 좋은 건 아니지만, 잘 노는 사람이 모든 일을 잘한다는 말도 있지 않은가. 너무 억지인 듯해도 지나간 세월을 후회하기 전에 한 번 놀아봐야 되지 않겠는가. 이번에 한 번 신명나게 놀아보는 거다.

이제 올 것이 왔다. 내가 원한 것이고, 알고 있었던 사실이지만, 그래도 기초 군사 훈련을 받기 위해서 잠시 가입학을 하려고 하니 긴장이 된다. 벌써 주변 사람들한테는 광고를 하고 다녔다. 그리고 친구들에게 가입학 때문에 졸업식에 가지 못하게 된 것에 대해 안타까운 마음을 미리 전했었다. 학교까지는 가족과 함께 가기로 했다. 긴장되는 모습을 안 비추려고 노력 중이다. 가족들 앞에서 긴장된 모습을 보이기 싫을 뿐더러 내가 그럴수록 가족의 걱정은 커져만 간다. 지금 내가 할 수 있는 것은 듬직한 모습을 보여 주는 것과 5주 동안의 군사훈련을 아무 탈 없이 마치고 늠름하게 돌아오는 것이다. 나도 그러고 싶다. 난 충분히 그럴 수 있다.

가족들과 헤어졌다. 뒤를 돌아보진 않았지만 뒤에서 따뜻한 시선이 느껴졌다. 약한 모습을 보일까봐 뒤를 돌아보지 않으려고 노력했다. 그렇게 나는 가족과 잠시 동안 헤어져 생활했다.

나는 그 뒤로 몇 주간에 걸쳐 군사훈련을 받은 뒤에 입학을 준비할 수 있게 되었다. 입학식에는 부모님과 친구들, 그리고 여러 고마운 분들을 초대할 예정이다. 초대할 많은 분들을 생각하면서 다시 한 번 느낀 것이지만, 나란 인간은 사람들의 손때가 많이 묻었다. 여러 고마운 분들의 도움으로 내가 이 자리까지 올 수 있었지, 아마 나 혼자 이뤄야 했다면 이루지 못했을 것이고 중간에 많은 어려움을 이겨내지 못하고 굴복하거나 실패를 겪었을 것이다. 이번 기회에라도 멋진 모습을 보여 드려 감사의 마음을 조금이나마 표현하고 싶다. 나는 입학식 연습을 하고 초대장도 보내며 입학식을 준비 했다.

'펑~ 펑~ 펑~'

하는 장대한 소리와 함께 나의 인생의 또 다른 출발선으로 발걸음을 옮겼다. 아……. 그동안 고생했던 모든 것들이 사진의 필름처럼 눈앞에 빠르게 지나간다. 그러고 보면 나란 인간도 정말 쉬운 인간은 아닌 것 같다는 생각이 머리를 스쳤다. 나는 잠시 철없는 아들의 눈으로 돌아가 힐끗 힐끗 부모님을 찾아 시선을 옮겼다. 역시! 피는 못 속이는 법인가 보다. 적극적인 아들을 두신 부모님답게 부모님께서도 사진기의 플래시를 한껏 터트리신다. 나도 모르게 그만 웃음을 터트릴 뻔했으나 입학식 분위기가 너무 진지했기에 그럴 순 없었다. 입학식 일정이 끝나고 난후 가족과 친구들이 있는 쪽으로 달려갔다. 먼저 가족을 끌어안았다. 그러고 나서 친구들과 고마운 분들에게 천천히 감사의 인사를 전했다. 그들과 작별 인사를 나눌 수밖에 없는 현실이 안타까울 뿐이었다. '잠시 떨어져 있는 것이니 너무 슬퍼하지 말고 잘 있어! 하하!'

고등학교에서도 짧은 것 같으면서도 길었던 3년을 떨어져 지냈건만 그래도 가족과 떨어지는 게 어색하고 힘들다. 그리고 가족이 그립다. 물론 내 옆엔 전우애로 똘똘 뭉친 많은 동기들이 있다. 그들마저 없다면 더 힘들 것이다. 일주일에 한 번이 너무 짧게 느껴진다. 물론 왔다 갔다 하는 시간도 많이 들지만, 함께하는 시간이 더 빨리 가는 것 같이 느껴져 안타깝다. 대학을 가면 놀면서 공부하니, 가장 즐거운 시기니 하지만 다 거짓말이다. 대학 과정은 또 다른 공부의 시작이다. 하지만 난 이미 각오하고 있었고 이런 힘든 것을 이겨내지 못할 것이라고 나 자신을 포기했다면 난 여기에 오지도 않았을 것이다. 그리고 인생에 힘들지 않은 일이 어디 있겠는가? 그래도 내가 좋아하는 일을 하고 내가 원하는 것을 하고 있다는 것을 생각하면 얼마나 다행인가.

얼마 전 첫 월급을 받아 집으로 내려가던 중에 내복과 양말을 사갔다. 내가 어릴 때, 엄마께서,

"우리 아들 언제 커서 엄마 내복 한 벌 사주나?"

라고 하셨다. 농담처럼 얘기하셨지만, 난 그 때 다짐했다. 첫 월급을 타면 꼭 부모님의 내복 한 벌을 사드리겠다고. 솔직히 내복, 그게 그렇게 비싸고 중요한 것은 아닐 것이다. 하지만 부모님의 작은 소원이었을 것이다. 그 작고 어린 아들이 다 커서 자신의 손으로 번 돈으로 부모님을 위해 작은 선물 하나 사드리는 것이……. 부모님께서 기뻐하시는 모습을 상상하며 집에 갔었다. 부모님이 웃으면서 좋아하시던 모습, 다음에 자기 선물도 사오라고 장난처럼 말싸움 걸던 동생을 기억하면 왠지 뿌듯하고, 눈시울이 붉어진다. 돌아오는 길에 고등학교 입학과 동시에 흘리지 않겠다던 눈물 한 방울이 또 떨어지고 말았다.

"에잇! 창피하게."

요즘 그 어렵던 불경기가 풀리자 사람들의 얼음장처럼 꽁꽁 얼어붙었던 마음도 차차 열리기 시작했다. 경기가 좋아졌다고 해서 사람들의 마음이 풀려지는 것은 아니지만 경기가 풀리니 사람들의 마음도 훈훈해지고, 사람들의 마음이 열리

니 경기도 좋아지고, 누이 좋고 매부 좋은 격 아니겠는가. 길을 가다보면 서로 양보를 하는 차량들과, 친절하게 손님을 맞아주시는 포장마차 아주머니, 그리고 활기찬 청소년들, 한 번은 버스에 할머니가 타시는 것을 보고 2명의 청소년이 동시에 일어났다. 자기들도 그 상황이 즐거웠는지 마주 보고 미소를 지었다. 예전 청소년기엔 이 아름다운 세상을 왜 항상 부정적으로 봤는지 모르겠다. 하나하나 유심히 봤다면 모든 것이 아름다웠을 텐데, 하나도 유심히 보지 않았다. 지금이라도 이 아름다운 세상을 눈에 담을 수 있어 감사하다. 나는 이 이야기를 나의 동기들에게 해주었다. 요즘 동기들도 비슷한 경험을 해봤다고 얘기한다. 그리고 자주 나가지는 않지만 나갈 때 그런 모습을 보게 되면 가슴이 따뜻해진다고 한다.

벌써 2학년이 되었다. 이젠 혼자서도 척척 알아서 한다. 처음엔 막막했던 빨래도 이젠 거의 일상이 되었다. 거의 대부분의 동기와도 친해졌다. 다행히도 동기, 후배, 선배들과 사이가 좋다. 고등학교에 다니면서 느낀 사교적인 측면의 교훈 덕이 크다고 생각한다. 난 고등학교 기숙사 생활을 하면서 많은 것을 느꼈었다. 이기적인 나 자신에 대해 반성도 하고, 남이 힘들어 할 때 위로해 주는 법도 배우고, 이해하는 법도 배우고, 그리고 성격 또한 변하게 되었다.

이번 학기엔 해외연수를 목표로 삼고 있다. 그토록 바라왔던 기내식을 위해 열심히 해야겠다. 하늘에서 땅을 내려다보며 먹는 밥은 상상만 해도 기분이 좋다. 아마 공중식당 같을 것이다. 요즘은 친구들이 가끔 면회를 온다. 면회를 오면 항상 하는 말이 1, 2달 뒤면 입대한다고 암울한 표정으로 말한다. 난 놀리듯이 위로한다.

"군대에서 밥 먹여 주지, 재워 주지, 월급 주지, 운동시켜 주지, 뭐가 문젠데. 하하하."

요즘엔 이 말을 하도 자주해서 자칫하면 군대 홍보대사로 임명되는 거 아닌지 모르겠다. '애들아, 모두 힘내!'

오늘 반가운 손님이 왔다. 바쁘다고 입학식도 못 온 애들이 이제 졸업할 때쯤 되니까 얼마 전부터 '면회 온다, 면회 온다' 고 하더니 진짜 올 줄이야…….

나는,

"이제 돈 좀 벌겠다 싶으니까 인맥 좀 넓혀 보려고? 하하하"

하고 농담을 했다. 오랜만에 보는 친구들이지만 이런 농담까지도 어색하지 않은, 좋은 친구들이다. 그리고 친구들이 우리의 소중했던 추억이 담긴 여러 가지 사진, 선물, 편지 등등의 것들을 가져왔다. 그런 사소한 것 하나까지 보관해 줄 수 있는 친구가 있어서 난 행복하다. 나는 뭐든지 조금씩 서투르고 완벽하지 못하지만 정말 사람들은 잘 만나는 것 같다. 이게 실전에서의 나의 무기이자 힘이다. 난 그들 없이는 혼자 앞으로 나가지 못할 것만 같다. 정말 고마워, 나의 소중한 친구들아.

아, 입학식 준비로 분주했던 날이 엊그제 같은데 벌써 우리는 졸업식이 다가왔다고 야단이다. 정말 긴 여정이긴 했으나 짧은 감도 있다. 더 잘해 주지 못한 동기에게도 미안하게 느껴지고 더 할 수 있는 것이 많았던 기간이었기 때문에 아쉬움이 남는 건 당연한 것 같다. 발 빠르게 졸업식은 다가왔다. 평소에 신경 써주지 못한 후배들에게 미안함과 용기의 마음을 전해주고 싶다.

힘찬 나팔 소리와 함께 우리의 졸업식이 시작되었다. 아~ 정말 많은 일이 있었던 나의 대학시절도 끝났다. 나에겐 뼈가 되고 살이 되었던 소중한 시간이었다. 졸업식은 정말 큰 이벤트였다. 일단 우리나라의 국군 통수권자인 대통령님께서 참석하셨고 여러 군사 총장님께서도 오셨다. 또한 이번 합격생도는 중도하차가 별로 없어 우리의 보람을 더했다. 우리는 마지막으로 졸업장과 졸업 반지를 받았다. 그 뿌듯함은 정말 평생 잊지 못할 짜릿함이었다. 멋진 제복을 입고 가족과 함께 사진을 찍을 때는 정말 기뻤다.

그 후로 나는 군인이 되었다. 진짜 내가 하고 싶은 일을 하게 되었다. 물론 내가 하고 싶은 일이라고 해서 잘하는 것만은 아니었다. 처음엔 시행착오도 많고 실수 투성이였다. 하지만 내가 처음부터 이 일을 완벽하게 해내리라고는 생각하지 않았다. 그것이 지금 생각해 보면 나에게 큰 힘이 되지 않았나 생각된다. 그렇게 마음을 먹은 후 첫 발령받은 부대에서 장교의 임무를 잘 수행하며 그 부대의 원칙을 자연스럽게 익혔고, 나중엔 나의 융통성을 발휘하여 할 수 있는 일 또한 많아 졌다. 그리하여 많은 신병들을 가르치기도 하고 돕고 충고도 해주며 보람을 느끼기도 하였다.

그리고 어느덧 맞이하게 된 재직 및 졸업 4주년을 위해 우리 육사 동기들이 뭉쳤다. 여러 곳에서 나보다 빠른 진급을 한 동기부터 시작해서 부득이하게 나보다 진급이 늦어지게 된 동기까지 다양했지만 우리는 계급이라는 그 울타리 안에서 벗어나 그냥 친구로서, 그냥 동기로서, 편안하게 서로를 대하고 이해했다. 우리는 서로의 근무 환경에 대해 얘기도 하고 군인들의 공통적인 특징이나 힘든 점에 대해서도 많은 것을 공유했다.

그리고 실컷 놀았다. 이것이 군인의 매력이지 싶다. 지킬 때는 누구보다 최선을 다해 지키고 격식을 차리지만, 또 가끔 호탕하게 모든 격식을 깨고 단 하나의 공통점을 가지고도 서로 친구가 될 수 있고, 때에 따라서는 모두 함께 즐길 수 있는 것이 군인의 사교방식이자 특징이라 할 수 있겠다. 군인들이 술을 잘 마신다는 소문이 있기도 한데, 반은 사실이기도 하고 반은 사실이 아니기도 하다. 콕 집어서 술을 잘 마신다는 말이 아니라 잘 논다는 말인 것 같은데 내 생각으론 맞는 것 같기도 하다. 그리고 누구보다 단합이 잘 된다고 자부할 수 있다. 이보다 열심히 단체 생활하는 직업이 몇 있으랴?

나……. 그리고 한 달 후면 결혼한다! 속도위반이라 생각하진 마라. 난 그녀를 만난 지 꽤 오래되었다. 근데 내가 그녀를 만난 좋은 추억을 언급하지 않은 이유가 궁금하지 않은가? 그 이유는 간단하다. 나는 그저 그녀와의 좋은 추억을 우리 단 둘만의 소중한 추억으로 간직하고 싶을 뿐이기 때문이다.

"질투하진 마라. 하하."

우리 결혼식은 육사 안에 있는 화랑 Honor Hall에서 진행될 예정이다. 그리고 얼마 전 그녀와 함께 웨딩드레스를 고르러 갔었다. 내가 처음에 고른 드레스를 그녀가 입으면 좋겠다고 생각했는데 그녀는 나와 생각이 좀 달랐다. 인생에 처음이자 마지막인 결혼식에 그녀의 선택대로 해주는 것이 좋겠다고 생각했다. 사랑스러운 그녀.

분주했던 한 달이 지나고 우린 웨딩홀에 나란히 섰다. 내가 사랑하는 그녀와 이 자리에 서있는 것이 얼마나 큰 행복인지 모르겠다. 우리는 긴 레드 카펫과 동기들이 칼로 만들어준 통로를 지나 주례 선생님 앞에 섰다. 여러 좋은 말씀을 듣고 퇴장하는데 우리가 입장할 때 열려 있었던 통로가 동기들의 짓궂은 칼들로 닫혀 있었다. 난 여러 미션(?)을 수행하고서야 그 통로를 열 수 있었다. 그리고 고등학교 때 축가를 불러 주겠다고 약속했던 친구가 약속을 지켜준 것에 대해 매우 고맙게 생각한다. 이렇게 그녀, 아니 아내와 나는 그렇게 평생의 약속을 하고 신혼여행을 떠났다.

나는 가장이라는 무거운 짐을 안고 있었지만 매우 행복했고 내가 하는 일 또한 매우 즐거웠다. 물론 모든 것이 평탄하고 마음에 들었다고 한다면 거짓말일 것이다. 솔직히 힘든 부분도 많았고 어떤 경우에는 정말 포기하고 싶었던 적도 있었다. 그런데 내가 지금 하는 일보다 더 잘할 수 있는 일은 없는 것 같다.

이제 나의 계급은 벌써 '소령'이다. 이 일이 여태껏 나에게 많은 것을 알려 주었지만 그중에 가장 큰 변화는 자만심에 차 있고 그저 높은 명예와 권력을 바랐던 나를 변화시키고 깨닫게 해준 것이다. 바로 나이가 들고 계급이 올라갈수록 사람은 남에게 귀를 잘 기울여야 하고 더 정중한 태도를 가져야 한다는 것을 알려주었다. 황금들판에 피어난 벼보다 더 익어가고 완벽해 질수록 고개를 숙여야 하는 것이 바로 사람이다. 난 그저 높은 명예를 추구하고 그 자리만을 갈망하는 모든 이에게 이렇게 말해주고 싶다.

"더 높은 자리에 올라가면 남의 아픈 곳까지 더 넓게 볼 수 있는 사람이 되었으면 좋겠다."

오늘 유학을 보낸 우리 큰아들이 학업생활을 끝내고 집으로 돌아온다. 바쁜 생활 때문에 졸업식에 가지 못한 것이 미안해서 맛있는 식사나 사 주어야겠다고 생각하고 있을 때쯤에 비행기가 들어온다는 방송이 나왔다. 아들을 맞이하기 위해 일어섰다. 6개월 만에 보는 아들이지만 우리 사이에 6개월이라는 시간은 그저 시간에 불과했다. 가족이란 이런 존재인 듯하다. 난 자랑스러운 아들과 포옹을 했다. 그저 어리기만 했던 꼬맹이가 벌써 이렇게 커서 이젠 두 팔로 두르기도 힘들 정도다. 난 근처 식당으로 가서 아들과 많은 얘기를 나누었다. 이제 아들이 졸업도 했으니 그동안 내가 가장 걱정해 왔던 모든 것들을 맘 편히 물어보았다. 그 중에 가장 걱정이 되었던 '인종차별' 에 대하여 물어 보았다. 그리고 기분 좋은 소리를 들을 수 있었다. 요즘엔 인종차별이 많이 사라졌을 뿐만 아니라 우리 동양인에 대한 시선이 오히려 호의적이라고 한다. 난 아들의 대답에 미소로 답하였다.

난 이후에 자식들을 다 결혼 시키고 아내와 함께 살며 내가 좋아하는 일을 계속 열심히 해왔다. 그리고 마침내 남들이 말하는 엘리트코스를 밟아 조금 어린 나이에 '준장'이 될 수 있었다. 비록 남들이 보기에 내 나이는 그렇게 젊어 보이지는 않을 것이다. 당연할 지도 모른다. 벌써 이 일을 25,6년 가까이 해왔으니 말이다. 그동안 참 많은 일이 있었다. 하지만 그 작고 사소한 일 하나하나가 나에겐 힘이자 추억이 되었다. 그래서 잊을 수 없는 것 같다. 어릴 적엔 철없는 꿈이었던 것이 지금 이렇게 이루어지는 것을 보면 세상은 정말 배신하지 않는다는 것을 다시 한 번 느끼게 되었다. 말로만 듣던 '원스타'에 오르게 되고, 내일이면 청와대에 가서 대통령을 만나 뵙고 진정한 '준장'으로서 인정을 받게 된다. 이 나이에 긴장을 많이 해서 잠을 못 이루고 있다는 것도 주책이긴 하지만 때가 때인지라 사실상 떨리고 흥분된다. 이렇게 나의 일생을 돌아보고 내일 해야 할 것들을 생각하면서 깊이 잠이 든 것 같다.

아침에 일어나니 사랑스러운 아내가 먼저 일어나 내가 일어나기를 기다리고 있었다. 그리고 마당엔 어느새 기사가 와서 대기하고 있었다. 나는 서둘러 준비를 하고 청와대로 향하였다. 이것은 나의 또 다른 시작점이 될 것이라고 생각한다. 처음에는 배움의 시작점, 졸업 후엔 익히고 깨달음의 시작점, 그리고 이제는 남에게 칭찬을 해주고 격려도 하며 때로는 훈계 또한 해줄 수 있는 지도자로서의 시작점이 시작된 것이다. 나는 남들 앞에서 자만하지 않고 겸손한 태도를 항상 유지하며 살고 싶다. 그리고 남들에게 인정을 받는 사람이 되고 싶다. 난 또 다른 시작점에 섰다. 그리고 더 큰 나를 위한 세계를 향해 앞으로 나갈 것이다. 너무 이른 시간에 준비 했는지 조금 피곤한 듯하여 차안에서 잠시 눈을 붙이기로 했다. 내 앞길을 설계하며…….

잠시 잠이 들었는지 눈을 떠 보니, '육사'라는 글씨가 붙어 있는 책상 앞에 앉아 있다. 난 아직 공부의 시작이라고 하는 고1이라는 나이이다. 그리고 내 꿈을 생각하고 설계했을 뿐이다. 하지만 단지 내가 허튼 꿈만 꾸었다고 생각한다면 큰 오산이다. 나는 꿈을 꿨기에 꿈을 이룰 수 있는 조건의 하나를 충족하게 된 것이다. 이 점은 내가 자부할 수 있다. 난 이 꿈을 꾸면서 내 꿈에 점점 가까워짐을 느꼈다. 그리고 내가 공부해야 되는 이유와 내가 하고 싶은 일을 더욱더 확고히 하게 되었다. 난 독자들에게 미래의 자신에게 편지를 써보기를 권한다. 그리고 나이가 든 뒤 그 편지를 읽었을 때 부끄럽지 않을 자신을 만들어 보았으면 좋겠다. 그리고 모든 꿈나무들이 지금보다 더 큰 꿈을 가졌으면 좋겠다.

[후기]

드디어 책을 다 썼네요. 막상 재밌으리라고 생각하고 책쓰기에 도전하게 되었는데 정말 힘들더군요. 그래도 저의 꿈을 되돌아보고 더 많이 알 수 있는 계기가 되어서 참 보람찹니다. 책쓰는 사람들은 이런 점에서 보람을 느끼고 쓰는 것 아닌가 하는 추측도 해봅니다. 저의 부족한 글을 재밌게 읽어 주셨으면 좋겠고요, 모두 자신의 꿈을 이루셨으면 좋겠네요. 감사합니다.

ps. 시험기간에 새벽까지 책을 쓰는 짜릿함이란…….

해류뭄해리

가뭄 후에 오는 시원한 빗줄기

배유리

그대의 꿈이 한 번도 실현되지 않았다고 해서
가엾게 생각해서는 안 된다.
정말 가엾은 것은 한 번도 꿈을 꿔보지 않았던 사람들이다.
사랑아다 그대의 꿈이 한 번도 실현되지 않았다고 해서
스스로 안타깝게 서글프게 생각해서는 안된다.
정말 안타깝고 서글픈 것은
한 번도 꿈을 꾸어 보지 않았던 사람들이다.

-에센 바흐-

그와의 이야기

1

겨울의 힘자랑에 못 이겨, 길거리를 뿔뿔거리며 돌아다니던 강아지들도 제 집에서 꼼짝하지 않고 있던 날. 어린 나는 얼어붙은 손을 듬직한 아빠의 손으로 녹이며 길을 걷고 있었다. 전봇대 사이에 걸려 자랑하듯 바람에 펄럭거리는 현수막이 눈에 띄었다. 〈OOO씨 아들 △△군 서울대 입학을 축하합니다〉라고 새겨져 있었다. 아빠는 지금 어떤 상상을 하고 있는지 뻔한, 그런 모습으로 현수막을 쳐다보고 있었다. 나는 아빠를 기쁘게 해주고자 하는 어린 마음에

"아빠, 저거 부럽나? 카면 나는 〈배성호씨 딸 유리양 하버드대 입학을 축하합니다〉 라고 걸어 줄게 "

라고 당당하게 말했다. 웃으며 바라보던 아빠는 나를 따뜻하게 안아 주셨다. 작고 철없는 딸이 아빠를 기쁘게 해주고자 하는 마음이 고와서였다. 그러고 보니 아빠는 내가 어렸을 때부터, 아니 내가 아주 작은 씨앗이었을 때부터 첫 딸인 나를 아끼고 예뻐해 주신 것 같다. 엄마에게 혼나고 있을 때면 든든하게 나를 방어해 주고, 어디 놀러라도 간다고 하면 용돈이라며 내 손에 꽉 쥐어 주시며 항상 감싸 주시던 아빠……. 그러나 그 겨울날 아빠를 기쁘게 하고자 하는 어린 소녀는 어디 가고, 부모의 사랑을 업신여기는 내가 되어 버렸다.

2

아빠도 사회생활을 하는 직장인이기 때문에 가끔씩 술을 한 잔 하시고 오실 때가 있다. 나는 먼저 달려나가 '다녀오셨습니까?' 라고 하지는 못 할망정 일부러 나에게 인사를 하러 오신 아빠를 술냄새가 난다며 외면했다. 아빠가 끝까지 내가 있

는 자리까지 오시면 난 가까이 오는 아빠를 피하기도 하며, 때론 밀치기도 하였다. 술에 힘을 빼앗긴 아빠는 그만 바닥에 털썩 주저 앉아 버렸고, 아빠의 그 모습이 너무나도 초라하게 보였다. '술 한번 마신 것 가지고 내가 너무 했나?' 라고 생각하던 찰나에 아빠는 힘겹게 다시 일어나 웃으며 잠시라도 좋으니까 진지하게 이야기를 좀 하자고 하신다. 그러곤 내 손을 잡으며,

"어릴 땐 쥐콩만 해가지고 '아빠, 학원 다녀오겠습니다!' 라고 하던 게 아직도 생생한데 언제 이렇게 커가지고……."

라며 그리운 듯이 말하곤 했다. 아빠가 술을 드시면 매일 하시는 명대사이기에 나는 또 한번 아빠를 외면해 버렸다. 그러면 아빠는 술냄새가 섞인 한숨을 내쉬며, 비틀거리시며 내 방을 나가신다. 어디선가 '우리 아빠는 술을 마셨을 때만 웃어요.' 라는 글을 본 적이 있다. 아빠의 그 명대사라는 것도 술을 마셨을 때만 하신다는 것을 나는 왜 이제 알았을까. 그 이야기를 하며 옛 일을 회상하는 것이 아빠의 즐거움인 것을. 잠시나마 사회의 압박에서 벗어나 그 짧은 즐거움 하나 느끼게 해드리지 못한 것이 죄송하다.

3

우리 아빠는 얼굴이 새카맣다. 흑인 정도는 아니지만 엄마는 아빠에게 촌놈티를 다 낸다고 구박하곤 하신다. 아빠는 굴하지 않고 남성미의 상징인 구릿빛 피부를 무시한다며 푸념을 하시곤 한다. 나는 아빠의 그런 구릿빛 피부(?)를 자랑스럽게 생각하고 있다. 그 피부의 탄생 뒤에는 아빠의 땀방울이 함께 했기 때문이다. 나는 여름에 몸이 조금이라도 덥다고 느끼면 시원한 에어컨 바람 아래에서 작은 피서를 하지만, 아빠는 덥디 더운 대구의 땡볕 아래에서 일을 하신다. 집안의 가장이라는 명분 아래에서, 한 마디로 개고생을 하고 계신 것이다. 요즘 그런 아빠의 얼굴에 하나, 둘 늘어나는 주름살과 새카맣던 머리에 삐죽삐죽 올라오는 흰 머리카락을 보면 '아빠도 세월을 따라 이제 늙어 가는구나.' 하곤 생각한다. 아빠만은 영원히 늙지 않을 줄 알았는데.

어느 날, 아빠와 함께 드라마를 보고 있을 때였다. 내가 이병헌을 보고,

"우와, 진짜 이병헌은 왜 저렇게 멋있을까?"

라며 TV를 홀린 듯이 쳐다 보자 아빠는 날 보더니

"쯧쯧. 이렇게 멋있는 사람을 가까이에 두고도 못찾다니……."

나를 비롯한 엄마와 동생들은 아빠에게 따가운 눈초리를 보냈다. 결국 아빠는 조용히 TV화면을 쳐다보았다. '아빠! 혹시 알고 있나? 난 그래도 이병헌보다 아빠가 더 멋있다고 생각한다! 우리집 나머지 세 여자는 어떻게 생각할진 모르지만.

4

어렸을 때, 내가 기억조차 하지 못할 때 나는 아파서 병원을 자주 가곤 했었다. 그것 때문이었을까. 아빠는 내가 아프다고 하면 언제든지 일에 지친 몸을 이끌고 한밤중이든 새벽이든 나를 병원으로 데려가곤 했다. 그 소동들은 결국 가벼운 통증으로 마무리 짓는 일이 대부분이었지만……. 집으로 돌아가는 길, 차 한대가 달릴까 말까하는 한적한 도로를 나는 정말 좋아했었다. 어린 나에게 아빠와 함께 있을 수 있는 유일한 시간이었으니까. 왜 그랬는지는 모르겠지만 그때 나는 아빠를 웃게 하기 위해 장난을 많이 쳤었다. 지금도 어렴풋이 생각나는 것이 있다. 그 날도 한바탕 난리를 치며 병원에 갔다가 가벼운 복통이라는 진단을 받고 집으로 돌아오는 길이였다. 도로 안내판에 '화원IC' 라고 적혀 있는 것을 보고

"어? 아빠 저 옆에 한글 말고 적힌 거 어떻게 읽어?"

라고 하니 아빠는 '아이 씨' 라고 읽는다고 했다. 난 그것을 듣고 중얼중얼거리다가

"아빠! 아이씨!…….내 화낸 거 아니다. 저거 읽은 거다."

라며 천진난만하게 웃었다. 지금 생각하면 참 입꼬리조차 안 올라가는 개그지만 아빤 그때,

"진심이 좀 있는 거 같은데?"

라며 맞장구 쳐주시며 웃었다. 고요한 달빛 아래 아빠와 함께 웃던 그 시간, 나는 그 때를 생각하며 가끔씩 새벽 하늘을 올려다본다.

그녀와의 이야기

1

내가 중학교를 다닐 때였다. 그렇게 못 사는 편도 아니고, 그렇다고 그렇게 잘 사는 편도 아닌 형편에 엄마는 자식들에게 한 가지라도 더 보탬이 되고자 학교의 우유급식을 담당했었다. 철없고 다른 이의 시선을 많이 의식하던 나는 그 일을 하시는 엄마가 너무나도 부끄러웠다. 창피해진 내 마음에는 나의 자존심 이외의 다른 모든 것들을 하찮게 느꼈고 무시하게 되었다. 나보다 더 아팠을 엄마의 마음까지도. 나의 이기적 자존심은 나를 울게 만들었고, 엄마의 가슴에 대못을 박았다. 나는 다른 사람들의 시선이 두려웠고, 뒷담화의 주인공이 될까 봐 엄마에게 화를 내며, 급기야 학교에서는 엄마를 아는 척도 하지 않았다. 이런 나의 철부지 행동으로 엄마와 나 사이에는 묘한 서먹함이 생겼다. 어느 날 같은 반 친구가 뜬금없이 우유를 내밀었다. 난 '이게 뭐야?' 라는 눈으로 쳐다보았다. 그렇다. 늦잠을 자는 바람에 아침을 먹지 못하고 학교에 가자 걱정이 된 엄마가 보내주신 것이었다. 난 그런 엄마의 마음을 이해하려고 하지도 않았으며, 단순히 부끄럽고 짜증스러운 마음에 집으로 돌아와,

"학교에서 아는 척 하지 말라고 했잖아!"

라고 소리를 질렀다. 그 순간 엄마의 얼굴은 석고처럼 굳어지며,

"그래, 알았다. 이제 안할게."

라고 하셨다. 화낼 줄만 알았던 엄마의 얼굴에는 나에 대한 서운함과 씁쓸함이 스쳐 지나갔다. 그제서야 나는 내가 엄마에게 지울 수 없는 상처를, 너무나도 큰 상처를 안겨 드렸다는 것을 깨달았다. 엄마라고 해서 그 일을 좋아할 리가 없었다. 그 추운 날, 장갑 하나 없이 꽁꽁 언 손으로 우유를 나눠주며, 뒤돌아서서 시린 손을 비비던 우리 엄마……. 그 손을 잡아 따뜻하게 녹여주지 않았던 그 때의 어리석음은 아직도 가슴 한 구석에 아련한 후회로 남아 있다.

2

나는 지금까지 17년을 살면서 엄마의 눈물을 딱 한 번 본 적이 있다. 고등학교

기숙사에 입사하기 전날, 내가 외식을 하자고 졸라 자는 동생들을 내버려 두고 부모님과 함께 외출을 했었다. 식사 도중 아빠는 맥주 2병을 주문했다. 안 그래도 술을 잘 마시지 못하는 엄마는 술이 들어가자마자 얼굴이 후끈 달아올랐다. 나는 계속해서 밥만 먹었다. 아빠가 잠시 담배를 피우러 밖으로 나간 사이, 엄마와 나는 진솔한(?) 대화를 나누었다.

"니 요새 공부 안하든 데 고등학교 가서 어떡할라고 그카노."

"헐. 내가 요새 얼마나 열심히 하는데! 어제 코피났거든."

"코피나면 뭐하노. 그거 다 핑계 아니가."

"아, 몰라. 입학하고 나서부터 밤새면서 할게."

"저 봐라, 또 말만. 하여튼 저 입은 살아가지고."

"먹을 때 꼭 공부 이야기 해야겠나."

"휴, 니가 저번에 엄마한테 캤잖아. 엄마 아빠처럼 안 살겠다고. 그럼, 열심히 해야지."

"……."

이 짧은 대화에서 엄마의 눈가는 촉촉해졌다. 저번에 엄마와 이야기를 하다가 이런 말을 한 적이 있다. '난 엄마나 아빠처럼 안 살아야지. 진짜 내 인생은 화려하게 살거다.' 나는 아무 생각 없이 무심코 내뱉은 말이 엄마에게는 잊을 수 없는 크나큰 충격이었나 보다. 엄마도 나처럼 꿈이 있었고 피나는 노력을 하셨을 텐데. 그 노력의 시간들을 나는 말 한 마디로 짓밟아 버렸다.

3

2009년 3월 2일부터 나의 기숙형 공립고 생활이 시작되었다. 처음엔 집을 떠난다는 것, 그것 자체가 정말 행복한 일이었다. 매일, 내 귀에서 떠나지 않는 엄마의 잔소리로부터 드디어 해방될 수 있다는 생각에. 하지만 막상 기숙사에 들어와 보니 즐거움과 기대도 잠시, 집을 떠난 지 3일 만에 난 베개에 얼굴을 파묻고 투정 아닌 투정을 부리기 시작했다. 투정은 곧 눈물로 바뀌었고, 내 마음을 이해하는지 베개는 날 달래듯 나의 눈물을 말없이 머금어 주었다. 어느덧, 고등학생이 되고 나서 치는 첫 시험이 다가 오고 있었다. 세상의 모든 피곤이란 피곤은 다 짊어진 듯이 하루하루를 보내고 있었다. 문득 엄마의 목소리가 듣고 싶어졌다. 평소에 용건이 없으면 엄마에게 전화를 잘 하지 않는 터라, 난 엄마에게 비타민을 가져 와 달라는 구실로 전화를 했다. 엄마는 자다 일어난 듯한 목소리로 전화를 받았다. 나는 냉큼 엄마에게 아까 생각해 낸 대사를 글자 하나 틀리지 않고 전달했다. 엄마는 지금 바로 오겠다며 기다리라고 했다. 몇 분 뒤, 사감 선생님으로부터 엄마가 왔다는 연락을 받고 즐거운 마음에 뛰어 내려갔다.

"유리야, 공부 열심히 하고 있제?"

"……."

전화를 했을 때 자다 일어난 듯한 목소리는, 엄마의 성대에서 간신히 빠져 나온 소리는 마치 녹슨 쇠의 삐걱대는 소리 같았다. 나도 모르게 눈앞이 뿌옇게 흐려지고 있었다. 나는 엄마에게 들키지 않기 위해 두 어금니를 꽉 물고 버티고 있었다. 감정에 솔직하지 못한 나는 엄마에게 괜찮냐는 말 한 마디 물어보지 못하고, 애써 태연한 척, 물건을 받아 들고 엄마의 인사를 뒤로 한 채 황급히 방으로 뛰어왔다. 엄마가 가고 나서 공중전화기 앞에서 수화기를 들었다 내렸다를 반복하다 결국 내려놓았다. 그냥 숫자 몇 개 누르고 몸 괜찮냐는 말, 그 한 마디만 하면 되는 건데 그게 그렇게 어려웠을까? 다이얼도 끝까지 못 누르는 내 손가락이 미웠고, 말 한 마디 제대로 하지 못하는 답답한 내가 미웠다.

4

중학교 1학년 때였던가? 지났으니까 하는 이야기이지만, 휴대폰을 가져오지 말라는 학교의 규칙이 있음에도 불구하고 나는 학교에 휴대폰을 가지고 다녔었다. 어느 날, 과학시간. 책상 밑에서 요란한 굉음을 발산하며 설마 했던 내 휴대폰이 진

동하고 있었다. 수신자를 보니 엄마였다. 나는 결국 휴대폰을 선생님께 내야만 했고, 수업이 끝나자마자 나는 엄마에게 전화를 했다. 그리고는 무슨 일이냐는 질문도 하지 않은 채 다짜고짜 화를 냈다.

"수업시간인데 왜 전화하는데! 엄마 때문에 폰 뺏겼잖아. 아, 진짜 완전 짜증난다."

나는 내 할 말만 하고는 전화를 끊어 버렸다. 그 날 오후, 학교를 마치고 돌아오니 동생이 울고 있었다. 원래 잘 울기 때문에 난 당연히 별거 아닌 거라 생각하고, 왜 우냐고 물어봤다. 그랬더니 아빠가 병원에 입원해 계신다고 했다. 일을 하시다가 철사에 눈이 찔려 많이 다치셨다고 했다. 나는 그제서야 알았다. 엄마가 수업시간인데도 불구하고 전화를 하셨던 이유를. 나는 엄마한테 한 행동을 후회하며, 당장 엄마에게 전화를 했다.

"엄마! 아빠 입원했다매! 왜 말 안하는데."

"니가 끊었잖아. 가시나야. "

"……."

"아무튼 엄마 오늘 늦게 들어 갈 것 같으니까 동생들 밥 좀 챙겨줘라. 나중에 또 전화할게."

나는 전화기를 들고 한참을 서 있었다. '아, 진짜 난 왜 이러지.' 후회 막급한 한숨만 나왔다. 다음 날 엄마는 아빠의 짐을 챙기며 아빠 병문안 갈 사람은 차에 타라고 했다. 동생들은 바로 나가서 탔지만, 나는 오히려 아빠가 쉬어야 되는데 가면 방해가 된다고 가지 않겠다고 했다. 이건 단지 가기 싫은 나의 그럴 듯한 핑계일 뿐이었다. 동생들은 병원에 갔다 와서 '아빠가 언니야 안 와서 삐졌다' 라는 소식을 전해줬다. 한 달 후에 집에 돌아온 아빠는 안경을 끼고 계셨다. 평소 시력 하나는 좋다고 자랑하시던 아빠였는데…….

그들과의 이야기

1

눈앞에 삼삼한 내 이쁜 맏딸 유리야.

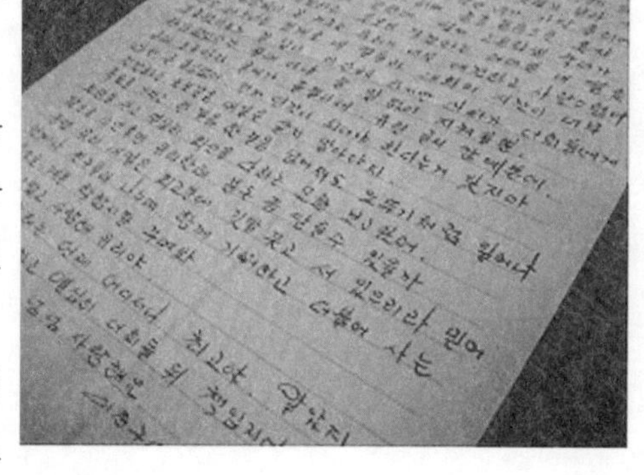

공부한다고 고생 많지? 저녁은 먹었냐? 멀지 않은 곳에 네가 있는데도 보고 싶어도 보지 못하는 현실에 조금은 안타깝구나.

아빤 또 다쳐서 병원에 입원해 있구. 울 유린 이가 아파서 식사도 제대로 못할 것 같아 가슴이 아프고 쓰려온다.

다섯 살 때 그 작던 네가 가방을 둘러매고

"아빠 학원 다녀오겠습니다."

하며 종종 걸음으로 혼자 학원 가던 모습이 눈에 선한데 벌써 고등학생 숙녀가 되어 동생들 걱정하고 부모님 걱정하는 어여쁜 내 딸로 한치 실망 없이 잘 커주는 유리가 너무 대견하고 사랑스럽다.

항상 바쁘다는 핑계로 내 딸들과 대화의 시간이 너무 부족했다는 거 잘 알아. 미안해. 하지만 아빠가 너희들에게 관심이 없었던 건 절대 아냐. 늘 말없이 지켜볼 뿐.

근데 오늘따라 글씨가 졸필이네. 우리 유린 글씨 참 예쁘게 잘 쓰는데.

아빤 큰 욕심 없어. 먼저 인간이 되어야 한다는 거 잊지 마. 건강하고 오늘 같은 내일은 살지 말아야지. 목표를 가지고 한 걸음 한 걸음 넘어져도 오뚜기처럼 일어나 희망을 안고 열심히 최선을 다하는 모습 보고 싶어.

앞으로 10년 후면 유리한테 용돈 좀 받을 수 있을까?

분명 유리, 내 딸은 최고봉에 깃발 꽂고 서 있으리라 믿어.

언제나 친구들과 나누며 함께 기뻐하고 더불어 사는 삶으로 예쁜 학창시절 꾸며 봐.

정말 고맙고 사랑해, 유리야. 넌 아빠한테는 언제 어디서나 최고야. 알았지?
아빠도 몸조심하고 열심히 너희들 뒤를 책임지마.
우리 가족 홧팅. 넘넘 사랑해요.

이천구년 사월 열넷째 날
208호 병실에서

2

고등학교 입학 후, 날이 갈수록 떨어져만 가는 나의 성적들을 보며, 나는 그 말로만 듣던 '입시 스트레스'라는 것 때문에 하루하루를 우울하게 보내고 있었다. 이 정도 밖에 되지 않냐는 물음표는 날로 커져만 가고, 부모님에 대한 죄송함으로 하루도 마음이 편할 날이 없었던 나는 아빠의 진심과 애정이 가득 묻어 있는 이 편지를 받아 읽고, 그 자리에서 한참을 울고 말았다. 손에 편지를 들고 있는 내내, 내 눈은 고장 난 수도꼭지처럼 하염없이 뭔지 모를 것들을 쏟아 내었다. 왜 그렇게 마음 한 켠이 아려왔을까. 그 이유가 뭘까. 그에 대한 대답을 찾기 위해 감정을 꾹꾹 누르며 나는 답장을 썼다.

3

부모님께

손과 발이 점점 시려오는 것을 보니 벌써 겨울이 다가 오고 있나 봅니다. 안녕하세요? 부모님의 맏딸 유리에요. 재작년 크리스마스 이후에 처음으로 쓰는 편지네요. 평소엔 존댓말을 쓰지 않는 저지만 왠지 편지만 쓰려고 하면 어색한 존댓말을 쓰게 되는 것 같아요. 초등학교 입학식 날, 엄마 손을 잡고 학교에 들어가 엄마랑 떨어지기 싫다고 엉엉 울던 게 엊그제 같은데 벌써 이렇게 자라 지금은 부모님의 보살핌에서 잠시 벗어나 고등학교 기숙사 생활을 하고 있는 것을 제가 봐도 신기 할 따름입니다. 아빠가 저에게 항상 입이 닳도록 하시는 말씀이 있죠?

"못해 줘서 미안하다, 그래도 니가 하고 싶은 것 할 때까지 열심히 뒷바라지 하겠다."

아빠가 그 말씀을 하실 때마다 제가 대충 얼버무리곤 해도 속으론 아빠의 사랑을 고스란히 느끼고 있다는 걸 알아주세요. 핑계 같이 들릴지 몰라도 제가 장녀고

밑에 동생이 두 명이나 있다 보니 부모님께 사랑표현을 하는 것이 어색하네요. 하지만 요샌 저도 많이 노력하고 있답니다. 제가 고등학교에 올라오니 살림이 조금 더 빠듯해진 우리집이 눈에 선하네요. 아빠는 매일 입술이 부르트고, 엄마는 몸살이 자주 나고. 아무것도 할 수 없다는 게 항상 죄송할 따름입니다. 제가 입술이 조금이라도 부르트면 아빠가 짠하고 입술 보호제를 내밀어 주시고, 제가 어디 아프다고 하면 엄마는 밤낮으로 저를 보살펴주셨는데. 가끔 공부를 하다가 멍해질 때면 항상 피곤해 하시던 엄마, 아빠 생각에 다시 정신을 챙깁니다. 그리곤 속으로 '내가 1분 더 투자해서 엄마랑 아빠가 앞으로의 인생을 진짜 행복해 하시며 지낼 수 있도록 해 드려야지' 라고 다짐합니다. 엄마가 언제 제게 그냥 흘러가는 소리로, 저희들이 다 자라면 캠핑카를 타고 돌아다니며 살고 싶다고 하셨던 말씀, 상상만 하는 게 아닌, 진짜 이루어질 수 있는 미래가 되도록 노력할게요. 제게 진짜 우리 엄마, 아빠만큼 좋은 부모님은 없다고 생각해요. 저에게 저 같은 딸이 있다면 지금 그 아이는 사랑 받지 못한 채로, 서성거리고 있을 거라 생각해요. 무한한 관심과 사랑, 언제나 감사합니다. 늘 건강하시구요. 사랑해요

–2009. 11. 17/AM. 01 :02
한적한 기숙사 독서실에서 유리 올림–

4

나는 중학교 2학년 때 모 인기 아이돌 그룹의 팬이었다. 팬의 입장으로서 바라만 보다가 점점 그들과 함께 꿈을 나누고 싶었다. 이렇게 해서 내 꿈은 한 가수의 팬이 됨으로써 시작되었다. 처음에 나는 그들과 함께할 수 있는 일이 무엇이 있을까 생각해 보았다. 연예인? 매니저? 코디? …… 이런 저런 고민을 하고 있던 찰나에 학교에서 직업적성검사를 하게 되었다. 그때 내 눈에 뜨인 것은 '방송PD'

라는 4글자. 그 때부터 나는 방송PD에 대해서 하나씩 알아갔다. '방송PD' 에는 여러 가지 종류가 있었다. 라디오PD부터 시작해서 쇼프로PD까지. 하지만 무엇보다 드라마PD가 제일 끌렸다. 어렸을 때부터 아침 시작은 엄마가 아침드라마를 보는 것이었고, 아빠가 연속극을 보는 것으로 하루가 끝이 났다. 이런 영향으로 인해 나 또한 드라마에 관심이 많아졌기 때문이다. 오랜만에 온 가족이 모여 저녁식사를 할 때 갑자기 아빠가 커서 뭐가 되고 싶냐고 물어보셨다. 여러 사람에게는 많이 들었던 말이지만 아빠에게는 처음 듣는 말이라서 당황해 우물쭈물하며 드라마PD라고 말했다. 아빠가 비웃을 것 같았다. 하지만 아빠는 하고 싶은 것을 찾은 것에 대해 축하해 주셨다. 그리고 내가 꿈을 이룰 때까지 아빠가 열심히 도와주겠다며 나에게도 열심히 하라며 격려를 해주셨다. 이렇게 나에게는 든든한 후원자가 있다.

에필로그.

뿌리에게

나희덕

깊은 곳에서 네가 나의 뿌리였을 때
나는 막 갈구어진 연한 흙이어서
너를 잘 기억할 수 있다.
네 숨결 처음 대이던 그 자리에 더운 김이 오르고
밝은 피 뽑아 네게 흘려 보내며 즐거움에 떨던
아, 나의 사랑을

먼 우물 앞에서도 목마르던 나의 뿌리여.
나를 뚫고 오르렴,
눈부셔 잘 부스러지는 살이니
내 밝은 피에 즐겁게 발 적시며 뻗어가려무나.

척추를 휘어접고 더 넓게 뻗으면
그때마다 나는 착한 그릇이 되어 너를 감싸고,
불꽃 같은 바람이 가슴을 두드려 세워도
네 뻗어가는 끝을 하냥 축복하는 나는
어리석고도 은밀한 기쁨을 가졌어라.

네가 타고 내려올수록
단단해지는 나의 살을 보아라.
이제 거무스레 늙었으니
슬픔만 한 두릅 꿰어 있는 껍데기의
마지막 잔을 마셔다오.

깊은 곳에서 네가 나의 뿌리였을 때
내 가슴에 끓어오르던 벌레들,
그러나 지금은 하나의 빈 그릇,
너의 푸른 줄기 솟아 햇살에 반짝이면
나는 어느 산비탈 연한 흙으로 일구어지고 있을테니.

배성호, 강경숙
이 분들이 아니었더라면
나는 이 세상에 존재할 수 없었을 뿐만 아니라,
'꿈' 이라는 것을 가질 수 있는
소중하고도 특별한 기회조차 부여받지 못했을 것이다.

[후기]

항상 책을 다 읽고 나서 제일 뒤쪽의 작가 후기를 볼 때면 나도 언젠간 이것을 써 볼 수 있는 기회가 왔으면 좋겠다고 생각하곤 했었다. 나에게 지금 그 기회가 다가 왔다. 내 이름으로 된 책이 나온다는 것에 대한 설렘과 미흡한 글을 내놓는 다는 것에 대해 부끄러움도 든다. 이 글에 담아낸 것이 나 혼자만이 아닌 모두가 공감할 수 있는 글이 되었으면 좋겠다.

파이(π)
π
장은진

입학식이 엊그제
같았는데
자, 쪽지에 있는 모
양대로 자리배치
표 보고 앉아라.
참고로 짝은
남녀다!
확

별..
별...
어느덧 나도
고등학생이
된다.

자리배치
아...
털-썩

너도
별?
잘부탁해,
내짝!

요즘 고입은
대입 못지않게
치열하다.
외고
과고
특목고
그만큼 철리도록
명문대, 명문고 소리를 들어오기
때문이다.

가능성이 조금이라도
보이는 아이들은
더 좋은곳으로
달려간다.
성공
성공의
문은
더 좁아진다.

전로상담이라면
나도 받아봤다.
환경

오, 꿈아,
이정도면
외고는
가겠는데?

네??
특히
영어는 전교
1등이네.

어디까지나
쌤 생각이지만 말야..
역시 외고 진학이
네 진로에
더 도움되지
않을까...
라고
해도..

가서 잘
할수
있을지도
모르는데
무슨 용기로
거길 가!
토익은?
토플은?
취직은?
그전에
내신은
딸 수 있나?

차라리 재처럼
고민이라두
없어보면
좋겠다..

내 새 짝 이름은
유희망.
세상 불편할 거
없는 얼굴로
살아가는 남자애다.
아무리 봐도
사차원이다...
멍
야!
공피해!!
<체육 시간>
쌤 palace 가
파라체에여?
<수업 시간>
<쉬는 시간>

사각..
사각..
......
오오
사각..
사각..
영어 잘 한다!
신경쓰여..
영어
잘 하면
선생님
하려나?
엥?
왜?
다들 그러잖아.
그게
안정적이구,
돈두
많이 벌구,
자식들도
편하고,
...
맞긴
맞다..

역시...
공부 잘 하면
그게 가장
편하긴 하겠지?

너..
파이 알어?

수식
파이 말야?

있지, 누가 그러는데
파이는 꿈이랑 동일시
된대.
수치를 잴 수 없기에
기호로 나타내는
점이나,
각자가 서로 다르기에
절대 중복될 수 없는
점이나.
3.14159...
너무.. 시적인
표현 아냐?

하지만 최근에
내가 닮은 걸
하나 더 찾아냈지
!!

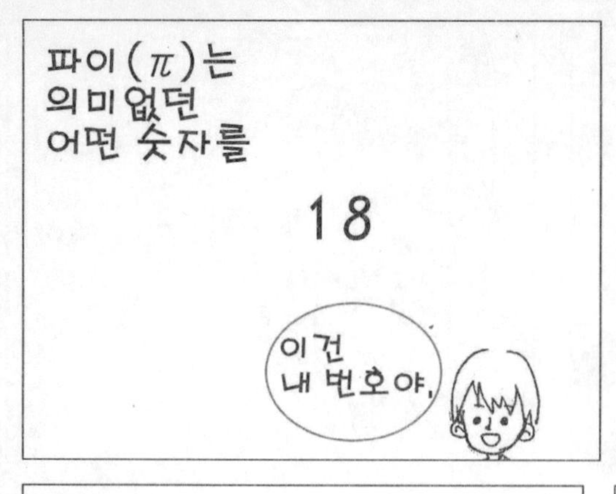
파이(π)는
의미없던
어떤 숫자를
18
이건
내 번호야.

순식간에
원의 둘레를
이루는 공식으로
만들어주지.
18π
이게
끝이냐구??

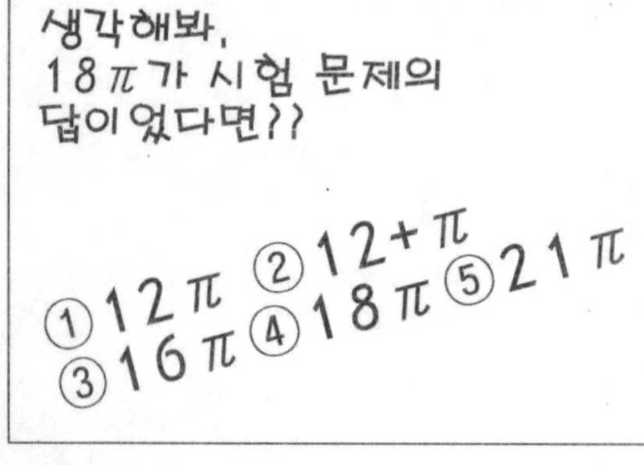
생각해봐.
18π가 시험 문제의
답이었다면??
① 12π ② 12+π
③ 16π ④ 18π ⑤ 21π

건물의
핵심 원기둥의
둘레라면??

단순히
붙이는 것으로도
뜻이 있는 숫자가
되지만 이게
어딘가에
쓰이면서 더
가치있게
되는 거지.

김꿈. 넌 이름도
꿈이잖아.
너도 근사한
꿈 정도는 있지?

네 꿈은 뭔데?

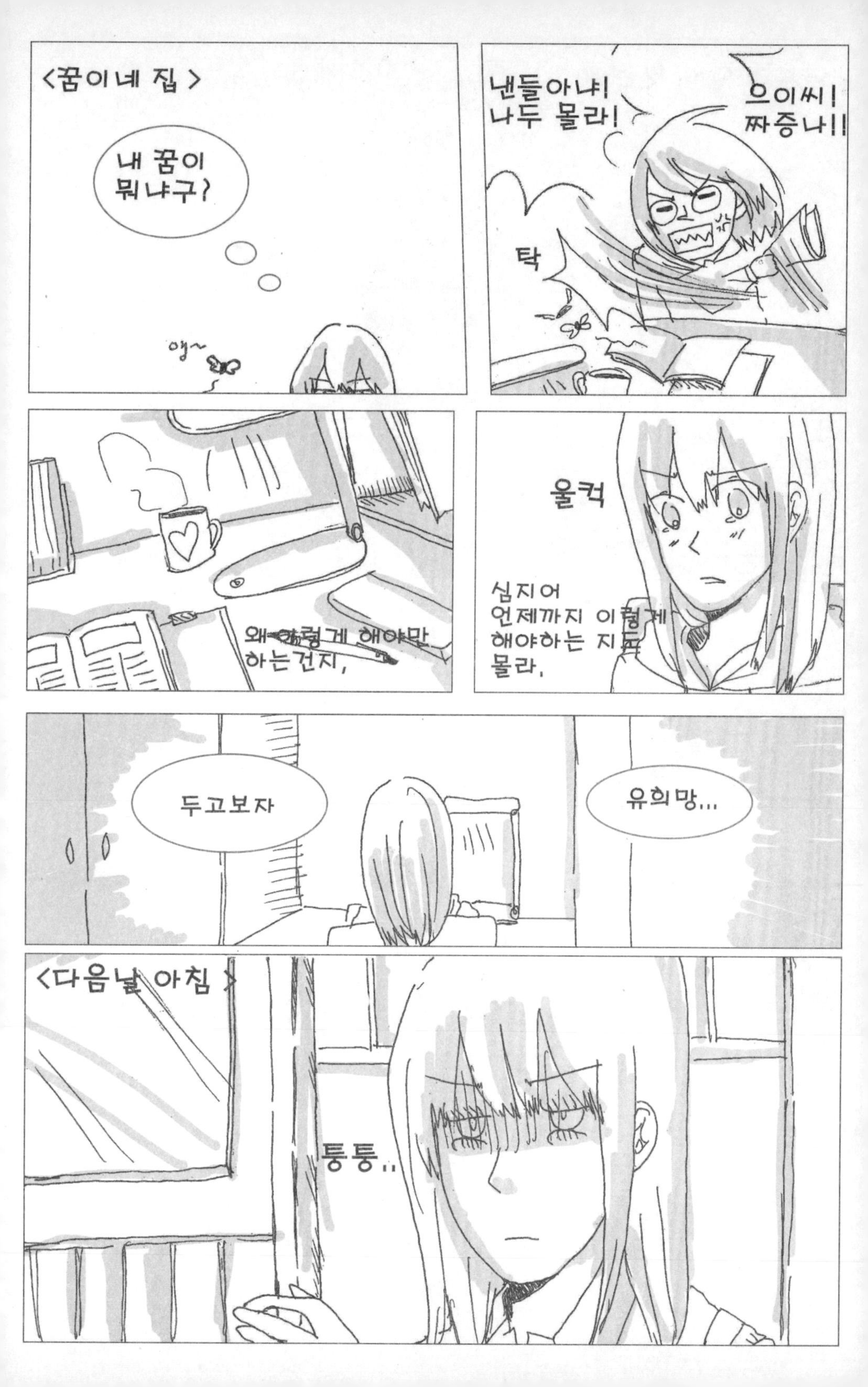
<꿈이네 집>
내 꿈이 뭐냐구?
앵~
낸들아냐! 나두 몰라!
으이씨! 짜증나!!
탁
왜 이렇게 해야만 하는건지,
울컥
심지어 언제까지 이렇게 해야하는 지도 몰라.
두고보자
유희망...
<다음날 아침>
퉁퉁..

일부러 일찍 왔는데..
어우, 김꿈?
너 눈이 왜그래??

공부 하느라.

일찍도 왔다.
어엉

이녀석 돌본다구.

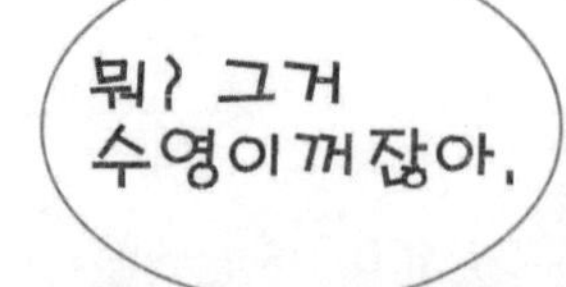

근데 왜 네가 돌보는데?
뭐? 그거 수영이꺼잖아.

그때 화분
갖고 오기
귀찮다고
잔디밭에
잡초 심은
건데..
ㅋㅋ
자꾸
보니까
정들었어.

물을 안 줘서
죽기 일보직전
이길래 물 한번
줬더니 금방
살아났지 뭐야.
감동이더라구.
그렇게 이녀석에게
내가 절실했다는것
도 그렇지만,

이녀석 역시도
그렇게 살아서
자라 주니까 나에게
필요한 존재가 되는거야.
그래서 이수영
한테는 안 들키게
아침마다 와서
몰래 가꾸고 있지.

그럼..네 꿈
은 이쪽이야?

꿈을 편협
하게 보지
말것!!
난 따로 꿈이
있거든.

기타리스트!!!
세계 최고의..

뭐?
농담이야.
사실 진짜 내 꿈은 따로있어.

하지만 기타도 칠거야. 하나만 하면 재미 없잖아
내가 야망이 좀 세거든.

그러지 말구 너도 영어공부나 하는 게 어때?

<꿈이네 집>
아으윽!! 목이야!!

그러지
말고
영어나 보지
그래?
..비꼰
건가?

지만
타도
거야.
나만 하면
미 없잖아
내가
야망이
좀
세거든.

그보다
꿈 있었구나..
...
졌다.
역시 그냥
생글대는게
아니었어..

앗!
또 분위기
흐트러진다.
공부하자
공부!!
영어
툭

!
영 어

투욱.
김꿈에게

칫, 유희망 말이나 듣고 있다니,
나도 절박하긴 한가봐,
안녕 김꿈, 이상한 건 아니구 너한테 좋은 곳 좀 소개시켜주게,

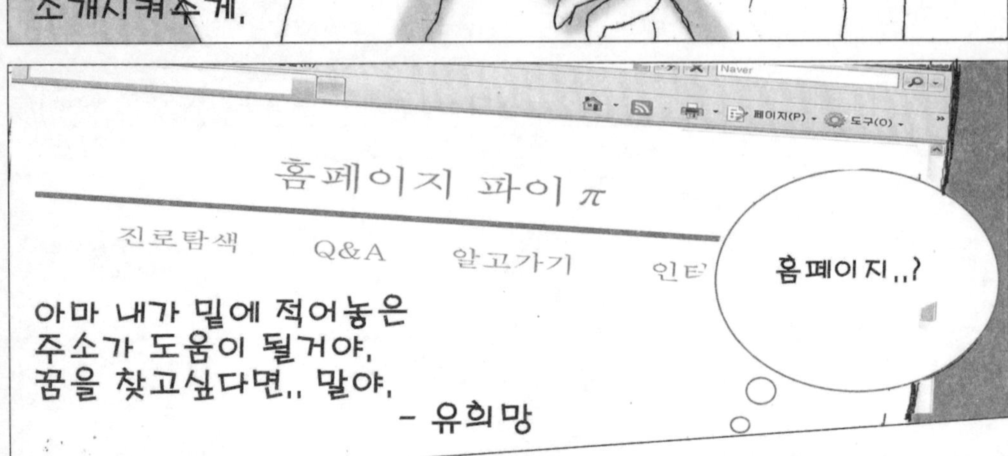
Naver
페이지(P)
도구(O)
홈페이지 파이 π
진로탐색
Q&A
알고가기
홈페이지..?
아마 내가 밑에 적어놓은 주소가 도움이 될거야, 꿈을 찾고싶다면.. 말야,
- 유희망

유토피아라는 사람이 운영잔가 보네 ..
달칵..

도구(O)
인터뷰
...어? 인터뷰? 이게 뭐지..?

UTOPIA의 인터뷰 1

이 인터뷰는 현재 체육학과의 재학중인 김유영(21)씨의 이야기입니다. 김유영씨는 원래 음대를 갈 예정이었지만, 어릴적 꿈인 체육을 잊지 못해 음악공부를 그만두고 체육공부를 처음부터 다시 시작했습니다. 그러나 열심히 노력한 결과, 결국 체육학과에 당당히 입학하고, 남들의 반대와 비웃음에도 자기가 하고 싶은 것을 열심히 노력해, 학교에서도, 동료 선후배들에게도 인정받는 우수한 학생으로 살아가고 있습니다. 하고 싶은 것을 한다. 그 기쁨이 가져오는 효과는 정말 대단하죠?

Q1. 체육을 시작하게 된 계기가 궁금해요. 처음에는 음악을 하지 않았나요?

그렇지. 처음에는 음악을 했었어.
달리 하고 싶은 게 없었던 상황에서
그나마 음악이 내가 가장 잘 아는 것이었고,
부모님도 내심 원하는 분위기 였거든.
하지만 정말로 내가 음대에 가서 음악을 배운다고 생각하니,
하기 싫은 걸 억지로 하는 생각에 소름이 돋더라.
근데 딱 그 때 체육이 떠오르는 거야.
내가 항상 즐겁게하고, 신나게 하던거 .

그 때부터 난 이길로 가야겠구나, 했지

Q2. 그렇군요! 그럼, 진로를 결정해서 실행하기까지의 과정은 어땠어요? 음악도 그만두고, 진로를 탐색도 다시 해야했을거 아니에요?

사실, 체대를 목표로 하기 전에 음악선생님을 찾아가서 상담한 적이 있었어. 선생님께서는 엄격하게 "하루종일 앉아서 피아노만 쳐야해. 그래도 할 수 있다면 해라" 하고 말씀하시더라구. 근데 아무리 생각해도 내가 좋아하지 않는 걸 오래도록 할 순 없을거 같았어. 체육을 하겠다고 결심한 건 고2말 이었어. 그 때 다른아이들은 자신의 진로를 향해 노력하고 있을 때였지. 솔직히 많이 힘들었어. 난 내가 달리기를 잘 한다고 생각했는데 그게 아닌 거야. 거기다 이미 나보다 먼저 시작해서 어느정도 실력을 올린 애들도 있었고... 가장 빠르다는 체대 입시학원 에서도 나 혼자 느릿느릿한 거북이 같은 거야. 다른 애들은 다 토끼 같은데... 열등감에 시달리기도 했었어.

Q3. 그럼 그런 실력차이를 어떻게 극복했어요?

주변에 보면 예체능은 그림이나 체육, 이거 하나만 밀고 나간다고
생각하는 사람들이 많아. 그런데 사실 절대 그렇지 않다는거 꼭
기억해야해. 공부도 그 능력만큼 중요하거든. 나 같은 경우에도
체대 입시학원을 다니며 다시 공부에 흥미를 붙이고 성적관리를
하면서 동시에 체육을 했어. 체육도 내가 "할 수 있는 분야" 와
"잘 하는 분야" 를 집중적으로 해서 못하는 부분들을 메울 수 있게
전략적으로 했지. 시간이 없어서 그런것도 있지만, 아무래도
내가 싫어하는 건 영 흥미가 가지 않더라구. 덕분에 어떻게 보면
다른 공부하는 아이들보다 더 바쁘게 대입준비를 했던 것 같아.
인문계다 보니까 늦게까지 수업하고 학원 가서 체육하고..
체력적으로도, 정신적으로도 힘들었던 시기였지.

Q4. 대단하다.이런 뒷 이야기가 있었을 줄은.
그럼 혹시 체육과이기 때문에 힘든 점은?

물론 있지. 좋아서 들어가긴 했지만 힘든 점이 많았어.
특히 힘들었던 건 주변의 시선이야. 체육과라고 하니깐
공부도 못하고, 무식하게 운동만 한다는 인식이 많이 박혀 있어서
처음엔 내가 체육과에 갔다고만 해도 눈빛이 변하곤 했거든.
하지만 내가 하고 싶은 걸 하고 있었고, 또 전망이 많은 과라고
생각했기 때문에 난 당당하게 공부하고, 열심히 운동했어.
지금은 모두들 날 인정해주고 있어서 그다지 어려운 부분 없이
즐겁게 지내고 있고.^^

Q5. 본인의 진로에 대한 만족도는 어느정도 인가요?

9점 정도 주고 싶어. 갑자기 바뀐 진로에 당황하긴 했지만,
결론적으론 오히려 내 삶을 바로 찾는 데 도움이 됐거든.
남들이 뭐라고 하든간에, 자신이 좋아하는 걸 찾아서 열심히
하다 보면 결국 인정받게 되고, 또 나도 내 인생을 즐겁게 살 수 있어.
진로를 결정할 때 가장 중요한 건 성적이나 돈 많이 버는 직업이
아니라 내가 정말 무엇을 좋아하는가? 하는점이야. 10년, 20년
평생 그 분야에 몸담고 살아갈 거니깐 그만큼 자신의 흥미를
꼼꼼히 따져봐야 해. 그런 점에 있어서 나는 훌륭한 선택을 한 셈이지.

Q6. 졸업 후 진로는 어때요?

난 생활체육 교육자가 되고 싶어.
아무래도 그게 내 인생 목표야. 보수가 그리 많진 않지만,
여자 하나 살기에는 딱 맞거든.

편안하게 내 일을 즐기면서 살고 싶어.

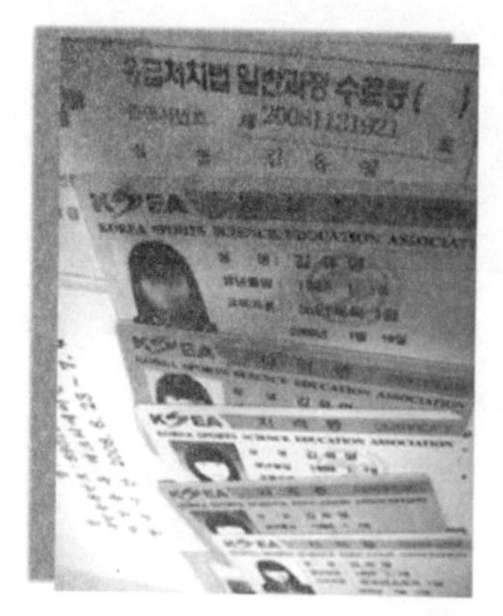

▲'좋아하기 때문에' 딸 수 있었던 수많은 자격증들.
이번에도 역시 그녀는 스키 자격증을 위해 다른 지역으로 떠난다.

김꿈의 생각 : 와, 대단하다. 자신이 좋아하는 걸 저렇게
열심히 해서 꿈을 이룰수 있다니. 정말 부럽다.
내가 좋아하는 건 뭘까? 그리고 내가 잘 하는건 뭘까..?
사실 난 글쓰는걸 좋아해.. 그리고 신문 읽는것도.
신문과 잡지를 보며 나도 저렇게 취재를 다니며
많은 사람들을 만나면 얼마나 좋을까..하는 생각을 항상 하거든.

UTOPIA의 인터뷰 2

이 인터뷰는 현재 예고에 재학중인 임진아(18. 가명)씨의 이야기입니다.
현재 애니메이션과를 전공하면서 수채화, 소묘와 더불어 컴퓨터 작업까지
골고루 배운다고 합니다. 임진아씨는 다른 학생들에 비하면 많이 다른 생활이지만,
그래도 그림을 선택했기 때문에 이 길로 온 것을 후회하지 않는다고 말합니다.
언젠간 멋진 아티스트가 되어 우리앞에 나설 진아씨의 미술.
생각만 해도 기대가 됩니다.

Q1. 현재 어떤 것을 배우고 계시는지, 간단히 소개해 주세요!

전공은 미술이고 애니메이션 과다.
수채화와 소묘 같은 미술기법을 배우는 동시에 과에서는 인체,
동세를 배우고, 컴퓨터 작업을 배운다.
진로는 애니메이터나 게임회사,
개인작업 등 그 외에도 무수히 다양하다.

Q2. 굳이 예고를 선택하신 이유가 있으세요?

일반계 고등학교에 다니면서 미술을 할 수도 있었지만,
내가 하고자 하는 진로 쪽으로 더 도움이 된다고 판단했다.

Q3. 예고와 일반계 학교와는 어떤 차이가 있어요?

다른 일반계 학교와 수업방식이나 배우는 과목은
크게 차이가 없지만, 예를 들어 12시간 수업을 한다고 하면,
예고에서는 그 중 8시간은 전공활동을 한다.
그리고 다양한 체험 학습이 있어서,
보통 한 학기에 몇 번씩 유명한 화가나 작가분들을 만나서
강의를 듣거나 전시회를 가고,
학교 음악과나 무용과의 콩쿨이나 음악회 관람을
필수적으로 여긴다.

Q3. 예고와 일반계 학교와는 어떤 차이가 있어요?

다른 일반계 학교와 수업방식이나
배우는 과목은 크게 차이가 없지만, 예를 들어
12시간 수업을 한다고 하면, 예고에서는 그 중 8시간은
전공활동을 한다. 그리고 다양한 체험 학습이 있어서,
보통 한 학기에 몇 번씩 유명한 화가나 작가분들을 만나서
강의를 듣거나 전시회를 가고,
학교 음악과나 무용과의 콩쿨이나 음악회 관람을
필수적으로 여긴다.

Q4. 혹시, 미리 자신의 진로를 한 가지로 정해버린 것에
대한 후회는 없나요?

전혀. 그림 그리기를 좋아하니까 사회인이 돼서도
계속 좋아하는 일을 하고 싶다는 마음이 강하기 때문이다.
또 "내가 이 진로를 안 가면 도저히 못 살거 같다" 라는 생각도 있고
말이다. 중학생 때부터 주위 선배들이나 선생님들께 이 쪽 진로에
대해 필요한 조건이나 혜택에 대해 충분히 보고 들었다.
그래서 이미 이 직업의 장단점을 다 파악하고 있고, 거기에 대한
각오가 되어있는 상태다. 오히려 주위에 반대나 조건 때문에
포기한 친구들이나 사람들을 보며 더 열심히 해야겠다는
결심이 선다.

Q5. 지금 예고를 준비하고 있는 후배들에게
해주고 싶은 조언이 있나요?

일반고에 다니면서 미술을 하는 것과 예고에 다니면서 미술을 하는 건
자기 하기 나름이겠지만, 우선 경험자로서 예고에 대해 말하자면,
일단 예고에 진학하게 되면 아무래도 자기 전공에 대한 것에 직접
접할 수 있는 기회가 많고, 대학이나 관련대회 등의 정보를 손쉽게
알 수가 있다. 무엇보다도 그림 그리는 시간이 더 많아지기 때문에
실기대비 등에는 더없이 좋은 환경이다.
하지만 등록금이나 수업을 위한 준비물 등등 경제적으로 일반고 보다
더 부담이 되고, 그림그리는 시간은 늘겠지만 그만큼 공부하는 시간이
일반계 학생들보다 줄게 된다.(강조하지만, 예체능이라도 공부는
중요하다.^^;) 그리고 예술을 하는 아이들이 모여 있어 그런지 다른
학교들과는 다른 특유의 분위기가 있는데 여기에 잘 적응하는 것도
본인의 몫이다. 어쨌든, 내가 이렇다 저렇다 자세히 말해줄 수는 없지만
한가지 확신할 수 있는 건, 누구든지 자세한 정보나 확고한 각오 없이
예고에 어영부영 들어오면, 분명히 그건 자신에게 큰 손해가 된다는 것
이다. 다 마찬가지겠지만, 특히 자신의 진로에서는 확고히
결정하고 행동하는 게 중요하다.

Q6. 그럼 본인의 진로선택에 대해 점수를 매긴다면 몇 점을 매기시겠어요?

7점. 그림그리는게 즐겁긴 하지만
나름 따르는 책임도 있고 부담감도 있으니깐.
뭐, 아주 가끔 이런 생각이 들긴 하지만 만족하는 편이다.

▲아무리 그림이 좋더라도 다양한 분야해서 다양한 장르를
소화해야하는 미술수업. 꿈을 향한 노력의 길은 언제나 험난하다.(임진아씨의 그림.)

김꿈의 생각 : 이분은 철저한 준비와 생각, 그리고
미래에 대한 확신을 통해 여러가지로 심사숙고하여
자신의 진로를 선택했구나. 나도 이렇게 할 수 있다면
좋을텐데. 일단은 내가 하고 싶은 기자 쪽으로
인터넷에서 자세히 정보를 찾아봐야겠어..

UTOPIA의 인터뷰 3

이 인터뷰는 시각디자인과 재학중인 이민정(20)씨의 이야기입니다.
일반계 고등학교에서 우수한 성적을 유지하며 동시에 오래된 꿈인 미술을 하기 위해
독학으로 미술공부를 병행하여 미대에 합격, 합격 후 자신의 꿈을 향해
나아가고 있는 분입니다. 현재 진솔하고 솔직한 그림으로 청춘을 그려나가고 있으며,
인터넷 블로그에서 왕성한 활동을 하고 있습니다.

Q1. 그림을 그리게 된 계기같은 게 있나요?

다들 그렇듯이 자연스러운 거 아닌가,
그냥 어릴 적부터 좋아했기 때문에 계속 그렸고,
그렇게 그리다 보니 이쪽 길로 가게 됐고...
그냥 생활에 자연스럽게 어우러진 거다,

Q2. 일반계고에서 미술은 어떻게 공부했나요?

미술학원과 학교, 둘 다 나름대로 배려를 해주었다,
미술학원에서는 어떻게든 보충수업까진 듣고 올 수 있도록
시간을 조절해 주고, 야자는 학교측에 미리 얘기해서 예체능으로
분류했기 때문에 야자 대신 학원을 갈 수 있었고,
덕분에 귀가시간은 다른 애들보다 훨씬 늦었지만 말이다,

Q3. 부모님이나 주변인들의 반대는 없었나요?

가족이 제일 큰 벽이었다, 날 잡아 놓은 거 없이 몇 년 동안
계속 싸웠으니깐, 맨 처음엔 진짜 그림하고 싶다고 울면서 감정에
호소해봤는데, 이건 별로 안 좋더라, 아무래도 부모님과 자신의
견해차를 최소한으로 줄일 수 있는 방향으로 머리를 굴렸던 거 같다,
일단 중위권이었던 성적을 상위권으로 올리고 나의 요구사항을 똑똑히
말했다, 그렇게 고 2말에 미술을 시작하고 나서 고3때 나간 실기대회에
선 상도 타오고, 실기대회 상뿐만이 아니라 일반 교과목들 경시대회
같은 거 있으면 그런 곳에서도 상 타오고,

그렇게 나에 대한 신뢰를 높이고, 부모님과 내 희망사항을 적절히
고려한 방법을 썼달까, 그렇게 하니까 부모님도 안심하시는 분위기였다,
지금은 내색은 안하셔도 친구분들께 자랑도 많이 하시고,
내가 하고 있는 작업들에 대해 관심도 많이 가져주신다,
밤마다 몰래 핸드폰 불빛으로 그림 그리던 때에 비하면 무궁한 발전이다,

Q4. 학교공부와 미술실기는 어떻게 공부하면 좋을까요?

일단 일반계와는 달리 예체능에서는 수리가 비중이 적거나,
탐구 영역과 대체를 하거나, 아예 넣지 않기 때문에 수리에서
못 따는 점수를 다른 영역에서 많이 따 두는게 좋을 듯 싶다.
언어, 외국어는 특히 신경써서 공부하는 게 좋다.
물론 확실한 방법은 다 잘하면 되지만.

Q5. 그럼 근황으로 가볼까요? 요즘엔 어떻게 지내세요?

과제 착실히 하고, 시험공부도 착실히 하고, 과 행사도
착실히 참여 하며 지낸다. 과제가 너무 많아서 동아리엔 못간 지
꽤 됐지만... 그래도 열심히 밀어붙여서 이번엔 장학금도
받게 됐다. 시간이 좀 남게 되면 기타 연습도 열심히 하고,
그림도 자유롭게 그리고... 뭐, 그런식으로 여러가지
여가계획이나 세우면서 살고 있다.

Q5. 사실 예체능, 그것도 미술은 특히 부정적인 의견이 많아요. 더욱이 하는 사람이
많으면서 진출분야가 적은 게 그 이유인데요, 거기에 대한 개인적인 생각을 들을 수 있을까요?

부딪혀 보지도 않고 그런 생각 하는 거 자체가 겁쟁이라는 증거다.
난 돈 벌기 힘든 것도, 수많은 무명작가들이 내 경쟁자라는 것도
너무나 '당연하게' 알고 있다.

다만 나는 자기 만족과 미술이란
길에 대해 확신을 얻고 싶은 것 뿐이다.
찔러보기도 전에 포기하려면 애초에 자기가 하고 싶은 걸
하려는 생각 자체를 말아야겠지.....

물론 사회적 지위를 위해, 혹은 인정받기 위해서 그림을
그린다고도 할 수 있겠지만,
가장 중요한건 내가 끌리고, 또 미술을 통해 스스로가
얻는 만족감을 위해서이지 않을까...

Q6. 자신의 진로선택에 대한 점수를 매겨주세요.

음, 7점 정도. 내 의사로 결정했기 때문이다. 그리고 학과선택도.
내 최종 목표는 프리랜서 일러스트레이터다. 하지만 이 직업을
무턱대고 하기에는 현실적으로 힘들다. 프리랜서라는 게 말처럼
쉽지 않으니깐. 난 차근차근 밟고 올라갈 것이다.
일단 임용고시를 보는 쪽과 인턴사원으로 일하는 쪽,
이렇게 두 가지를 생각하고 있다. 하지만 어느 쪽으로 가건
최종 목표는 변하지 않는다.

▲좋아하는 것을 이루기 위해선 때론 현실과 타협해야 할 때도 있는 법이다.
하지만 그건 부끄러운 일이 아닌, 내 꿈을 위한 준비단계가 아닐까?

김꿈의 생각 : 하고싶은 걸 하기 위해선 때론
희생도 필요해. 내가 하고 싶은 걸 위해
지금 공부를 열심히 해야하는 것 처럼 말야.
좋아하는 일이 있다고 해서 무작정 그곳에만
매달리는 것도 해가 될 수 있으니깐.
나도 때로는 수업시간에 딴생각을 하며 글을 끄적일 때가 많아.
이런 건 고쳐야겠지..?

UTOPIA의 인터뷰 4

이 인터뷰는 유아특수교육과에 재학중인 남지영(가명)씨의 인터뷰입니다.
굳건한 신앙심과 우수한 성적, 착한 성격으로 언제나 주변에는
사람들이 끊이지 않는다고 합니다. 언제나 밝고 긍정적인 사고관을 가진 채로
세상을 바라보는 남지영씨의 행복바이러스가 곧 전 세계에 퍼지게 될 지도 모르겠습니다.

Q1. 우와, 언제부터 성적이 그렇게 좋았었어요?

고등학교 때, 시험이 끝나면 학년실 앞에 30등까지 등수를 매겨 붙여놨었는데, 거기에 거의 다 들어 갔었던 거 같아요. 중학교 때는 아무래도 시간도 가장 많았고 제일 좋아했던 국어 덕에 성적을 올리는데 한몫 했던 것 같고요. 그래도, 학교가 워낙 시골이고 외지다 보니, 점점 보는 시각이 넓어지면서 그렇게 우수한 성적이라고는 생각을 못했었어요. 항상 현재진행형이죠.

Q2. 헉, 충분히 대단한 성적인데요. 공부에 전념하게 된 계기가 있어요?

엄마의 칭찬이 제일 컸었던 것 같아요. 조금만 잘 해도 어머니께서는 언제나 "우리 딸이 역시 세상에서 제일 최고인 것 같아." 하며 칭찬해 주시고, 어쩌다 성적이 떨어져도 "열심히 했으니까 괜찮아. 다음에 더 잘하면 되지." 하면서 기분을 북돋아 주셨거든요. 거기에 강압적이지 않은 집안 분위기와, 연년생 언니가 열심히 공부하는 모습이 더해져서, 자연스럽게 공부를 하게 됐던 것 같아요.

Q3. 이럴수가. 성적이 오를만 하네요. 듣자하니, 전액 장학금을 받으셨다면서요? 그 과정이 궁금해요.

20살이 돼서 대학교에 가니깐 1학년때는 그냥 원하는 과이고,
하고 싶은 공부를 하는 거니깐 그저 즐겁게 했었어요.
덕분에 국가에서 4년간 지원해주는 장학금을 받게 됐구요.
그 때 국가 장학금 기준이 4.0의 학점 중에 3.5만 넘으면 되는
거였거든요. 생각해 보면 그 때 그렇게 해둔데 다행이다 싶어요.
1학년 때 열심히 해두었더니 솔직히 2학년 때 조금 성적이 떨어져도
장학금을 계속 받을 수 있었거든요. 3학년때는 다시 정신차려서

열심히 공부했더니 성적이 오르 더라구요. 제가 공부해 본 결과,
성적을 유지하는 가장 좋은 방법은 역시 "공부하는 즐거움" 을
아는 거예요. 하고 싶은걸 정확히 알고,
그걸 배워가면서 알아가는 즐거움을 느끼는 거죠.

Q4 그러고 보니 이번에는 또 우수한 성적을 얻었다는 얘기를 들었어요.
이번기회에 공부하는 방법을 전수해 주시는 건 어때요?

똑똑한 사람은 노력하는 사람을 이길 수 없고,
노력하는 사람은 즐기는 자를 이길 수 없는 법이예요.
저는 타고난 머리가 없어서, 정말 노력하지 않으면 성적이 잘
안 나와요. 하지만 그렇게 공부할 때에 즐겁지 않으면 스트레스만
받고 성적은 안 오르더라구요. 정말 즐겁게 공부하는 것,
성취에 대해 기대하는 것. 이 두 가지를 마음에 새기고 노력한다면
좋은 성적을 얻을 수 있는 것 같아요. 그리고 하나 더,
저는 친구들이 제가 한 과제나 노트정리, 기출문제 등을 정리 해
놓은 걸 참고하고 싶다고 보여 달라고 할 땐 주저 없이 보여줘요.
남의 것을 참고하여 공부하는 사람은 자기 것으로 만든 사람보다
뛰어날 수 없다고 생각하거든요. 물론 그것을 참고해서 성적을 잘
받은 사람은 그만큼 자기가 노력을 했기 때문이구요.
친구들이 성적이 잘 나오는 것에 대해 제가 도움이 되었다면
전 그걸로도 충분히 만족해요.

그리고 가장 중요한게 있다면 바로 행복입니다.
괜스레 슬퍼지고 슬럼프에 빠질 때가 있잖아요. 그럴때는 확실히
성적이 잘 나오지 못해요. 그런데 즐겁게 공부하게 되면 예습, 복습을
물론이고 과제까지 꼼꼼히 하게 되더라구요. 물론 행복만 하다고
다는 아니에요. 그리고 어떻게 행복할 수 있는지도 확실히
제시할 수 없는 부분이구요. 그런 건 자기 자신의 몫이라고 생각해요.
그걸 찾는가 아닌가에 따라서 삶의 만족도도 틀리다고 생각하구요.

Q5. 보니깐 학교가 집과 굉장히 멀어요. 게다가 대인관계 문제나 어른이 됐다는 책임감,
부모님과 떨어졌다는 점 등.... 바뀐 환경에 적응은 순탄했나요?

전 떨어져 지내서 오히려 좋았는걸요? ^^
부모님께서 어릴 땐 규제를 좀 하셨는데,
학년이 올라갈수록 우리의 자유와 선택을 존중해 주셨어요.
그래서 대학생이 된 지금은 하고 싶은 게 있다고 하면
무조건 해보라고 적극적으로 지지해 주세요.
나중에 하지 못한 걸 후회하는 게 가장 어리석은 것이라구요.
그렇게 말씀해 주실 때 마다 아 내가 커가고 있구나. 하는 생각이
들어요. 많은 친구들이 옆에 있어주기 때문에
특별히 외롭지는 않지만, 어머니가 해주시는 맛있는 밥을
먹지 못할 때 조금 서글퍼지기도 해요.

Q6. 여러 가지 이유로 장학금을 노리는 학생들이 많아요.
이런 후배들에게 해주고 싶은 말이 있나요?

대부분의 대학교 1학년생들은 고등학교에서
자유로워졌으니 놀고보자는 심보가 너무 커요.
제 방 룸메이트들에게도 항상 1학년 때가
중요하다고 말을 하지만, 정작 본인들은 잘 느끼지
못하거든요.

꼭 말 해주고 싶은건, 1학년 때의 성적이
앞으로의 대학생활을
결정할 정도로 중요하다는 거에요.

저는 1학년때의 성적과 모습만으로도
후배들에게는 열심히 공부하는 선배이자, 교수님들에게는
최선을 다하는 제자, 친구들에게는 노력하는
친구라는 이미지를 갖게 됐거든요.^^
장학금 추천도 1학년 때 한 게 컸구요.

무엇보다 처음이 중요해요.
놀고 싶고, 즐기고 싶겠지만,
노력하면 분명히 그만한 보상이 주어집니다.

Q7. 졸업 후 진로는 어떠세요?

저는 기독교인이랍니다.
일단 공립학교 선생님이 되기 위한
임용고시를 볼 예정이예요.
그래서 경력을 쌓고, 돈을 많이 모아서 30대가 되면
외국에 나가 전문 선교사가 될 거에요.

하나님께서 원하시는 나라에 가서
학교를 세우고 교회를 세워
그 곳의 문맹을 퇴치하고, 하나님의 마음을 알려주어
그 나라를 뒤 흔들만한 훌륭한 영혼을 만드는게 제 꿈입니다.

Q8. 마지막으로 본인의 진로에 대한 만족도는 어떠세요?

8.5점이요. 고등학교 때 무엇을 해야 할 지,
어떤 직업을 가져야 할 지 정말 고민하던 때가 있었어요.
유치원 선생님도 하고 싶었는데 친구들이
"니 성적에 유치원 교사하기는 너무 그렇지 않냐. 요즘 알아주지도 않는데." 특수교사 하고 싶다고 했더니 주위에서
"그렇게 고생할 직업을 왜 가져서 사서 고생하냐."
하는 식으로 제 고민을 더욱 늘게 했어요.
다행히 고등학교 상담 선생님과 친해져서 많은 도움을 받게 되었죠.
그때는 공부하는 것보다 대학교 책자를 들여다 보는 걸 더
많이 했었어요.^^;

그때 마침 유치원교사와 특수교사를 모두 할 수 있는 유아특수교육과를 알게 되었고, 기도하고 노력하며 지금의 저를 만들었습니다.
전 지금까지 제 삶에 너무 만족해요.
앞으로 제가 이끌어가 삶도 무척 기대가 된답니다.

꿈꾸는 자들, 모두 화이팅입니다!

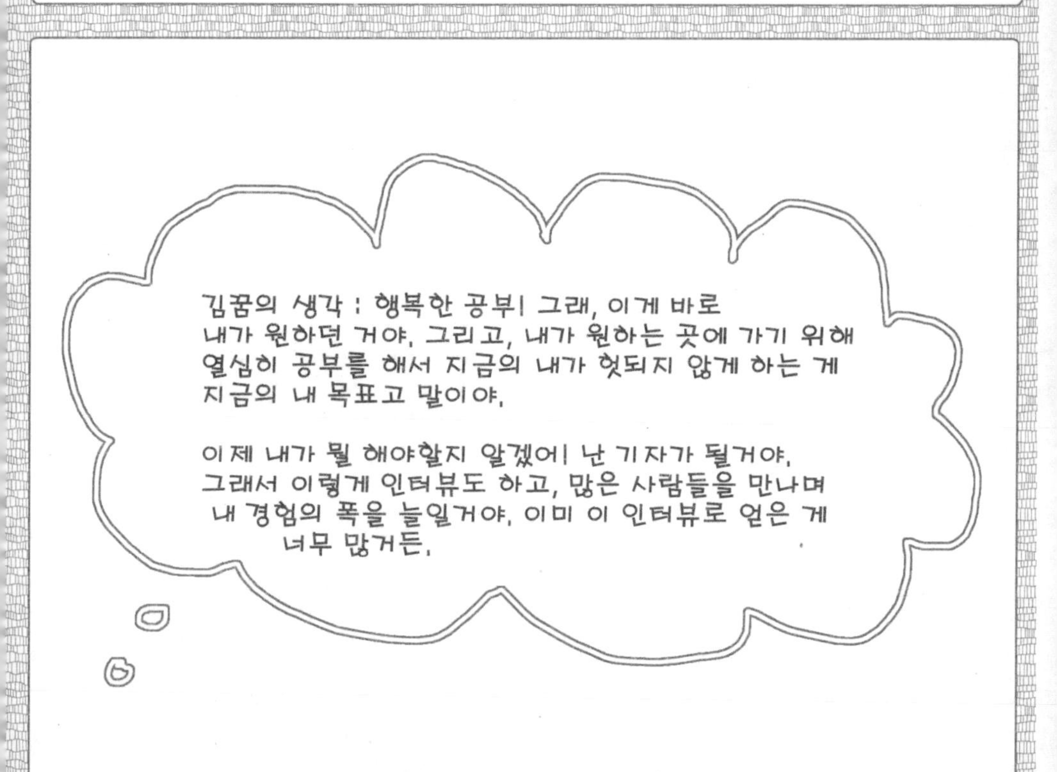

김꿈의 생각 : 행복한 공부! 그래, 이게 바로
내가 원하던 거야. 그리고, 내가 원하는 곳에 가기 위해
열심히 공부를 해서 지금의 내가 헛되지 않게 하는 게
지금의 내 목표고 말이야.
이제 내가 뭘 해야할지 알겠어! 난 기자가 될거야.
그래서 이렇게 인터뷰도 하고, 많은 사람들을 만나며
내 경험의 폭을 늘일거야. 이미 이 인터뷰로 얻은 게
너무 많거든.

UTOPIA의 인터뷰 5

이 인터뷰는 현재 기숙사고등학교에 재학중인 김도영(18)씨의 인터뷰입니다.
중학생때의 우수한 성적을 바탕으로, 언제나 승승장구 할 것 같았던
김도영씨는 상위권 아이들만 모이는 고등학교에 진학하여 성적이 떨어지고,
환경이 바뀌어 힘들어 하는 등의 많은 어려움을 겼었습니다.
그러나 지금은 모든걸 극복하고, 정말 즐거운 학교생활을 보내고 있습니다.

Q1. 이럴수가! 중학교 때 올백이었어요?

아...그때^^;. 솔직히 그 땐 그냥 생각없이 공부만 했었어.
다들 그렇게 하는 줄 알았으니깐.
꿈이라는 거에 대해서 제대로 된 생각도 없었고.
보통 중학교 공부는 매진하면 잘 되잖아.
시키는 대로 하다보니깐 점수가 그렇게 나왔더라구.
지금 생각해 보면 그게 상위권을 계속 유지하게 된
첫 발판이었지.

Q2. 우수한 고등학교에 들어가셨는데,
등수나 내신에 있어서 불리하다는 생각은 안해보셨어요?

내신이 불리할 거라는 건 이미 예상을 했었어.
그치만 나는 학교를 그런 식으로 다니고 싶지 않았어.
학교는 단순히 성적을 올리는 곳이 아니잖아.
나의 고등학교 생활을 최대한 유익하고
즐겁게 보낼 수 있는 곳에 더 중점을 줬던 것 같아.
그래서 그런지 중학생들이 고등학교 입시철에 내신이다,
어디가 어느 대학교 가는 데 유리하더라..
이런 얘기하는 걸 들으면 조금 씁쓸해.

Q3. 어떤 꿈을 가지고 있나요?

초등학교 선생님. 꿈을 확실히 정하게 된 건 고2 때야.
제일 잘 하고 적성에 맞는 쪽,
즉 사람을 좋아하고 아이들을 가르치는 걸 좋아하는
내 성격을 100% 반영했지.
특히 선생님이라는 직업에는 방학이 있으니깐.
그 동안에는 여행이나 선교활동을 하는 게
내 작은 바람이야.

Q4. 기숙사 고등학교에서 적응은 어떻게 했어요?

사실 중학교때는 좀 많이 내성적이었어.
그치만 고등학교 때는 아예 입을 귀에 걸고 다녔어.
우리학교 모두 다 똑같은 조건이잖아.
집이 아닌 다른 곳에서 자야 하고, 또 모르는 사람들과
삼 년동안 함께 지내야 하고. 그러니까 남들이 내게 다가오기 쉽게
일부러 최대한 많이 웃고 친절하게 했어.
좀 우울할 때는.. 기도원 같은 데서 맘놓고 펑펑 울었어.
그런 데서 울러도 아무도 이상하게 안 보니깐.^^

Q5. 그럼 고1 때 떨어진 성적을 만회하기 위해 어떤 노력을 했나요?

1학년 때는 겸허히 점수를 받아들였어. 어쩌겠어.
다들 잘 하는걸. 게다가 그대는 내가 노는 데 바빠서 공부도 거의
뒷전이었거든. 그치만 학생회에 들면서 자시 마음을 다잡게 됐어.
일단 항상 일정시간 수학은 꼭 공부했어.
외국어랑 언어는 감을 잃지 않도록 하고.
한가지 더 말하자면,
" 하루에 할 일은 세워서 여기까지는 꼭 하고 자겠다! "
이런 마음으로 매번 하루에 할 일 들을 다 끝내는 게 좋아.
꾸준히 하는 것, 그거 이길 사람은 없거든.

Q6. 본인의 진로선택에 대해 1~10점중 점수를 매겨주세요.

난 8점. 이 학교에 와서 새로운 경험을 하게 됐으니깐,
아마 일반 고등학교에 갔다면 난 절대로 이런 경험들을 얻지 못했을
거고, 또 내 목표도 정하지 못한 채 어영부영하다가 결국 성적마저
놓치고 말았을걸. 즉 지금의 경험이 없었더라면 지금의
나도 없었다는 거지! 무엇보다 새로운 경험들이 중요해. 힘든 경험도
전부 다. 난 힘든 경험 때문에 오히려 성격이 외향적으로 변하고, 꿈이
생기고, 생각도 잡히고, 나름대로 철도 들었으니깐. 무엇이든 경험은
소중하다는게 내 생각이야. 앞으로도 많은 일들에 도전하고 싶어.

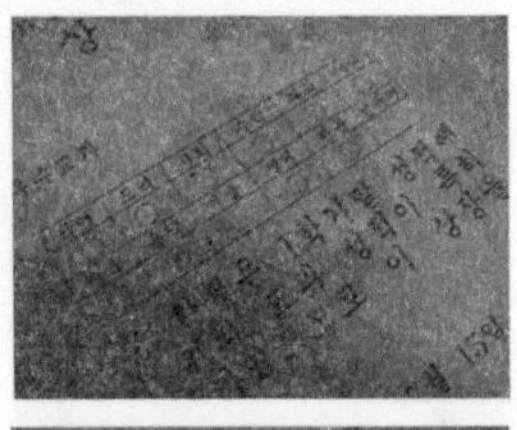

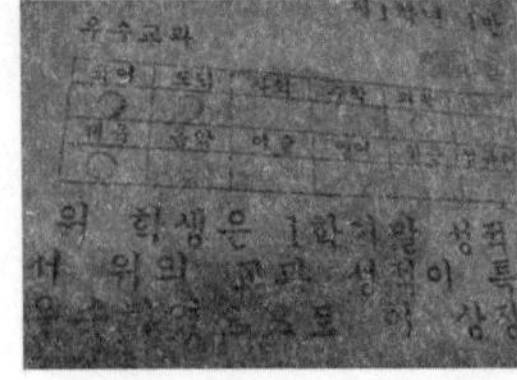

▲중학교때 우수한 성적(왼) ,고등학교에 올라와 많은 활동을 하고 있는 그녀(오)

김꿈의 생각 : 새로운 경험! 기자가 되기 위해서도 그렇지만,
내 삶을 윤택하게 하고, 더 다양하게 하기 위해 필요한건 바로
경험이야. 이분 역시 처음엔 겁도 나고 막막하기도 했지만
결국 그런 경험을 즐거운 경험으로 전환하게 자신의
인생을 풍부하게 만들었잖아? 나도 이런 경험이 필요해.
기숙사 고등학교같은 건 어떨까? 한번 알아봐야겠어.

<다음날>
....

어?
오늘도 부었네?

....
영어..
공부땜에..
아, 이것봐!
꽃..폈다!

그날은 정말 미칠듯 울었다.

우는것 외엔 더 이상
표현할 방법이 없었기 때문이다.

인터뷰 속 사람들은 다들
평범했지만, 그들의
꿈만은 절대 평범하다고 할 수
없었다.

꿈아!

아마도..
그들은 이미
알고
있었을지
모른다.

김꿈!!

유희망이 말했던
파이.

그것을 자신에게
붙여 멋지게 변신
할 수 있는 방법을
말이다.

동아리 활동 안 해? 얼른와!
어...어?
망했다. 걸리면 벌점인데.

6개월 후의 나 김 꿈.
기숙사 고등학교에 진학중인
조금은 억척스러운 학생이다.

너 뭐 먹냐?!

죄송해요!!
늦었어요?
그런 내가 요즘
정성을 바쳐
하고있는 건
바로 기숙사 신문부.
기자가 되기 위해
아마추어지만 나름대로
열심히 하고 있다.

빨리
출발해
아슬아슬.

특히 인터뷰를 하러 갈
때면 내 맘속에 있는
기자 본능이
살아나는 듯한
느낌이다.
오늘 만날 사람은
학생인데, 옛날부터 홈
페이지를 꾸미는걸
즐겼다나봐.

저쪽이요??
그럴게야.
그러다 본격적으로
중학생때 진로 커뮤니티
를 세워 전문가의 자문을
얻어 숨낳은 학생들의 진
로고민을 카운슬러 했대.
이젠 신문에도 나고,
얼마전엔 장학금까지
받은데다가 대학에
추천도 받았나보더라구.
게다가 오늘은
뜻깊은 인터뷰다.
내가 꿈을 갖게 하고, 날 이끌어
준 그 홈페이지의 주인인
UTOPIA를 만나러 가는 것이기
때문이다.

인터뷰 수락
감사드립니다..
허허, 기특한
학생이네,
상까지 받은
믿을만한
신문이라며?
우리 아들내미
가 오히려 더 영
광이지 뭐,
뭘요..
우리 아들놈이
딱.. 게으르지만
않으면..
내리 일등
신랑감일텐데..
에휴.. 학생 일찍 와줬는데
아직도 방에서 안나왔어..
네킹!
화들짝
아우, 아버지!
아니거든요,
오늘은 밴드
부 연습한다
고 일찍 일
어났다구요,
그리구..
저 평소에
그렇게 안
게을러요,
아..
유희망?!

....
..........김꿈?
나를 믿고

유희망..
나를 향해 나아가는것

결국..
들켰네.
그래.
김꿈씨.

오늘 널
인터뷰할
학생기자 김꿈
이야.
잘 부탁해.
ㅋㅋㅋ
그렇게
끊임없이
전진하다보면.

유토피아는
분명 멀지 않았어.

후기

드디어 끝이네요.
사서 고생하는 버릇은 나이가
들어도 여전할듯한… ^_^;
여기까지 봐주셔서 감사합니다

장은진

-chapter.01 날개를 주세요

-chapter.02 날개가슴마디

-chapter.03 날개를 가진 자는 추

날개

박영주

HEART AND SOUL

렵지 않다

Chapter.01 날개를 주세요.

"날 수 있게 해줘, 그 곳으로 날아가게."

하늘은 어둡고 바람은 한없이 차갑게만 느껴지던 날,

가만히 서 있기조차 힘이 들었고
정말 모든 게 힘들게만 느껴졌어요.

순간 비치는 따스한 햇살,
이 세상에 하나뿐인 그 달콤한 빛으로
당신은 나에게 꿈 같은 세상을 보게 해주었어요.

저도 그런 존재가 될 수 있을까요?
깊은 비틀거림 속에서 헤매고 있을 또 다른 누군가에게.

그렇게 간결한 듯 간결하지 않은 일이 있은 후에

그렇게 겨우 찾은 나의 날개, 나의 꿈은…….

임상심리사 [臨床心理師]

- 임상심리학적 지식을 활용하여 상담을 통한 치료 · 재활을 담당하는 사람.
- 국민의 건강을 보호 · 증진하고 개인의 삶의 질을 높이기 위해 상담을 통한 치료 · 재활을 담당할 전문 인력의 양성이 필요해짐에 따라 생기게 됨.
- 주요 업무내용은 임상심리학적 지식을 활용한 심리평가(심리검사) · 심리치료상담 · 심리재활 · 심리교육 · 심리자문 등.
- 정신과 의사와의 차이는 약물치료를 할 수 없다는 점이며, 상담전문가와의 차이는 임상심리사가 보다 심각한 심리장애나 정신 병리를 다룬다는 점.

진로희망		특기사항
학생	학부모	
의사	의사	자신의 적성과 소질을 살려 진로를 선택할 것을 권유함
의사	의사	손재주가 뛰어나 만들기와 그림에 소질을 보이며 성실한 생활태도로 늘 임하므로 노력하면 희망이 이루어진다고 격려함
심리학자	심리학자	차분하고 세심하며 인간의 심리에 대해 관심이 많아 그와 관련된 책을 즐겨 읽으며 심리학자가 되기 위해 노력하고 있음

▲ 중학교 생활기록부 中

한 사람의 마음을 알 수 있다는 게.

내가 그 사람을 해 줄 수 있다는 게.

그 웃는 모습을 보고 나도 웃을 수 있다는 게.

그게, 그게 너무 행복할 것 같아요.

그렇게 하고 싶어요.
이 세상에서 단 한 사람도 어둠 속에 홀로 갇혀 있지 않게
따스한 햇살을 보게 그렇게 하고 싶어요.
웃게 해주고 싶어요.

단 한 사람도
단 한 사람도 빠뜨리지 않고.

Chapter.02 날개가슴마디

'날개가 부착된 가운데 가슴과 뒷가슴을 일컬음'

나는 누구일까?
누구나 한 번쯤 하는 생각인데,
저는 아직도 모르겠어요.
내가 어떤 사람인지, 무엇을 잘하고, 다른 건 얼마나 부족한지.

그러다가 이런 생각이 들었어요.
사람들은 나를 어떻게 생각하고 있을 까
사람들은 나를 알고 있지 않을 까
비록 겉으로 보여 지는 모습일지라도.

알고 싶었어요.

그래, 그 모습이라도.

누구보다도 내가 나 자신에 대해 확실하게 알아야
나 자신에게 하는 이런 질문에 대답할 수 있지 않을까요…….
나의 꿈을 잘 이룰 수 있을까?
내가 꿈꾸는 그 곳으로 가려면 어떻게 해야 하지?
그러려면 어떻게 해야 하지?

Travel for finding me
그렇게 생각하고 생각한 끝에
중학교 때 나를 지도해주셨던 담임선생님께 여쭈어보기로 했어요.
선생님께서 보셨던 나의 모습은 어땠을까요?
그 때 나는 어떤 나였을까요?

2. 학 적 사 항

2006년 02월 17일 서평초등학교 제6학년 졸업 2006년 03월 02일 대구서부중학교 제1학년 입학 2009년 02월 12일 대구서부중학교 제3학년 졸업	
특기사항	포산고등학교 진학

#part.01 항상 환한 미소와 함께 먼저 다가와주시고
애정 가득한 눈빛으로 바라봐주시며 힘을 주셨던 '박진경' 선생님

-어느새 숙녀 티가 나게 잘 자란 요조숙녀 영주에게-

그 때 그 시절 네 모습은 말이야.

넌 차분하고 조용하고 담임인 내가 시키는 일은 힘든 일도 마다하지 않고 잘 하던 학생이었어.

늘 생긋 웃는 밝은 표정으로 예쁜 얼굴을 하고는 책상에 앉아서 내가 하는 일에 늘 긍정적인 반응을 보이며 열심히 하는 학생이었어.

2007년 넌 담임을 너무나 잘(?) 만난 관계로 과목샘이 내는 과목별 숙제도 있는데도 불구하고 매일 공부하는 빡빡이 숙제며, 퍽 하면 남겨서 단체로 공부시키는 게 취미인 샘인지라 "오늘 다 남아!" 하면 아무 소리도 못하고 남아서 공부해야 하는 처지였지.

그래서 불만이 많은 친구도 있었겠지만 영주는 선생님이 그러시는 게 당연하다는 듯 받아들이고 이왕 해야 하는 일이면 최선을 다해서 열심히 하던 선생님에게는 가장 예쁜 학생이었어.

얼굴도 하얗고 곱고 예쁘게 생겼지만 그것보다 남을 배려할 줄 아는 마음이 더 예쁜 그런 아이였어. 순하고 착한 학생이었지 뭐!

시험기간이 다가오면 또 "우리 반! 열심히 공부하자, 토요일 오후에 다 남아서 우리 반은 자습한다. 도시락 싸 가지고 와! 이유 불문! 혼자 공부하는 것보다 함께 공부하는 데 능률적이고, 학원에 가서 수업 듣는 것보다 함께 공부하면서 자기만의 공부하는 방법과 공부하는 습관을 기르는 게 더 중요하다."라면서 토요일 날에도 도시락을 싸 오라는 선생님의 무리한 요구를 영주랑 영주 친구들(예진, 향미, 지혜, 영남 등)은 선생님이 학생을 사랑하는 갸륵한 마음을 알았는지 힘들었겠지만 순순히 따라주었지. 그리고 어찌나 즐겁게 도시락 먹고 4시 30분까지 열심히 공부하는 너희들을 볼 때 선생님은 흐뭇했단다.

학년말에 내가 선생님에 관한 설문지를 돌렸을 때도 넌 선생님의 교육관에 찬성표를 던지면서 빡지로 공부하는 습관도 길러지고 공부에 도움이 많이 되었다고 답변해 주었지. 토요일에 남아서 공부한 일로 공부 방법도 많이 터득하고 함께 공부하니까 집에서 공부하는 것보다 공부에 능률이 올랐다고 했었어.

선생님들은 늘 좋은 이야기를 하지만 그 이야기대로 실천하는 친구들은 드문데…….

넌 내가 하라는 대로 그대로 실천에 옮기는 당찬 학생이었어. 그렇게 공부해서 성적이 점점 올라가는 네 모습을 보면서 참 뿌듯했었던 기억이 난다.

글씨도 예쁘게 써서 과목별로 요점 정리도 잘 하고 해서 내가 너 보고 한 과목을 정해주고 A4 한 장에 정리해 와서 친구들이랑 함께 공유하자고 했지.

그러면 넌 정말 정성껏 색볼펜이랑 색연필을 이용해서 요점을 정리해서 친구들에게 도움을 주었지.

공부 잘 하는 학생 중에도 선생님이 시켜도 대충하거나 보여주기 싫어하는 왕재수인 학생들도 있잖아. 그래도 넌 늘 생긋 웃으면서 열심히 해 왔었어.

한마디로 선생님이 본 영주는 마음이 따뜻해서 친구들도 잘 도와주는 착한 성품을 지녔고, 넌 옳은 일은 '한 번 해 보자 '하면 실천에 옮기는 야무진 성격도 있는 학생이었어.

단점이 있다면 너무 착해서 다른 친구들을 배려하다가 자기가 손해 보는 일도 있을 것 같은 게 단점이란다. 착한여자 콤플렉스랄까?

그래서 영주의 장래희망으로 임상심리사란 직업은 참 잘 어울리는 것 같아.

심리학을 공부하면 사람의 심리를 잘 알 수 있고, 심리를 잘 알면 남을 제대로 도와줄 수 있으니까 너에게 잘 맞는 것 같다.

온화한 성품에 남을 잘 도와주고, 조용하지만 실천력이 있는 넌 좋은 일을 하는 멋진 영주로 잘 크리라 믿는다.

영주가 바라는 직업을 갖도록 지금 현실에서 충실히 생활하길 바란다.

우리 영주는 잘 하리라 믿어.

날 찾아 나서기를 잘한 것 같아요.
그 때 가지고 있었던 내 모습을 알았거든요.
그런데 나는 나를 알지 못해서 맞다 틀리다 확실히 구분 짓지는 못하겠어요.
그래도 이 여행에서 정말 커다란 것을 안고 다른 곳으로 갈 수 있을 것 같아요.
지금 느껴지는 두근두근 떨리는 마음,
희망, 그건 희망이겠죠?

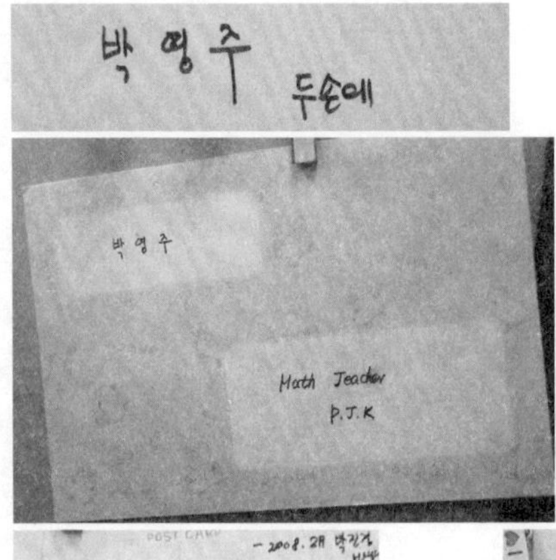

내가 편지를 써서 드리면 선생님께서는
꼭 나의 편지에 답장을 주셨어요.
나는 그런 것에 감동을 받고
선생님의 무한한 사랑을 느꼈으며,
그건 나에게 무엇보다 큰 힘이 되어
나타났어요.
다시 보고 또 봐도
그 힘은 조금도 사라지지 않아요.
아직까지도…….

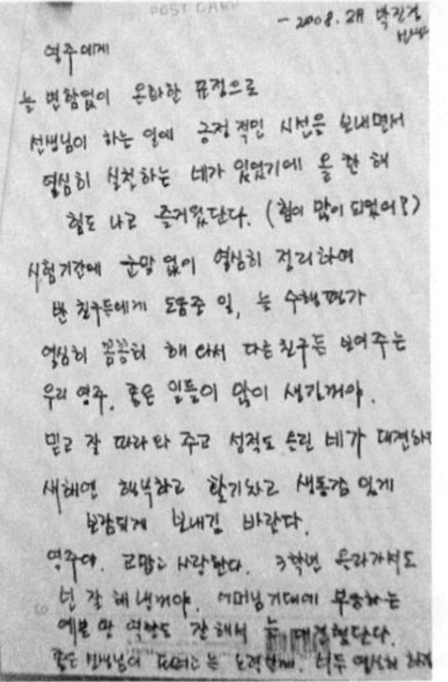
- 2008. 2月 박진경

영주에게
늘 변함없이 온화한 표정으로
선생님이 하는 일에 긍정적인 시선을 보내면서
열심히 실천하는 네가 있었기에 올 한 해
힘도 나고 즐거웠단다. (힘이 많이 되었어?)
시험기간에 [illegible] 없이 열심히 정리하여
반 친구들에게 도움준 일, 늘 수행평가
열심히 꼼꼼히 해 와서 다른 친구들 보여주는
우리 영주. 좋은 일들이 많이 생길거야.
믿고 잘 따라와 주고 성적도 올린 네가 대견해
새해엔 행복하고 활기차고 생동감 있게
보람되게 보내길 바란다.
영주야. 고맙고 사랑한다. 3학년 올라가서도
넌 잘 해낼거야. 어머님 기대에 부응하는
예쁜 딸 역할도 잘 해서 늘 [illegible]
[illegible]

#part.02 '문미선' 선생님

▲달게 받는 벌
규칙을 어길 때 마다 한 가지 주제를 정하고 글을 쓰는 것.
('벌' 이라고는 하지만, 우리반 아이들 모두가 글쓰기 실력이 늘어갔고
글을 쓴다는 것에 대한 두려움도 자연스럽게 없앨 수 있었어요.)

조용하고 얌전했던, 자기 할 일은 열심히 하던 학생이었던 것 같아.

특히 글씨가 참 예뻤던.(네가 썼던 달받벌 공책 글씨가 떠오르는구나)

뭔가 밝고 명랑하고 시끌벅적한 녀석은 아니었던 것 같구나. 피부가 특히나 희고 깨끗해서 그런가 아니면 웃는 얼굴을 자주 못 봐서 그런가 차갑다는 인상도 많이 받았단다. 물론 네가 친했던 몇몇 아이들과는 나름 활발하게 웃고 떠들고 말도 많이 하는 모습을 본 것도 같은데 내 앞에서는 말이 별로 없고 조용한 학생이었지.

그래도 해야 하는 일은 꼬박꼬박 잘 했고, 준비물이나 과제를 빼먹은 적도 거의 없었던 걸로 볼 때 참 성실하고 성적에도 관심이 많아서 공부도 열심히 하는 학생이었던 것 같구나.

그런데 고집은 좀 센 아이라고 기억하고 있어. 정확한 기억인지는 모르겠는데, 내가 벌을 줬었나? 뭐 암튼 내가 판단하기엔 네가 뭘 잘못한 것 같아서 뭔가를 하라고 했던 것 같은데 넌 네가 잘못한 게 없다고 말을 하며 안했던 것 같아. 결국에는 어떻게 했던 것 같은데, 선생님 앞에서 눈도 제대로 못 맞춰가면서도 그렇게 반항 아닌 반항을 하던 네 모습에서 자존심도 세고 고집도 센 그런 아이 같다는 인상을 많이 받았지. 그 자존심과 고집을 꿈을 위해 쓴다면 어떤 꿈이든 충분히 이룰 수 있지 않을까?

깔끔하고 차분한 인상에 단정한 분위기여서 거기에 어울리는 일을 하면 잘 어울릴 것 같구나. 사람을 많이 대하는 일이나 여러 사람 앞에 서는 일 보다는 혼자서, 아니면 소수의 사람과 깊은 관계를 맺으며 할 수 있는 일을 한다면 잘 해낼 수 있지 않을까 싶기도 하다.

그런 면에서 네가 선택한 '임상심리사' 라는 꿈이 너랑 참 잘 어울릴 것 같아. 다른 사람 말에 귀 기울일 줄 알고, 진심을 보기 위해 노력하고, 누구든?네 온 마음을 다해 대한다면 누군가에겐 아주 큰 힘이 되어 주는 그런 멋진 임상심리사가 될 수 있을 것 같구나.^^

이전 여행에서 봤던 나와는 또 다른 나를 이번 여행에서 찾았네요.
하나하나 생각이 나고 느껴져요.
어떻게 해야 할지.

꿈이라는 날개도 이미 돋아나기 시작했고
꿈이라는 그 곳이 어딘지도 알 것 같아요.
내가 날갯짓만 하면 된다는 것도.
그저 내 의지로.

11. 행동특성 및 종합의견

학 년	행동 특성 및 종합의견
1	부드러운 성품으로 규칙을 잘 지키고 차분한 가운데 학업에 열중함(준법성최우수모범생)
2	총명하고 의욕적이며 침착한 태도를 지니고 있으며, 학업내용을 정리하는 능력이 탁월하며 용모단정하며 원만한 성품에 남을 배려하는 포용력이 돋보임.늘 책임감이 강하고 자기 일을 스스로 알아서 잘 하는 계획성이 뛰어남 (협동성 최우수 모범생)
3	조용하고 내성적인 성격으로 주어진 일은 책임감을 갖고 수행하며 과제도 성실히 해오나 단체 활동 참여에 다소 소극적이고 자기 주관이 강한 편임

▲ 중학교 생활기록부 中

Chapter.03 날개를 가진 자는 추락이 두렵지 않다

'꿈을 이루지 못하게 만드는 것은 오직 하나, 실패할지도 모른다는 두려움.'

나는 앞으로 나아가기가 두려웠나 봐요.
오히려 한 걸음씩 뒤로 물러나고 있었으니까요.

하지만,
이제는 한 걸음, 한 걸음 내딛을 거예요.

꿈으로 가득 찬 날개가 하늘 높이 날아오를 힘이
이제는 충분하니까요.

하늘 높이 날아오를 거예요.
내가 꿈꾸는 그 곳에 가기위해서
몇 번씩이고 날갯짓을 하고 또 할 거예요.

그러다 지치면 조금 쉬고 힘을 얻고 다시 그 곳으로 날아가요.
이미 날개는 꿈을 품고 있으니.

꿈 [명사]

1. 잠자는 동안에 깨어 있을 때와 마찬가지로 여러가지 사물

2. 실현하고 싶은 희망이나 이상.

3. 실현될 가능성이 아주 적거나 전혀 없는 헛된 생각.

Dream or Dream

듣는 정신 현상.

안효숙

세상에 많은 사람들이 꿈을 꾼다.

하지만 그것은 진짜 꿈일 수도 있고,

가슴속에 잠든 희망일 수도 있다.

그렇다면 당신의 꿈은 어떤 쪽인가.

열정, 그 참을 수 없는 뜨거움으로

–행복이란, 누구에게나 다르다.

나는 열정적인 사람을 좋아한다. 무엇을 하든지 에너지가 넘치고, 그 활기가 나를 기분 좋게 하기 때문이다. 열정. 듣기만 해도 가슴속에서 뭔가 끓어오를 듯한 뜨거움, 그래, 열정은 뜨거움이다. 오늘날, 너무 각박해진 세상에서 어떤 것에 열정을 갖기란 쉬운 일이 아니다. 그럼에도 어떤 사람들은 가슴에 뜨거움을 간직한 채, 오늘도 설렘으로 하루를 시작한다.

나는 그런 사람이 되고 싶다. 모든 일에 열정을 가지고 싶다. 어떤 일이든지 열정을 가지고 하면 모든 것이 즐겁고, 지치지 않고, 매 순간이 행복할 것이기 때문이다. 그런 점에서 열정은 삶의 원동력이다. 열정이 있다면 쉽게 포기하지 않는다. 열정이 있는 사람은 남에 의해서가 아니라 스스로 모든 일에 최선을 다하고, 아낌없이 에너지를 쏟아 붓는다. 가슴속에 느껴지는 뜨거운 그 무엇이 그렇게 하지 않고서는 참을 수 없게 하기 때문이다. 열정이 있다면 실패를 해도 쓰러질 수는 있어도 절대 주저앉지는 않는다. 아무리 오래 걸릴지라도 결국은 다시 일어서게 마련이다. 열정이 없는 사람은 진짜 행복을 잘 모른다. 거듭된 좌절 끝에 이뤄낸 성공이 어떤 것인지, 그 가슴 벅찬 순간을 알지 못한다. 카카오 99% 초콜릿처럼 씁쓸함을 다 맛본 후에야 느껴지는 그 감미로움을 알 수 없을 것이다. 일상에서 느끼는 작은 즐거움도 행복이라면 행복이라고 할 수 있겠다. 하지만 진짜 행복은 내가 원하는 것에서 비롯된다. 내가 정말 바라고 원하는 것을 이루어 냈을 때, 그 성취감은 이루 말할 수 없을 만큼 벅차다. 나도 그런 뜨거움을, 설렘을, 가슴 벅참을 생각하며 살고 싶다. 운동회에서 전력질주 끝에 1등이라는 도장을 얻은 꼬마아이의 상기된 두 볼처럼.

전에 자전거로 세계일주를 한 일본인의 책을 읽은 적이 있다. 그 사람은 대기업의 안정된 직장을 가졌음에도 불구하고, 어릴 때부터 가졌던 자전거 세계일주라는 꿈을 위해 과감히 사표를 던지고 자전거를 끌고 세상으로 나섰다. 이 책을 읽으면서 이 사람이 안정적인 직장을 포기하게 만든 것이 과연 무엇일까 생각해 보았다. 정답은 하나였다. '열정'. 바로 열정이다. 열정은 내가 무엇인가를 원하고 갈구할 때 더욱 강렬해진다. 내가 바라는 만큼, 원하는 만큼 강렬해지기 마련이다. 이 일본인은 자기가 너무나도 갈망하던 것이 있었기에 용기를 낼 수 있었던 것이다. 나도 열정적으로 살고 싶다. 가슴속 뜨거움으로 인생을 살고 싶다.

자전거 하나에만 의지한 채 7년 반 동안
전 세계 87개국을 홀로 여행한 일본 청년의 세계일주 여행기.
각 대륙에 숨어 있는 '세계 최고'를 직접 확인해 보자는 단순하고도 소박한 꿈을 위해 혼자만의 세계일주 자전거 여행에 도전한 용감무쌍한 청년 이시다 유스케는 여행을 시작하기 전에는 식품 회사 영업사원으로 일하는 평범한 직장인에 불과했다. 그런 그가 어느 날 배낭 하나 달랑 자전거 짐칸에 싣고 알래스카로 달려갔고 전 세계 87개국 95,000km를 누비고 일본으로 돌아왔을 때, 그의 심장에는 파란만장 대하소설 10권짜리 이야깃거리가 가득했다.

나의 길

–삶, 그것은 행복

삶, 어쩌면 당연하지만 당연하지 않은, 산다는 그것. 길다면 길고 짧다면 짧은 100년이란 시간을 살며 인간은 과연 행복할까? 행복한 삶을 산다는 것. 어쩌면 모든 이들의 가장 궁극적이고 우선적인 소원일지도 모른다. 어떤 이에게는 하루하루가 힘겨워 인생을 산다는 것이 너무 벅찬 일일 수도 있고, 또 어떤 이에게는 아직 하지 못한 일이 너무 많아 삶이 짧게 느껴질 수도 있다. 삶이 길다고 느끼는 사람은 벌써 지쳐 버린 사람이고, 삶이 아쉽다고 느끼는 사람은 행복한 사람일 것이다. 삶에 만족하는 사람은 만족하기 때문에, 삶에 지쳐버린 사람은 지쳐버렸기 때문에 더 나은 삶, 더 행복한 삶을 소원한다. 결국 행복한 삶을 산다는 것, 그것은 누구나 꿈꾸는 가장 순수한 소원인 것이다.

나는 행복한 삶을 살고 싶다. 매일 아침 설렘으로 눈을 뜨고, 내일 아침 해가 뜨기를 기다리며 잠이 드는, 그런 삶을 살고 싶다. 누구나 행복한 삶을 소망하듯, 나 또한 행복한 삶을 소망한다. 행복하게 산다는 것, 그것이 나의 첫 번째 소원이다. 그래서 나는 행복한 일을 하고 싶다. 일을 하면서 매순간 행복을 느끼며 보람찼었노라고 기억할 수 있는, 그런 일을 하고 싶다. 하지만 나에겐 꿈이 없다.

꿈……. 그것은 과연 무엇일까. 내가 가진 소원? 이루어지길 바라는 간절한 바람? 아니, 그것과는 조금 다르다. 혼자만의 두근거림으로 가끔씩 꺼내보곤 하는, 내가 힘을 낼 수 있게 해주는 삶의 원동력이다. 10대의 청소년이라면 누구나 가진 꿈, 하지만 나는 모르겠다. 내가 바라는 것이 무엇인지, 나의 길이 어떤 길이 될지 아직 가늠조차 할 수 없다. 내 이야기에 공감할 청소년들이 많을 것이다. 많은 청소년들이 대부분 어떠한 목표나 꿈을 가지지 못한 채 그저 시간을 보내고 있다. 과연 꿈을 가져야하는 것일까? 정답은 Yes다. 꿈이 있는 사람과 꿈이 없는 사람은 확연하게 다르다. 꿈이 있는 사람은 갈 곳이 정해진 나룻배처럼 자신의 목표지점을 향해 나아가지만 꿈이 없는 사람은 바다위에 떠다니는 부표처럼 이리저리 떠다닌다. 나룻배든 부표든 결국은 어딘가에 닿기 마련이다. 하지만 어떤 한 곳을 향해 조금씩 나아가는 나룻배와 그저 물결에 휩쓸려 전진할 뿐인 부표는 확연히 다르다. 갈 길이 정해진 나룻배는 흔들림 없이 나아가지만 부표는 이리저리 휩쓸리며 나아갈 뿐더러 육지에 닿을 때까지 나룻배보다 몇 배의 시간이 걸린다. 삶을 살아감에 있어서도 똑같다고 생각한다. 꿈이 있는 사람은 자신의 목표를 향해 전진하기 때문에 그 꿈을 이룰 수 있지만, 꿈이 없는 사람은 자신의 길을 찾지 못해 빙 돌아가는 셈이고, 결국 어떤 곳에 닿았다고 해도 그것을 후회하며 다시 돌아가는 일이 생길수도 있다. 꿈, 그것은 내 앞길을 비춰주는 등대인 셈이다. 인생의 등대인 꿈. 그것이 있는 사람과 없는 사람은 확연히 다를 수밖에 없다.

꿈, 그것은 ……

나는 꿈이 없다. 누구나 자신만의 꿈을 가지게 마련이지만, 나는 잘 모르겠다. 아마 내 이야기에 공감할 청소년들이 많을 것이다. 십대라면 누구나 꿈을 꾸게 마련이지만, 현실이 그렇지 않은 것은 황금만능주의와 학벌만을 강조하는 사회풍조 때문일지도 모르겠다.

어린 시절, 꿈이 무엇인지 알게 될 무렵 내 눈에 들어온 것은 순수한 꿈이 아니라 돈에 눈이 먼 인간의 탐욕이었다. 모두들 명문고, 명문대, 좋은 직장이라는 잘 정리된 코스를 가려내어 그 코스에 들기 위해 치열한 경쟁을 벌이는 것이었다. 어쩌면 꿈이 없다는 것이 당연한 일일지도 모른다. 자신이 원하는 것이 무엇인지 깊이 생각해 보지도 않은 채 모두들 똑같은 목표를 가지고 경쟁하도록 내몰리고 있기 때문이다.

수많은 사람들 속에 섞여 있던 나도 마찬가지였다. 공장에서 기계가 제품을 찍어내듯 자신의 개성을 잃어버리고 그저 사람들 틈으로 떠밀려진 사람들이 그렇듯 나도 '좋은 직업' 만을 가지길 원했고, 내 가슴 속 이야기는 펼쳐볼 틈도 없이 구석으로 내몰렸다. 어린 시절, 나는 교사가 되고 싶었다. 하지만 그 이유는 생각해 본 적이 없었다. 그래서 수업시간이나 다른 사람들이 그 이유를 물을 때면 나는 대답할 수가 없었다. 이유를 생각해 본 적도, 생각할 필요도 없었기 때문이었다. 모두들 결과만을 중시했고 그 과정 따위는 관심도 없었다. 그렇게 처음부터 누구에 의해서인지 모를 꿈을 가지고 살아온 나는 언젠가부터 의심을 가지기 시작했다.

'왜 모두들 똑같은 말을 하지? 세상에 자기가 하고 싶은 일을 바라는 사람은 없는 건가?'

언젠가부터 나는 다른 쪽으로 눈을 돌리기 시작했다. 많은 사람들이 똑같은 코스를 원하지만, 그렇지 않은 사람들도 있었다. 힘들고 어렵지만, 또 보수가 그렇게 좋지도 않지만 오로지 자기가 원하기 때문에, 자신의 직업을 선택한 사람들도 많았다. 그렇게 용기 있게 일반적인 사람들 무리 속에서 빠져 나온 그들이 부러웠다. 하지만 나는 알 수 없었다. 내가 어떤 길을 선택해야 할지, 또 어떤 길을 선택하게 될지. 그 때부터 나는 조금씩 고민하기 시작했고, 그 고민은 쉽게 끝나지 않았다. 그러나 이미 나는 한 걸음을 내딛은 셈이었다.

언제부터였을까. 그저 작은 아이였던 내가 '꿈'에 대해 갈림길 앞에 서서 고민하기 시작한 것이. 또 언제였을까. '꿈'이란 무엇일까 답하지 못할 질문들이 내 가슴 한구석에 자리 잡기 시작한 것이.

초등학교 시절, 난 그저 평범한 아이였다. 수업을 마치면 제일 먼저 놀이터로 달려 나가 뛰어놀기 바빴던, 그런 아이였다. 그런 작은 꼬마에게도 꿈은 있었다. 누군가 꿈이 무엇이냐고 물으면 난 언제나 "교사가 될 거에요."라고 답하곤 했다. 그렇게 막연한 꿈을 가지고 중학생이 된 나는, 언제나 그랬듯이 새 학기에 나눠주는 기초조사서의 장래 희망란을 '교사'라는 두 글자로 채우곤 했다. 중학생이 돼서도 여전히 '교사'가 꿈이라며 말하고 다녔던 나는, 누군가 그 이유를 물으면 대답하지 못했다. 아니, 할 수가 없었다. 그도 그럴 것이 언제부턴가 막연히 교사가 되고 싶다는 생각을 했을 뿐, 그 이유에 대해서는 생각해 본 적이 없었다.

그렇게 반 쪽 뿐인 꿈을 마음 한 구석에 묻어둔 채로 시간은 흘러 졸업이 가까워지고 고입을 바라보던 시점, 나는 조금씩 다른 생각에 빠져들기 시작했다.

'내가 진짜 하고 싶은 일을 하면서 사는 게 행복하지 않을까?'

이 조그만 의문이 고개를 들면서 나는 시도 때도 없이 생각 속에 빠져들곤 했다.

'안정적인 직업을 가지고 사는 게 편하지 않을까?'

'아니야. 그래도 하고 싶은 일을 하면서 사는 게 행복한 거지.'

1년 전 이맘때부터 나의 고민이 시작되었던 것으로 기억한다. 나는 '꿈'이라는 것을 별로 중요하게 생각하지 않았다. 꿈은 꿈일 뿐, 그 꿈을 이루고 사는 사람은 극히 소수라고 생각했었기 때문이다. 하지만 10대라면 누구나 갖는 꿈을 정작 나 자신은 가지지 못했었고 그래서 나는 불행한 게 아닌가 하는 생각을 했다. 그 때부터 내가 혼란에 빠졌던 것으로 기억한다. 그 전까지는 당연히 교사가 돼서 편안한 삶을 살겠다는 생각을 했지만, 나는 16살이 끝나갈 무렵, 내 가슴 한구석에 묻혀 있는 꿈을 찾아 헤매기 시작했던 것이다. 하지만 곧 나는 난관에 부딪혔다. 주변의 어른들, 심지어 선생님들까지 안정된 직업을 갖는 것이 최선이라며 그것을 당연한 듯 말했고, 내 친구들은 하나같이 안정된 직장만을 외쳐대며 내가 꿈 얘기를 하면 너는 정말 '꿈'을 꾸는 거라며, 세상에 그렇게 사는 사람들은 손에 꼽을 정도라며 외면했던 것이다.

나는 갈등하기 시작했다. 중학교를 졸업하고 고등학교에 입학하기 전 겨울방학이 왜 그리 길게 느껴졌는지, 그동안 나는 마음속으로 끊이지 않는 질문을 해대고 있었다. 정말 편안한 삶을 사는 것만이 행복이고 성공일까. 나와는 안 맞는 일을 억지로 하면서 매달 월급으로 풍족하게 사는 것이 과연 행복일까. 하지만 행복은 그저 눈앞에 떠 있는 구름에 불과한 것이 아닐까. 편하게 사는 삶이 최선이지 않을까.

그것은 마치 파도와도 같았다. 나는 내 대답을 들으려 한 발자국 다가섰지만 앞으로 더 나아갈 수 없고 뒤이은 파도에 내 발자국마저 씻어버리는……. 언제나 똑같은 제자리걸음이었다. 저울 위에 올려 진 두 개의 조각은 한 쪽으로 기울 듯 말 듯하며 계속 움직이고 있었다. 언제부터 시작된 건지 알 수 없는 고민들과 내 것인지 모를 한숨 속에서 나는 방황하고 있었다. 해답을 찾지 못한 질문은 멍하니 앉아 있는 나를 시도 때도 없이 보채왔고 나는 끝없이 반복되는 그 물음 앞에서 무기력해질 뿐이었다.

그러던 어느 날, 우연히 듣게 된 한 노래가 내 귓가를 파고들었다.

어른이 되어가는 게 살아간다는 게
그 어떤 의미인지 이제야 조금씩 알 것도 같아
그만큼 아파해야 하는 건지
왜 나에게만 어려울까 왜 나만 다른 세상을 꿈꿀까
어쩌면 이 길이 아닐지 몰라 모두가 그런 생각 속에 살겠지

그 때 나는 정말 궁금했다. 남들은 아무렇지도 않게 가는 길을 나 혼자만 유난스레 가는 건지, 정말 나의 길을 걸어가도 괜찮을지, 그것이 내 삶을 편안하게 만들어 줄 수 있을지……. 내가 그 길을 끝까지 갈 수 있을지도 의문이었고 그것이 가지런하게 정돈된 길인지 험난한 가시밭길인지도 알 수 없었다.

그렇게 여전히 답을 찾지 못한 채로 열일곱 살이 되었고, 중학생 때와는 모든 것이 다른 환경이 내 앞에 펼쳐졌다. 우리 학교가 성적이 우수한 학생들을 선발한 만큼, 새 학기 첫날부터 다들 열정이 가득한 눈을 빛내며 의욕에 차 있었다. 무엇이든지 적극적으로 나서서 하고, 무엇이든지 먼저 참여하는 분위기는 전혀 다른 새로움이었다.

그러던 어느 날, 우연히 친구들끼리 모여 앉아 진로에 대해 얘기한 적이 있는데, 그 때 가만히 듣고 있던 내 귀에 꽂힌 것은 자기가 갖고 싶은 직업을 서슴없이 말하는 친구들의 목소리였다. 아나운서, 펀드매니저 등 그 중에는 생소한 직업도 많이 있었다.

"그건 너무 현실성이 없지 않을까? 경쟁률도 만만치 않을 텐데."

"힘들겠지. 그래도 내가 하고 싶은 일인데 하는 데까지 해봐야지."

그것은 나에게 적잖은 충격이었고 낯설음이었다. 다들 그것이 힘들 줄 알면서도 자신의 길을 만들어 가고자 하는 것이었다.

나는 그때서야 비로소 내가 얼마나 어리석었는지를 깨달았다. 나는 해보지도 않았으면서 지레 겁먹고 한 발자국 내딛기조차 두려워했던 것이다. 일단 도전해 보고 막다른 골목에 부딪히면 그 때 다시 생각해 봐도 늦지 않은데 나는 겁만 내면서 물러서 있는 것이었다. 나는 다짐했다. 결과를 알 수 없지만 나도 한 번 도전해 보자고. 막상 그렇게 생각하고 나니 그 때까지 고민만 하고 있던 내가 조금은 웃겼다. 분명 아무 것도 아닌 조그만 문제인데 그렇게 심각했다니. 하지만 한 가지 고민이 사라지자 그 자리를 대신한 건 새로운 물음이었다.

'그럼 내가 하고 싶은 건 뭔데?'

이 세상에 존재하는 그 많고 많은 직업 중에 내가 무엇을 하면 좋을까 한 번도 고민하지 않은 건 아니었다. 하지만 헤아릴 수 없이 많은 일들 중에 내가 잘할 수 있는 것이 무엇인지 확신할 수 없었다. 더구나 내가 알고 있는 것은 이 세상에 존재하는 것 중 일부에 불과했다. 하지만 그것은 행복한 고민이었고 내가 한 발자국 내딛었단 증거였다.

'다들 이렇게 커가는 거겠지'

그렇게 새로운 고민은 시작되었다.

꿈, 그것은……
진정한 꿈이란,

'어떤 직업을 갖고 싶은데?'

내가 꿈의 의미에 대해 다시 한 번 생각하게 됐을 때, 그리고 나만의 길을 가고 싶다고 생각 했을 때, 제일 먼저 떠오른 질문이었다. 나는 이런 질문이 너무 낯설고 당황스러웠다. 한 번도 구체적으로 생각해 본 적이 없기 때문이다. 하지만 피할 수 없는 질문이었다. 나는 다시 고민하기 시작했다.

나는 무엇을 잘 할 수 있을까……. 무언가에 특별한 흥미가 있는 것도 아니고 그렇다고 적극적인 성격을 가진 것도 아닌 내가 가진 장점이 무엇일까……. 책상 앞에 앉아 키보드만 두들기는 회사원이 되기는 싫고, 그렇다고 공무원처럼 사무적인 일을 하는 것은 더욱 싫었다. 회사에 취직해서 나만의 색깔을 잃고 흑백사진처럼 묻혀버리기보다는 내 능력을 십분 발휘해서 누구든지 내 존재를 알 수 있는, 그런 일을 하고 싶었다. 그래서 당연히 회사원이나 공무원 같은 사무직을 지양했고, 수많은 사람들 속에서 나를 빛낼 수 있는 직업을 찾아 눈을 돌렸다. 그러던 중, 우연히 '번역가' 라는 직업이 눈에 띄었다. 나는 다행스럽게도 어렸을 때부터 책 읽는 것에 관심이 많았고, 또 영어에 자신 있는 편이라 번역가라는 직업이 생소하긴 했지만 번역가에 대해 찾아보기로 했다.

'번역가' 는 한 나라의 언어를 다른 나라의 언어로 옮기는 작업을 전문적으로 담당하는 사람을 말한다. 번역의 영역은 매우 다양해서 특정적으로 구분 지을 수 없지만 크게 전문번역, 영상번역, 문학번역 등으로 나눌 수 있다. 번역의 내용을 간단하게 소개하자면, 전문번역이란 정치 · 경제 · 과학 · 예술 등 전문화된 분야의 전문서류를 번역하는 일을 말한다. 영상번역은 모든 장르의 영상예술을 필요에 따라 더빙하거나 자막용으로 번역하는 것과 제품을 외국에 소개하는 영상자료 번역 등이 포함된다. 문학번역은 출판번역이라고도 하는데 소설이나 시 등의 대중의 관심을 끄는 작품들의 번역을 말한다.

번역가는 기본적으로 해당 외국어의 뛰어난 실력이 요구된다. 그러나 단순히 외국어를 잘하는 것만으로는 부족하다. 해당 국가의 관습이나 문화의 이해를 통해 국문 및 해당 언어로 표현해야 한다. 뿐만 아니라 업무를 잘 수행하기 위해서는 글을 쓰고 읽고 이해하는 능력이 필요하다. 번역가의 활동 범위는 기본적으로 세계 각국의 문학서적, 국제계약의 체결, 각종국제제의부터 외국계 기업, 무역 회사, 방송국, 정부 기관, 광고 회사까지 번역일 외에도 다양한 분야로의 진출이 가능하다. 최근 세계화의 추세에 따라 여러 나라와의 교류가 증가하고, 커뮤니케이션의 중요성이 대두되고 있기 때문에 향후 번역분야의 수요는 상당할 것으로 예상된다.

번역을 단순히 원서를 번역하는 것으로만 알았던 나는 번역이 이렇게 넓은 분야에 걸쳐져 있다는 사실에 놀랐다. 번역가가 하는 일이 다양하다는 것은 그만큼 선택의 폭이 넓다는 것이고, 번역 중에서도 내 능력에 맞는 일을 할 수 있다는 것을 의미하는 것이다. 그래서 더 매력적인 직업으로 느껴졌다. 능력이 된다면 꼭 도전해 보고 싶은 직업임이 분명하다. 매일 새로운 것을 접하고, 일을 하면서 뭔가를 더 배울 수도 있고, 무엇보다 하는 일이 즐거울 것 같다. 번역이라는 일이 마냥 즐겁지만은 않고 쉽지 않겠지만, 그래도 한 번 해보고 싶은 일이다.

분명히 번역에 대해서 좀 더 자세히 알게 됐지만, 아직 확실히 번역가가 되고 싶다고 마음을 정한 것은 아니다. 세상에 있는 수많은 직업들 중에 내가 아는 것은 극소수일 뿐이고, 그 중에서 새로운 곳으로 눈길을 돌렸을 뿐 아직도 나에겐 시간이 좀 더 필요하다. 하지만 길 밖에 피어 있는 작은 꽃을 발견한 것처럼 사람들의 고정된 시야를 벗어난 새로운 것을 찾았다는 사실이 내겐 새삼스럽게 설렌다. 이제 길 밖으로 한 발자국 내딛은 셈이다. 지금은 탐색 과정에 불과하지만 이런 과정을 거쳐 나도 좀 더 성장할 것이다.

번역이란

번역한다는 것. 그것은 생각보다 더 어렵고 섬세한 작업인 것 같다. 그 나라의 언어를 우리말로 옮기는 것뿐만 아니라 그 나라의 문화와 풍습을 이해하고 있어야 하기 때문이다. 특히 번역을 하기 위해서는 외국어뿐 아니라 한국어의 이해력과 구사력도 뛰어나야 한다. 하지만 번역의 제일 첫 번째 조건은 해당 외국어의 구사력이다. 외국어를 자유롭게 읽고 쓸 줄 아는 것은 번역가가 되기 위한 필수 조건이기 때문이다.

나는 영어에 대해 조금 자신 있는 편이지만 번역에는 많은 어려움이 있을 것 같다. 번역은 단순히 외국어를 한국어로 옮기는 것이 아니라 표현을 어떻게 하느냐에 따라 내용이 완전히 달라질 수 있기 때문이다. 그런 면에서는 내가 얼마나 잘할 수 있을지 확신이 없다. 하지만 일단 외국어 실력이 기본이 되는 것은 사실이기 때문에 일단 영어 실력을 조금 더 쌓기 위해 깊이 있게 공부하기로 했다. 또, 원서와 번역본을 비교해보면서 번역이 어떻게 되었는지도 살펴보고 있다. 그리고 번역가가 되려면 어떤 과정을 거쳐야 하는지, 별도로 준비할 것이 있는지 등을 찾아보고 있다.

번역가가 되려면 통번역학과에 진학하는 것이 대부분인데, 우리나라에는 이화여대, 한국외대 등에 개설되어 있다. 한국외대는 수능 과목별 반영비율이 다른 대학교와는 조금 다르다. 한국외대 서울캠퍼스의 전형에서는 언어(27.5%), 수리(20%), 외국어(40%), 사회/과학(12.5%)으로 각 과목마다 반영비율이 다르다. 외국어에 자신 있는 나에게는 정말 유리한 셈이다. 통번역과를 졸업하고 통번역대학원을 나오는 것이 보통인데, 우리나라에서는 주로 이화여대나 한국외대의 통번역대학원을 간다고 한다. 하지만 통번역대학원에 들어가기 위해서 아주 높은 수준의 외국어 실력이 요구되기 때문에 더 많은 노력이 필요할 것 같다.

번역가가 되는 것은 분명히 쉽지 않을 것이다. 일정한 보수가 보장되는 것도 아니고, 스타번역가에게만 많은 일을 맡기는 것도 사실이다. 하지만, 적어도 내가 만족할 수 있을 것 같다. 내 능력을 보여줄 수 있고, 내 장점을 살려 일을 잘 할 수 있으니까 좋은 것 같다. 제일 중요한 것은, 내가 원하는 일이라는 것이다. 내가 바라는 만큼 더 열정적으로 일할 수 있고, 그 점이 제일 큰 장점인 것 같다.

아직 확실하게 번역가가 되기로 마음먹은 것은 아니다. 하지만, 적어도 내 꿈이 윤곽을 드러내기 시작했고 나도 희망을 가지기 시작했다. 그것이 가장 큰 변화이고, 내가 발견한 행복이다. 두근거리며 첫걸음을 떼는 아기처럼 나도 막 한걸음을 뗀 셈이다. 나는 앞으로 내 등대가 비추는 길을 따라 조금씩 전진할 것이다.

성장한다는 것

고등학생이 되기 전까지 나는 그저 편협한 시각을 가진 아이였다. 일 년이 지날 때마다 나는 나이를 한 살 더 먹고 좀 더 성숙해졌다고 생각했지만 그것은 나의 착각이었다. 하루하루가 지나갈수록 나는 좀 더 세상에 찌들어갈 뿐이었고 내 꿈은 점점 더 탁해져갔다. 그러나 중학생의 나와 고등학생의 나. 비록 일 년이 흘렀을 뿐이지만 많은 것이 달라졌다. 나는 알을 깨고 나오는 새처럼 보다 넓은 세상을 바라보게 됐고 더 넓은 시야를 가지게 되었다. 남들이 나를 바라보는 시선보다 내 자신을 좀 더 살펴보게 됐고, 나에 대해 좀 더 알게 되었다. 고등학생이 되서야 비로소 깨달았지만 그나마 다행이라고 생각한다. 나이가 들어서 인생을 살면서 후회를 하는 사람도 있는데 이제라도 깨달은 나는 참 다행이라고 생각한다.

성장한다는 것. 좀 더 자란다는 것. 나는 좀 더 큰 발걸음을 내딛기 위해 성장통을 겪고 있는 셈이다. 뭔가를 더 알게 되고 새로운 것을 배우고 좀 더 마음을 채워가는 성장을, 나는 하고 있다. 나는 몸만 자라는 것이 아니라 그 내면을 채워가는 것이 더 중요하다고 생각한다. 나를 좀 더 알게 되고 나를 채워가는, 그것이 진정한 성장이라고 생각한다. 나에 대해 알게 되는 것. 그것이 제일 중요하다고 생각한다. 결국 내 인생에서 가장 중요한 것은 '나' 이기 때문이다.

나는 이제 내 앞에 놓인 좀 더 넓은 길을 찾은 셈이다. 수많은 사람들이 한 길만을 가지만, 세상에는 무수히 많은 길이 있다는 것을 알게 되었고 그것만으로도 나는 큰 발견을 한 것이다. 내가 무엇이 되고 싶은지 아직도 나는 확신할 수 없다. 내 길을 확실히 정할 때까지 좀 더 시간이 걸리고 많은 고민을 하겠지만 나는 내 길을 찾기 위해 노력할 것이다. 정말 열정을 쏟아 부을 수 있는, 내 꿈이 이것이라고 자신 있게 말할 수 있게 될 때, 그 때 나는 도약을 준비할 것이다. 그 때 좀 더 멀리 날아갈 수 있도록, 지금은 튼튼한 발판을 다지고 있는 것이다.

나는 좀 더 넓은 하늘을, 좀 더 높이 날아오르고 싶다.

그리고, 나는 좀 더 넓은 세상을 향해 날아갈 것이다.

나는 기숙사생이다. 평범한 학생들과는 달리 기숙사라는 환경에서 생활하기 때문에
더 생각이 많아진 것일지도 모르겠다. 일반고 학생들보다 더 열심히 공부하고,
더 많은 욕심을 내는 친구들 덕분에 많이 깨달은 것 같다.
내가 만약 일반 고등학교를 선택했었다면 이런 변화는 없었을 것이고,
오늘의 나는 달라진 것이 없을 것이다.

[후기]

이 자리를 빌려 고마운 마음을 전하고 싶은 사람이 있다. 엄마, 아빠께 제일 먼저 감사하다는 말씀을 드리고 싶다. 욕심 많은 딸을 위해 이것저것 챙겨주시고 항상 응원해 주시는 두 분이 없었더라면 지금의 나는 없었을 것이다.

또, '책쓰기'라는 경험을 할 수 있게 되어 다행이다. 앞으로 인생을 살면서 책을 썼던 지난 일 년간을 잊지 못할 것 같다. 고등학생 시절, 기억에 남을 추억을 갖게 되어 정말 행복하다.

꿈의 Ballade

musical producer

박현아

★D-day 2018년 12월 28일 PM 9:15 세종문화회관 대극장

심장은 빠른 속도로 뛰고 피부 밑 작은 세포에서부터 무언가가 스멀스멀 올라오는 듯한 느낌이다. 마구잡이로 뛰는 심장을 진정시키려고 가슴 위에 올려놓은 손은 가만히 있지 못하고 바르르 떨렸다. 나는 눈을 질끈 감았다. 숨을 크게 들이쉬었다가 조심스레 내뱉었다. 나의 입김이 작은 수증기가 되어 공기 중으로 날아가려던 찰나였다.

나는 환호성을 지르며 자리에서 일어났다. 꿈만 같은 순간이었다. 그동안의 노력이 파노라마처럼 머릿속을 훑고 지나갔다. 울지 않으려 노력했지만 눈가까지 차오른 눈물이 '저, 나가도 돼요?' 하고 물어보는 것 같았다.

★D-day 100. PM 11:00 트라움뮤지컬캠퍼니 연습실

"♪ don' t be afraid, I' m always hear."

"promise me!"

"what?"

"don' t give up your dream."

"Umm. yes. I promise you!"

밤이 늦었음에도 불구하고 배우들은 뮤지컬 연습에 한창이다. 〈4개의 꿈〉 쇼케이스가 100일 앞으로 다가온 까닭이다. 내가 한국의 뮤지컬 문화를 살리기 위해 각 분야의 최고들만 모아서 탄생시킨 뮤지컬 〈퍼즐〉이 제작 기간 6년이라는 거대한 타이틀과 함께 크게 흥행했다. 뮤지컬이라는 분야가 미국이나 영국만큼 발달하지 않은 한국에서는 〈퍼즐〉만큼 성공한 뮤지컬이 없었기 때문에 세계의 주목은 당연한 것이었고, 그 중 뉴욕슈버트 기획사가 이 뮤지컬에 대해 극찬을 남겼다. 공연기획자가 되겠다고 다짐 했을 때부터 브로드웨이로 진출하는 것이 꿈이었던 나는 이번이 브로드웨이로 진출할 수 있는 기회라 생각해 과감히 합동공연을 제안했다. 슈버트기획사는 잠시 망설이는 듯 했으나 다음 공연의 쇼케이스를 본 후 결정하겠다고 했다. 〈퍼즐〉이 그대로 브로드웨이로 간다면 합동공연이 아니라 슈버트 기획사에서 라이선스를 따 가는 것 밖에 안 되기 때문에 나도 새로운 공연을 시작하리라 생각하고는 있었다.

그렇게 슈버트 기획사로부터 1년 반이라는 시간이 주어졌고, 쇼케이스가 100일 밖에 남지 않은 이 시점에서 트라움 뮤지컬 캠퍼니 단원들은 눈 코 뜰 새 없이 바빠졌다. 학생 때부터 꼭 한번은 무대에 올리리라 하며 꾸준히 써오던 시나리오를 바탕으로 뮤지컬 한 편을 만들기로 했다. 내가 직접 쓰고, 기획한 뮤지컬 〈4개의 꿈〉. 물론 브로드웨이에 진출할 수 있는 중요한 공연에 전문가가 쓴 대본이 아니라 아마추어인 내가 쓴 대본으로 공연을 한다는 것은 자칫하면 큰 기회를 날릴 수 있는 도박이었지만 난 나의 가능성을 믿었다. 이번 공연의 목표는 완벽하게 잘 해내는 것이 아니라 우리의 가능성을 보여주는 것이니까. 한국 창작뮤지컬도 이만큼 발전했다는 것을 전 세계에 알리고 싶었다. 이런 나의 소망을 잘 아는지 우리 트라움 단원들은 나보다 더 열심히 공연에 임했고, 배우들이 연습실에서 보내는 시간이 길어지면 길어질수록 연기와 노래 실력이 눈에 띠게 많이 늘고 있었다. 배우들이 이렇게 밤늦게까지 연습하는데 대표가 그냥 갈 순 없지. 연습 끝날 때까지라도 옆에 있어줘야겠다.

★D-day 94. AM 11:30 트라움뮤지컬캠퍼니 연습실

"제 파트 고쳤어요? 많이 고쳤어요?"

"많이 안 고쳤어. 그냥 조금 어색한 부분만 손 봤어."

또 대본을 고쳤다. 완벽하다고 생각했지만 자꾸 보면 볼수록, 연습을 하면 할수록 이상한 부분이 자꾸 눈에 띈다. 뉴욕 레이튼 시나리오 작가 선생님께도 보여드려 통과된 대본이라 완벽하다고 생각했지만 대본은 대본으로서만 완벽하면 될 것이 아니라 배우에게 얼마나 흡수되는지가 중요한 것 같다. 배우들이 쳐내지 못하는 부분은 빼고 좀 여유 있는 부분은 더 추가하느라 벌써 3번째 대본을 고쳤다. 다 고쳤다고 생각했는데도 자꾸 고칠 부분이 나와서 나도 어떻게 해야 할지 모르겠다. 역시 연습만이 살 길이다.

★D-day 88. PM 2:00 남산 예술센터 공연장

"아니, 여기서 등장해서 이쪽으로 지나가는 거야. 알겠지?"

"그렇게 되면 걸음이 커지는데요?"

"그냥 조그맣게 오래 걷는 게 낫겠다. 나중에 연출가 앞에서 긴장하지 말고 늘 하던 대로 하는 거야. 알겠지?"

이번 2차 리허설은 뉴욕에서 작곡가 스캇, 시나리오 작가 레이튼, 연출가 존이 한국으로 오기로 했다. 남산 예술센터 공연장을 빌려서 리허설 준비를 마쳤다. 비록 리허설일 뿐이지만 배우들은 많이 긴장했는지 밥도 마다하고 구석에서 각자 파트를 연습하고 있었다. 작곡가, 작가, 연출가가 도착했고 긴장 속에서 리허설이 시작됐다. 그들은 공연을 평가하러 온 것이 아니라 도와주러 온 것이기 때문에 일단 리허설을 한 번 보고 두 번째 리허설부터는 중간 중간 자르며 코치를 했다. 전반적인 노래에 대한 평가는 매우 좋았다. 특히 4명의 아이들이 각자의 꿈으로 고민을 할 때 부르는 합창곡인 아리아 #31 'Help me'는 웅장하면서도 애절하게 표현되었다며 다들 좋은 반응을 보였다. 존은 무대 조명과 소품, 배우 동선을 체크해 줬고, 레이튼은 대사 사이의 연결, 노래와의 조화 등 기획자로써 내가 보지 못한 것들을 체크해 줬다. 이번 리허설을 통해 부족한 점을 발견하고 실제 무대에 올려 졌을 때 관객들을 사로잡을 만한 아이디어들이 보강되었다. 공연에 대해선 나름 많이 안다고 생각했는데 아직도 많이 부족한 것 같다.

★D-day 75. AM 10:00 트라움뮤지컬캠퍼니 사무실

"네? 저희 공연을요? 아직 쇼케이스도 안 했는데요?"

"네, 그러니까요. 완성된 공연이 아니라 제작기간, 즉 연습하시는 모습을 촬영하고 싶다는 소리지요. 허락해 주시겠습니까?"

"제가 대표이긴 하지만 단원들의 의사도 물어봐야지요. 방송에 나가는 건 제가 아니라 배우들이니까요."

"제목은 '꿈을 향한 노래'입니다. 그럼 연락 기다리겠습니다."

모 방송국에서 우리를 촬영하고 싶다는 전화가 왔다. 우리 공연이 유명해지면서 TV에 여러 번 나가 본 적은 있지만 연습 모습을 촬영하겠다는 제안은 처음 들어봤다. 완벽주의자인 나는 완성되지 않고 아직 많이 부족한 부분을 보여주기 싫어서 계속 망설이게 되었지만 단원들한테 물어는 봐야지 싶어서 연습실에 모아 놓고 배우들의 생각을 물어봤다.

"우리 4개의 꿈을 공짜로 홍보하는 셈이네요, 하죠?"

"뮤지컬 쪽으로 꿈을 가진 사람들이 보고 자극을 받을 수 있겠네요. 이번 뮤지컬 주제가 꿈이잖아요."

"우리 트라움 뮤지컬 캠퍼니에서 트라움의 뜻도 꿈이잖아요."

"맞아요. 재미있겠어요. 촬영해도 된다고 해요!"

다들 이렇게 좋아할 줄 몰랐다. 그러고 보니 굳이 돈 많이 들여서 TV나 버스, 포스터 광고를 하지 않아도 저절로 홍보가 되는 셈이기도 하다. 그리고 이 방송을 보고 꿈을 찾는 사람도 있을 것이고, 꿈을 가지게 되는 사람도 있을 것이다. 계속 망설이기를 여러 번, 뮤지컬 주제가 꿈이라는 사실에 넘어갔다. 그래, 우리를 위해서가 아니라 남들을 위해서, 꿈을 가진 사람들을 위해서 방송을 해야지. 사무실에 가서 다시 방송국에 전화해 줘야겠다.

★D-day 67. PM 1:00 트라움 뮤지컬 캠퍼니 회의실

"우와, 그럼 어떻게 되는 거예요?"

"어떻게 되긴, 이번에 대박나는 거지!"

점심 먹고 회의실에 모인 우리들은 환희에 가득 차있었다.

방송이 나간 지 20일쯤 됐을까? 예상대로 방송은 많은 홍보효과를 거뒀고, 담당PD의 아이디어로 홈페이지에 '미리 듣는 〈4개의 꿈〉 뮤지컬 넘버'라는 코너를 만들어서 몇 개의 뮤지컬 넘버를 공개했다. 별 기대 안 하고 올렸는데 그 음악들은 예상 외의 실적을 거두었다. 음악평론가들이 너도나도 할 것 없이 음악을 평론해 인터넷에 올린 것이다.

—상상 이상의 감동! 가벼움과 무거움이 한 곡에!

—주인공마다 창법이 다른 개성 있는 뮤지컬 넘버.

—박 대표의 친동생이 지은 뮤지컬 넘버. 신선함이 돋보이는 음악.

취미로 작곡공부를 하는 내 동생한테 주인공 테마 뮤지컬 넘버 4곡 작곡을 부탁했다. 뮤지컬 넘버 작곡은 처음이라 많이 고민하더니 역시 음악성은 타고 났는지 곧바로 음악을 만들기 시작했다. 대본을 보여 달라고 해서 파일을 보내주니 하루 꼬박 정독하고는 가끔씩 연습실에 몇 번 놀러 오더니 각 배우의 창법에 꼭 알맞은 노래들을 만들었다.

내 동생이 만든 노래들이 그렇게 뛰어나고 훌륭하진 않지만 주인공 테마마다 분위기, 창법 등이 모두 개성 있다는 점에서 주목을 받은 것 같다. 게다가 4개의 꿈은 다른 뮤지컬보다 음악의 수가 두 배 정도 많다. 극의 진행이 대부분 노래와 춤으로 이루어지기 때문이다. 그래서인지 관객들의 기대가 점점 커져만 간다. 더불어 내 부담도 점점 커져만 간다.

★D-day 52. PM 8:20 트라움 뮤지컬 캠퍼니 연습실

"하나, 둘, 셋, 넷, 돌리고! 세우고!"

"아니, 여기선 의기소침해 있어야지. 시선, 밑으로!"

저녁을 먹은 후에도 연습이 한창이다. 각 주인공들마다 성격이 개성 있기 때문에 그만큼 안무도 개성 있어질 수 밖에 없다. 완벽하리만큼 딱 맞는 노래와 안무의 조화로 인해 가끔 연습실에 왔다가 놀랄 때가 한두 번이 아니다.

피아니스트가 되고 싶어 하는 소심한 성격의 에밀리는 혼자서 고뇌하는 장면이 많다. #7 'Hope the music' 에서는 피아노 치는 모습을 온 몸으로 나타내는데 하늘거리는 치마 끝자락에서부터 쉴 틈 없는 손가락까지의 현란한 움직임에 자연스럽게 집중을 하게 된다. #8 'Music Start' 에서는 몽환적인 음악과 에밀리가 혼연일체 되어 긴 생머리를 휘날리며 무대 위를 날아다닌다. 특히 #10 'Runaway' 에서 에밀리가 가출을 결심하는 과정을 나타내는 춤은 가장 오랫동안 기억에 남는다. 정말 고민하는 것 같은 노래와 거기에 걸맞는 춤. 왠지 쓸쓸한 모습이 노래와 잘 어울리는 듯했다.

작가가 되고 싶으나 엄격한 집안에서 자라 아버지의 사업을 물려받아야 하는 헤럴드는 아기자기한 안무가 많다. #13 'Writing time' 은 똘똘한 헤럴드의 이미지를 잘 나타내 주는 퍼포먼스다. 뽀글뽀글한 파마머리에 동그란 안경을 쓰고 종이에 무언가를 열심히 쓰는 헤럴드를 보면 어느새 나도 모르게 글을 쓰고 싶다는 생각이 든다. 글 쓰지 말라고 부모님께 경고를 들었음에도 불구하고 몰래 글을 쓰다가 딱 걸린 장면에서 부르는 노래 #16 'Do not write it' 에서는 헤럴드의 영리한 모습을 잘 나타내 준다. 노래는 귀엽지만 가사는 아주 논리적이다. 부모님과의 다툼에서 졌지만 혼난 후부터는 글을 쓸 때면 아주 철저하게 숨어서 글을 쓴다. 그런 모습이 씁쓸하기도 하고 귀엽기도 하다.

꿈이 없는 켈시는 자신이 꿈이 없다는 사실에 많은 스트레스를 받는다. 켈시는 집과 학교, 자기 자신에게서 받는 모든 스트레스를 운동으로 털어버린다. 혼자 운동하며 스트레스를 푸는 #19 'Breathe breathe' 에서는 노래하면서 과격한 스포츠 동작을 해 내야 한다. 웬만한 체력이 되지 않으면 못 하는 안무 때문에 켈시 역을 맡은 배우는 춤과 노래를 연습하는 시간이 아니면 대부분의 시간을 체력단련실에서 보냈다. 열심히 노력한 덕분에 어려운 스포츠 동작을 하면서도 숨이 흐트러지지 않게 노래를 부를 수 있게 되었다. 체육 선생님의 추천으로 꿈을 정하게 되는 부분인 #23 'Go out side sports' 에서는 늘 강하고 씩씩하던 켈시와는 달리 수줍어하고 부끄러워하는 색다른 모습에 살짝 미소 짓기도 한다.

공부를 못하는 패트릭은 안무가가 되겠다는 생각으로 춤만 열심히 추다가 뒤늦게야 꿈을 바꾸게 된다. 공부를 멀리하고 춤에만 빠져 사는 패트릭을 잘 나타내 주는 #27 'Dance is my life' 에서는 입이 떡 벌어지게 하는 춤이 관중을 압도한다. 말썽꾸러기인 패트릭이 친구와 함께 춤추러 다닌답시고 사고를 치며 다니는 부분인 #28 'The joke!' 에서는 모자를 푹 눌러 쓴 채 즐겁게 삶을 사는 것 같아 보이는 패트릭의 모습을 발견할 수 있다. 그러던 어느 날 엄마의 강요에 못 이겨 억지로 공부를 하게 되었다가 갑자기 공부의 재미에 빠지는 장면인 #30 'Study of the fun' 에서는 깜짝 놀란 표정으로 깜짝 놀랄 만한 점프력을 선보이는 패트릭의 춤에 입을 다물지 못할 정도 이다.

이렇게 개성 넘치는 안무를 만들어 준 안무가가 제일 고생한 것 같다. 주인공들의 개성이 강해 춤 만들기도 쉬웠다고는 하지만 세상에 쉬운 일이 어디 있겠는가. 눈과 귀가 함께 즐거운 뮤지컬을 만들기 위해 노력하는 그들의 모습이 아름답다. 덕분에 좋은 뮤지컬이 탄생할 것 같다.

★D-day 49. PM 5:35 트라움 뮤지컬 캠퍼니 대강당

"헤럴드 책상을 중앙에다 놓는 게 낫죠?"

"옆으로 빼서 조명을 구석으로 주는 게 낫지 않을까? 나중에 나와서 춤 출 때 저 뒤에까지 써야 되잖아."

브로드웨이에 진출하는 뮤지컬인 만큼 무대와 소품도 서양적인 걸로 많이 바뀌었다. 주인공마다 무대 소품과 배경이 확확 달라지기 때문이다. 무대 세팅은 쇼케이스 공연 장소인 세종문화회관에다가 해야 되지만 일단 전체적인 구도와 동선을 맞춰보고 돌아가는 무대 장치에 익숙해 져야 하기 때문에 우리 건물 대강당에 일단 세팅해 보기로 했다. 〈4개의 꿈〉은 소품이 많기 때문에 장면이 전환될 때마다 소품을 스태프 손으로 일일이 옮길 수는 없다. 가구 같은 것은 불이 꺼졌을 때 단원들이나 스태프들이 옮기더라도 웬만한 소품들은 돌아가는 원형 무대에 올려 무대로 돌리는 것이 효율적일 것이다. 그렇게 되면 무대에서는 무대 장치의 반원, 앞부분만 보이게 되고 무대 뒤에선 뒷부분에 소품을 다시 배열하고 불이 꺼지고 장면이 바뀔 때 장치가 돌아가고 다시 불이 켜지면 새로 바뀐 소품들로 공연을 계속 하는 것이다. 소품을 점검하고 무대 장치에 익숙해지고 뒷배경도 빨리 빨리 바꾸는 연습을 하는데 만 한나절이 다 지나갔다. 여기서만 이럴 것이 아니라 나중에 세종 문화회관에서도 리허설을 해 봐야 할 텐데. 요새 하루하루가 너무 빠르게 흘러간다.

★D-day 34. PM 9:15 트라움 뮤지컬 캠퍼니 대강당

"The lights turn on only one."

"Like this?"

"yes. Put the blue lights here."

뉴욕에서 존이 왔다. 아니, 내가 불렀다. 무대 연출을 좀 더 효과적으로 하기 위해 시간을 내달라고 했더니 바로 비행기 타고 날아왔다. 무대를 점검하더니 무대 장치의 아이디어는 좋은데 조명을 최대한으로 이용하지는 않았다고 했다. 난 그저 조명은 배우들을 비추는 데에만 급급했는데 존은 조명으로 극 전체의 분위기를 바꿀 수 있다며 조명의 중요성을 강조했다. 분위기, 춤, 음악에 따라 조명의 색과 위치, 강도가 달라지므로 대본을 보고 꼼꼼하게 점검을 했다. 덕분에 모두가 퇴근한 저녁 늦게까지 조명팀들은 분주했다. 예를 들어 장난꾸러기인 패트릭 같은 경우는 노래와 분위기가 연두색을 연상하게 하므로 전체적인 조명을 초록색으로 주고 패트릭의 움직임에 따라 흰색 조명을 따로 넣는 것이다. 늘 처음부터 밝은 무대거나, 아니면 어두운 무대에 하얀 조명만을 줬던 것과는 달리 조명에 색을 넣고 분위기를 달리하니 극적효과를 최대한으로 높여 주는 것 같았다.

존이 조명 디자이너인 매튜를 소개시켜 줬다. 그 자리에서 존이 전화 연결을 해 줘서 매튜와 잠시 통화를 했다. 날을 잡아서 한번 오겠다는 매튜의 말이 얼마나 기쁘던지. 세상은 참 살 만하다.

★D-day 26. PM 4:05 트라움뮤지컬캠퍼니 연습실

"이게 제 옷이에요? 우와, 예쁘다!"

"치마가 좀 긴 거 같아요. 조금만 더 잘라 주시면 안 돼요?"

주문한 옷이 도착했다. 뉴욕에서 물 건너오느라 조금 늦었지만 연습에 해가 되지는 않았다. 주인공들이 학생이라는 점을 감안해서 모두 교복으로 맞추려 했으나 교복문화에 익숙하지 않은 뉴욕을 생각해 주인공들의 이미지에 맞는 옷을 의상디자이너 델핀 선생님께 부탁했다. 나도 뉴욕으로 가서 델핀 선생님과 함께 회의를 여러 번 반복하니 꽤 마음에 드는 그럴 듯한 의상이 완성되었다.

역시 드레스는 에밀리의 것. 뱅뱅 돌 때 치마가 발레복처럼 붕 뜨는 것에 중점을 두고 만들었다. 쉬폰 드레스의 허리부분과 치마 끝단에는 건반을 수놓은 델핀 선생님의 센스가 돋보인다. 그냥 입고 있을 때는 무릎 밑으로 내려오는 치마단 때문에 조금 어벙해 보일 수 있긴 하지만 조금만 걸어도 치마 끝이 나풀거리는 것이 걸을 때마다 건반소리가 들리는 듯 했다.

단원들이 헤럴드의 옷은 당연히 정장으로 만들 줄 알았다고 했다. 부잣집 도련님 컨셉으로 연기를 했으니 옷도 어른스럽게 만들 줄 알았는데 막상 만든 옷은 멜빵바지였다. 델핀 선생님께서 멜빵바지로 결정했다고 하셨을 때 잘못하다간 헤럴드가 장난꾸러기처럼 보일 수도 있어서 헤럴드와 멜빵바지는 안 어울릴 것이라고 말렸었는데, 막상 만들어 놓고 입혀 놓고 나니 너무 귀여웠다. 특히 파마머리는 멜빵바지를 입으니 이제야 짝을 찾은 듯 더욱 돋보였다. 여기서 또 센스 있게 나비넥타이를 달아주고 나니 헤럴드가 더욱 더 똘똘한 부잣집 도련님 같아 보였다.

운동소녀인 켈시는 한국에서 대충 트레이닝복으로 때우려 했으나 굳이 만들겠다는 델핀 선생님의 말에 그러라고 했다. 막상 온 켈시 의상은 켈시역을 맡은 배우가 아까워서 입지도 못할 정도로 너무나 고급스러운 옷이었다. 켈시의 이미지와 맞는 빨간색인데 약간 펄이 섞여 어른스러운 느낌이다. 거기에 검정색 선으로 S라인을 돋보이게 했고 조금 특이한 디자인으로 만들어 전문 체육인을 연상하도록 했다.

패트릭의 의상은 찢어진 청바지에 얇은 후드 티에 패딩 조끼다. 찢어진 청바지 정도야 어디서나 쉽게 볼 수 있는 디자인이라 생각하겠지만 무릎이 아니라 종아리 쪽이 비스듬하게 찢어진 것이 원래 찢어진 청바지가 아니라 장난치다가 찢어진 것처럼 보인다. 얇은 후드 티는 주황색에 가까운 노란색인데 색만 봐도 장난꾸러기 같이 보이는 옷이다. 패딩 조끼는 번쩍거리는 눈부신 검정색이다. 역시 보온용으로 입는 것이 아니라 폼으로 입는 것이었다.

이렇게 주인공들에게 딱 맞는 옷을 만들어 주신 델핀 선생님께 큰 감사를 드린다. 쇼케이스 때 꼭 초청해야겠다.

★D-day 15. PM 5:00 트라움뮤지컬캠퍼니 대강당 무대 뒤

"헤럴드 볼을 좀 더 빨갛게 하는 건 어떨까요?"

"볼터치 정도야 뭐, 그나저나 에밀리 입술 너무 진한데? 최대한 자연색으로 하라니까."

쇼케이스가 보름 앞으로 다가왔다. 이 시점에서 또 중요한 것이 분장이다. 우리나라와는 달리 해외 뮤지컬은 분장을 심하게 하지 않는 편이다. 유독 우리나라만 연극이나 뮤지컬에서는 화장을 진하게 하는 편인데 외국에서는 특수한 경우가 아니면 화장을 잘 하지 않으므로 이런 한국의 문화를 이해하지 못해 마찰이 생겼었다. 동양인들이 이목구비가 뚜렷하지 않기 때문에 메이크업이 필요하다고 연출가를 설득시킨 후 최대한 자연스럽게 화장을 하도록 했다.

분장과 함께 헤어스타일도 손 봤는데 에밀리는 청순가련형에다가 춤과 어울리게 하기 위해 검정색 긴 생머리를 유지했고 헤럴드는 까만 파마머리를 금발로 염색했다. 트라움 단원들과 헤어디자이너들이 가장 고민한 것이 켈시의 머리다. 긴 머리를 하나로 질끈 묶는 털털한 여자같은 컨셉으로 갈지, 짧게 잘라서 정말 남자같이 보이쉬한 컨셉으로 갈지 고민에 고민을 거듭했다. 사실 둘 다 상관없었지만 헤어스타일도 켈시의 성격을 드러내 주는 중요한 역할을 하므로 대충할 순 없었다. 의견이 둘로 나뉘었고 결국 결정된 것은 짧게 하되 여성스러움을 강조할 수 있는 보브컷이었다. 짧아서 관리하기도 편하고 한껏 띄우면 귀엽기도 했다. 패트릭도 켈시 못지않게 고민을 많이 했다. 연습에서는 내내 모자를 눌러 쓰고 있었지만 막상 옷을 입고 보니 모자를 안 쓰고 헤어스프레이로 머리를 위로 바짝 세우는 것이 더 장난꾸러기 같아 보였기 때문이다. 극 중에서 패트릭과 같이 다니는 친구와 같이 맞춘 모자라서 벗으면 안 된다는 의견도 꽤 나왔었다. 결국 머리를 바짝 세우는 걸로 결정이 났다.

머리를 하고 분장을 하고 의상을 입고 무대 위를 돌아다니는 배우들을 보니 실제로 대본 속 주인공들이 튀어나온 것 같았다. 주 관객층을 10~30대로 설정한다면 제대로 흥행할 수 있는 뮤지컬일 것이다. 요새는 학생들이 뮤지컬 문화에 관심이 많은 추세라 이렇게만 간다면 크게 흥행할 수 있을 것 같다. 이젠 쇼케이스가 기대된다.

★D-day 7. PM 7:00 세종문화회관 대극장

"발 끝으로 살살 걸어서!"

"켈시 아령 좀 여기 가져다주세요!"

쇼케이스까지 일주일 남은 시점에서 카메라를 작동시키지 않고 행하는 마지막 예행연습인 런스루를 진행했다. 세종 문화회관의 넓은 홀은 나와 배우들의 숨소리와 땀으로 가득 찼다. 넓고 넓은 무대 위를 나비처럼 날아오르는 에밀리, 무대 위를 자기의 매력으로 가득 채운 헤럴드, 무대를 운동장 삼아 힘차게 달리는 켈시, 무대 구석구석 장난치러 돌아다니는 패트릭. 이제는 너무 친근해서 내 아들, 딸 같아 보일 정도다.

배우들이 무대 위에서 익숙하게 노래하고 춤추는 것만큼 중요한 것이 공연초기에 결정했던 것들 중 바뀐 것을 공지하는 일이다. 바닥재질이 연습실과 다르므로 스텝에도 좀 더 신경을 써야하고, 무대를 최대한으로 활용하기 위한 등 · 퇴장로를 안무가에게 미리 확인시켜서 남은 연습에 참고하도록 했다. 조명의 위치가 연습실과는 달라서 새로운 조명을 자유자재로 움직일 수 있게 연습시켰고 주인공들에게 들어가는 개인조명을 정해서 색을 넣도록 시켰다.

뮤지컬 〈4개의 꿈〉은 소품이 많고 무대장치를 많이 활용하기 때문에 작은 변화에도 민감하게 반응해야 한다. 런스루가 본격적으로 진행되기 전에는 진행, 음향, 조명, 무대, 의상 팀이 며칠 동안 밤을 새며 준비를 했다. 런스루를 시작했을 때 마지막 총 리허설이란 생각으로 모두가 실전처럼 임했다. 실제로 무대 뒤에서는 메이크업 아티스트와 헤어디자이너들이 바쁘게 손을 놀렸고 배우들은 자기 역이 끝나고 퇴장하자마자 옷을 갈아입느라 물 한 모금 마실 틈도 없었다. 더불어 연출가 존과 나는 부족한 부분을 그 자리에서 이야기해서 잡아주느라 눈이 쉴 틈이 없었다. 물론 런스루 전에 배우 없이 무대 세팅만 체크하는 드라이테크를 실행했다. 상부세트와 장치 연결을 하는 과정에서 배우들이 춤을 추다가 잘못하면 부딪혀 위험할 수도 있겠다 싶어서 장치를 안전하게 움직이는 것을 중점으로 드라이테크를 하는데 시간이 가장 오래 걸렸다.

무대장치와 조명이 완벽하게 준비 된 후 누가 무엇을 어디에 달 것인지 연출 및 안무자가 정리하고 무대 감독팀은 소품팀과 협의하여 배치요령을 숙지하게 했다. 그리고 기술연습, 장면연습, 드레스리허설 등을 차례대로 진행하면서 부족한 부분을 조금씩 완성해 나갔다. 공연이 조금씩 완성될수록 마음속의 돌덩이도 점점 커지는 것 같았다. 주변 사람들, 관객들의 기대에 못 미칠까 하는 걱정에 긴장이 돼서 잠도 오지 않는다. 음식만 먹으면 속이 뒤집어 져서 아무 것도 먹지 못해 공연을 앞두고는 살이 쭉쭉 빠진다. 이 뮤지컬이 브로드웨이에서 흥행할 수는 있을지, 그보다 브로드웨이에 진출할 수는 있을지, 첫 공연의 평가는 어떨지, 공연기획자로서의 수 만 가지 생각이 머릿속에서 폭죽처럼 터졌다. 그러나 지금 이 순간은 한 명의 스태프의 모습으로 관객석에 앉아 있다. 환상적인 아리아에 감동받고, 배우들의 실수에 함께 웃고, 다시 긴장하고. 리허설 속에서 배우들은 자신들이 마치 대본 속 주인공들이 된 것 같은 착각을 느낀다. 그리고 연출가와 함께 새로운 극의 새로운 이미지를 만들어 간다. 음악감독과 함께 노래 속에 녹아드는 배우들의 감정을 테마곡과 계속해서 조율하며 궤맞추고 있다. 음악감독은 배우들의 노래에 극의 흐름을 담아주고 있다. 켈시 역할의 배우의 목소리는 가녀리고 얇아서 이 노래에서는 목소리를 조절할 필요가 있었다. 좀 더 힘차고 강하게 성대를 훈련시키고 계속해서 연습을 했다. 이렇듯 배우와 스태프는 아주 작은 순간들도 놓치는 법이 없다. 같은 노래와 같은 장면을 계속해서 연습함에도 불구하고 배우들은 짜증을 내지 않는다. 자기가 하는 일에 만족을 하는 것이겠지. 막판 스퍼트를 올린 마지막 100일, 정신없이 달려왔다. 〈4개의 꿈〉의 쇼케이스는 어느새 코앞에 다가와 있었다.

★D-day. PM 7:30 세종문화회관 대극장

"지금부터 〈4개의 꿈〉 쇼케이스를 시작하겠습니다!"

사회자의 힘찬 목소리로 〈4개의 꿈〉 쇼케이스의 막이 올랐다. 조용한 가운데 오프닝넘버인 #1 'To dream'이 은은하게 흘러나오고 하늘색 조명이 에밀리를 비추면 에밀리가 소리 없이 피아노를 치는 장면이 연출된다. 에밀리를 비추던 조명이 꺼지고 헤럴드의 노란색 조명이 켜지면 헤럴드가 책상에 앉아 열심히 글을 쓰는 장면이 연출된다. 헤럴드의 조명이 꺼지고 켈시를 향해 빨간 조명이 켜지면 아령을 들고 운동하는 켈시가 보인다. 그 조명이 꺼지고 연두색 조명이 패트릭을 향해 켜지면 조끼를 제대로 입고 손에 침을 발라 머리를 바짝 세우는 패트릭의 모습이 보인다. 무대 위의 모든 조명이 꺼짐과 동시에 오프닝넘버의 소리도 점점 줄어든다. 잠시 후 오프닝넘버의 후렴 부분이 큰 소리로 시작됨과 동시에 무대 위의 모든 조명이 한꺼번에 켜지고 네 명의 주인공들이 신나게 춤을 추면서 뮤지컬의 시작을 알린다. 단지 오프닝넘버 한 곡 했을 뿐인데 관객들의 박수 소리는 극장을 떠나보낼 듯 했다. 이어서 켈시가 앞으로 진행될 극중 상황 이전에 어떤 배경과 상황이 선행되었는가를 설명하여 주는 제시를 노래로 진행했다. 순간순간이 손에 땀을 쥐게 하는 긴장의 연속이었다. 그렇게 숨 막히는 가운데서 공연이 진행되었다. 뉴욕 슈버트 기획사는 물론 뮤지컬 쪽으로 지인들까지 모두 불러 함께 공연을 감상했다. 공연이 진행되는 동안에도 내 귀는 공연이 아니라 관객들의 하는 말소리에 가까이 가 있었다. 그들이 하는 말 한마디 한마디가 이 공연의 방향을 가늠하는 것이기 때문이다.

긴장의 100분이 지나고 마지막 합창 엔딩곡 #37 'A dream come true'가 끝나자 사람들은 환호성을 지르며 기립박수를 쳤다. 심장이 터질 것 같다. 손끝이 바르르 떨리고 숨을 제대로 쉬지 못할 정도로 가슴속에서 무언가가 차올랐다. 사람들의 박수소리가 그동안의 고생을 위로해 주는 것 같았다. 트라움 단원들도 서로 얼싸안고 울었다. 배우들은 공연이 끝났음에도 불구하고 계속 인사를 드렸고 단원들과 마찬가지로 같이 울기도 하고 좋아서 소리 지르기도 했다. 이 감정들을 어찌 글로 표현하리. 내가 이 어렵고 고생스러운 일을 마약에 중독된 것처럼 하는 이유도 바로 이 감동 때문이다. 관객들의 가슴에 뜨거운 감동의 숨결을 불어 넣어

주는 것. 이것이 바로 뮤지컬 프로듀서의 목표이자 지향점이다.

잠시 후 분위기가 가라앉더니 뉴욕슈버트 기획사 대표가 무대 위로 올라갔다. 침을 꿀꺽 삼키고 가슴을 가라 앉혔다. 슈버트 기획사 대표는 무대 위에 올라가 주위를 둘러보았다. 관객들은 쥐 죽은 듯이 조용히 무대 위를 바라보았다.

"트라움 뮤지컬 캠퍼니의 〈4개의 꿈〉을 뉴욕슈버트 기획사와 합동공연하기로 결정했습니다!"

공연이 끝났을 때와 마찬가지로 사람들이 환호성을 지르며 자리에서 일어났다. 역시나 눈물이 눈가까지 차올랐다. 절대 울지 않으려고 했는데 억지로 눈물을 참아보아도 눈물샘에서는 끊임없이 눈물을 만들어 내고 있었다. 이때 트라움 단원 한명이 다가왔다. 누군가 하고 봤더니 무대 소품 담당이었다.

"대표님! 축하드려요! 이제 마음 놓고 밥 드실 수 있으시겠네요. 요 며칠 간 공연 앞두고 밥 한 끼도 못 드셨잖아요."

하얀색 후드티에 파란색 스태프 조끼를 입고서 날 보고 씩 웃는데 나는 아무 말도 할 수 없었다. 나 혼자서 힘들어 하고 나 혼자서만 고생하는 줄 알았다. 뮤지컬은 혼자 하는 것이 아니라는 사실을 절실히 깨닫는 순간이었다. 내가 혼자서 고생하고 힘들어 할 때 곁에서 지켜봐 주고 있는 우리 극단 식구들이 있던 것이었다. 이유는 모르지만 눈물샘에서 눈물을 폭파시켰다. 화산이 폭발해 용암이 빠른 속도로 산을 타고 내려오듯이 눈물도 빠른 속도로 내 얼굴을 적셨다. 울지 않을 거란 말 취소. 화장이 지워지면 어쩌나, 눈이 부으면 어쩌나 하는 걱정은 이미 없어진지 오래다. 어떻게 되어도 좋다. 오늘은 실컷 울어야지.

[후기]

내가 쓴 소설이 책으로 나온다고? 글쓰기야 뭐, 자신 있으니까!

자신 있게 책쓰기 동아리를 신청했고 내 글이 책으로 나온다는 기대감에 책쓰기 동아리 활동하는 날 만을 손꼽아 기다리곤 했다.

소설에 시달리기 시작하면서 이렇게 여유 있게 후기를 쓸 날이 오긴 하는 건지 의문이 점점 커졌다. 문예창작 영재수업에서 쓰는 소설과 책쓰기 동아리에서 쓰는 소설의 마감일이 같은 날짜라 마지막 일주일은 마치 내가 진짜 마감에 쫓기는 소설가가 된 기분이었다.

어찌됐든 끝이 났다. 영재도, 책쓰기도. 개운하면서도 뭔가 허전하다.

소설을 쓰면서 단지 내가 생각하고 있는 것 이상의 전문적인 정보도 많이 필요하기에 글 쓰는 시간보다 자료를 모으는 시간이 훨씬 더 길었다. 틈나는 대로 인터넷에서 공연기획자, 뮤지컬프로듀서에 대해 검색해 보고 학교 도서실에 뮤지컬 관련 책을 신청하고 도서관에서 공연에 대한 책도 많이 빌려 읽어보았다. 책을 읽으며 생생하게 상상하며 글을 쓰는데 열중하니 내가 공연기획자가 되어 무대 위에 나의 작품을 올리는 모습이 눈 앞에 어른거리곤 했다. 돌아보면 책쓰기 하는 동안 힘들어 하던 시간보다 뛰어난 내 상상력으로 행복했던 시간이 더 많았던 것 같다.

내가 쓴 글이 단지 소설로 끝나는 것이 아니라 실제 일기가 되는 날이 오길 기도하며… 끝났다.

“내” 가

“세상” 에게

“바라다”

그 곳에 꿈이 있었다

최미현

플롯 I – 저자 소개

이름: 최미현
탄신일: 93년 3월 6일생
소재지: 대구광역시 달성군 촌구석
나이: 방년 꽃다운 그러나
찌든 17세.
좋아하는 것 : 자는거, 먹는거
뒹굴거리는거, 하늘, 만화, 소설
몽상.
싫어하는 것: 귀찮은 것. 시체.
피. 좋아하는 것 외엔 전부 다.
잘하는 것: 땅파기. 뒹굴거리기.
늦잠자기. 큰소리치기.
못하는 것: 잘하는 것 외에
전부 다 못함.
한마디:–)
안녕하세요. 이 글을 쓴
작가입니다. 비루하지만
재밌게 봐주시길.

Let' s Go! ▷

플롯Ⅱ - 태어나다. 존재하다. 살다.

태어나다

『0.아무것도 아닌 존재』

나는 처음에 아무것도 아니었다.

아무것도 아니란 것을 알았을 때, 나는 그 때부터 무엇인 존재가 되려고

애를 썼다. 한참 애를 쓰고 낑낑거리고 울고 슬퍼하며 좌절하다가

꼭 무슨 존재가 되지 않아도 됨을 알았다.

굳이 무엇이 될 필요는 없다.

생각해보면 누가 나에게 무엇이 되라고 강요한 적은 없다.

나의 주변에서 차츰 무엇이 되어가는 존재들을 바라보며

나 혼자 초조해지고 강박증에 시달릴 것 뿐.

수 없이 많이 무엇이 존재하는 세상에,

아무것도 아닌 존재도 하나 정도는 있을 법하지 않은가.

아무것도 아닌 존재라 해도 그저 살아갈 이유는 있다.

아침에 말간 해를 뜨는 것을 보며 일어나고

밤에 밝게 빛나는 거울 같은 달을 보며 잠들고

여름에는 물에 풍덩 빠지고 싶다 생각하고

겨울에는 뜨뜻한 아랫목에서 잠들고 싶다고 생각하고

그저 그렇게 살다가 무엇이 되고 싶다 생각하면

그것으로 되지 않을까.

아무것도 아니라는 것은

곧 무엇이든 될 수 있다는 것이다.

존재하다

『1. 스스로.』

세상에 정해진 법은 없다.
만약 있다면 그것은 자기가 세운 잣대에 불과하다.

사람들은 스스로가 선택을 하고 있다고 믿는다.
하지만 대개는 어쩔 수 없는 선택에 불과하다.

내가 이 책을 쓸 때 가장 곤혹스러웠던 점은,
하얀 백지를 처음으로 마주했을 때다.
처음은 늘 두렵기에 망설여지고 겁이 났다.
하지만 모든 일이 그렇듯이, 시작하기만 하면 의외로 별 거 아닐 수도 있다.

해가 아침에 뜨고
저녁에 지는 것처럼
달이 주변을 돌고
지구가 태양을 도는 것처럼
푸른 새싹이 돋고 생명이 죽는 것처럼
반드시 내일이 오리라
의심하지 않는 것처럼
나는 내가 될 수 있음을 의심하지 않는다.

남을 믿는 것보다 어려운 것은
자기 자신을 믿는 것이다.
해라. 당연한 것처럼.
살아라. 필사적으로.
웃어라. 제일 행복하게.

나아가라. 뒤는 없는 듯이.
즐겨라. 이 세상 모든 것을.
내일 죽어도 후회 없을 오늘을 사는 것은 힘들지만
오늘 죽어도 후회 없을 오늘을 사는 것은 쉽다.

살다

『3. 소설가.』

영원히 꿈을 꾸고
그 꿈을 실로 잣고
하나의 형체를 만든다.

그렇다.

소설가는 꿈을 잣는 자다.

플롯 Ⅲ - 그 곳에 꿈이 있었다

등장인물

신마루: 이 소설의 여주인공,
17세의 발랄한 소녀로
현재 꿈을 찾기 위해 노력중.

정푸른하늘: 마루의 친구. 만능재주꾼
이다. 마루를 옆에서 도와준다.

깜냥이.

유아라: 마루의 친구.
조용하고 차분한 성격. 친구들을
무척 아낀다.

이가람: 마루의 앙숙. 씩씩하고
목표가 확실하다.
오지랖이 넓은게 흠이라면 흠.

난 언급도 없었는데ㅋ

나 나쁜 여자 아님ㅋ.

마루 부모님.

최아람: 마루의 담임선생님.
담당과목은 역사.

안선생님: 마루의 부활동의
고문선생님. 인상이 희미한 편.

교장선생님.
본명은 서태훈, 별명은 몽구리.

교감선생님.
본명은 정명석.
별명은 허당.

『하늘을 바라보면 정신이 아득해지곤 했다. 발밑에는 아무것도 없는 것처럼 휘청휘청했다. 곧 이 지상에서 떨어질 듯이. 발밑을 바라보고 나서야 안심을 하곤 했다.

그랬다. 그런 의미였다. 지금도 나는 종종 하늘을 바라보곤 한다.

이 지상에서 내가 서 있을 곳이 없다고 느낄 때에.』

*

'넌, 애가 도대체 왜 그러니! 할 줄 아는 것도 없고! 네가 하고 싶은 게 있기는 한 거니? 내가 정말 너 때문에 답답해서 못 살겠어!'

차갑게 내려치는 매서운 질타에, 나는 어깨를 움츠렸다. 원망, 짜증, 분노 , 그 모든 걸 담은 듯한 차가운 시선에 나는 아무 말도 할 수 없었다. 하지만 엄마, 나에겐 아무 것도 보이지 않는걸. 컴컴하고 아득한 저 어둠만이 내게 보이는 걸. 빛을 원해. 저 어둠을 밝히는 반짝거리는, 그 빛을 원해.

"하아, 하아!"

거친 숨소리가 여지없이 터져 나왔다. 싱그러운 푸른 가을 하늘 날. 언제고 고개를 들어보면 새파란 빛깔을 마주할 수 있어서 내가 가장 사랑하는 계절, 가을. 슬그머니 흘러내린 땀방울을 손으로 훔쳐 내며 나는 달리고 또 달렸다. 시계를 보니 채 5분도 남지 않았다. 자랑스러운 대한민국의 학생으로서 지각은 용서되지 못할 것이다.

아, 그러고 보니 내 소개를 미처 하지 못했다. 내 이름은 신마루, 하늘이란 뜻이다. 무슨 큰 뜻을 가지고 있는 건 아니고 그저 어머니가 마음에 든다는 이유 하나로 지어졌다. 내 팔자가 그렇지 뭐. 나이는 풋풋하고 꿈 많은 열일곱의 소녀로 하얀나래고등학교에 재학 중이다. 한가롭게 이런 이야기를 하는 것도 잠깐, 정말 지각하기 일보 직전! 어쩔 수 없었다. 지름길을 이용하는 수밖에. 빙빙 돌아 갈 거리를 지름길로 가면 1분밖에 걸리지 않는다. 하지만 가장 큰 방해요소가 있으니!

"헥, 헥……. 크릉."

저기 저 크고 검은 개를 보라. 노란 눈알을 부라리며 사냥감을 찾는 저 눈길. 하지만, 오늘은 결코 지지 않으리라! 나는 굳은 결심을 하고 한 발을 디뎠다. 그러자 툭, 하고 나뭇가지가 부러지는 소리와 함께 그 녀석의 고개가 번개같이 이쪽을 향했다. 이런, 온다!

"왕!"

"으갸아악!"

내가 그토록 사랑하는 나의 푸른 하늘이, 지금 이 순간만큼은 노랗게 보였다.

한참동안이나 깜냥이(그 개의 이름이다. 귀엽지 않니? 라고 깜냥이의 주인은 웃으면서 내게 말했다. 참고로 깜냥이는 거의 송아지만한 크기의 거대한 개로 노란 눈알이 벌겋게 충혈 되어 있어서 솔직히, 많이 무섭다.)에게 붙잡혀서 그 녀석의 장난감이 되어야 했던 나는 결국 지각하고 말았다. 나는 내 앞에서 눈이 부시게 웃으시는 분을 똑바로 바라볼 수 없어 하늘만 멀거니 쳐다보았다. 생글 생글 웃으며 왠지 모를 위엄을 풍기시는 담임선생님. 성함은 최아람, 담당 과목은 역사다.

"마루야, 굳이 네 이름을 되새기려 하늘을 바라볼 필요는 없단다. 선생님을 봐야하지 않겠니?"

"오늘따라 제 자신을 무척 찾고 싶어져서요. 인간은 어디서 오는 걸까요?"

"나는 인간이 어디서 오는 것보다 너의 그 두둑한 배짱이 어디서 오는지 알고 싶구나."

"그건 저도 답해드릴 수 없는 문제라고 생각합니다."

"죽고 싶은가 보구나."

웃으면서 던지시는 말씀에 나는 무릎이라도 꿇어야하나 깊은 고민에 빠졌지만 선생님은 내 머리를 가볍게 찰싹 때리시면서 나에게 너무나 과중한 업무를 안겨 주셨다. 억울한 마음도 잠깐, 선생님의 단호한 시선에 나는 군소리 없이 교무실 문을 닫고 나왔다. 나오자마자 보이는 해맑은 얼굴 둘. 나는 너무나 환한 그들의 얼굴에 한숨을 쉬었다.

"너희들은 화장실 청소를 일주일이나 맡게 된 친구가 불쌍하지도 않냐?"

"그게 다 너의 과업인 것을 어찌하겠니?"

"웃으면서 말해봤자, 별로 위로가 되지는 않아."

나의 투덜거림에 생글생글 웃으며 말하는 정푸른하늘. 그야말로 못하는 게 없고 잘나신 나의 황송하기 짝이 없는 친구다. 반면에 조용히 옆에서 눈웃음 짓는 녀석은 유아라. 겉으로는 약해 보이지만 가끔 이 녀석이 제일 무섭다. 아라는 조용히 걸어와 내 어깨에 살포시 손을 얹고 위로하듯 톡톡 두드렸다.

"힘내. 화장실청소도 해 볼만 할지도 몰라."

"그 말이 무척 위로가 되네요. 바다양."

바다란 뜻을 가진 아라는 그저 조용히 웃었다. 하지만 조용히 올라가는 손을 보건대 이대로 가다간 한 대 맞을 듯싶어 재빨리 푸른하늘의 뒤에 숨었다.

"그냥 오는 게 좋을 텐데."

"그래, 그냥 가라. 발버둥치지 말고."

아라가 조용히 웃으며 손을 까닥였고 푸른하늘은 어깨를 으쓱이며 귀찮다는 듯이 나를 쳐다보았다. 이 매정한 것들. 배신당했다는 표정을 지으며 뒤로 물러서다가 누군가의 발을 밟았다. 나는 서둘러 몸을 돌려 미안하다고 사과하려 했다.

"죄송합……."

"미안한 줄 알면 저리 좀 가주시지. 만년지각생 신마루."

살짝 고개 숙인 나의 머리 위로 빈정거리는 말들이 내려 꽂혔다. 흘러나오던 사과의 말을 모두 주워 삼키고픈 기분이다. 빈정대듯 말하는 이 얄밉고 재수 없는 녀석은 이가람. 유치원 때부터 지금까지 같은 학교를 다닌 제발 끊고 싶은 질긴 악연이다. 나는 매섭게 눈을 부라리며 소리쳤다.

"내가 뭐 만년지각생이야!"

"그럼 아니냐?"

어처구니없다는 듯이 어깨를 으쓱이며 말하는 이가람은 정말이지 꼬집어주고 싶을 정도로 얄미웠다. 하지만.

"맞아. 한 달에 지각 안 한 것보다 한 게 더 많으면서."

"응. 일주일에 거의 4번이상이지."

뒤에서 들려오는 목소리에 나는 더더욱 큰 상처를 받았다. 어떻게 너희들까지 그럴 수가 있니! 정말 너무해! 나는 부들부들 떨며 획 돌아섰다.

"다들 너무해!!"

뒤에서 들려오는 킥킥거리는 웃음소리를 뒤로 하고서.

"아직도 화났냐? 화 풀어라."

"흥!"

장난스러운 푸른하늘의 목소리에 나는 흥, 하고 콧방귀를 꼈다. 하필이면, 이가람 앞에서 그러다니! 나, 정말 상처받았다고. 하지만 이윽고 들려오는 말에 나는 하늘이에게 달려갈 수밖에 없었다.

"케△로 초코크림빵 사왔는데, 마루가 안 먹으면 누가 먹지?"

"뭐, 진짜?"

이 세상에서 내가 제일 사랑하는 나의 케△로 초코크림빵! 나는 초롱초롱한 눈길로 푸른하늘을 바라봤다. 옆에서 아라가 웃으며 손에 들린 걸 흔들었다. 아니, 저것은! 초코우유!

"이거 줄게. 화 풀어, 응?"

"응! 화 풀게!"

나는 뺏듯이 푸른하늘과 아라의 손에 있는 것을 받았고 푸른하늘의 '저런 단순한 자식' 하는 목소리가 들려왔지만 아랑곳하지 않았다. 아, 행복해! 거의 다 먹어

갈 쯤에 '디리리링' 하는 종소리가 들려왔다. 나는 빵가루를 털며 쓰레기통에 빵 봉지와 우유팩을 버렸다. 이제 가을이라 누렇게 익은 교정의 풀들을 지그시 밟으며 우리는 교실로 돌아갔다.

"그럼, 좀 있다 봐."

"응, 수업 잘해."

나와 푸른하늘은 같은 1반이고 아라는 3반이다. 맨 창가의 넷째 줄에는 내가, 바로 옆에는 푸른하늘이 앉았다. 그러니까 이번 시간이 가정이던가. 교과서를 꺼내놓자 푸른하늘이 갑자기 무언가를 불쑥 내밀었다.

"아, 참. 깜박했다. 오늘 아침에 나눠줬어. 내일까지 가지고 오래."

뭐지? 나는 고개를 갸웃했다. 바스락, 거리며 흰 종이가 눈에 들어왔다. 그 텅 빈 종이 맨 위에 검게 프린터 된 글자. 진로희망조사서. 그 글자를 본 순간, 온 세상이 새하얗게 변해버렸다. 그 새하얀 세상에 존재하는 것은 오직 울고 있는 나뿐. 아득해져가는 정신 속에서 나는 겨우 생각을 떠올렸다. 그리고 그 날의 기억.

아아, 하얗게 변해 버린 세상은 꼭 그 날을 닮았구나. 시리게 푸른 하늘과 하얗게 얼어붙은 세상. 그리고 어리고 어렸던 그 날의 나. 방황하며 어쩔 줄 몰라 하던, 나.

그 날, 하늘마저 기묘했던 그 날. 저 끝에서 붉게 타오르는 하늘과 어둠에 잠식당하며 검푸르게 빛나던 하늘이 있었다. 그 두 하늘이 만나는 지점에서 샛별처럼 타오르는 별. 하얀 입김이 부서져 폐부를 얼리듯 지나가는 찬바람. 하얗게, 하얗게 얼어드는 손가락을 부여잡으며 얼마 안 되는 온기에 기대 나는 걷고, 또 걸었다.

모든 일이 그렇듯이 분명 사소한 일이었을 것이다. 하지만 그 사소한 일이, 조금씩 벌어지던 틈새를 비집고 들어와 상처를 벌리고 피를 흘리게 했다. 비명도 안 나오는 아픔에, 내가 할 수 있었던 일은 오직 그 장소를 벗어나는 것뿐. 누구에게 말할까, 이 아픔을. 누가 이해할 수 있을까, 이 쓰림을. 눈물이 조금씩 흘러나와 하얗게 얼어붙어 뺨 위로 떨어져 내렸다. 아아, 눈이 내린다. 내 볼에만 눈이 내린다. 나는 사람들과 섞여 정처 없이 발걸음을 옮겼다. 그 때였다. 자그맣게 들려온 그 소리. 평소 때였다면 아무 의미 없었을 그 소리. 하지만 그 때였기에, 그 장소, 바로 그 순간이었기에. 나의 심장을 울리고 내 상처를 덮은 그 말들.

'존재만으로도 빛나는 순간이 있다면 어떨까요. 단지 거기에 있어주는 것만으로도 감사하고 눈물 날 정도로 기쁜, 그런 순간이 있다고 저는 믿어요. 꼭 무언가를 해야 할 필요는 없어요. 꼭 무언가가 되어야 할 필요도 없어요. 그저, 단지 거기에 있어주면 되지 않나요? 조금 힘들 때. 푸른 하늘보다 슬픈 저녁노을이 더 그리울 때. 하얀 눈송이보다는 추적추적 내리는 비가 보고플 때. 그 모든 순간에 그저 누군가가 곁에 있어서 웃어 준다면 참 좋을 것 같은, 그런 순간이 있다고요. 평범한 일상 속에서도 변화는 있습니다. 너무 슬프고 힘이 들어도, 아주 작은 기적에 감사하는 그 순간이 있어요. 평범하게 살아가고 평범하게 울고 웃으며 그렇게 살아가다가 언젠가는 빛을 만나게 될 거라고, 저는 생각해요. 모든 상처받은 이를 위하여 제 책을 바칩니다.'

나도, 그런 존재가 될 수 있을까. 나도, 그런 순간을 가질 수 있을까. 아무것도 하지 않아도, 아무것도 되지 않아도 좋다고 말해 줄 그런 사람을 만날 수 있을까. 내가, 그런 사람이 될 수 있을까. 빛을 뿜는 TV 브라운관 속에서 중년의 여인은 부드럽게, 그러나 별빛을 담은 검은 눈동자로 말하고 있었다. 하얀 구름이 떠가는 푸른 하늘의 배경을 뒤로 하고, 그 사람은 참으로 꿈같은 이야기를 했다. 아득하고 아름다워서 너무나 믿고 싶은, 그런 따스한 이야기. 허겁지겁 지나가는 밑의 자막이 그녀의 화려한 경력을 말하기 바빴다. 유일하게 잡을 수 있던 것은 그녀의 이름, 세 글자. 하지만 나는 그것만으로도 구원받은 기분이었다.

하얗게 얼어붙던 세상 속에서 나를 구원해준 당신을 잊지 않을게요. 그저 그런 말 한마디이지만, 단지 그 뿐이지만, 나는 구원받았으니까. 하얗게 언 이 손에 닿은 유일한 온기.

돌아오는 길에, 왠지 모를 상실감과 안도감에 하염없이 울었다. 누군가에게 버려진 듯이 서럽게, 서럽게 울었다. 울음을 삼키며 생각했다. 저 아득한 컴컴한 그곳에서 반짝일 빛을 찾을 수 있을 것 같았다. 언젠가, 그 빛을 찾으면, 절대로 놓치지 않을 거야.

나는 울면서 한 그 맹세를 아직도 잊지 않았다.

"마루야! 야, 신마루!"
"응? 으응?"
나의 영혼이, 저 아득한 그 날을 날아다니던 영혼이 갑작스럽게 흔드는 손길에 현실로 돌아왔다. 제일 먼저 보이는 것은 걱정스러운 눈동자. 작게 소곤거리는 목소리에 나도 모르게 웃으며 대답했다.
"괜찮아."
"정말로? 괜찮은 거 맞지?"
"응."
걱정 많은 나의 친구. 하지만, 나는 정말 괜찮아. 푸른하늘은 걱정스러운 눈길로 쳐다보다가 이내 손을 들어 내 머리카락을 헝클어트렸다. 어깨에 겨우 닿을 정도의 짧은 길이 내 머리카락은 금세 엉망이 되었다. 작게 눈을 흘겼지만 푸른하늘은 쿡쿡 웃으며 고개를 돌렸다. 곧 진지하게 수업에 빠져드는 모습은 우등생다웠다. 나는 씁쓸하게 웃었다. 그런 너를 내가 얼마나, 얼마나 부러워하는지 너는 모를 거야. 너무나 부러워서 질시할 마음도 들지 않는 나의 친구. 얼굴도 예쁘고 날씬한데다가 성격도 좋다. 목표도 확실해서 그 목표에 착실하게 나아간다. 꿈이 패션 디자이너라서 좋은 성적 때문에 반대했던 부모님, 선생님과 싸워서 결국 이긴, 대단한 나의 친구. 너는 너무나 빛이 나서 옆에 있는 내가 너무 초라해져. 꿈조차 품에 가지고 있지 않은 나와는 너무 달라서. 목표를 향해 달려가는 네가 너무 부러워서.

하지만, 나는 손을 꽉 쥐었다. 나도 노력할 거야. 너의 친구로서 모자람이 없도록, 나도 착실하게 한발자국 나아 갈 거야. 나는 기지개를 쭉 폈다. 시원섭섭한 감정이 가슴 속에서 피어올랐다. 성장한 느낌.

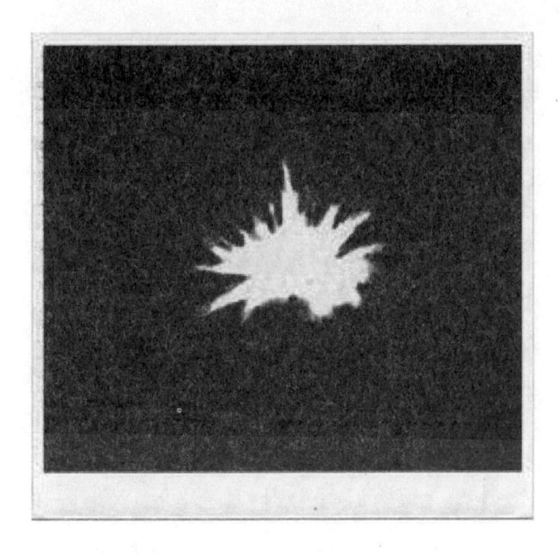

*

빛을 원해. 이 어둡고 컴컴한 곳을 밝혀 줄 수 있는 유일한 빛을 원해. 어린아이처럼 내가 울며 소리쳤다. 그러자 저 가슴 속 어딘가에서 누군가가 속삭였다.

'너는 이미 가지고 있단다.'

기다리고 기다리던 점심시간. 오늘도 반찬에 대한 투정을 늘어놓으며 즐겁게 식사를 했다. 거의 식사가 다 끝날 무렵, 하늘을 멍하니 바라보고 있던 푸른하늘이 문득 말을 꺼냈다.

"벌써 10월 중순이구나."

"응? 그러네. 이제 완연한 가을이야."

나는 고기반찬에 열중해 있었으므로 아라가 대신 고개를 끄덕이며 대답했다. 천천히 고개를 끄덕인 푸른하늘이 문득 눈을 반짝였다.

"아! 맞다, 들었어? 10월 말에 축제를 하잖아. 축제 마지막 날에 좀 특이한 걸 한다던데? 뭐, 자기 PR의 시대라나, 뭐라나 하면서."

"아아. 그런 말을 들은 것 같기도 하네. 확실히 정해진 건 아니지만."

푸른하늘과 아라의 대화를 들으며 나는 그런가보다 하고 고개를 끄덕였다. 하늘이는 성격도 시원시원해서 인기도 많고 오지랖도 넓고 행동력도 뛰어나서 여기저기 소문을 많이 듣는 편이었고 아라는 학생회의 임원이었다. 난, 뭐, 보다시피 아무 것도 아니다. 밥을 다 먹고 일어나 식판을 식판대에 밀어 넣고 나자, 푸른하늘이 갑자기 어깨동무를 해왔다.

"점심 먹고 나서, 5, 6교시는 특별활동시간인거 알지? 크크크, 식물 잘 돌보시게, 신마루양."

"아아, 가람이도 함께였지? 후후후, 잘해 봐."

장난스러운 푸른하늘과 아라의 말에 나는 크게 한숨을 내쉬었다. 정말 한심한 일이었다. 책을 좋아했던 나로서는 정말 독서부에 들고 싶었다. 하지만 의외로 경쟁이 치열했던 터라 결국 못 들고 말았다. 왠지 의욕이 없어진 나는 상실감에 고개를 푹 숙이고 있다가 문득, '책사랑부' 라는 말을 들었다. 내게는 정말 그렇게 들렸다. 나는 자신감에 넘치는 태도로 손을 번쩍 들었다. 하지만 이게 웬걸. 사방이 조용한 채 나만 손을 번쩍 든 게 아닌가. 살짝 이상한 시선이 신경 쓰였다. 게다가 아무도 없나, 하고 고개를 돌려보니 이가람이 나를 못마땅한 표정으로 바라보면서 손을 들고 있는 게 아닌가. 이상하다, 이상하다 생각하고 있었는데 쉬는 시간이 하늘이가 고개를 갸웃거리며 물었다.

'네가 식물 좋아하는지 몰랐다.'

'뭐, 딱히 좋아하지는 않는데?'

'응? 너, 식물사랑부에 들었잖아. 하루 종일 식물만 쳐다보는 이상한 부라면서 자기 입으로 말해놓고 왜 그 부에 들어간 거야?'

'!'

그리하여, 나는 나 스스로의 멍청함으로 인해, 이름도 괴상한 식물사랑부에 들고 만 것이었다. 그리고 열심히 모종을 심기 위하여 열심히 삽질을 하고 있는 중이었고.

팍팍! 나는 작은 모종삽을 들고 조그마한 화분을 들고 삽질 중이었다. 궁시렁대는 나와 달리 옆에서 이가람은 진지한 표정으로 식물을 심고 있었다. 그러고 보니 좀 의아한 일이었다. 저 녀석이 식물을 좋아했었던가? 나의 시선을 눈치 챘는지 못마땅한 시선으로 나를 쳐다보는 이가람.

"뭐야?"

"아, 아무것도 아니야."

"뭐야, 싱겁게. 그보다, 삽질 좀 제대로 해라. 영 엉망이잖아. 자신 있게 손을 든 것치곤 일을 너무 못하는데?"

차마 실수라는 말이 안 나온다. 말했다간 더 심한 조롱이 터져 나올 것 같아서 차마 입을 못 떼고 우물쭈물하던 중에 누군가의 인척이 느껴졌다.

"야아, 열심히 하고 있구나. 정말 감격스러운 일이야."

저기, 선생님. 좀 부담스러운 시선이거든요? 나와 이가람은 부드러운 인상의 소유자인 선생님이 초롱초롱한 눈빛을 하고 쳐다보자 좀 어색한 표정을 지으며 하던 일에 몰두했다. 연한 갈색머리를 가지런히 뒤로 묶은 , 이 이상한 이름의 부의 고문이신 안선생님은 남자임에도 불구하고 무척 희미하고 가녀린 인상이었다. 어라, 그러고 보니 안선생님 이름이 뭐였더라?

"그럼 애들아, 열심히 하렴. 선생님은 잠시 내려가 보마."

"네에."

참고로 이 부의 교실은 옥상이었다. 푸른 하늘이 바로 위에 펼쳐져 있다는 것은 마음에 들었지만 이건 너무 황당하지 않은가. 교실이 어디냐는 말에 안선생님이 환하게 웃으며 데려와주신 곳이 옥상이라는 걸 알았을 땐 정말. 그리고 옥상 위의 무수한 모종을 바라보며 발그레 볼을 붉히실 때는 정말 옥상에서 뛰어내리고 싶은 기분이었다. 잠깐 그것을 회상하며 하늘을 바라보고 있던 나의 뒤통수에 퉁명스러운 목소리가 꽂혔다.

"어이, 쉬지 말고 일 해."

"잠깐 고개를 젖힌 것 가지고 뭐라 그러니? 남자가 좀생이같이……."

"뭐라고 했어?"

다행히 뒷말은 들리지 않았나 보다. 흘끔 옆을 보자, 이가람이 땀을 훔쳐내며 일에 열중하고 있었다. 선명한 가을날이었지만 대낮은 아직 더웠다. 매사에 시큰둥한 녀석이 진지한 모습을 보이니 영 낯설었다. 뚜욱 떨어지는 땀방울과 진지한 눈빛.

"식물 좋아해?"

"응?"

나는 나도 모르게 입을 열어 묻고 말았다. 열중하는 모습이 보기 좋았던 탓일까. 악! 내가 무슨 생각을. 입만 열면 시비 걸 줄밖에 모르는 저 녀석을 좋게 생각하다니. 속으로 자책하고 있는 나와는 달리 그 녀석은 의외로 진지하게 고개를 끄덕였다. 땀을 셔츠에 대충 닦은 녀석은 피식 웃으며 말했다.

"어렸을 때부터 식물 기르는 게 좋더라. 눈에 띄는 변화가 보이는 건 아니지만, 어느 날 문득 봤을 때 쑥쑥 자라있는 걸 보면 기분이 좋았어. 무언가를 키운다는 게 시간이 지날수록 뭐랄까, 무척 대단한 일처럼 느껴져서. 이 조그만 녀석도 힘을 내서 이렇게 크는구나, 자라는구나, 살아가는구나. 그런데 그게 내 손에 달려있다니. 생각할수록 짜릿한 기분이기도 하고. 그래서 생명을 더 소중히 여기고 싶어져……. 내가 도대체 너한테 무슨 소리를 하고 있는 건지 모르겠다."

내가 알고 있는 이가람이 맞는 걸까 싶을 정도로 진지하게 말하던 녀석은 끝에 가서 콧잔등을 찡그리며 투덜거렸다. 하지만 귀가 온통 새빨개져 있는 게 귀여웠다. 아니, 저 덩치 큰 녀석—이가람은 176 정도인데 저 녀석 아버지가 커서 더 클 게 분명하다. 본인 입으로는 한창 크고 있는 중이란다—이 귀엽다고? 정말 제 정신이 아니구나, 나도. 한참을 묵묵히 일하던 우리는 누가 먼저랄 것도 없이 입을 열었다.

"저기, 저……."

"있잖아."

이건 또 무슨 상황? 나는 멍하게 입을 벌리고 눈만 끔뻑였다. 머쓱한 건 이가람도 마찬가지였는지 목을 긁적였다.

"너 먼저 말해."

앗, 선수를 빼앗겼다. 어딘가 퉁명스러운 한 마디에 나는 눈만 깜빡이다가 조심스럽게 입을 열었다.

"저기, 너도 꿈이 있어?"

"꿈? 뭐야. 당연히 있지. 나는 생명공학을 연구하는 사람이 되고 싶어. 유전공학도 괜찮아. 안되면 꽃가게도 괜찮고. 하지만 이왕이면, 연구원에 들어가서 연구하는 사람이 되고 싶어."

콧잔등을 찌푸리며, 환하게 웃는 녀석은 정말로 눈이 부실 정도로 당당했다. 어렸을 때부터 알고 지내왔던 녀석이 맞기는 하는 걸까? 늘 장난만 치고 놀리기나

히던, 그 녀석이 맞는 걸까? 하긴 저 녀석이 어렸을 때부터 진지한 구석이 있긴 하지. 좀 똑똑하기도 하고. 나는 왠지 좀 우울해졌다. 다들 나만 놔두고 멀리 가버리는 구나. 다들 작거나 크거나 꿈을 가지고 있는데, 나는 왜 이렇지? 하다못해 뭔가 하고 싶은 거라도 있으면 좋을 텐데. 내가 축 쳐진 게 느껴진 건지, 가람이 드물게 당황해 했다.

"응? 뭐, 뭐야? 괜찮냐? 갑자기 왜 그래?"

"아, 아니 그냥."

문득 눈물이 왈칵, 쏟아졌다. 아, 울려던 것은 아닌데. 갑자기 왜 이러는 걸까. 그런데 내가 눈물을 보이자 더욱 당황한 것은 이가람이었다. 창백해진 채 어쩔 줄 몰라 하는 꼴이란. 허둥거리는 꼴이 바보 같아서 웃음이 비죽 비어져 나오려던 찰나였다.

"얘들아, 더웠지? 선생님이 차가운 녹차를 타왔는데……. 무슨 일 있었니?"

갑자기 문을 열리며 환한 웃음과 함께 등장한 안선생님. 그리고 흐르는 묘한 침묵. 나는 왠지 당황스러워져서 뭐라 말을 못하고 있다가 결국 일어나서 도망쳐버렸다.

마루가 뛰쳐나가버린 후, 안선생님과 이가람, 둘만 남아있는 상황. 가람은 당황스러워하다가 땀을 삐질 흘렸다.

"그럼, 선생님 저도 이만."

덥석. 아, 제기랄. 가람은 속으로 작게 투덜거렸다. 가람보다 조금 더 큰 안선생님이 조용히 웃으며 말했다.

"자네는 해명을 해야 되지 않겠나?"

가람은 그저 어색하게 웃을 뿐이었다.

아, 어떻게 하지. 선생님이 오해하실 텐데. 그리고 이가람한테는 어떻게 말한담? 나도 그렇지, 어떻게 울 수가 있담. 그런 상황에 말이야. 나는 무작정 내려 왔다가 다시 올라갈 생각을 못하고 3층에 서성거렸다. 그러다가 어느새 종이 쳤는지 왁자지껄 시끄러운 소리가 들려왔다.

"마루야, 거기서 뭐해?"

"교실로 안 돌아가?"

이크, 나는 나도 모르게 어깨를 움츠렸다. 푸른하늘과 아라의 목소리였다. 어떻게 하지, 아직도 눈가가 빨간데. 나는 고개를 돌아볼 생각을 못하고 결국 그대로 도망쳐버렸다. 뒤에서 나를 부르는 소리가 들려왔지만, 에라 모르겠다. 지금은 마주치고 싶지 않아. 미안해, 얘들아.

누가 쫓아올세라 성급하게 뛰어가는 마루. 그런 그녀를 바라보면서 푸른하늘과 아라는 눈만 깜빡였다. 분명, 잠깐 봤던 얼굴로는…….

"어떻게 생각해?"

"글쎄, 원인은 분명하지 않을까?"

푸른하늘과 아라는 서로를 바라보며 고개를 끄덕였다. 한편, 가람은 손에 묻은 흙을 털며 계단을 내려갔다. 흰 장갑을 끼고 일했음에도 불구하고 흙이 묻어있었다. 하아, 가람은 자기도 모르게 한숨을 내쉬었다. 그런 이상한 상황을 만들어놓고 도망치다니. 도대체 왜 운거야? 덕분에 가람은 10분 내내 안선생님에게 시달려야 했다. 왜 몇 번이고 말해도 믿어주지를 않는 건지.

"호오, 이제 내려오시나. 이가람군."

가람은 문득 들려오는 목소리에 흠칫, 고개를 돌렸다. 낯익은 목소리에 설마, 했지만 역시나. 생글생글 웃고 있는 푸른하늘과 옆에서 조용히 서있는 아라. 아아, 날 좀 내버려둬. 안선생님한테 시달린 것도 모자라서 또 저 녀석들한테 시달려야 하다니. 정말 너무하는군.

"난 할 말 없어."

"뭔가 있기는 한가 보다? 아직 나는 아무 말도 안했는데 말이야."

제길, 역시나 만만찮다. 신마루녀석은 그렇게 어벙한데 친구는 왜 이런 거야? 가람은 심호흡을 크게 한 다음, 천천히 입을 열었다.

"난 정말 할 말 없어. 그러니까 저리 비켜."

"안 되겠는데. 우리는 마루가 왜 울었는지 꼭 알아야 하겠거든."

그건 나도 알고 싶은 일이야. 작게 투덜거린 가람은 그저 입을 꾹 다물고 푸른하늘을 바라봤다. 푸른하늘은 한번 씩 웃고는 정색을 했다. 불현듯 보이는 정색된 표정. 저거 진짜 무섭단 말이지.

"얘가 점심시간까지 멀쩡했어. 그렇다면 특별활동시간에 무슨 일이 있었다는 거겠지. 설사 너한테 직접적인 이유가 없다고 해도, 자초지종은 들어야 되지 않겠어?"

말 한번 잘하네. 가람은 작게 꿍얼거린 뒤 마루와 나눈 얘기를 짤막하게 늘어놓았다. 조용히 듣고 있던 푸른하늘과 아라는 동시에 한숨을 내쉬었다. 이 반응은 또 뭐야?

"알 만하군. 그래, 얘기해 줘서 고마웠어."

푸른하늘은 살짝 고개를 젓더니 손을 흔들며 등을 돌렸다. 아라도 옆에서 살짝 고개를 숙였다. 어이, 그게 끝이야?

"자, 잠깐. 그 녀석이 왜 운건데?"

"알고 싶어? 왜?"

그렇게 직설적으로 묻다니. 가람은 속으로 작게 투덜거린 후 짐짓 푸른하늘을 노려봤다. 그래봤자 꿈쩍도 안하는 녀석이긴 하지만.

"난 그 녀석 때문에 정신적인 스트레스를 꽤나 받았단 말이야. 들을 권리가 있다고 생각하는데?"

"뭐, 본인 이야기를 함부로 떠벌리는 성격은 아니라서 말이야. 굳이 이야기하자면…… 자격지심 같은 거랄까. 그 녀석, 꿈이 없다고 요즘 좀 우울해 하거든. 딱히 정확히 얘기는 안하지만 눈에 보이니까. 고민하는 게." 넌 참 반짝거리는구나. 검은 눈동자에 별빛을 가득 담고 이야기하는 그 아이, 마루가 더 반짝거린다고 하늘은 생각했다. 그 눈동자가 슬픔과 부러움을 담고 자신을 바라보면 하늘은 잘못한 것도 없는데 괜스레 미안해지는 기분이었다. 하지만, 너도 나아가야 하잖니. 내가 내려갈 수는 없는 거잖아. 같이 성장해야 되는 거잖아. 친구니까. 친구니까.

하늘은 괜히 씁쓸해지는 기분이었다. 옆에서 아라가 조용히 손을 잡아주었지만 하늘은 고개를 저었다. 뭐, 그래도 믿어. 언젠가는 마루가 내 앞에서 나에게 따라오라고 손짓하는 그 날이 올 거라는 것을.

"뭐야, 그게! 말도 안 돼."

"응?"

푸른하늘은 고개를 갸웃했다. 늘 시큰둥한 표정으로 기뻐하는 일도 별로 없지만 화내는 일도 별로 없는 이가람이, 드물게 분노하는 표정으로 씩씩거리고 있었던 것이다. 저 녀석은 또 왜 저래? 번쩍 고개를 드는 녀석의 얼굴은 정말 분노로 가득 차 있어서 푸른하늘은 움찔했다. 결국 왜 그러냐고 말하기도 전에 가람은 거친 걸음으로 그녀들을 지나쳐 가버렸다.

"저 녀석은 왜 저러는 거야, 갑자기?"

"그러게. 마루가 또 무언가를 건드린 거 아닐까? 마루 특기잖아, 그거."

생긋 웃으며 말하는 아라의 말에 푸른하늘은 그저 어깨를 한번 으쓱였다. 하긴, 마루가 고의로 그러는 건 절대 아니지만 속 뒤집는 건 정말 탁월하게 잘하지. 잠깐 고민하던 푸른하늘은 그냥 아라의 손을 잡고 교실로 걸어갔다. 둘이서 잘 해결하겠지, 뭐.

"하아……."

나는 무릎에다 턱을 올리며 한숨을 내쉬었다. 7교시 내내 자는 척하며 하늘이의 눈초리를 피했다. 예상과 달리 하늘이는 그저 작게 혀를 차더니 나에게 말을 걸지도, 화를 내지도, 추궁을 하지도 않았다. 그게 더 씁쓸한 이유는 뭘까.

쓰레기통을 비우는 당번이라 교실청소까지 다 마친 후 쓰레기통을 질질 끌며 소각장까지 다녀왔지만 차마 교실을 들어갈 용기가 없어서 교정의 풀밭에 주저앉았다. 하늘은 푸른 물이 뚝 떨어질 것만 같이 선명한 색을 빛내고 있었고 운동장에는 남자아이들이 축구를 하고 있었다. 정말 지치지도 않는구나, 남자애들은.

멍하니 바라보고 있자, 낯익은 얼굴이 눈에 띄었다. 이가람이었다. 땀을 흘리며 소리치고 뛰어다니는 녀석은 정말 생기가 넘쳤다. 골이 성공했는지 펄쩍펄쩍 뛰며 난리도 아니었다. 그 자신감 넘치는 얼굴을 보고 있자니 꿈을 말하던 당당한 그 녀석이 떠올라서 더욱 시무룩해졌다. 다들 반짝반짝하구나.

이제 슬슬 일어나야지, 생각하고 있던 가운데 이가람이 문득 나를 쳐다봤다. 그늘진 곳에 앉아있어서 보기 힘들었을 텐데, 대단하네, 하고 멍하니 생각하고 있었는데 그 녀석이 잠깐 주변에 뭐라고 얘기를 하더니 갑자기 나에게 달려오기 시작하는 게 아닌가. 뭐, 뭐지? 당황하고 있는 찰나에도 이가람은 빠른 속도로 내게 가까워져왔다. 뭐라고 소리치는 것 같기도 했다.

"야, 너……!"

그리고 나는 쓰레기통을 끌어안고 뒤로 냅다 달렸다. 뒤에서 당황하며 소리치

는 고함소리가 들려왔다

"야, 신마루! 너 왜 도망치는 거야!"

"모, 몰라! 너야말로 왜 쫓아오는 거야?!"

나도 내가 왜 이렇게 도망치는지 모르겠다. 하지만, 하지만 왠지 도망쳐야 될 것 같은 기분이야. 하지만 우월한 다리길이 차이와 체력차이는 극복할 수 없었다. 게다가 나는 달리기가 그렇게 빠른 편도 아니었으므로 곧 우악스러운 손길에 붙잡히고 말았다.

"야, 너, 죽을래?"

"쫓아오니까, 당연히 도망치지!"

숨이 찬지, 짧게 끊어서 말하는 이가람은, 솔직히 좀 무서웠다. 하지만 신마루 17년 인생, 키운 건 배짱밖에 없다 이거야! 나는 속으로 떨면서 짐짓 크게 외쳤다. 하지만 역효과였나 보다. 이가람은 그 큰 손으로 내 머리를 사정없이 꾸욱 꾸욱 눌렀다.

"이게, 도망쳐 놓고도 큰 소리야?"

"으악. 아파, 아프단 말이야. 이 무식한 녀석 같으니! 네가 쫓아오니까 도망친 거라고! 그만 좀 해!"

"저번에는 쫓아가지도 않았는데 왜 도망치셨나?"

"그, 그건!"

저번 일을 물어오니, 할 말이 없다. 빈정거리는 말에도 내가 아무런 대꾸도 안하고 가만히 있자 녀석은 한숨을 내쉬더니 손을 내려 팔짱을 꼈다.

"저번에는 왜 운거야?"

"그, 그런 것까지 네가 알 필요는 없잖아!"

덩치도 큰 녀석이 내려다보자, 왠지 모를 주눅이 들어서 나도 모르게 큰 소리가 나와 버렸다. 하지만 이가람은 눈 하나 깜빡하지 않고 나를 또렷이 쳐다보았다. 나는 나도 모르게 움찔해버렸다. 옛날부터 저 눈빛에는 당해낼 수가 없단 말이야.

"나는 그로 인하여 아주 많은 정신적인 스트레스를 받았다고. 당연히 들을 권리가 있어."

"내 개인적인 이야기까지 털어놓고 싶지는 않아."

나는 살짝 고개를 돌린 채 말했다. 갑자기 또 서러워진다. 아, 또 울면 안 되는데.

그런 내 마음을 눈치라도 챈 건지 이가람이 한숨을 내쉬었다.

"너, 정말 한심하다."

"뭐, 뭐라고?!"

손끝에 힘이 들어간다. 내가, 왜 저런 소리를 들어야 해? 그것도 저 녀석한테서? 나는 입술을 꾹 다물고 이가람을 노려봤다. 하지만 녀석은 더 당당한 시선으로 나를 쳐다봤다.

"여기저기 민폐 끼치고 다니고, 그러면 세상한테 미안해지지 않냐? 그래. 다 네 사정이라고 쳐. 그렇지만 남에게 피해는 안 끼쳐야 되는 거 아니냐?"

"내가, 내가 뭘 그렇게 남한테 피해를 줬는데? 내가 뭘 그렇게 민폐를 끼쳤냐고! 아무것도 모르면서, 잘난 척하면서 말하지 마!"

나도 모르게 목소리가 커졌다. 부들부들 떨리는 손끝을 주체할 수가 없다. 나쁜 자식. 어떻게 저렇게 말할 수가 있지? 아무것도 모르면서. 아무것도 모르면서!

"그렇게 자학하고 그러면 좋냐? 솔직히 너 같이 땅 파는 녀석을 보고 있자면 나도 불쾌하다고! 이 세상에서 불행이란 불행은 자기가 다 짊어진 줄 알고! 해보지도 않으면서 징징대기 일쑤잖아!"

뭐, 뭐라고! 징징? 나는 더 이상 내게 쏟아지는 이 무자비한 폭언을 주체할 수 없었다. 꽉 깨문 입술에는 상처가 나며 비릿한 맛이 느껴졌다. 내가 왜 이런 소리를 들어야 해? 저 녀석이 나에 대해 알면, 도대체 얼마나 안다고!

"잘 알지도 못하면서 함부로 말하지 마!

"몰라도 옆에서 보면 다 알 수 있어! 네가 그런 녀석이라는 것 정도는!"

"네가, 뭘 안다고, 뭘 안다고, 그렇게 나한테 얘기하는 거야! 너 같이 가진 거 다 가지고 태어난 애가 짐짓 아는 척 떠들어대는 거, 나도 불쾌해! 내가 무슨 생각을 하는지, 어떻게 살아왔는지, 아무것도 모르면서 다 아는 척, 다 알만 하다는 듯이 이야기 하지 말라고!"

서러웠다. 말하다 보니, 더욱 서러웠다. 나도 원하는 게 없어서, 가지고 싶은 게 없어서 이렇게 사는 건 아닌데. 다들 나를 위하는 척 말하면서, 강요하고 윽박질렀다. 내가 하고 싶은 건, 되고 싶은 건 그런 게 아니에요. 왜 다들 내 말은 듣지 않는 거예요? 내 말이 들리지 않나요? 내가 원하는 건, 아주 작은 빛일 뿐인데. 단지 그것뿐인데.

눈물이 뺨을 가르고 뚝뚝 떨어져 내렸다. 서럽게.

"웃기지 마. 나는 노력해 왔어. 내 스스로, 찾아낸 거야. 처음부터 다 가진 녀석 따윈 없어. 너는 그런 노력해 봤어? 찾으려고 노력이나 해 봤냐고!"

"다들 그렇게 말 해! 너는 노력이 부족하다고, 단지 하지 않는 것뿐이라고! 왜 정말 안 되는 사람이 있는지 생각하지 않지?! 그리고 왜 그렇게 살아야 해? 무조건 삶의 목표를 정해서, 그렇게 살아가는 게 정말 맞기는 한 거야?"

사납게 소리치는 내 말에 이가람은 입을 꾹 다물고 가만히 나를 바라보았다. 화가 났는지 잔뜩 찌푸린 눈썹 아래의 검은 눈동자에 비친 것은 울음범벅인 소녀.

"너, 꿈은 있냐?"

조롱도, 비난도 담기지 않은 목소리. 그러나 거기에 더욱 울컥했다. 그놈의 꿈, 꿈, 꿈! 정말 지긋지긋해! 내 속에 뭉쳐진 응어리가 목 위로 올라올 듯이 꿈틀거렸다. 내가 아무 말도 하지 않고 가만히 있자, 녀석이 살짝 입 꼬리를 올렸다.

"꿈은 있냐?"

이번에 확실한 비웃음. 조롱. 나도, 정말 지겨워. 지겹다고! 내 눈에서 눈물이 주르륵, 흘러내렸다. 내 속에 있던 무언가가 고개를 치켜든다. 있다고 말해버려. 나는 거기에 떠밀려 나도 모르게 소리치고 만다.

"꿈, 있어!"

"있다고? 말해 봐! 없으면서, 거짓말 하는 거 아니야?"

그런 눈으로 나를 쳐다보지 마. 내가 뭘 그렇게 잘못 한 거야? 내가 태어난 게 잘못 된 거야? 나는, 그저, 그저 살아가고 싶을 뿐이야. 그저 살아가고, 살아가다가 그렇게 죽고 싶을 뿐이라고! 상처받고 난도질당한 내 가슴 속에서 무언가가 파삭 깨져버렸다. 그리고 나는 소리친다.

"소설가가 되고 싶어!"

나는, 눈을 크게 떴다. 내가 말하고도 믿어지지가 않았다. 나도 몰랐던, 내 안에 잠들어 있던 꿈. 가슴 속에서 미미하게 불어오던 바람이, 바로 이거였어? 내가 그토록 바랐던 그 작은 빛이, 이거였어?

"뭐야, 있잖아. 꿈."

이가람이 이를 드러내며 활짝 웃었다. 잠깐 어리둥절하게 바라보던 나도 결국 따라서 웃고 말았다. 울다가 웃어서 엉덩이에 뭐가 나도 상관없었다. 정말, 그 순간만큼은.

털썩, 이가람이 풀밭에 엎드렸다. 살랑거리는 바람이 정말 시원했다. 나는 펑펑 운 게 부끄러워서 얼굴을 좀 닦았다. 콧물이 안 나온 게 다행이었다. 잠깐 동안 침묵이 흘렀다. 무엇을 생각하는지 눈을 감고 누워있던 이가람이 문득 입을 열었다.

"신마루, 약속 하나만 해라. 꼭 지켜."

"뭐, 뭔데?"

이가람은 약속을 매우 중요시했다. 그래서 약속이란 말, 잘 꺼내지도 않는 녀석인데. 나는 들어보기도 전에 살짝 겁에 질렸다. 눈을 뜨고 똑바로 바라보는 시선을 피하기도 어려웠다.

"꼭 지킬 거지?"

"너, 약속 안 지키는 사람 진짜 싫어하잖아. 뭔지 들어나 보고."

"지킨다고 먼저 말 해."

"들어보기 전에는 말 안 할 거야."

이 고집 센 녀석. 하지만 이가람도 같은 생각을 하고 있겠지. 잠깐 한숨을 쉰 녀석은 하늘을 잠깐 쳐다보더니 툭, 말을 던졌다.

"축제 마지막 날에, 마지막 코너 꼭 참여해라. 그것도 제일 먼저."

"뭐, 뭐야 그게?!"

"알았지. 안 지키면 혼난다, 너."

도대체 무슨 말이야, 그게? 나는 무슨 심부름 같은 걸 예상하고 있었기에 더욱 뜻밖이었다. 도대체 축제 마지막 날에 뭘 하기에 이러는 거야?! 하지만 나의 물음에 대답도 안하고 이가람은 벌떡 일어나 휘적휘적 걸어가 버렸다. 나는 작게 입을 벌리고 그 녀석 등만 바라봤다.

*

마침내 나는 내 안의 작은 빛을 발견할 수 있었다. 하지만 그 빛은 너무나 작고 희미해서 내 주변의 어두움을 물리치지 못했다. 나는 또 훌쩍훌쩍 울기 시작했다. 그 때, 마치 한숨 쉬듯 내 가슴 속의 누군가가 속삭이듯 말을 걸어왔다.

'또 왜 우는 거니?'

'이 빛은 내가 원하던 게 아니야. 너무 작고, 희미해.'

'그렇다면, 빛을 크게 만들어 봐. 네 주위의 어둠을 물리칠 수 있을 만큼.'

'어떻게 하는 건데, 그런 건?'

'그건-.'

'너에게 달려 있는 거야.'

꽤 쌀쌀한 바람이 부는 청명한 푸른 하늘의 가을 날.

"안녕하세요!"

나는 생글 생글 웃으면서 따스한 녹차를 건넸다. 시간은 흘러 흘러 순식간에 축제날이 되어버렸다. 우리 부에서는 자그마한 식물들을 이용해 작은 식물원을 열었다. 하지만 부실이 사람들이 잘 오지 않는 위치인 옥상이라서 일부러 옥상까지 찾아와 준 사람들을 위해 따스한 녹차와 커피를 끓여서 나눠주고 있다. 처음에는 잘 오지 않았지만 입소문이 났는지 시간이 지날수록 꽤 많은 사람들이 방문하고 있다. 너무 많이 웃었는지 입가가 얼얼한 게 자꾸 경련이 일어났다.

"수고했어. 이제 잠깐 쉬도록 해."

나는 얼떨결에 내밀어진 차가운 캔을 받아들이며 눈을 깜빡였다. 있는지도 없는지도 몰랐던 선배였다. 이름이 보라였던가? 아무튼 평소에는 코빼기도 비치지 않던 사람들이 축제 며칠 전에 갑자기 쳐들어와 뭐 도와줄 거 없냐며 물었다. 그러더니 뚝딱뚝딱 식물원을 만들더니만 여자 선배 몇몇이 남아 나처럼 인사와 안내를 맡아 주었다.

"저, 괜찮아요. 조금 더 할 수 있어요."

"아하하, 괜찮아. 괜찮아. 평소에 부서 활동을 전혀 못해서 미안한데, 축제날이라도 좀 도와야지 않겠어?"

선배는 어깨를 으쓱이며 내 머리를 쓰다듬어 주었다. 우리 부는 평소에 거의 아무 활동도 안하는 거나 마찬가지라서 부서 활동에 시간을 쓸 여유가 없는 선배들이 많이 들어가는 부였다. 요컨대, 잉여부라고나 할까. 선배는 이제 축제 막바지인데 구경 좀 하고 오라며 기어코 나를 옥상에서 내쫓았다. 나는 머쓱하게 머리를 긁적이며 계단을 내려왔다. 그러다가 거대한 팻말을 들고 성큼성큼 올라오는 이가람이 보였다.

"어, 이건 저……."

땀을 삐질 흘리며 부를 홍보하고 온 녀석이 왜 쉬냐며 버럭 거릴 것 같아 나는 손을 내저으며 설명하려고 애썼다. 하지만 의외로 녀석은 내 어깨를 턱하니 잡으며 고개를 끄덕이는 게 아닌가.

"응?"

"그래, 이제 축제도 막바지인데 구경 좀 하고 오는 것도 괜찮지. 참, 이제 좀 있으면 예의 그 이벤트니까 꼭 참석해라."

"예의 그 이벤트?"

"약속한 거 있잖아. 꼭 지켜라. 그럼, 바빠서 이만."

내 머리를 슥슥 쓰다듬은 이가람은 내 옆을 지나 걸어 가 버렸다. 나는 멍하니 그 뒷모습을 보다가 한숨을 내쉬었다. 예의 그 이벤트는 교장선생님과 교감선생님의 주최로 열리는 특별이벤트로 축제 마지막 날까지 비밀이었다. 그래서 학생회 간부 몇을 제외하고는 아무도 모르는 중이었다. 몇몇은 그게 재밌다면서 웃었지만, 나로서는 몹시 불안한 상태다. 이가람 저 녀석이 저렇게 다짐, 또 다짐을 시키니 도대체 뭔 이벤트인지! 흡사 어두컴컴한 동굴을 빛도 없이 들어가는 기분이랄까!

"앗! 또 정체불명의 고민을 하고 있는 신마루 발견!"

"점점 심해지네, 저 증상."

교정 안을 배회하던 나를 본 친구들이 금세 다가와 팔짱을 꼈다. 나는 왠지 부끄러워 볼을 붉히며 저항했지만 그 둘은 오히려 내 머리카락을 잔뜩 헝클어 놓았다.

"너, 너희들 안 바빠?!"

"너만큼은 아니었지. 나는 첫째 날에 일이 다 끝났거든. 너희 부와 달리 나 없어도 해 줄 사람이 참 많아서 말이야. 아라도 한가한데, 너만 유독 바빠서 둘이서 다녔잖아, 요 녀석아!"

"오늘은 절대 안 놔줄 거라고."

뭐, 혼자 구경하는 것보다는 낫지만 나는 예의 그 이벤트에 참가해야 될지도 모르는데, 너희들이 곁에 있으면 부끄럽잖아! 라고 나는 속으로 열심히 외쳤다. 얘들한테 이야기하기는 싫은데. 나는 열심히 고민했지만 결국 그 둘에게 끌려 다니며 열심히 축제 구경을 했다. 확실히 재밌었다. 음식들도 꽤 맛있고 볼거리도 여기저기 많았다. 마지막 날이라서 그런지 열기가 대단하구나. 하긴, 축제가 끝나면 또 시험이니까. 열심히 불태우는 거겠지.

"아, 좀 있으면 그 이벤트 하겠는데."

푸른하늘이 문득 시계를 보며 이야기했다. 살짝 해가 지기 시작할 무렵이었다. 가게가 하나 둘씩 문을 닫고 아이들이 점점 사라질 무렵. 나는 조금 떨리는 목소리로 물었다.

"무슨 이벤트?"

"아. 그거 있잖아, 그거. 몽구리랑 허당 주최의 이벤트."

몽구리는 우리 교장선생님의 별명이다. 후덕한 인상의 교장선생님은 대개의 중년아저씨가 그렇듯 머리가 거의 벗겨지셨다. 교감선생님은 얼굴이 깐깐하게 생기신 데다가 잔소리도 많으시지만 행동이 엉성하고 어설픈 데다가 실수를 자주 하셔서 허당이라는 별명이 붙었다. 아무튼 나는 그 말에 당황하며 눈알을 굴렸다.

"어. 저기, 하늘아, 아라야. 그, 그럼 난 이만!"

"응? 어, 저 녀석 도망쳤어!"

하늘이의 당황스러운 음성을 뒤로 한 채, 나는 무작정 달렸다. 손에 들은 꼬치를 얼른 먹고 그 이벤트를 주최하는 장소인 운동장을 향해서 말이다. 엄청 많은 학생들이 볼 텐데, 하고 걱정하면서.

가람은 펄펄 끓는 주전자 앞에서 벌써 몇 잔인지도 모를 커피를 따라내고 있었다. 후끈후끈한 김이 얼굴 위로 올라오자 땀이 주르륵 흘러내렸다. 가만히 앉아있는데도 땀을 뻘뻘 흘리게 되니 원. 땀을 훔쳐내며 커피와 녹차를 들고 나가려는 순간, 어떤 선배가 막을 젖히고 들어오며 앞치마를 벗었다.

"가람아, 이제 됐어. 사람도 별로 없는데 그만 마치자."

"아, 그래도 돼요?"

"그래. 그리고 빨리 뒷정리하고 뒤풀이해야지. 삼일 동안 고생했잖아."

씩 웃으며 하는 말이 꽤 정겹다. 며칠 사이에 정이 들었는지 선배들과 꽤 농담도 주고받으며 친해졌다. 사람은 같은 고생을 나누며 친해지는가 보다. 가람은 웃으며 고개를 끄덕였다.

"네, 선배."

"그래. 아, 참. 일학년은 전원 그 이벤트에 참가해야 보던데? 빨리 내려가 보는 편이 좋지 않겠어? 갔다 오는 김에 마루도 같이 데려오고."

"아, 뒷정리를 도와야……."

"아, 됐어. 우리끼리 하면 돼. 얼른 갔다 와."

가람은 머리를 긁적이며 머쓱하게 웃었다. 사실, 궁금하기도 했다. 마루가 약속을 잘 지킬까 하는. 가람의 입가에 미소가 지어졌다. 곧 가람은 조끼를 걸치며 옥상 문을 나섰다.

"안녕하세요. 하얀나래고등학생 여러분. 특히 일학년 학생 여러분. 이번에 창립 17주년을 맞아 특별히 계획해 본 이벤트가 있습니다. 이제 우리 학교도 고등학생이 되었군요. 허허허."

허겁지겁 달려서 도착하니 이미 교장선생님이 단에 오르셔서 말씀하고 계셨다.

이, 이런. 나는 얼른 학생들 사이에 껴서 교장선생님을 바라보았다.

"그 이벤트가 뭐냐 하면, 교감선생님께서 잘 설명해 주실 겁니다."

정말 느긋한 얼굴처럼 느긋하신 목소리에 진행이시다. 웅성거리는 소음이 조금 더 거쳤다. 한편, 마이크를 건네받은 교감선생님은 순간 당황해 하며 마이크를 떨어뜨리셨다. 끼익-, 하고 끔찍한 소리가 귀를 찢었고 웅성거리는 소음 중에는 '아, 저 허당!' 이라고 하는 소리가 여기저기서 들려왔다.

"에, 그 뭐냐 그 이벤트의 이름은. 험험, 내, 내 꿈을 당당하게 말해 보자입니다. 그 이벤트는 이번에 조사한 진로희망조사서 용지가 거의 대부분 백지이거나 조사서를 내는 것을 거부하는 학생들이 많았기 때문에 특별히 열기로 한 겁니다. 여러분, 좀 조용히 해주십시오."

뭐, 백지? 나 말고도 백지로 낸 사람들이 많았구나. 생각 외인걸. 나만 백지로 냈는 줄 알았는데. 그렇게 생각한 사람들이 많은지 웅성거리는 소음이 커졌다. 학생생활지도부 선생님들이 고함을 몇 번 지르자, 그제야 조용해졌다.

"사실, 여러분 안에 묻혀 있는 꿈이 많은 것을 알고 있습니다. 단지, 그 꿈을 소리 내어 말할 기회가 없었던 것뿐이란 것을. 작거나 하찮은 꿈이라도 괜찮습니다. 그 꿈을 소리 내어서 이 많은 사람들 앞에 당당히 이야기할 수 있을 만큼, 여러분의 꿈을 자랑스러워 할 수 있게 되면 좋겠습니다. 이 많은 사람들 앞에서 당당히 얘기할 수 있는 사람을, 우리는 기꺼이 응원해줄 겁니다. 그러면 지원을 받도록 하겠습니다."

평소와 달리 진지한 교감선생님의 모습과 그 말에 모두들 감동을 받았는지 조용해졌다. 그리고 단을 내려가는 교감선생님은 삐끗하면서 요란하게 넘어지셨다. 모두들 과연 허당이라며 웃음이 터졌지만 그것도 잠시, 침묵이 흘렀다. 누가 안 나가나 힐끗 하는 눈초리였다. 그리고 나는 터질듯 한 가슴을 진정시키려 애썼다. 이 많은 사람들 앞에서, 내 꿈을 이야기한다고? 인정받을 수 있다고? 아무도 비웃지 않을까? 그럴까?

'꿈은 있나?'

'있다고? 말해 봐! 없으면서, 거짓말 하는 거 아니야?'

'뭐야, 있잖아. 꿈.'

"없습니까?"

나는 고개를 들었다. 그리고 침묵을 뚫고, 바람을 가르면서 손을 들었다. 가슴이 터질듯이 두근거리는 심장을 안고 크게 소리쳤다.

"저, 저요! 1학년 1반 34번 신마루, 말하겠습니다!"

아아, 끝이 화려하게 타들어가는 저녁하늘이 눈이 부시다. 부드럽게 나를 휘감는 바람과 반짝거리는 수많은 사람들이 눈동자들이 황홀하다. 터질듯이 두근거리는 심장 때문에 아무 소리도 들리지 않았다. 그리고 정신을 차리고 난 뒤에는, 나는 귀가 터질 것 같은 환호 속에 있었다. 수많은 박수 소리와 고함 소리. 그 모든 것에 나는 벅차오르는 감격과 목을 꽉 찬 무언가 때문에 주르륵, 눈물을 흘리고 말았다. 마침내, 마침내 인정받았다는 안도.

"저는 커서 꼭, 소설가가 되고 싶습니다!"

'거봐, 할 수 있잖아.'

플롯Ⅳ - 후기

안녕하세요. 이 책을 쓴 저자입니다. 즐거우셨는지 모르겠습니다.

비루한 글쟁이지만 정말 열심히 썼습니다. 새벽에 잠들고 끙끙 대며 씨름하고 그 모든 것들이 이제 추억이 되겠네요. 일 년 동안 많은 일이 있었던 것 같습니다. 소설과도 한참을 끙끙댔지만 소설에 넣을 삽화와 등장인물의 그림과도 한참을 씨름했습니다. 채색을 제일 못하는 저지만 최선을 다해 해봤습니다.

즐거운 글을 쓰고 싶었습니다. 딱히 성공한 것 같지는 않았지만 모쪼록 여러분에게 즐거움과 그리고 가슴 속에 간직할 만한 무언가를 남겼으면 좋겠습니다.

좋은 하루 보내세요.:-

Ps. 표지의 사진을 기꺼이 사용을 허락해 준 친구에게 감사를 올립니다.

(급한데 잘 썼다, 친구야ㅠㅠ!)

겨울날, 어두운 밤과 새벽을 달리며.

화분

flowerpot

김은비

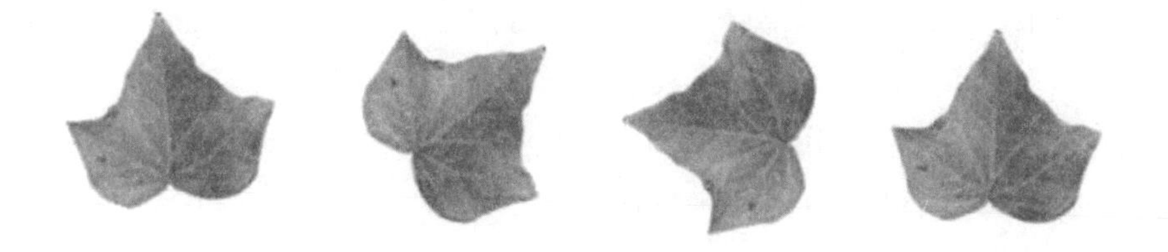

인생은 누가 미리 색칠해 주지는 않는다.

하얀 백지로 태어나

그 여백을 한 군데씩 한 군데씩 색칠해 나가는 것.

오랜만이야

"아얏!"

문 밖에서 짧은 비명소리가 들려왔다. 낯설지 않은 목소리였다.

그 아이의 목소리라는 것을 알아차리는 데는 그리 오래 걸리지 않았다. 항상 그래왔듯이 노크 없이 문이 벌컥 열렸다.

"어서 와, 인호야. 오랜만이다. 또 문 옆에 화분에 부딪힌 모양이구나. 연락도 한 번 없더니 그동안 뭐하고 지냈어?"

시선을 여전히 컴퓨터 모니터에 둔 채 말했다.

"그냥 이것저것 하느라 나름 바빴어요. 저 오랜만에 보니까 좋죠?"

'이 녀석, 안 본 사이 부쩍 밝아지고, 말수도 늘었는걸?' 입가에 살짝 미소가 지어졌다. 시선을 인호에게 옮기며 말했다.

"그래, 오랜만에 보는데다가 네가 더 밝아진 것 같아서 좋다. 너 요즘 무슨 좋은 일 있니?"

인호는 정말 좋은 일이 있는 듯이 입가에 미소를 머금은 채 뒤통수를 긁적이며 말했다.

"그럴 일이 좀 있어요. 그건 차차 말씀드릴게요."

"그래, 정말 좋은 일이 있긴 있는가 보구나."

"뭐 그냥……. 참! 밖에 저 화분 이제 치우실 때도 되지 않았어요? 예쁘지도 않은데 계속 저기 있네요. 왔다 갔다 하는데 걸리적거리니까 치워주세요."

"아, 그 화분……."

아까 인호가 들어오면서 뱉은 짧은 비명소리를 듣지 않았다면, 인호의 말이 아니었다면, 밖에 놔두었던 화분을 그냥 죽도록 내버려 둘 뻔했다. 한 쪽 구석에 놔두었기에 크게 눈에 띄지 않아 신경을 쓰지 않고 있었는데 다행히 앞으로도 상담실 문 옆을 든든히 지켜줄 수 있게 되었다. 오랜만에 화분이라는 소리를 듣자 내 머리 속에선 인호와 함께했던 시간들이 조용히 피어오르고 있었다.

만남

예전에 내가 살던 곳의 밤 11시는 칠흑 같은 어둠이 거리를 덮고 까만 하늘에 별들만이 반짝였지만, 이 곳의 거리는 그 시간에도 많은 사람들로 붐볐고, 네온사인 불빛들로 화려하게 빛나고 있었다.

익숙하지 않은 생활에 몸이 몹시 지쳐있는 데다가 온 세상을 뜨겁게 달구던 태양이 사라지고 하늘이 어렴풋이 어두워졌지만 낮과 밤의 구분 없이 계속되는 무더위에 더욱 힘이 빠져 있었다. 그렇게 터덜터덜 길을 걷고 있을 때였다. 문이 닫힌 낡고 허름한 상점 앞에 고등학생쯤 되어 보이는 남자 아이가 앉아 있는 것이 눈에 들어왔다. 한 손에는 빨갛게 타 들어 가고 있는 담배가 들려 있었다. 언뜻 보기에도 어려 보이는 그 아이를 사람들은 무관심하게 지나치고 있었다. 이런 것이 도시인가. 고향생각이 간절해졌다. 너무 피곤한 나머지 나도 무관심한 대중들 사이에 몸을 숨긴 채 빨리 집에 가서 잠이나 자야겠다고 생각하고 있었지만 생각과는 다르게 발이 그 아이를 향해 가고 있었다.

가까이에서 본 아이의 얼굴 곳곳에는 칼이 스친 듯한 날카로운 흉터가 있었고 미처 아물지 못한 채 피가 고여 있는 상처도 보였다. 가만히 쳐다보고 있는 날 의식했는지 고개를 들고 나를 쳐다보았다. 경계를 하는 듯한 날카로운 눈빛이었다. 그러나 그 날카로움 속엔 무언가 모를 슬픔이 담겨 있었다.

무슨 말을 어떻게 시작해야 할지 생각나지 않아 잠시 그렇게 그 아이를 쳐다보고 있었다. 그러다 입을 열었다.

"너 여기서 왜 이러고 있니?"

그러자 그 아이는 눈썹을 힘껏 찡그리더니 자리에서 일어나 뒤돌아서서 발걸음을 옮겼다. 마땅히 갈 곳이 없어 보이는 발걸음이었다. 나도 그 뒤를 따라 조용히 걸었다. 갑자기 그 아이가 멈추어 서더니 쥐고 있던 담배꽁초를 길바닥에 버리고 작게나마 남아 있던 불씨를 밟아버렸다. 그러고선 주머니에서 다시 주섬주섬 담배를 꺼내 불을 붙였다. 나는 담배를 뺏어 들고 말했다.

"너, 담배에 해로운 물질이 얼마나 많은지 모르지?"

아무 말이라도 해야겠다는 생각으로 내뱉은 말이지만 말하고 나서 약간의 후회가 밀려왔다. 그 아이는 어이가 없는 듯한 표정을 짓더니 할 말 있음 더 해보라는 듯 기다리고 있었다.

나는 부드러운 인상을 남기기 위해 최대한 미소를 지어보이며 말했다.

"아, 그러니까 내 말은 너 여기서 왜 이러고 있느냐는 거야. 내가 보기엔 미성년자 같아 보이는데 이 늦은 시간에 집에 안 들어가고 뭐하고 있는 거지?"

그러자 그 아이는 처음으로

"그건 아줌마가 알 바 아닌 것 같은데요."

하고 톡 쏘아 대답했다.

한 걸음씩

1

다음 날 아침 일찍 열린 마음 센터로 가기 위해 준비를 하고 집을 나섰다. 센터는 갈 곳 없는 청소년들을 보호해 주는 곳으로 대학시절 친구의 소개로 봉사를 하러 자주 찾아갔던 곳이다. 사실 봉사를 하면서 베푸는 것보다는 얻어 가는 것이 더 많았다. 그 곳 사람들을 만나면서 많은 것을 느꼈고 무엇보다 내 꿈에 대해 확신을 가질 수 있었다.

상담실에는 미리 전화를 해 늦게 출근한다고 말해두었다.

센터는 꽤 멀리 떨어져 있기 때문에 버스를 타러 서둘러 정류장으로 갔다. 그 아이가 센터에서 말썽이라도 피우지 않았을까 하는 마음에 발걸음은 더욱 빨라졌다. 출근시간이라 그런지 도시의 버스는 곧 사람들로 꽉 찼고, 나는 콩나물시루처럼 복잡한 버스에서 많은 사람들 속에 묻혔다. 매캐한 땀 냄새와 에어컨 냄새가 머리를 어지럽혔다. 일을 시작하고 나서는 처음으로 타는 버스였다. 오랜만이라 기분이 이상했다.

갑자기 고향에서 타던 마을버스 생각이 스쳐갔다. 상큼한 하늘색의 버스였는데…….

잠시 생각을 하는 동안 어느새 버스는 「열린마음센터」라는 간판이 붙어 있는 건물 앞에 멈췄다. 버스를 탄 많은 사람들 중 이 센터 앞에 내리는 사람은 나뿐이었다. 버스에서 내리자 여름 내음이 코를 간지럽혔다. 지난밤에 왔을 때는 컴컴한 밤이라 몰랐는데 건물은 예전과는 약간 달라져 있었다. 페인트도 새로 칠하고 운동을 할 수 있는 작은 공간도 마련되어 있었다. 그렇게 달라진 모습을 보고 건물 안으로 들어가자 청소하시는 아주머니께서 먼저 인사를 건네 오셨다.

"어머, 김 선생 오랜만이네. 이제 선생이구만, 선생."

선생이라는 아주머니의 낯선 말에 어색한 웃음을 지어보이며 대답했다.

"아하하, 선생은 무슨……. 이제 일 시작한 지 겨우 석 달째인 걸요. 거기다 제대로 된 일은 아직 시작하지도 않았어요."

"그래도 선생은 선생이지. 그래, 어젯밤에 들렀다 갔다는 소리는 들었어. 오늘 또 온다고 해서 기다렸지."

"앞으로 자주 들를게요. 한동안 너무 바빴어요. 이젠 자주 들를 수 있을 것 같아요."

"그래. 자주 자주 와야지. 김 선생 없으니 영 청소 할 맛이 안나. 김 선생 봉사 올 때는 같이 청소도 해주고 해서 좋았는데 말이야. 그건 그렇고, 어서 들어가 봐. 모두 기다리고 있을 거야."

"네. 그럼 잠시 후에 또 뵈어요."

지난밤에 잠시 들렀을 때는 너무 늦은 시간이라 센터의 선생님밖에 뵙지 못했다. 아이들이 머무르며 함께 지내는 공동생활공간으로 들어가자 몇몇 익숙한 아이들의 얼굴이 보였다. 모두들 안 본 사이에 몰라보게 달라져 있었다. 예전보다 밝아진 모습들이었다. 내가 먼저 아이들에게 웃는 얼굴로 인사를 건넸다.

"얘들아, 오랜만이지? 나 왔어!"

"와, 진짜 오랜만이네요!"

"그 동안 뭐하고 지내셨어요?"

"보고 싶었어요."

아이들 모두 반가워하며 한 마디씩 거들었다. 그렇게 떠들썩하고 반갑게 인사를 나누고 있을 때 방 한 모퉁이에서 웅크려 자고 있는 한 아이의 모습이 보였다.

지난밤 그 아이였다. 흔들어 깨우려다 너무 곤히 자고 있는 모습에 그냥 놔두고 다시 아이들과 이야기를 나누었다. 한참 이야기를 나누고 있는 사이 센터의 선생님이 들어오셔서 나에게 점심 준비를 부탁하셨다.

"네, 곧 나갈게요."

하고 자리에서 일어나 얼른 식당으로 향했다.

식당에 들어서자 아주머니들께서 따뜻하게 맞아주셨다.

"어휴, 오랜만에 왔구나. 자, 얼른 앞치마 두르고 밥 준비하자. 애들 배고프겠다."

"네!"

힘찬 대답을 남기고 점심준비를 도왔다. 점심준비가 어느 정도 끝난 것 같아 센터의 선생님과 세탁실로 가서 세탁기까지 돌렸다. 일을 다 끝마치고 밥을 먹기 위해 공동생활공간으로 들어가 자리를 잡고 앉았다. 그 사이 그 아이는 시끄러운 소리에 깨어있었다. 세수를 하려는 듯 방 한구석에 '세면실' 이라고 적힌 안내판을 향해가고 있었다.

씻고 나온 아이를 보고 센터 선생님께서

"애, 너도 이리와. 어서 밥 먹어."

라고 하자 그때서야 자리를 잡고 앉는다. 나는 얼른 자리에서 일어나 그 아이 옆으로 자리를 옮겼다. 내가 먼저 말을 걸었다.

"잘 잤어?"

내 얼굴을 한번 쓱 쳐다보고는 대답 없이 다시 밥을 먹기 시작했다. 나는 다시 말을 걸었다.

"어우, 넌 무슨 잠을 그렇게 많이 자니?"

그러자 이번에 그 아이는 귀찮다는 듯 짧은 한숨을 내쉬며 말했다.

"빨리 밥이나 드세요."

그러고 보니 이제 밥을 다 먹고 하나 둘 일어서는 사람들의 모습이 보였다. 그리고 줄어든 흔적이 보이지 않는 내 밥도 눈에 들어왔다. 말을 멈추고 밥 먹는데 열중했다. 밥그릇을 깨끗이 비우고 자리에서 일어나 식당 아주머니에게 잘 먹었다는 감사의 말을 전하는데 내 앞을 지나가는 그 아이가 보였다. 곁으로 다가가 말을 건넸다.

"너, 내가 일하는데 가보지 않을래? 여기 있으면 심심하잖아."

"싫은데요."

보기 좋게 거절당했다. 하지만 열 번 찍어 안 넘어가는 나무가 어디 있으랴.

"가자. 여기 있어봤자 할 일도 없잖아. 가보면 분명히 너한테도 좋을 거야."

하고 잡아끄니 마지못해 알겠다고 한다.

"저는 이만 가볼게요. 얘들아, 안녕."

2

내가 일하는 곳에 도착하자 그 아이의 얼굴에는 약간의 놀라움과 당황한 빛이 섞여 나타났다. 내가 상담실로 들어가자 그 아이는 잠시 머뭇거리는 듯하더니 따라 들어왔다.

"아얏!"

뒤에서 들려오는 짧은 비명 소리에 놀라 돌아보았다. 문 앞에 놓아둔 화분에 부딪힌 듯했다. 얼굴을 잔뜩 찡그린 그 아이에게 반대편에 앉으라는 손짓을 하고 자리에 앉았다.

"그러고 보니 이름도 모르는구나. 너, 이름은 뭐야?"

그 아이는 약간 경계하는 눈빛으로 대답했다.

"그건 왜 알려고 하죠?"

나는 최대한 미소를 지어 보이며

"내가 네 이름도 모르는 채로 '얘', '너' 하고 부를 수는 없잖아. 이름을 부르는 게 편해. 너도 그게 편할 거야."

하고 말하자 그제야 그 아이는 자신의 이름을 말했다.

"……최인호."

"아, 최인호. 그래 반가워. 나는 김은비라고 해. 보다시피 나는 이 상담실에서 일하고 있어. 그나저나 네 얼굴의 상처, 약 빨리 안 바르면 흉터 남을 텐데."

가방에 있던 연고를 꺼내 발라주려 하자 인호는 얼굴을 뒤로 피했다. 하지만 꿋꿋이 얼굴에 난 상처에 연고를 다 발라주었다. 그러자 갑자기 인호가 입을 떼기 시작했다.

"저 어릴 때요, 엄마랑 아빠가 매일 싸웠어요. 결국 제가 고등학교 1학년 때 둘이 이혼을 했죠. 아, 근데 이 아빠라고 하는 인간이 자꾸 집에 찾아와서 엄마를 괴롭히는데 난 아무것도 할 수가 없는 거예요. 그런 내가 너무 초라하고 한심해서 그 때부터 학교 애들이랑 싸우고, 선생님들한테 반항하고, 나쁜 애들이랑 어울렸어요. 그렇게 조금씩 강해지고 있다고 생각 하고 있을 때 어느 날 아빠가 또 찾아와서 엄마를 괴롭히는 거예요. 그래서 아빠를 때렸어요. 주먹으로 사정없이……. 그런데 엄마는 그런 아빠가 뭐가 좋다고 질질 울면서 날 말리는 거예요. 엄마가 너무 바보 같아 보이고 짜증나서 집에서 나왔어요. 둘이 어떻게 되든 될 대로 되겠지 하면서요……. 그 날이 어제예요."

또박또박 싸늘하게, 남의 이야기하듯 말하는 인호의 모습에서 마음이 아파왔다. 자신의 슬픈 이야기를 어쩜 저리도 차갑게 말할까.

당장 집안사정에 대한 이야기를 하는 것보다는 작은 문제부터 해결해 나가기 위해 학교 이야기를 꺼냈다.

"그럼 학교는 잘 다니고 있는 거야? 어제는 몰라도 적어도 오늘은 확실히 가지 않았잖아."

"학교는 원래 자주 안 나갔어요. 학교에서도 뭐 별로 신경 쓰는 것 같지는 않아요. 포기한 거죠, 뭐."

"그래도 학교는 꼬박꼬박 나가야지, 고등학교는 졸업해야 좋지 않을까?"

나는 방황하는 학생을 올바른 길로 인도해 주지는 못할망정 학생에게 무관심해 보이는 학교에 대해 화가 나는 마음을 누르고 말했다. 그러나 인호는 별로 달갑지 않아 보이는 표정으로 대답했다.

"학교에 가도 하는 것도 없어요. 수업시간엔 자거나 혼나거나 둘 중 하나고. 뭐, 가고 싶은 마음도 없어요. 그리고 공부해서 뭐하고, 고등학교 졸업장 받아서 뭐해요?"

나도 고등학교 다닐 때 공부해서 뭐하냐는 생각을 하곤 했기 때문에 인호의 마음이 이해는 되었다. 하지만 공부를 해야만 하는 것이 현실이었다. 어떤 일을 하든지 공부가 탄탄한 기초이자 밑거름이 되어준다는 것은 분명했다.

"나중에 네가 하고 싶은 일이 생겼을 때, 고등학교 졸업이 발판이 되어 줄 거야. 생각해봐, 네가 정말 하고 싶은 일이 생겼는데 고등학교 졸업 이상인 사람을 필요로 한다면 얼마나 후회되고 속상하겠니?"

정말 인호를 위하는 마음으로 해준 말이었지만 인호는 그저 지루함이 섞인 한숨만 내쉴 뿐이었다. 여기서 더 말해봤자 전혀 소용이 없다는 걸 알았기에 학교에 대한 이야기는 천천히 부담스럽지 않게 해야겠다고 생각했다. 벽에 걸려있는 시계가 '시간이 이만큼이나 흘렀어.' 하고 속삭이듯 내 눈에 들어왔다. 아쉬운 마음으로 인호를 센터까지 데려다 주고 상담실로 돌아왔다.

3

며칠 후 센터에 갔더니 역시나 아이들이 모두 깨어 있는 방에서 혼자 자고 있는 인호가 보였다. 다가가서 흔들어 깨우자 몇 번 뒤척이다가 부스스한 모습으로 일어났다. 다른 아이들과 어울리지 못하고 매일 잠만 자는 것 같아 다른 애들이랑 좀 친하게 지내보라고 하자 인호는 건성으로 고개만 끄덕였다. 센터에서 같이 밥을 먹고 상담실로 향했다.

상담실로 들어서는데 인호가 또 화분에 부딪혀 짧은 비명을 내뱉었다.

"괜찮아? 오늘도 부딪히네. 쉽게 부딪힐 위치에 화분을 놓아 둔 것도 아닌데 말이야. 자, 문 닫고 들어와 앉아."

문을 닫고 들어와 자리에 앉은 인호는 큼큼-하고 목을 가다듬더니

"저… 여기선 제가 하고 싶은 말 다 해도 되는 거예요?"

하고 물었다. 나는 빙긋 웃어 보이며 대답했다.

"응, 그럼. 네가 하고 싶은 이야기 다 해도 좋아. 내가 다 들어 줄 수 있어. 하고 싶은 이야기가 있는가 보구나. 뭔지 이야기 해 볼래?"

일을 시작한지 얼마 되지는 않았지만 인호의 이야기를 내 온 마음을 다해서 귀담아 들어줄 자신은 있었다. 무엇이든 이야기 해보라는 얼굴로 인호를 쳐다보았다. 그러자 인호는 고개를 숙이고 이야기를 시작했다.

"저의 엄마요, 아무래도 저를 사랑하지 않는 것 같아요. 어릴 때부터 항상 느꼈어요. 저를 한 번도 진심으로 대한 적이 없는 것 같다고……."

그렇게 말하며 인호는 말끝을 흐렸다. 무엇인가 할 말이 더 있어 보여 나는 아무 말도 없이 잠자코 기다렸다. 그러자 인호는 마음을 가다듬는 듯 깊은 한숨을 내쉬더니 다시 말을 이어갔다. 그나마 엄마 아빠가 이혼하기 전에는 어느 정도 관심도 가져준 것 같기는 한데 이혼 후엔 아들이 무슨 일을 저지르든 신경 쓰지 않았다는 엄마. 그냥 밥만 해주고 돈 달라고 하면 몇 푼 꺼내주는 기계 같았다는 엄

마. 별로 오가는 이야기도 없다가 어쩌다 몇 마디 나누게 되어도 엄마의 얼굴에는 어떠한 표정도 들어있지 않았다고 말하는 인호의 눈빛 속에는 인호와 처음 만난 날 내가 느꼈던 무엇인지 모를 슬픔이 또다시 어려 있었다.

"나는 말이야, 너의 엄마가 널 사랑하시지 않는 것은 아니라고 생각해. 분명 널 사랑하실 거야. 안 그럼 여태까지 사고쟁이 널 먹여주고, 입혀주고, 재워주긴 왜 하셨겠니? 그렇게 생각하지 않아?"

"그렇긴 해요. 하지만 정말 절 사랑한다면 한 번쯤 따뜻하게 웃어 줄 수 있었잖아요?"

인호의 목소리가 약간의 슬픔과 원망이 섞인 채로 들려왔다.

"그래, 네가 충분히 그렇게 생각 할 수도 있을 것 같아. 하지만 자식 사랑하지 않는 부모는 없어. 다만 표현 방식이 잘못되었을 뿐이야. 사랑의 표현을 너무 어렵게 생각했다거나 잘못 생각하셨을 수도 있지. 그리고 너의 엄마가 그 때 처한 상황을 고려해 본다면 정말 따뜻하게 웃어주고 싶어도 웃어줄 수 없으셨을 수 있잖아. 너무 힘들어서 말이야. 웃어주고 싶은데 마음대로 되지 않는 거야. 너도 그런 적 있지 않아? 너무 하고 싶은 것이 있는데 마음대로 되지 않는 거. 다 그런 것 아닐까?"

그제야 인호는 고개를 끄덕이며 조금은 알 것 같다고 말했지만 사실 별로 깨달은 것은 없어보였다. 그러고 나서 인호는 피곤한 듯

"아, 그냥 한숨 푹 자고 일어나고 싶다."

하고 말했다. 머리 아픈 일이 생기면 푹 자고 일어나는 것만으로도 기분이 조금 나아지기 때문에 인호의 많은 잠을 조금이나마 이해할 수 있을 것 같았다.

"그럼 오늘은 여기까지 하고 센터에 가서 일찍 자. 아, 그리고 이제는 일주일에 한 번씩 여기 오게 될 거야. 다음 주에 센터에 데리러 갈게. 그 때까지 애들이랑 잘 지내고 있어. 이제 센터도 혼자 갈 수 있겠다. 오늘은 혼자 가봐. 길 잃을 일은 없겠지? 다음 주에 보자."

4

일주일 만에 센터에 가서 사람들에게 인사를 하고 공동생활공간으로 들어갔다. 어느새 인호는 방 모퉁이 대신 아이들 틈에서 제법 잘 어울리고 있었다. 그런

인호의 모습을 보자 마음 속에서 뿌듯함이 조금 찰랑거렸다. 인호를 데리고 나와 버스를 타고 센터로 가려는데 평일 낮임에도 불구하고 이상하게도 버스가 붐볐다. 많은 사람들 틈에서 낑낑거리고 있는데 서 있던 인호 앞에 자리가 하나 비었다. 그러자 인호는 나에게 앉으란 소리도 없이 얼른 앉아버렸다. 남을 배려하는 마음을 기대한 것이 너무 과한 욕심인가라는 생각이 들었다.

상담실에 들어서는데 인호가 또 화분에 부딪혔다. 아무 말도 하지 않고 쳐다보기만 했는데 일주일만에 와서 부딪힌 것 같다며 머쓱한 듯 말을 했다. 앉으란 소리도 하기 전에 알아서 먼저 자리에 앉았다. 나도 자리에 앉아 말을 꺼냈다.

"너, 꿈이 뭐야? 한번 쯤 생각은 해봤지?"

인호는 내 말이 끝나기 무섭게 단호하게 대답했다.

"그런 거 없어요."

"뭐, 커서 어떻게 되고 싶다든가, 어떻게 살고 싶다든가. 그런 것 없어?"

인호는 선뜻 대답을 하지 못하고 잠시 생각하더니 대답했다.

"잘 모르겠어요. 전 그냥 잘 먹고 잘 살고 싶은 마음 뿐이에요."

"그래, 잘 먹고 잘 살기, 모든 사람들의 바람이지. 그런데 중요한건 말이야, '잘 먹고 잘 살아야지' 라고 생각만 한다고 그렇게 되는 건 아니라는 거야. 넌 어떻게 해서 잘 먹고 잘 살 거야?"

말을 마치고 보니 인호에게선 한 번도 보지 못했던 진지함이 묻어 나오고 있었다.

"그… 그건 아직 잘 모르겠어요. 차차 생각해 볼게요."

그냥 가볍게 이야기하고 헤어지려고 했는데 어딘가 심각해진 상황에 살짝 당황스러웠다. 더 이상 심각해지긴 싫었으므로 저녁을 먹으러 가자고 제안했다.

"그래, 천천히 생각해 봐. 꿈이 뭔지 고민해 보는 것도 나쁘지 않아. 분명 도움이 될 거야. 아, 그나저나 배고픈데 저녁이나 먹으러 갈까?"

어느새 인호는 진지함이 사라진 얼굴로 고개를 끄덕였다.

상담실 건너편에 있는 국밥집에 들러 따뜻한 국밥 한 그릇씩을 뚝딱 비우고 나오니 비가 추적추적 내리고 있었다. 근처 편의점에 들러 하나는 인호에게 주고 하나는 내가 쓰려고 우산 두 개를 샀다. 비가 더 오기 전에 얼른 센터로 가는 것이 좋겠다는 생각에 편의점 앞에서 인사를 하고 헤어졌다. 나는 잠깐 상담실에 들러 짐을 챙긴 뒤 집으로 향했다. 샤워를 하고 비에 젖은 옷을 갈아입고 나왔더니 한층 거세진 빗줄기가 베란다 창문을 소란스럽게 두드리고 있었다. 문득 걱정스러운 마음이 들어 센터에 전화를 걸었다. 인호가 들어갔냐고 물었더니 아직 들어가지 않았다는 대답이 들려왔다. 센터에 도착하고도 남을 시간인데 아직 도착하지 않았다는 말에 가슴이 철렁 내려앉았다. 센터 주변을 좀 살펴봐 달라고 부탁한 후에 수화기를 내려놓았다. 너무 당황스러워 아무것도 할 수 없었다. 정신을 차리고 경찰서에 신고한 뒤 집을 나와 무작정 버스 정류장으로 갔다.

우산이 소용없을 만큼 세차게 비가 내렸다. 차가운 빗물이 끊임없이 내 뺨을 타고 흘러내렸다. 아무리 찾아보아도 인호의 모습은 보이지 않았다. 센터에 전화를 걸어 봤지만 센터 쪽도 인호를 찾지 못하긴 마찬가지였다. 인호네 집 전화번호도 모르고 인호에게 휴대폰이 있는지 없는지도 모른다는 사실에 후회가 파도처럼 밀려왔다.

집으로 돌아가 전화기만 붙잡고 있었다. 갖가지 생각이 스쳐갔다.

이튿날 눈을 떠보니 소파 위에 누워 있었다. 전화기 앞에 앉아 있다가 그대로 잠이 든 모양이었다. 인호가 나오는 꿈을 꾸었다. 꿈속에서 인호는 밝게 웃으며 말도 잘하고 아이들과도 잘 어울려 놀고 있었다. 어느새 인호와 정이 들었는지 눈물이 왈칵 쏟아져 내렸다. 하지만 운다고 모든 일이 해결되지는 않는다는 사실을 잘 알고 있었기에 다시 정신을 바짝 차리고 눈물로 얼룩진 얼굴을 씻고 밥도 꾸역꾸역 집어넣었다.

그때, 전화벨이 울렸다. 혹시나 하는 마음에 얼른 달려가 전화를 받았는데 건너편에서 엄마의 목소리가 들려왔다.

"여보세요."

"내다, 은비야, 엄마."

"어, 엄마. 웬 일로 전화하셨어요?"

"그냥. 니 잘 지내고 있나 궁금해서 했다 아이가. 니는 뭐가 그렇게 바쁘다고 전화도 한 통 없노."

"죄송해요. 자주 전화하고 싶었는데 일이 너무 바빴어요."

엄마에게 자주 전화하지 못한 죄송한 마음에 눈물이 나려는 것을 꾹꾹 참았다. 사실 일이 바쁘다는 건 핑계였다. 전화를 하면 엄마가 너무 보고 싶어질까 봐 그게 두려워 선뜻 먼저 전화하지 못했던 것이었다.

"그래, 일은 잘 하고 있나? 맨날 사고만 치는 건 아니제? 안 힘드나?"
엄마의 걱정스러운 목소리에 애써 괜찮은 척 대답했다.
"응, 그럼요. 잘하고 있어요."
"밥 꼬박꼬박 챙기 묵고, 언제 한번 내려온나."
"네, 곧 갈게요. 엄마, 나 바빠서 전화 끊어야 할 것 같아요."
"그래, 끊자. 시간나면 자주 연락하고."
"네, 끊어요."

수화기를 내려놓자마자 눈물이 주체할 수 없이 흘러 내렸다. 엉엉 소리 내서 한바탕 울고 있는데 또 다시 전화벨이 울렸다. 마음을 가다듬고 눈물을 닦은 다음 숨을 한번 크게 내쉰 뒤 전화를 받았다.

"여보세요."

수화기 너머로 낯선 남자의 목소리가 넘어왔다.

"안녕하십니까. 어제 경찰서에 전화 하신 분 맞으시죠? 혹시 최인호 군 보호자 되십니까?"

"네, 그런데요. 혹시 우리 인호 찾았나요?"

심장이 불규칙적으로 마구 뛰었다. 금방이라고 뻥 하고 터져 버릴 듯 했다.

"네, 찾긴 찾았는데……. 우선 △△병원으로 좀 오시겠습니까?"

찾았다는 말에 기뻐지려던 마음이 병원으로 오라는 말에 다시 굳어졌다.

"인호에게 무슨 일이 생겼나요? 왜 병원으로 오시라 하는지."

"우선 오시면 그때 차근차근 말씀드리겠습니다. 그럼 최대한 빨리 와주세요."

건너편에서 먼저 수화기를 내려놓는 소리가 들려왔다.

나는 얼른 준비해서 택시를 잡아타고 △△병원으로 향했다. 걱정하고 있을 센터에 전화를 걸었다. 몇 마디하고 나니 병원 앞에 택시가 멈추었다. 높은 건물에 숨이 턱 막히는 듯했다. 병원에 들어서 인호의 호실을 물어보고 엘리베이터에 몸을 실었다.

6명의 이름들 사이에서 '최인호 님'이라고 적힌 글씨가 눈에 들어왔다. 병실 문을 열고 들어가니 자고 있는 듯해 보이는 인호의 모습이 눈에 들어왔다. 처음 만난 날보다 더 많은 상처들이 인호의 얼굴에 자리 잡고 있었다. 그 옆에 서 있던 경찰이 인사를 걸어오기에 간단히 인사를 하고 인호의 상태에 대해 물었다.

"인호, 괜찮은 거죠?"

"네, 다행히도 큰 사고는 아닌 것 같습니다. 부러지거나 한 곳은 없다고 하네요. 다만 상처가 심해서 그걸 좀 치료하고, 혹시나 몰라 상태를 계속 지켜봐야 하기 때문에 며칠간 입원을 하는 것이 좋겠다고 합니다."

나는 가슴을 쓸어내렸다. 혹시나 큰 문제가 있으면 어쩌나하고 걱정을 했었기 때문이다. 하지만 인호의 상처를 보니 마음이 아팠다.

"어쩌다가 이렇게 된 건지 이야기 해 주실래요?"

"아, 그게 버스에서 다른 사람들과 시비가 붙은 것 같습니다. 말싸움 정도로 그치면 되었을 텐데, 버스에서 내려서까지 싸웠다고 하네요. 저희도 인호와 같은 버스에 타고 있던 승객 한 분이 전화 주셔서 상황을 들었습니다. 가보니 이 녀석 혼자 비를 맞으며 쓰러져 있더군요."

"아, 그래요. 아무튼 크게 다치지 않아서 다행이네요."

그 때, 인호가 잠에서 깼다. 괜찮은지 묻자 고개를 끄덕이다가 얼굴을 찡그렸다. 어쩌다 그렇게 된 건지 물어보자 아무것도 아니라며 웃어보였다. 난 심각한데 아무것도 아니라며 웃는 인호의 모습이 어이가 없었다.

경찰이 인호를 향해 물었다.

"그 놈들 어떻게 생겼더니? 혼 좀 내야겠다."

정말로 잡아 줄 마음은 없으면서 괜히 하는 말 같았다.

"잡지 말고 그냥 두세요. 괜히 일만 더 커져요."

"그래도 그런 놈들은 혼을 좀 내 줘야 다신 이런 짓 안하지."

"아무리 그래봤자 나아질 사람들이 아닌 걸요. 전 정말 괜찮아요. 그만 가보세요. 좀 쉬고 싶어요."

결국 경찰은 돌아갔다. 갑자기 대한민국의 경찰들이 무능한 것 같다는 생각이 들었다.

"아, 정말 대한민국 경찰들은 민중의 지팡이인지 민중의 곰팡이인지 알 수가 없다니까. 정말 무책임하단 말이야."

내가 궁시렁거리자 인호는 소리 내어 웃었다. 처음 보는 모습이었다. 그 때, 휴대폰이 울렸다. 액정에는 센터 전화번호가 깜빡이고 있었다. 인호가 괜찮다는 말을 하자 센터 식구들도 안도했다.

그 날 밤은 병실에서 잤다.

다음 날 아침 일찍 쪽지를 남겨놓고 출근했다.

'난 출근해야 해서 갈게. 퇴원하는 날 보자.'

5

인호가 퇴원하는 날, 퇴근하자마자 인호의 병실로 갔다. 먼저 온 센터 사람들이 보였다. 센터의 차를 얻어 타고 센터로 향했다. 오랜만에 보는 인호의 모습에 센터의 아이들이 인호를 반겼다. 인호도 아이들과 웃으며 말을 나누었다.

"내일 상담실로 와. 난 가볼게."

하고 집으로 돌아가 오랜만에 편히 푹 쉬었다.

다음 날, 상담실 밖에서 짧은 비명소리가 들려왔다. 인호가 왔다는 것을 금방 알아 차렸다. 노크 없이 문이 열렸다. 자리를 옮겨 인호와 마주보고 앉았다.

"어, 왔구나. 이제 퇴원해서 살맛나겠구나."

"네. 병원에선 심심해서 죽을 뻔 했는데 이젠 좀 살 것 같네요."

"그나저나, 그 때 어쩌다 그렇게 된 거야?"

인호는 그 때 상황을 말하기 시작했다. 비에 젖어 자리에 앉지 못하고 서있는데 구석에서 어떤 무리가 계획적으로 돈을 훔치는 모습을 보았다고 했다. 다가가서 그 돈 돌려주라고 하자 한 사람이 인호에게 도리어 화를 내며 어깨를 쳤다고 했다. 인호도 질 수 없어 상대의 어깨를 쳤고, 버스가 멈추어 서자 그 모습을 지켜보던 무리가 인호를 버스에서 끌어내려 때렸다고 했다.

"뭐 그런 사람들이 다 있니? 네가 확실히 혼을 내줘야 했는데 어쩌다 당하고만 있었니?"

"5명이서 한꺼번에 달려드는데 저라고 당해낼 리가 있나요."

"그래, 어쨌든 불의를 보고 그렇게 용기를 내다니, 잘 했어."

칭찬에 쑥스러운 인호는 뒤통수를 긁적였다.

"그런데 저, 이제 주먹 안 쓰려고요."

"그래, 차라리 맞더라도 주먹은 쓰지 마. 아니다. 상대가 잘못했는데 널 먼저 치면 그땐 너도 쳐. 그건 괜찮아."

내 말에 인호는 웃어보였다. 그리고는 단호하게 말했다.

"아니요, 저, 이젠 다시는 주먹 안 써요."

나는 인호의 달라진 모습에 살짝 놀랐다. 뿌듯한 마음에 웃어보이자 인호도 같이 웃어주었다.

"야, 전부터 들었던 생각인데. 너, 웃는 모습이 멋있다."

인호는 부끄러운 듯 볼이 빨개졌다. 그리고 또 뒤통수를 긁적였다.

6

다음 날 아침 일찍 상담실에 연락해두고 센터로 향했다. 인호가 원하는 걸 해주기 위해서였다. 인호에게 하고 싶은 일이 뭔지 묻자 집에 가보고 싶다는 대답이 돌아왔다. 엄마에게 죄송한 마음이 든다며 엄마를 보러 가고 싶다고 했다. 그런 인호의 모습이 너무나 대견했다.

센터 차를 얻어 타고 인호가 불러주는 주소를 내비게이션에 입력하자 인호에게선 긴장한 모습이 역력하게 비쳤다.

"엄마에게 잘해 드려. 가서 말 잘해."

긴장을 풀어주기 위해 말을 했는데 더욱 긴장한 듯 굳은 표정으로 말없이 고개만 끄덕였다. 어느새 차는 인호네 집 골목 앞에 멈추어 섰다. 인호는 숨을 크게 한 번 내쉬더니 차에서 내렸다. 그런 인호의 뒷모습을 보며 나는 작게 '파이팅!' 하고 외쳐 주었다. 조용한 차안에서 인호네 집 골목까지 태워다준 센터의 선생님이 먼저 말을 걸어왔다.

"인호 잘 하겠죠?"

"그럼요, 전 인호가 잘 할 수 있을 거라고 믿어요."

우리는 한참 동안 아무 말 없이 인호를 기다렸다. 얼마 뒤 어두운 표정의 인호가 차 안으로 들어왔다.

"어떻게 됐니?"

하고 조심스럽게 물어보자 인호는 활짝 웃어 보이며 말했다.

"그게……. 저 오늘부터는 센터에서 안 자요. 집에서 잘래요."

HAPPY END

1

골똘히 생각에 잠긴 나를 보고 인호가 말을 걸었다.

"뭘 그렇게 깊게 생각하세요. 너무 진지해서 말도 못 걸겠네."

"아, 미안해. 잠시 옛날 생각이 나서 말이야."

"다리 아프게 계속 서 있었잖아요."

그러고 보니 인호는 아직도 자리에 앉지 않고 쭈뼛쭈뼛 서 있었다.

"어, 빨리 앉아. 미안해. 그냥 앉으면 되는데 계속 서 있었구나. 그나저나 너 참 많이 변했지? 그 땐 내 속을 그렇게 썩이더니 정말 놀라울 정도로 많이 바뀌었다, 너."

"선생님도, 그게 다 선생님 덕분이죠! 선생님을 만난 것이 제 인생에 얼마나 많은 도움이 되었는데요. 아마 그 날 제가 선생님을 못 만났더라면 아직도 전 방황하고 있었을 지도 몰라요. 그리고 이렇게 대학생이 될 수도 없었……!"

인호는 말하는 도중에 자신의 입을 틀어막았다. 나는 대학생이라는 말에 놀라 정말이냐는 말이 담긴 눈으로 인호의 눈을 쳐다보았고 인호는 마침내 천천히 고개를 끄덕였다. 잠깐의 조용함이 지나가고 우리는 동시에 활짝 웃음을 지었다.

"정말이야? 너 대학교 간다는 말 한 번도 한 적 없잖아. 그럼 요즘 좋은 일 생겼다는 거 대학 합격 소식이구나!"

"아, 조금 더 천천히 이야기 해 드리려고 했는데, 이놈의 입이 방정이지."

인호는 쑥스러우면 항상 그랬듯이 뒤통수를 긁적였다.

치기공과에 진학한다고 했다. 학교도 자주 빠지고 매일 잔다고 해서 공부를 잘 못할 줄 알았더니 머리가 꽤 좋은 모양이다. 아주 어렸을 때 꿈이 치과의사였다는 것을 이제야 알게 되었다. 그리고 인호가 그렇게 반짝이는 눈을 가지고 있다는 것도 알게 되었다. 인호에게서 한 번도 보지 못한, 마치 다른 사람의 눈을 보는 것 같은 착각이 들 정도로 반짝이는 눈이었다.

"그래, 네가 꿈을 가졌다는 사실이 얼마나 좋은 일인지 몰라. 너의 어머니도 많이 기뻐하시겠구나. 대학 가서 열심히 해. 꼭 치기공사가 되는 거야."

"네! 저 치기공사 되면 선생님도 치과 자주 가세요. 그래야지 저, 돈 많이 벌어서 엄마한테 효도하지요."

"그래, 치과 자주 가야겠다. 가끔씩 양치도 안 하고 사탕도 잔뜩 먹을게. 너, 효도하게 내가 확실히 도와줄게!"

"아이 참, 선생님도. 그렇게까지 하지는 말구요. 어쨌든 힘낼게요."

"그래! 최인호, 아자!"

우리는 그렇게 농담을 주고 받았다.

상담실 안에선 행복한 웃음꽃이 향기롭게 피어났다.

2

어느덧 이 일을 시작한지 일 년 남짓 지나갔다. 짧다면 짧고, 길다면 긴 일 년이 지나간 지금. 난 참 많이 변했다. 하늘에 빽빽하던 고향의 별보다 네온사인의 화려한 불빛이 익숙해졌고, 수화기 너머로 구수한 사투리가 가득 담긴 엄마의 목소리가 들려와도 더 이상 눈물짓지 않게 되었고, 어색하던 서울말을 이젠 거리낌 없이 잘하게 되었다. 하지만 그 중에서 가장 많이 바뀐 것은 하는 일 없이 심심하게 지나가던 하루하루가 인호라는 아이를 만나게 된 후로 보람찬 하루하루로 변했다는 것이다.

내가 지금 누리고 있는 이 모든 행복들이 만약 이 일을 시작하지 않았더라면 일어날 수 있었던 행복일까 생각하며 오늘도 감사한 마음으로 하루를 닫는다.

열린 문틈으로 화분이 보인다.

[후기]

우선, 저를 낳아주시고, 이렇게 잘 키워주신 부모님께 이 자리를 빌려 감사의 마음을 전합니다. 그리고 옆에서 많은 도움을 주신 최희숙 선생님 감사합니다. 우리 꿈꾸는 아이들에게도 수고했다는 말 전하고 싶어.

책쓰기, 너무나 힘든 작업이었지만 너무나 값진 경험이었습니다. 고등학교 시절, 잊지 못할 또 하나의 추억을 마음속에 새겼습니다.

DREAM MAKER

임준수

1

아침 일찍 일어나 나의 일터로 출근한다. 어디에 나갈 필요 없이 집에서도 출근할 수 있는 나의 회사는 인터넷이다. 어느 소박한 홈페이지에 들어간 다음 로그인을 하는 것으로 출근 도장을 찍는 것이 된다.

인터넷 상담가라는 직업을 가져서 여느 상담가처럼 시간에 구애받지 않았다. 홈페이지의 의뢰란에 들어가 내가 해결하고 싶은 의뢰건을 찾아 그저 최하단의 '의뢰수락' 이라는 버튼 하나만 클릭하면 일은 시작 된다.

이런 일을 하는 사람들은 대부분이 취미삼아 하는 경우가 많았고 나처럼 생존을 위해 하는 사람은 드물었다. 의뢰는 대충 제목과 의뢰에 대한 자세한 내용 그리고 약간의 사례비가 적혀져 있었는데 어쩌다 한 번씩 그 사례비라는 것이 여러 사람을 혹하게 하는 경우가 있었다.

생존을 위해 이 일을 하는 사람 대부분이 사례비에 중점을 두고 해결하려 했고 나도 그 중 한 명이었다.

하지만 때론 나의 마음을 잡아당기는 의뢰가 보이면 그것을 지나칠 수 가 없었다. 출근 한지 30분. 의뢰 목록을 몇 개 보았으나 만족스러운 의뢰는 없었다. 전부 몇 번을 본 글이었다. '자살하고 싶어요', '등수가 떨어졌어요', '아이들이 괴롭혀요', '직장 상사', '사업 실패' 등등.

한국처럼 나이가 깡패, 성적이 깡패인 나라에서는 어쩔 수 없이 생겨나는 문제들이었다. 물론 그런 일들을 전문적으로 처리하는 사람들도 있지만 나는 그런 글들은 수백을 준다고 해도 해결해줄 마음이 없다. 그전에 상황을 따져 봐야겠지만. (나는 돈을 최고의 깡패라 생각한다.)

아! 찾았다.

내가 해결해 주고 싶은 의뢰. 나의 까다로운 입맛을 사례비만으로 만족하게 하

다니

번호	제목	사례비	승낙 여부	조회수
18359	저 어쩌면 좋아요.(10)	300,000	승낙 가능	769
18360	**꿈 (5)**	**평생 진료비**	**승낙 가능**	**20**
18361	사업 실패했습니다.(3)	750,000	승낙 불가	368

평생의 진료비라니 참 웃긴 사례비다. 이 황당한 의뢰를 위한 상담사가 과연 몇이나 될까? 나는 그 글을 클릭했다.

꿈에 대해 관심이 많은 17세의 평범한 고등학생입니다.

저의 꿈은 다름 아닌 한의사인데 다른 한의사들과는 달리 한의원이라는 것을 프렌차이즈 사업으로 해보려 합니다.

지금은 학업에 고통받고 오직 한의대학만 들어간다는 것을 목표로 두고 있기 때문에 그 뒤의 일은 구체적으로 생각을 해 본 적이 없습니다.

명확하지 않은 미래에 대해 투자할 만큼 미련하거나 대담하지 않기에 프렌차이즈로서의 한의사업에 대한 가능성과 어떻게 해 나가면 좋을지에 대한 조언을 부탁드립니다.

물론 사례비는 결과에 따라 달렸습니다.

re) 님아. 생각이 있는 거임? 누가 이런 부탁 들어줌?

re) ㅋㅋ, 위에 님 말에 한 표 추가요!

re) 너무 그러지 마세요. 불쌍한 사람입니다. ㅋ

re) 아, 사례비 대박. 사례비로 빵 터졌음

re) 여병추!

……

역시랄까. 사람들의 리플에는 터무니없는 소리라며 욕을 적어놓고 다른 사람은 무시하기도 했다. 자신의 꿈에 대하여 진지하게 질문하는 글이었다. 그런데도 사람들은 그 글의 주인공을 비웃고 욕을 적는다. 이래서 한국은 안 된다는 것이다. 격려를 해주지 못할망정…….

나는 의뢰인을 옹호하는 리플을 달려 했지만, 왠지 모르게 달기 싫어졌다. 그것만으로는 이 리플들을 이길 수 없을 거라는 생각이 든다.

나는 나름대로 합리적인 사람이라 자부한다. 합리적인 사람이라고 하면 이런 가치 없는 것에 대해 시간을 투자한다는 것은 지나가던 개가 웃을 만큼이나 어이없는 짓이었다.

승낙하셨습니다.

하지만 나는 합리적인 사람은 아닌 것 같다.

2

한의학에 대해 무지했다. 이러한 종류의 상담은 처음 하는 것이었다. 그래서 정말 오랜만에 인터넷의 바다에 풍덩 빠져 눈이 아프게 헤매 다녔고 한의학에 대해 전문적인 지식을 가진 사람들과 인터넷을 통한 Q&A도 했다.

한 사람의 미래를 결정하는 것만큼 중요하는 것도 없다. 이러한 일에 대해서는 황당한 의뢰라도 언제나 진지해질 수밖에 없었다. 자신의 미래를 결정하는 것은 자기 자신이고, 나는 그저 그런 자들을 바르게 인도하고 또는 체계화 해 주는 사람이다. 모든 사람 주변에는 그런 역할을 하는 사람들이 있다. 바로 부모들이다. 하지만 그 역할을 수행해야 되는 부모들은 자신이 조력자가 아니라 결정자라고 생각하는 경향이 있다.

아이들의 미래를 좌지우지하는 것은 다름 아닌 아이들 자신이다. 하지만 오늘날의 부모들은 자식을 자신의 한 소유물로 생각하는 것처럼 자신들이 바라는 방향으로 키우려고 한다. 아이들의 성격도, 친구도, 그리고 꿈도.

사람들마다 잘 하는 것이 있고 또 하고 싶은 것도 있다. 부모에 의해 아이들이 가진 재능이 선택되어 질 수 없다. 이제 정신 좀 차려야 할 텐데.

그런데 이 의뢰인은 자신만의 확고한 꿈이 잡혀있는 듯했다. 스스로 이런 곳에 문의하러 왔으면 그 열정은 다른 아이들보다 훨씬 대단하겠지. 부모의 강요인지 아닌지는 모르겠지만 글에서 진심이 묻어나는 것이 요즘 보기 힘든 학생이다.

한의원의 프렌차이즈라 하면 떠오르는 곳이 한 곳 있기는 했다. 코비 한의원이라는 곳인데 이미 미국에도 진출했다고 한다. 코를 전문적으로 다루는 한의원인 듯했고 이쪽 분야에서는 꽤나 성공한 기업 중 하나라고 생각됐다. 이 의뢰인은 이런 프렌차이즈를 원하는 것일까? 아닐 것이다.

의뢰인의 의뢰 내용을 보면 자신이 최초로 시도할 것이라 생각하고 있다. 그러므로 나도 최초로 시도된다는 생각을 하고 조사를 하지 않으면 안 된다.

1] 한의학의 한계

한의학의 한계를 조사하다 보면 한 가지 결론에 도달하게 된다. 결국 한의학의 과학화가 필요하다는 것이다. 한의학은 수천 년간의 경험의 집합이라 말할 수 있다. 이로 인해 한의학에서는 임상실험에 대한 필요성을 별로 못 느끼고 있다. 임상실험은 간단히 설명하자면 얼마나 효과가 있는지에 대한 실험을 하는 것이다. 한의학은 특히 한약에서는 단기간에 빠른 효과가 나타나지 않고 과학적으로 약효가 증명된 것이 거의 없어 플라시보효과라는 비판을 받고 있다.

과학화 말고 다른 한계로는 한국의 시스템이 중국과 일본과 같은 다른 국가 보다 떨어지고 있다는 것 등등이 있다.

2] 한의학의 임상실험

임상실험을 하지 않는 이유는 위에서 말했듯이 수천 년간의 경험의 집합체인 한의학이란 점도 있고 또 다른 이유가 여럿 있다.

현재 존재하는 임상실험 방법의 대부분이 양의학에서 사용하고 있는 것이다. 이러한 방법으로 임상실험을 한다고 해도 한의학적이지 않다는 비판을 피해가기 어렵다. 또한 연구자와 한의사의 진단용어의 차이로 인해 연구자의 연구결과가 한의사들에게 신뢰를 떨어뜨리고 있다. 한의학계의 분위기도 이러한 방법, 그러니까 한의학적이지 못한 방법으로 한의학에 접근하고 있다는 것에 대해 불만을 가지고 있다.

그리고 가장 중요한 문제는 바로 변증 치료법이라는 한의학의 특성으로 인한 것이다. 다시 말해 똑같은 증상으로 병원을 왔는데 자신의 체질이라든가 또는 다른 신체적 특징에 따라 약의 종류가 엄청나게 많아진다는 것이다. 달리 말하면 실험대상의 선택이 까다롭고 막대한 양의 약재로 경제적 문제가 발생한다는 것이다.

3] 한의학의 특징

한의학의 특징은 양의학에 비해 화학적인 치료를 덜 하기 때문에 부작용이 적다는 것과 병을 병 자체로 판단하지 않고 유기적인 관점에서 치료한다는 것 등 여러 가지가 있으나 가장 큰 특징은 역시 변증 치료라 할 수 있다.

변증치료는 병에 관한 증상과 자신의 체질에 맞는 치료를 하는 것을 말한다. 한의학에서는 병의 원인을 몸의 불균형이라 정의하고 있다. 이러한 정의에 따르면 변증치료로 인해 처음의 병이 아니라 자신의 여러 곳의 문제점을 동시에 치료할 수도 있다는 것이다.

4] 프렌차이즈

프렌차이즈를 성공하기 위해 필요한 것들.

운영 노하우 및 시스템 구축, 철저한 교육과 훈련, 끊임없는 연구 개발과 상품력, 주변의 정보와 상권 개선과 혁신, 이미지, 서비스, 가맹점에 대한 교육 등등.

한의학의 한계점 중 한의학계의 분위기가 가장 기억에 남는데 유치하게 한의학이다 양의학이다 하면서 구분하는 것부터 마음에 들지 않았다. 사람 목숨 구하고 병을 고치는데 식은 밥 더운 밥 구분할 땐가. 참 쉽게 산다는 생각이 든다.

그리고 내가 생각하기에 가장 허술해 보이는 것은 단연 맨 마지막의 내용이다. 프렌차이즈의 성공 비밀이라는 것이 말 그대로 비밀이기 때문에 현재 내가 모은 자료에서는 뻔한 것 밖에 없었다. 또한 이러한 병원사업에 대한 프렌차이즈는 희귀했기 때문에 음식관련 사업에 대해 조사를 해 보았다.

3

한의학 프렌차이즈를 생각해 보니 머리가 복잡해진다. 그러면 프렌차이즈에서 한의학을 보면 어떨까.

일단 한의학의 추세로 보자면 점점 한의학에 대한 사람들의 믿음이 줄어 가고 있다는 느낌이었다. 사람들은 곧 고객이나 다름없다. 고객의 믿음이 없는 기업은 무한 경쟁 시대에서 살아남지 못하는 것이 당연했다. 고객의 믿음을 이끌어 내려면 한의학의 한계를 해결해야만 하는데 그것 또한 한 사람이 이루어 내기에는 너무 어려운 일이 아닌가 싶다. 그럼 이를 토대로 풀어 나가야 할 문제를 만들어 보자.

문1) 의뢰인이 대학교를 졸업하고, 대학원을 졸업하고 한의사가 되기까지 고객의 믿음이 얼마나 남아 있을까?
문2) 만약 좀 더 많은 믿음이 생겼다면 어떤 방법으로 경쟁에서 살아남을까?
문3) 만약 남아 있지 않다면 어떤 길을 선택해야 될까?
문4) 만약 현재와 같은 상황이 지속된다면 어떻게 해야 좋은 방향으로 바꿀 수 있을까?

조금 간단해진 것 같다. 그럼 이에 대한 문제 해결을 해야겠지.

문1-답)

의뢰인이 대학교를 졸업하고, 대학원을 졸업하기까지 기간을 넉넉히 잡아 10년이라고 하자. 10년이라면 강산이 한번 바뀔 기간이다. 하지만 세계는 강산과 같지 않다. 아마 10년이라 하면 아직까지 한의원의 주요 고객층인 현 50대 이상인 사람들이 60대 이상으로 변하기 때문에 한의학에 대한 믿음은 그리 크게 변하지 않을 것이라 예상된다.

하지만 과학이 발달함에 따라 상대적으로 급격히 발달하는 양의학과, 한의학을 경쟁세력으로 여겨 제거하기 위한 한의학에 대한 비판적인 발언이 지지를 얻게 되면 사람들의 믿음을 양의학으로 기울지 모른다.

문2-답)

좀 더 많은 믿음이 생겼다는 것은 두 가지의 이유로 볼 수 있다. 하나는 한의학 과학화로 신뢰를 얻었다든가. 한의학계의 상황은 지금과 유사하지만 이유 없이 믿음이 증가되는 것이다.

첫째, 한의학의 과학화로 신뢰를 얻었을 경우.

현재의 양의사처럼 한의사가 급격히 늘어날 것으로 예상된다. 과학화의 시기에 따라서 대처방법은 다양해지겠지만 가장 성공에 중요한 점은 바뀌지 않을 것이다.

의학과 같은, 그러니까 거의 같은 길의 과정을 거쳐서 직업을 얻는 경우는 독창성이 떨어지기 마련이다. 만약 새로운 병에 관한 새로운 치료법이 나타나 자신이 독점할 경우 세계적인 비판을 받을 것이 분명하고, 그렇다고 공유를 하자니 자신의 칼을 남에게 주는 격이 되어 버린다.

이러한 상황에서 할 수 있는 방법은 서비스에 무게를 두는 것이 제일일 것이다. 그러나 그것으론 부족한 감이 없지 않다.

둘째, 한의학계의 상황은 유지, 그러나 신뢰는 증가.

이러할 경우에는 매우 불안한 상태임이 틀림없다. 그러나 27살의 젊은 피가 할 수 있는 일은 없을 것이다. 그렇다고 시간을 기다리자니 불안한 상태를 무시할 수 없다.

그렇다면 우선 돈을 많이 버는 것이 필요하다. 자신이 돈을 모을 수 있는 대로 모으고 같은 한의사들끼리 뭉치고 연구원들도 뭉쳐야 된다. 뭉치고 뭉쳐 한의학의 과학화를 실현하는데 전력을 다 할 수밖에 없다.

이런 경우 시간이 오래 걸리므로 거대한 프렌차이즈 사업을 성공하기에는 힘들 것이다.

문3–답)

남아있지 않는다는 경우는 정말 최악의 상황이다. 이러한 경우 내가 생각할 수 있는 방법은 없다. 믿음을 잃어버린 기업은 사라지는 것이 당연하니까. 이런 경우에는 꿈을 포기해야 하는 최악의 상황이 되어 버릴 것이다.

문4–답)

한의학에 대한 반짝이는 관심도 없고 그렇다고 해서 아예 없는 것도 아니다.

어중간한 상태이지만 현재의 상황이랑 비슷하기 때문에 가장 해결하기 수월한 전제이다. 반짝이는 것이 없다면 반짝이게 만들면 된다. 비록 한의학 전체를 반짝이는 것은 어렵겠지만 한의사인 자신 하나를 반짝이게 하는 것은 훨씬 쉬울 것이다.

이러한 것을 흔히들 유명세라고 하는데 이를 모으기 가장 좋은 방법은 자원봉사일 것이다. 몇 년 동안 지방의 어느 곳에서든지 죽지 않고 겨우 풀칠을 할 정도의 돈만을 받고 어려운 상황의 사람들을 치료해 준다. 그렇게 하면 적어도 한국에서 그리고 한의학계에서는 어느 정도 지지를 얻을 수 있을 것이다. 또 여기서 두 가지의 선택을 할 수 있다.

첫째, 자신의 유명세를 통해 한의원을 차리는 것이다. 자신의 유명세가 확고하다면 프렌차이즈를 성공하는 것이 어렵지 않을 거다. 어느 정도 사업을 통해 돈을 모았다면 아까 말했던 한의학의 과학화를 실현하는 길만 남는다. 이렇게 하면 세계적인 한의 프렌차이즈를 성공 할 수 있다. 하지만 시간이 오래 걸린다는 것이 흠이다.

둘째, 국제적인 지지를 얻는다는 것이다. 국경없는 의사회에서 일한다는 것이 의사로 가장 국제적 지지를 받기 쉬운 일이지만, 내가 알기로는 안타깝게도 국경없는 의사회에선 한의사를 받아주지 않는다.

없으면 만들면 되는 것. 자신과 뜻이 맞는 한의사들을 데리고, 없다면 혼자서라도 아프리카를 세계의 빈민촌에 간다. 한국에서의 유명세를 세계로 펼치게 된다면 굳이 한국에서가 아니라 다른 나라에서부터 시작해도 될 것이다.

하지만 역시나, 이러한 방법은 얼마나 걸릴지 알 수 없다. 자신이 10년 동안 봉사를 해도 남들이 몰라주면 말짱 꽝이라는 거다. 물론 자신은 봉사를 했다는 것에 만족할 수 있겠지만 의뢰인의 목표는 프렌차이즈 사업이다. 그리고 과학화를 실현할 수 없다. 아니, 과학화를 할 수 있기는 하다. 하지만 여기에 과학화를 덧붙이게 된다면 소요되는 시간이 기하급수적으로 늘어남이 분명하다. 잘하면 봉사만 하다가 늙어 죽을 수도…….

아, 머리 아프다. 이렇다 할 좋은 방법이 떠오르지 않는다. 역시 이런 의뢰라서 그런가.

4

결국 문제는 시간이다. 비겁한 변명일지도 모르겠지만. 비교적 발전이 덜 된 한의학을 가지고 고작 한 명의 능력과 시간으로 세계적인 프렌차이즈를 만드는 것은 어렵지 않을까? 의뢰인의 능력이 얼마나 대단한지는 모르겠지만, 설사 의뢰인이 능력이 뛰어나다고 하여도 이런 방대한 작업을 성공할 수 있을지…….

우선 의뢰인은 한국에 태어난 것을 축복 또는 저주해야 될 것이다. 학연, 지연, 혈연이 성공에 아직도 엄청난 영향을 주고 있기 때문이다. 자신이 얼마나 사교성이 좋고 친척이 많은 지역에서 태어났는지가 한국에서 성공하는데 관건이다.

좋은 친구를 두었다면 이런 일을 하기가 쉬울 것이고 많은 사람을 안다면 더욱 쉬이 성공할 것이다. 하지만 만약에 그 반대라면 꿈도 못 꿀 일이다.

한의학이라는 것도 문제가 된다. 한의학. 서양에서는 인정이 되지 않는 의학. 아니 의학이라기·보단 학문으로 인정받는 그런 것. 동양에서만 그것도 동양 일부에서만 인정해 주는 의학이자 학문. 너무 서글픈 전제이다. 한의학을 인정해 주는 나라라 하면 일본, 중국, 그리고 한국. 이 세 개의 나라들은 꽤나 비슷한 문화를 가지고 있다.

만약 혈연 · 지연 · 학연 등의 연고주의가 대한민국 뿐 아니라 중국, 일본 등 한의학을 의학으로 인정해주는 나라에서도 심각한 문제가 된다면?

의뢰인은 낙동강 오리알 신세가 될 것이다.

의뢰인의 정확한 신상정보라든지 가족관계라든지 정보가 부족하여 언제나 최악의 상황을 생각할 수밖에 없다. 그리고 한의학을 조사하면 할수록 암울한 미래를 보는 듯하여 나의 기분을 망친다.

하아, 위기다. 조사를 착수한지 일주일 가량이 지났다. 상담을 할 때마다 나는 무엇인가의 사악한 면을 보게 되는 것 같다.

5

우선 의뢰인에게 연락을 했다. 인터넷 상담가가 연락을 하는 경우는 많지 않다. 왜냐하면 인터넷 상담가가 만들어진 이유가 의뢰인의 문제를 의뢰인을 귀찮게 하지 않고 해결해 준다는 것이다. 의뢰인이 부지런하고 시간이 많다면 확실한 현실 상담가에게 찾아가지 왜 인터넷에 올리겠는가?

물론 나도 이러한 의의를 잘 알고 있었고 또 의뢰인의 주소나 전화번호를 몰랐기 때문에 그냥 간단히 이메일로 해결을 했다. 의뢰인이 답장을 해 줄지 확신은 못하지만 시도는 해봐야지.

내용은 간단했다. 의뢰인의 정보를 알려 달라는 것. 가족관계, 경제력, 학력, 또는 사교성 등등.

이메일을 보내놓고 또 나는 더 이상 자세한 정보가 없나 돌아다녀 본다. 그러나 한 번씩은 봤던 것이고 원하는 내용이 아니었다.

줄어드는 내 통장의 돈을 보고 있자니 한숨만 나온다. 역시나 이 의뢰를 받아들이지 말았어야 했을까? 사람은 한 개의 아바타가 아니다. 내가 이렇다 할 멋진 대안을 내놓아도 그 사람이 그 대안을 따르지 않으면 끝이다. 그러면 그 때 동안의 나의 노력은? 나의 황금 같은 시간은? 만약 의뢰인이 멋지게 성공한다면 과연 나를 알아줄까? 진짜로 의뢰비를 지불 할 수 있을까?

젠장. 나 지금 뭐하고 있지? 조금 있으면 굶어 죽을 판국에 남 걱정이나 할 땐가. 내가 똥오줌 못 가리는데 남보고 이거 하라 저거 하라 할 처지인가.

결국, 나는 나의 사무실에 접속했다.

6

이름은 이 라온이라 합니다. 나이는 의뢰란에도 올려 놓았듯 17세이고 조그마한 지방에 사는 학생입니다. 성적은 보통 모의고사 430점대를 유지하고 잘 치면 460이상 나올 때도 있습니다. 언어 · 수리 · 외국어 성적은 280점이며, 전교 3등 안에 들고 친구들과의 관계는 원만하다고 말할 수 있습니다. 가족 관계는 불행히도 아버지는 돌아가시고 어머니와 여동생 이렇게 셋이서 살고 있습니다. 어머니는 아침에는 24시간 문을 여는 식당에서 일을 하시고 집에서 가끔 부업도 하십니다. 여동생은 말하기 부끄럽지만 사고뭉치라 같은 반 아이를 때리고 오는 때도 적잖이 있습니다. (이하 생략)

이메일을 보내고 그 때부터 약 7일이 지났다. 이메일을 보낸 뒤 의뢰에 대해 회의를 느끼게 된 나는 머릿속에서 그것에 대한 기억을 지워버리고 말았다. 허기진 뱃속에 울리는 천둥 같은 소리와 휑하니 비워져 있는 정말 차가운 냉장고를 바라보고, 겨우 5자리만을 넘기는 통장을 본 뒤 현실을 깨달아 어쩔 수 없이 그 의뢰건을 포기하는 것이다. 그 뒤 나는 그러니까 의뢰인에게서 이메일이 오기 전까지는 정말로 생계형 상담가가 되어 평상시의 생활로 돌아왔었다. 흥미가 없는 의뢰이지만 돈을 보고 수락하고 누구보다 일찍 일어나 먹잇감을 노리는 그런 보통의 생활이었다.

그러나 오늘 아침 평상시대로 일어나 하루를 시작했을 때 나는 그 답장을 받았다.

어머니와 여동생과 셋이서 살고 있던 라온은 나의 예상을 훨씬 넘는 아이였다. 정확히 라온의 상황이라고 해야겠지. 물론 나쁜 쪽으로 말이다. 부모님 중 아버지가 사망하고 어머니가 힘들게 생계를 유지하고 있었으며 동생은 꽤나 말썽을 피우는 아이라 이리 저리 나가는 돈이 많은 듯했다. 거주하는 집 또한 가관이다. 쓰러져가는 집이라는 말은 들어는 봤지만 본 적은 처음이었다.(친절하게도 라온이 자기 집의 사진을 첨부해 주었다.) 또한 IT강국 한국에서 컴퓨터가 없는 것도 충격이었다.

맨 끝에 라온이 적은 글귀도 마찬가지다. 컴퓨터가 없어서 이메일을 확인하지 못하여 답장이 늦어서 미안하다는 그 한 문장. 왜 사례비가 평생 진료비인 줄 알 것도 같다.

사람들이 착각하는 것이 몇 개 있는데 그 중 가장 흔한 것이 자신이 이 세상에서 가장 불행하다는 것이다. '가장'이라는 말이 들어가는 문장은 언제나 옳지 않은 것을 고르라는 문제의 답이다. 난 그 문제를 틀렸던 것이다.

텅텅 빈 신형 냉장고, 5자리 VIP통장, 천둥치는 70kg의 뱃속. 전부 사치였던 것이다.

7

없을까나? 없네? 없다. 없다! 없어! 어딨냐!!!

파일이 없다. 파일이 어디가고 없다. 이런…… 망했다! 기억 속에서 지웠다고 컴퓨터 속에서도 날리기냐!

8

그 날 이후 나는 3일 동안 밤새도록 인터넷 서핑을 다시 했다. 자료를 모으고 정리하고 더 좋은 방법으로 대안을 내기 위해 머리를 쥐어짜고. 정말 오랜만에 열정적으로 일을 한 듯 했다. 내가 내린 가정만 하여도 10가지! 터무니없는 것을 지우고 남은 것은 3가지! 첫 가정이 세 개나 되어 그 뒤 가지 펼치는 것에 따라 개수도 기하급수적으로 늘어났다.

그리고 그로부터 4일 동안 가지치기를 했다. 최초의 가정은 대학 입학하기 전을 전제로 한 것이다. 한의대에 대한 특성을 조사하고 어느 방법으로 들어가는 것이 가장 가능성 있는지 또한 가정에 무리를 주지 않는지. 수시, 정시, 특별전형, 입학 사정관, 논술 등등. 내가 대학 들어갈 때보다 더 열심히 조사하고 연구했다.

라온은 정시와 수시에 대해 모두 강세를 보인다. 전교 3등이라 하면 등급도 잘 나올 테고 또한 라온이 사는 곳은 농어촌 특별전형으로도 지원할 수 있는 지역이었다. 물론 그 뒤의 수학능력시험 최저 등급은 보나마나 통과할 것이 뻔했다. 아직까지는 수시로 뽑는 전형이 많아 라온이 대학 전형에 응시할 때는 어떨지 모르겠으나 수시 쪽으로 가는 것이 현명할 것 같다.

여기서 처음의 가정 세 개가 나온다. 첫째, 지금과 같은 비중으로 수시 쪽이 더 비중 있다면 수시를 선택한다. 둘째, 정시가 비중이 있다면 정시로 나간다. 셋째, 만약 라온이 주춤거려 둘 중 하나를 놓치는 것. 그 다음 가정은 자퇴를 하여 검정고시를 치른 후 대학에 입학한다.

앞의 두 경우와 마지막 경우의 차이는 자퇴인데 자퇴를 할 경우 가정에 부담을 줄일 수 있는 반면 학연이 힘들어 질 수 있다는 것이다. 또한 친구들을 사귀지 못하는 불행한 일도 나올 수 있다. 하지만 이것은 혹시라도 가정 형편이 더 어려워졌을 때 선택할 수 있을 것이다.

그 다음은 3가지 가정에서 2개씩 가정이 곱해진다. 대학 생활로 많은 사람들을 접촉하고 인맥을 늘릴 경우와 아닐 경우. 한의예과를 졸업하고 나서 대학병원으로 가서 일할 것인지 유명세를 늘릴 것인지. 인턴을 마쳤다면 눌러 앉을 것인지. 유명세를 쌓았다면 어느 곳에서 일할 건지 아닐 건지.

결국 나의 생각의 가지는 집안을 채울 정도였다. 그 뒤 과감한 가지치기를 시행했다.

말이 안 돼. 탈락. 현실성이 없어서 탈락. 가정형편 이상으로 탈락. 탈락. 탈락. 탈락. 탈락.

가지 펼치기와 가지치기를 하는 데에만 약 한 달 가까이 걸렸다. 하지만 그간의 나의 노력에도 남은 가지가 십여 개나 남아 있었다. 전부 우열을 가릴 수 없는 것들이었다.

그 때쯤 나에게 위기가 찾아왔다. 통장이 '–'로 진입하기 일보 직전이었던 것이다. 간간히 의뢰를 해결해 주어 돈을 벌었음에도 이것에 투자하는 시간이 많았다는 뿌듯한 증거였다. 슬펐지만 나는 만족했다. 돈 주고도 살 빼는 사람들이 있는 것을…….

하지만 역시 '–'란 불안한 거다. 빚을 지게 되면 빚이 자꾸 불어난다는 것은 잘 알고 있는 사실이었기 때문이다. 결국 나는 2% 부족한, 하지만 내가 채울 수 없는 그 해결책을 이메일과 우편으로 부치기로 했다. 이제 모든 것은 라온에게 달려 있다. 아, 배고프다.

9

라온이 선택한 가지.

고등학교를 다니면서 자퇴에 유혹을 수차례 겪어 왔던 라온이지만 이글을 통해 학연이라는 연이 얼마나 중요한지에 대해 깨달았다. 그래서 그가 선택한 길은 고등학교를 다니는 것이었다. 고등학교 3년을 다니면서 그는 언제나 뛰어난 성적을 유지하였고 결국 정시와 학생부 성적을 보는 전형으로 당당히 ○○대 한의대에 합격했다.

○○대 한의대에 붙게 된 라온은 상경할 돈이 필요했다. 내가 제시한 해결책에는 과외를 통해서 돈을 벌라고 되어있었지만 라온의 어머니는 라온 모르게 큰돈을 모으고 계셨다. 라온은 받을 수 없다며 극구 거부했지만 결국 어머니의 정성과 고집을 못 이겨 받고 말았다. 아버지의 남은 보험금과 어머니가 죽도록 일하여 번 돈은 서울에 전셋집을 얻을 정도였다.

상경할 때 라온에게는 같이 ○○대에 붙은 친한 친구가 있었다. 그 친구는 라온의 딱한 사정을 안타깝게 여겨서 그 친구는 명절 때 서울의 친척들에게 라온을 과외선생으로 추천했고 친척들 중 몇몇은 진짜로 그를 과외선생으로 정했다.

그렇게 라온은 대학 생활도 잘 하며 가족들을 상경하게 할 정도로 돈도 모았다. 한의사 자격증을 딴 뒤 그는 군대에 들어갔다. 한의사 자격증이나 의사자격증이 있으면 군의관으로 입대가 가능하여 편하게 군 생활을 할 수 있었다. 또 군의관은 입대부터 높은 계급이 주어지기 때문에 돈도 벌수 있었다. 라온은 도중에도 인맥의 중요성을 잊지 않았다. 높은 계급이든 낮은 계급이든 상관치 않고 친절히 대해

주었으며 군대에서도 그를 꼭 필요한 존재로 인식하게 되었다.

군 생활을 마친 후 그는 대학병원에 취직하게 되었다. 그리고 인턴과정을 마치고 자신의 이름으로 된 한의원을 만들었다.

해결책이 지시한 대로 노인들이 많으면서도 적당히 도시적인 곳에 한의원을 세운 라온은 한의원의 이름을 라온(즐거운)한의원이라 지었다. 한 달에 한 번씩은 몸이 불편한 노인들을 위하여 왕진을 나서기도 하였고 한 달에 한 번씩 무료봉사도 꾸준히 하였다. 그렇게 자신의 인맥과 유명세를 넓히고 드디어 두 번째 자신의 한의원을 열었다. 두 번째 한의원은 자신의 대학 동창인 친구에게 지점을 주었다. 그 지점은 본점과 멀지 않은 곳에 있었으므로 유명세의 영향을 같이 받았다. 이때가 라온이 35살이 되던 해였다.

3번째, 4번째 지점까지는 순조롭게 이루어졌으나. 역시 인생에 탄탄대로는 존재하지 않았다. 교통사고로 어머니가 돌아가시고, 3번째 지점에 서비스가 좋지 않다는 악평을 받고 있었고, 4번째 지점의 순진한 지점장은 사기를 당해버렸다. 하지만 그럴 때마다 마음을 굳게 하여 해결책을 찾아 실천하고 자신의 인맥을 동원하여 가까스로 해결하곤 했다.

5번째 지점을 세웠을 때 여동생이 능력을 발휘하였다. 경영학과를 나온 여동생은 대학을 마치고도 취직이 되지 않아 스트레스를 많이 받고 있었는데 라온이 5번째 지점의 경영에 어려움을 느껴 믿음직스럽지는 않았지만 동생을 채용하였다. 그러나 라온의 기대와는 다르게 동생은 실전에 강한 타입이었고 나날이 라온 한의원은 번창했다.

라온이 46살이 되었을 때, 그는 내가 제시한 해결책에 명시되어 있던 한의학의 과학화를 시행했다. 23개의 지점에 지점장이 된 라온은 자신이 모은 돈의 대부분으로 연구소를 설립했다. 연구소를 설립하고 전국의 한약과, 한의예과를 돌아다니며 자신의 일대기에 대한 강연을 하고 뛰어난 재능이 있는 아이들을 채용했다.

연구소에서의 연구는 해결책이 예상한 대로 엄청나게 돈이 드는 작업이었으나 라온은 상관하지 않았다. 라온이 한의사가 되기로 마음먹었던 것은 경제적 이유 때문이 아니라 사람을 살리고 싶다는 이유에서였다. 아버지가 돌아가신 그 날 이후로.

연구소를 설립하고 연구를 계속할수록 라온 한의원이 받는 비판은 거세졌다.

한의학계에서는 한의학답지 않다는 이유로, 양의학계는 양의학의 방법을 사용했다는 이유로. 하지만 라온은 굴하지 않았다. 그들의 양심에 호소하며, 과학적인 증거와 합리적인 과정을 발표함으로써 그들의 헛소리를 막았다.

라온이 57세가 되던 해. 세계에서는 한의학의 과학화를 인정했고 학문이 아니라 의학이라는 것을 인정했다. 그와 동시에 라온은 전 세계 각국에 30여 개의 지점을 동시 개점하였다. 동양에서 서양으로 지점을 늘려갔고, 이에 각국에서는 한의대를 설립하는 일이 빈번하게 일어났다.

63세가 되는 날, 라온은 서울에서 마지막 환자를 진찰하고 그 자리에서 은퇴를 선언했다.

10

나는 어느 날인지는 모르겠지만 아무튼 그 때 이후로 50년 동안 다리 한 번 부러진 적, 감기 한 번 걸린 적이 없었다. 왜 이리 건강한지 억울할 정도였다. 인터넷 상담가로서 활약을 하였고, 대부호의 고민을 해결해 줄 정도의 명성도 있었다. 그래서 나에게는 다른 사람이 만져 보지도 못할 돈을 만져 볼 수 있었으며 한 순간의 착오로 그것을 날렸을 때도 있었다. 하지만 그 때마다 나는 가장이라는 것에 속지 않았으며 언제나 나보다 불행한 이가 있다는 것을 알고 노력했다.

그래서 은퇴할 때까지도 나는 노력파였고, 지금 은퇴하고 나서는 편안한 삶을 살고 있었다. 몸 아플 곳이 없을 정도로.

하지만 나는 일주일 전의 그 TV 방송을 보고는 온몸이 쑤시는 듯한 아픔을 느꼈고 비가 올 때마다 아프지 않은 곳이 없었다. 허리며 팔이며 다리며. 어떤 날에는 내 몸을 가누기 어려워 하루 종일 죽은 척 누워있기도 하였다. 나를 그렇게 만든 문제의 그 TV프로그램은 한의학으로 세계적 성공을 이루어 냈다는 사람에 대한 것이었는데 10초쯤 봤을까? 재미없을 것 같아서 바로 꺼버렸던 것이다. 근데 그 때부터 아프기 시작한 것이다.

그리고 오늘 그 사람이 나오는 TV 프로그램을 다시 보게 되었다. 그리고 그 사람의 이름이 라온이라는 것을 듣게 되자 나는 뭔가 머릿속을 스치는 무언가를 느꼈다. 불편한 몸을 이끌고 나는 곧장 다락방으로 향했다. 분명 몸이 아플 꺼라 생각했지만 다행히 몸은 아프지 않았다. 다락방에서 추억이라는 나의 일기장을 꺼냈다. 내가 인터넷 상담가를 하고 나서부터 꾸준히 적어왔던 일기장이었다.

24세의 일기장을 펼쳐 몇 시간을 서서 추억을 읽기 시작했다. 그리고 나는 일기장 사이에서 이상한 것을 발견했다.

평생의 진료비라 적힌 자그맣고 못난 종이였다.

11

"라온 원장님 어떤 노인 한 분이 진료를 받기 위해 찾아 오셨습니다."

"그래? 뭐, 약속은 약속이니."

"진짜로 마지막 진료이십니까?"

"그래. 내 마지막 환자가 노인이라서 마음에 드는군. 그 환자분을 내 진료실로 모셔오도록."

"네."

"안녕하세요?"

"안녕하세요? 어쩐 일로 오셨습니까?"

"아이구. 그게 말인데. 일주일 전부터 온몸이 쑤셔서 말이야. 나이가 나이인지라."

"아. 네. 여기 누워보세요."

"이거. 이거. 침 몇 방 놓아드려야겠네요."

"아휴, 아프진 않겠지?"

"하하. 조금 따갑지만 괜찮으실 거예요."

"어떠세요?"

"오오, 역시 라온 한의원 이구만. 효과가 좋아."

"아뇨, 뭐."

"진료비는 얼만가?"

"네? 진료비는 저쪽에서……."

"아, 맞다. 맞다. 이걸 받게."

"……."

"저, 계산은 하시고 가셔야죠!"

"응? 계산은 하고 왔는데?"

"네?"

"보내드리게. 내 은인이셔."

"네? 원장님의?"

"그럼. 의사선생, 침 잘 맞았네."

라온은 문밖으로 나가는 노인을 향해 고개를 숙인 채 일어나지 못했다.

[후기]

그저 책이 좋아 그리고 아마도 도움이 될 거라는 기대를 가지고 가입하게 된 책 쓰기 동아리였다. 글을 쓰는 연습부터 하나의 글을 만들기까지의 과정은 꽤나 머리 아픈 것이었고 나의 생각과는 큰 차이가 있었다. 끈기가 없던 나에게 포기라는 유혹은 정말 매일 같이 찾아왔고. 하지만 나는 주위의 책을 쓰며 고민하는 친구들을 보고 다시 마음을 잡았다. 그들은 포기보단 도전을 선택했기에.

이 글을 씀으로 나의 미래에 결정과 약간의 끈기에 대한 성취감을 느낄 수 있었다. 이 책이 불행히 출판되지 않더라도 내 손에 이 책이 들어온 순간 그것은 아무 상관없을 것 같다.

그동안 책을 쓰며 고생이고 즐거움이고 많았다. 난 후회하지 않으며 정말 재미있었다.

달맞이꽃

엄지혜

프롤로그

나는 아직도 그 때를 잊을 수가 없다. 어떻게 잊을 수 있을까. 내가 제일 존경하던 아빠가 내 곁에서 영원히 사라지고 말았는데……. 초등학교 2학년. 기쁨과 슬픔을 충분히 알고도 남을 나이였다. 아빠는 다리 하나가 없었다. 하지만 그런 건 내게 중요하지 않았다. 아빠는 누구보다 열심히 사셨으니까. 남들 부러워하지 않는 뱃사람으로서 내가 먹고 싶어 하는 것이나 가지고 싶어 하는 장난감이 있을 때면 더욱더 열심히 일하셨다. 그런 아빠는 그 날도 어김없이 바다로 향했었다. 그 날 내게는 불안한 마음이 사라지지 않았었다. 정말 우연이지만 엄마는 그 날따라 기분 좋지 않은 꿈을 꿨었다고 했다. 그 때 말리지 못한 걸 엄마는 아직도 후회하고 있다. 처음으로 봤던 장례식. 친척이라곤 큰아버지와 할머니가 전부였다. 쓸쓸한 장례식장에서는 내 눈에서도 눈물이라는 것이 흘러내렸다. 오빠는 눈물을 참았다. 나보다는 참았다. 어린 나이였지만 그 때 오빠는 무언가를 다짐했음이 틀림없었다. 나도 그 때부터 생긴 꿈이 있다. 왜 늘 하늘은 열심히 사는 사람들에게 불행을 선물하는 걸까? 세상에서 가장 거부하고 싶은 선물이 바로 불행인데, 난 그걸 받았고 가장 직접적으로 받은 건 아빠였다. 그 선물은 파도와 함께 아빠에게 던져졌다. 누구도 예상 못했던 거대한 파도. 그건 아빠를 순식간에 쓸어가 버린 재수 없고 더러운 괴물이었다. 어쩌면 세상 사람들로부터 밀려나는 아빠를 배려하는 마음으로 그랬던 걸 수도 있다. 그렇게 생각하면 조금이나마 덜 슬퍼졌다. 세상은 아빠에게 차가웠다. 하지만 아빠는 세상을 따뜻하게 바라봤다. 정말 안타까웠다. 아빠 같은 사람은 남들보다 조금 부족했기에 그런 고통을 누구보다 잘 알았다. 그래서 세상을 그렇게 바라 볼 수 있었을 거다.

살아 생전에 외다리라는 이유로 남들의 시선을 받아야했다. 질리도록 외면 받았었다. 제대로 된 교육도 받지 못했지만 마음은 누구보다 천사였고, 바른 사람이다. 그런 아빠를 보면서 나는 다짐했다. 난 아빠 같은 사람을 더욱 따뜻한 시선으로 대해주고, 이 사회에서 버림 받지 않도록 도와주겠다고.

첫 출근

꿈에서 아빠를 봤다. 여전히 한쪽 다리가 없는 모습이었지만, 누구보다도 밝게 웃고 계셨다. 아빠도 오늘이 무슨 날인지 아셨나보다. 여전히 기억하고 계셨다. 오늘은 하루 종일 아빠 생각이 날 것만 같다.

택시를 타고 가는 첫 출근길은 떨리기만 했다. 대학 발표 날 때보다 더 날 긴장시켰다. 여기로 이사 온 지도 벌써 3달째 되는 날인데도 창밖으로 스쳐 지나가는 것들이 모두 새롭게만 보였다. 하필 오늘이 생일인게 좀 실망스럽긴 하다. 기쁜 날인건 분명하지만 이런 설렘과 초조함이 뒤섞인 기분을 생일에 느끼고 싶지는 않다. 뭔지 모를 이런 기분은 사람을 은근히 두렵게 하기 때문이다. 오빠도 이런 기분이었겠지? 오빠는 교대를 졸업하고 벌써 3년째 교직에 있다. 오빠나 나나 둘 다 교사라고는 하지만 우리는 조금 다른 점이 있다. 난 특수학교의 선생님으로 첫 발을 내딛고 있으니까. 오늘이 바로 그 날이다. 택시를 타고 가는 길에 창밖을 보니 날씨는 흔히 말하는 '상쾌함' 인거 같다. 나는 조금 어두칙칙한 날을 좋아한다. 내가 가진 특이한 점 중 하나가 늘 우산 하나를 들고 다닌다는 것이다. 친구들은 이상하다고 하지만, 난 비가 오길 매일매일 바란다. 지금도 초록가방에는 삼단우산이 한쪽 구석을 차지하고 있다. 언제쯤 내가 이 우산을 빼게 될지는 아무도 모를 일이다. 마음도 추스릴 겸 해서 학교와 몇 분 떨어진 곳에 내려서 걸어가기로 마음먹었다. 저번에 몇 번 와봤던 곳인데도 이렇게 미용실이 많은지는 알지 못했었다. 간판 하나가 눈에 들어왔다. '부산 한경 학교' 라고 쓰여 있는 것 같다. 눈이 좀 나쁘지만 걸어갈수록 점점 더 글씨가 선명해졌다. '부산 한경 학교'. 바로 내가 새 출발을 할 곳이다. 학교 운동장 가에는 작은 화단들이 있는데, 내가 모르는 꽃들이 정말 많다. 유일하게 하나 아는 꽃을 발견했는데, 달맞이꽃이다. 달맞이꽃의 꽃말은 소원과 기다림이라고 들은 적이 있다. 달맞이꽃의 꽃말이 나랑 딱 어울리는 것 같다. 내 소원은 특수학교의 선생님이 되어 학생들을 가르치는 거였고, 지금 까지 기다렸다. 하지만 소원을 더 정확하게 이루고 싶으면 앞으로 내가 더 열심히 해야 할 것이다.

최대한 빨리 가고 싶은 마음에 다른 선생님들의 출근 시간보다 30분은 일찍 나왔지만, 그것도 모자라서 운동장을 가로질러 갔다. 원래 이 학교에 계시던 선생님께서 개인 사정으로 그만두시는 바람에 내가 이 곳으로 오게 되었지만, 뭐, 그런 건 중요한 것 같지 않다. 일찍 나와서 그런지 여름인데도 불구하고 별로 덥다는 생각이 들지 않았다. 교무실로 올라가는 길에 발자국 소리가 들려 다시 긴장하는 상태가 되었다. 평소에 사람 대하는 거에 대해 어색한 면이 있는 터라 늘 그게 걱정이었다. 발자국 소리는 점점 더 커졌다. 교장선생님이셨으면 좋겠다는 생각이 들었다. 출근하기 며칠 전 교장선생님께서 나에게 전화를 하셨다. 그리고 근처 식당에서 만나 교장선생님과 몇 가지 얘기도 주고받았다. 그래서 이 발자국이 교장선생님의 소리라면, 마주했을 때 인사하기도 더욱 편할 것 같았다. 오늘은 정말 나를 위한 날인 것 같다. 계단을 몇 발작 더 올라가서 발자국 소리의 주인과 대면했다. 다행히도 한 번이라도 만나 봤던 교장선생님이라 한시름 덜었다. 또 우리는 몇 가지 얘기를 주고받았다. 예를 들면, 출근할 때 버스나 택시 중 무엇을 타고 왔는지, 왜 이렇게 일찍 왔는지에 대한 간단한 얘기였다. 버스나 택시 중 무엇을 탔냐는 질문에는

"오늘은 택시를 탔지만 다음부터는 버스를 탈거에요."

라고 말씀드렸고, 왜 이렇게 일찍 왔냐는 질문에는,

"첫 출근인데 성실해 보여야 첫 인상이 좋잖아요."

라는 농담도 드렸다. 백퍼센트 농담은 아니지만 말이다. 일찍 온 이유는 그냥 첫 출근이라서가 가장 맞는 답이었다. 나도 교장선생님께서는 늘 이렇게 일찍 오시는가에 대해 여쭤봤다. 평소에 보통 시간대로 오지만, 오늘은 더 일찍 왔다고 하셨다. 그 이유가 바로 나 때문이라는 거였다. 처음이라 일찍 올게 뻔한데, 미리 와서 다른 선생님들이 오시면 나를 소개시켜줘야 내가 좀 더 편할 거라는 얘기였다. 검고 짧은 파마머리의 교장선생님의 세심한 배려가 그저 감사할 뿐이었다. 조금 뒤 학교 선생님들이 오시기 시작했다. 교장선생님은 나를 그 선생님들께 소개시켜 주셨다. 이미 모두 들었겠지만. 직접 만난 건 처음이었으니까. 선생님들을 직접 보니 막상 할 말이 떠오르지 않았는데, 교장선생님의 도움으로 인해 내 마음은 정말 편할 수 있었다.

또 몇 분이 흐르고, 귀여운 종소리가 울리며 나의 진정한 첫 출근을 맞이해주었다. 내가 맡은 반은 초등학교 2학년 학생들의 반이었다. 반 학생이 총 네 명이라고 들었다. 아니, 세 명이었나? …… 학년이 낮을수록 학생은 적고 반은 많다. 손 가

는 일이 많기 때문이다. 중 · 고등학생들보다 사고도 훨씬 뒤떨어지기 때문이다. 종이 쳐서 복도를 걸어가고 있는데, 머리가 막 복잡해졌다. 아마 걱정이 밀려와서 그럴 것이다. 그래도 그런 생각은 잠깐이었고 문을 열고 들어섰을 때 아이들이 과연 어떤 반응을 보일지 궁금해졌다. 새로운 선생님이 온다는 걸 알고 있을 듯했다. 일층으로 내려가 오른쪽 복도로 도니 바로 2-2라는 교실이 보였다. 뒷문으로 바라본 학급 게시판은 한눈에 봐도 그 전 선생님의 성격을 알 수 있을 만큼 알록달록하게 꾸며져 있었다. 앞문을 열고 들어가서 아이들 앞에 섰다. 아이들이 4명이였다. 그 중 한 명은 내가 들어와도 아무 관심도 가지지 않았다. 난 내 소개를 했다. 밝게 웃으면서 내 소개를 했다. 일부러 웃으려 한 것도 아닌데 난 혼자 반가워서 웃고 있었다. 내 소개를 했으니, 다음은 아이들이 자신을 소개할 차례였다. 바로 자기 소개하라고 하면 어색해 할 거 같아서, 나는 여러분의 이름이 뭔지 궁금하니까 출석체크를 하겠다고 했다. 선우, 민우, 이연, 진아. 이렇게 네 명의 아이들 이름을 불렀다. 모두 자신의 이름을 부르면 한 명씩 다 대답해 주었다. 그리고는 아이들에게 자기소개를 부탁했다. 아이들이 다 비슷하게 자기소개를 했지만, 알아듣기 쉬운 말로 자신을 소개했다. 오늘 수업이 끝나면 아이들의 부모님들을 만날 준비를 해야 했다. 내 손길이 많이 필요한 만큼 아이들에 대해 잘 알아야 했다. 부모님들과의 약속은 사전에 미리 잡아놓았다. 아이들에 대해 아는 건, 내가 첫 출근을 했다는 사실과는 비교할 수도 없을 만큼 중요한 것이었다. 내가 아는 사실 한 가지는 선우와 민우가 쌍둥이라는 것이다. 둘의 생김새가 많이 닮아서 쌍둥이라는 것을 쉽게 알 수 있었다. 오늘 내가 아이들에게 가르쳐 준 과목들은 음악, 쉬운 수학, 미술이었다. 더 세부적으로 말하자면 수학은 1부터 10까지 세는 연습을 하고, 칠판에 숫자를 붙여 놓고 차례대로 붙여보는 것을 했다. 완벽하게 성공한 아이는 선우 혼자였다. 선우는 유독 말수가 적었다. 아직은 아이들이 낯을 가리는지 말을 많이 하지 않는 편. 하지만, 선우는 심했다. 묻는 말에 대답도 겨우 해주었다. 그런 선우가 슬프게만 보였다. 같은 쌍둥이인 민우는 의외로 말이 가장 많았다. 같은 쌍둥이라도 성격이 많이 달랐다. 텔레비전에서 어린 쌍둥이 자매가 나와 얘기하는 걸 듣고, 어떻게 저렇게 같은 엄마 뱃속에서 함께 살았는데도 저 정도로 다를까라고 생각해 본 적이 있다. 사람은 같은 날 함께 태어난다 해도 정말 자신만의 특성을 가지고 태어나는 법인가보다. 오늘 수업 중간에 간식을 먹던 이연이가 계속 기침을 하기 시작하더니 토를 하고 말았다. 미안한 생각이 들었다. 안 그래도 몸이 성치 않은 아이를 내가 잘 못 봐준 것 같다는 생각이 들었다. 혹시나 심각하게 아픈 데가 있을까 봐 다른 선생님들께 이연이가 가끔 토를 했었냐고 물어봤다. 작년에 이연이를 맡았던 선생님께서 이연이는 기도도 좁고, 소화기능이 많이 떨어져서 자주 토를 한다고 하셨다. 매일 토를 하는 본인은 얼마나 답답하고 힘이 들까. 도대체 전생에 무슨 죄가 있어서 이 아이들은 남들과 달리 더 아프게 태어나야 했던 걸까. 오늘 첫 출근을 하고나서 세상은 불공평하다고 더욱 느끼게 되었다.

오늘 학교일을 마치고 아이들의 부모님을 만나러 가는 길에 왠지 아는 사람을 마주칠 것만 같았다. 내 예상은 빗나가지 않았다. 멀리서 누군가 걸어오는데 가까이 올수록 누군가를 닮았다 싶었다. 얼굴을 알아 볼 수 있을 만큼 오자 누군지 떠올랐다. '서윤'이라는 고등학교 시절의 친구였다. 그 친구도 나를 알아 본 거 같다. 시윤이는 고등학교 2학년 여름방학 때, 외국으로 유학을 떠나면서 연락이 끊겼었다. 내 기억으로는 특별하게 친했던 것 같지는 않았다. 성격이 나와는 너무 달랐기 때문이다. 늘 자기 자랑에 목말랐던 친구다. 그래서 그런지 그냥 오고가고 말하는 사이 정도였던 것 같다.

"어!"

"어?"

"야! 너 영화 아니야? 진영화."

"맞는데……. 혹시 너 서윤이야?"

"응. 진짜 오랜만이다. 내가 한국 돌아 온지 일주일 만에 처음 만난 친구가 너라니. 정말 반가워."

"그러게. 나도 진짜 놀랍네.. 이제 한국에 계속 있을 생각이야?"

"아니, 그냥 잠깐 집에 일이 있어서 온 거긴 한데, 몇 달 쯤 있다 가려고. 넌? 요즘 뭐하고 지내? 직업은 있고?"

"그냥. 뭐, 잘 지내고 있지. 오늘 첫 출근했어."

"어디 다니고 있는데?"

"학교. 선생님 하고 있거든."

오늘 처음 일 나가고 내 직업을 소개 하게 되다니. 이건 은근히 기쁜 일인 것 같다.

"초등학교 선생님? 아님 중학교?"

"아니. 둘 다 아닌데. 특수학교 선생님 하고 있어."

"아……. 난 아빠 사업 물려받으려고 공부중인데."

"아. 그렇구나……. 어때, 그 일은 할 만해?"

"뭐, 어차피 아빠 사업 물려받는 거 말고는 할 일도 없는데, 어쩔 수 없이 하고 있지. 그건 그렇고 특수학교라고? 왜 하필 특수학교야? 아이들 가르치기도 더 귀찮을 텐데."

"귀찮진 않아. 내가 좋아서 하는 일인데 뭐……."

"으……. 나 같으면 선생님 하려고 마음먹으면 훨씬 편한 걸로 선택하겠다. 말도 좀 안되고, 재미없겠다."

"아……. 그래? 근데, … 진짜 미안한데 오늘 정말 중요한 약속이 있어서 먼저 가야겠다. 시간이 몇 분밖에 안 남아서 좀 더 있기가 그러네. 나중에 연락이나 할 수 있게 번호 좀 가르쳐 줄래?"

"벌써? 미국에서 돌아오고 일주일 만에 처음 보는 친군데. 어쩔 수 없지. 다음에 꼭 연락해야 한다. 나 다시 미국 가기 전에 연락 꼭 해!"

"알겠어. 진짜 미안해. 그럼 나 먼저 갈게. 다음에 보자."

이렇게 간단하게 친구랑 헤어지긴 처음일거다. 예상했던 대로 별로 기분이 좋지 않다. 역시 나랑 별로 친하지 않았던 게 확실해졌다. 저렇게 다가왔을 때, 내가 불편한건 친하지 않았다는 확실한 증거가 됐다. 오늘 서윤이를 만나면서 세상에 대한 편견을 다시 보게 되었다. 내가 서 있는 인도 위에 가만히 서 있는 은행나무가 괜히 밉게만 느껴졌다. 아이들의 진정한 모습을 하나도 모르면서 괜히 아는 척 하는 사람들이 한심했다. 내가 가르치는 아이들과 같은 처지의 사람들을 몸이 멀쩡한 사람들은 잘 모른다. 그들이 가진 아픔을 알 수가 없다. 내가 몸이 건강하다는 거에 대해 전혀 인식하지 못하고 있다. 감사해야 할 것에 감사할 줄 모르고, 보호해 주어야 할 것을 무시해 버리는 경향이 많다. 15년 전에 내가 꼭 특수학교의 선생님이 될 거라는 다짐도 이런 사람들 때문이었는데, 세상은 조금도 변한 게 없었다. 난 저런 사람이 싫어서 바쁘지도 않은데, 괜히 바쁜 척하면서 헤어진다. 전화번호는 그냥 형식상 물어보는 거나 다름없었다.

다시 마음을 새로 잡고, 가던 길로 갔다. 쭉 뻗은 도로가로 계속 걸었다. 내가 학부모님들과 약속했던 장소가 나올 때까지 걸었다. 보폭도 전혀 변화가 없었고, 속도도 변화가 없었다. 드디어 약속된 장소가 보이자 나는 괜히 또 쓸 데 없이 걱정을 했다. 처음 만나는 사람을 대할 때는 너무나 어색하다. 특히나 어른들은. 하지만, 아이들 얘기를 할 테니 별 걱정은 하지 않아도 됐다. 생각해 보니 걱정할 게 하나도 없었다. 문 앞에 서서 처음 뭐라고 말을 시작할지 다시 한 번 생각해보고 식당 안으로 들어갔다. 아직 시간이 10분 정도 남아 있다. 일부러 창가 쪽은 택하지 않았다. 이 식당의 주변 거리에는 사람들이 유독 많아서 가족들이랑 올 때도 창가 쪽을 택하지 않았었다. 내가 먹는 모습을 남이 지켜보면 좋을 게 하나 없기 때문이다. 내가 엉덩이를 대자마자 어머님 한분이 내게 말을 걸었다.

"진영화 선생님 맞으시죠?"

"네. 안녕하세요. 혹시 선우, 민우 어머님이세요?"

"맞아요, 어떻게 바로 알아보시네요."

"정말 많이 닮았는걸요. 특히, 민우 큰 눈이랑 진짜 닮은 거 같아서……."

"하하, 그렇게 닮았나요? 뭐, 선생님뿐만 아니라 아는 사람들은 다 그래요."

"아, 네."

먼저 오신 선우 어머니랑 잠깐 얘기를 나누었다. 각자 부모님들은 서로서로 얼굴을 본적이 있어서 다른 학부모님들이 자리 찾을 걱정은 하지 않아도 되었다. 진아 어머님과 이연이 아버님이 같이 오셨다. 식당 들어오는 길에 만났다고 하셨다. 이러쿵저러쿵 아이들에 대해서도 많은 이야기를 나눴다. 모든 것들이 새로운 얘기였지만, 놀라운 얘기가 하나 있었다. 이연이의 아버님은 자신이 새아버지라고 하셨다. 자신이 새아버지라는 거에 대해서 하나도 숨기지 않으셨다. 왜 그런 말씀을 하신지는 모르겠지만, 내가 이연이 아버님이 참 대단하다고 생각한 건 사실이었다. 세상에 과연 몇 명이나 자신의 친자식이 아님에도 불구하고, 장애를 가진 아이를 자신의 친자식처럼 저렇게 잘 대해 줄 수 있을까. 내가 세상에 대한 편견을 가지고 있는 것일 수도 있지만, 사람들이 그렇다. 자신의 것이 아니면 많은 사람들은 잘 봐주지 않았다.

한 시간 가량 있었을까? 어머님들이 집에 저녁도 차려야 돼서 헤어지는 인사를 하고는 모두가 흩어져 집으로 돌아갔다. 나도 집으로 돌아가는 동안, 뭔가 홀가분하다는 생각이 들었다. 부모님들과의 만남은 내가 첫 출근이 아닌 벌써 몇 달째 출근을 했다는 기분을 들게 했다. 긴장이 풀려서 그런지 초저녁인데도 잠이 오기 시작했다. 엘리베이터를 타고 8층을 눌렀다. 자칫하면 잠이 들 뻔 했다. 딱 눈이 감기기 전 엘리베이터는 문이 열렸다. 문 옆에 있는 초인종을 한 번 눌렀다. 엄마의 목소리가 철문을 뚫고 들려왔다.

"영화니?"
"웅. 엄마."
"잠깐만 기다려."

잠시 뒤에 문이 열렸다. 엄마는 화장실 청소를 하고 있었다. 그리고 고기도 준비해 두셨다. 나의 첫 출근 기념파티는 고기와 함께 이루어졌다. 학부모님들과 밥을 좀 먹었지만, 엄마랑 먹지 않을 수는 없었다. 집에 있는 보통크기의 상을 펴고 엄마의 상차림을 도왔다. 상이 다 차려져갈 무렵에 벨소리가 또 한 번 울렸다.

"누구세요?"
"영화야. 오빠다."
"어! 오빠다. 엄마, 오빠 왔네."
"그래, 내가 오라고 했다. 너도 이제 같은 선생님 됐는데, 가족이 다 축하해 줘야지."

오빠가 들어왔다. 오빠랑은 다음에 한번 같이 만나려고 했었는데, 생각보다 일찍 보게 되었다. 어제 오빠한테 학교에 나간다고 말을 했었다. 오빠는 잘 됐다며 축하해 주었다. 그리고 한마디 더 붙였다. 몸이 좀 더 힘들겠다면서 열심히 하라고 말해 주었다. 우리는 상 주위로 둘러 앉았다. 오빠는 오늘 '엄마표 갈비찜'을 많이 먹기 위해서 하루 종일 밥 한 끼도 안 되는 양으로 버텼다고 했다. 내가 배고플 때 좀 먹고 나면 나중에 알아서 배가 고파질 텐데 왜 그런 짓을 하냐고 했다. 그러니 오빠의 대답은 '그냥'이라는 말이 다였다. 오빠는 가르치고 있는 아이들 이야기를 해주었다. 엄마는 옆에서 계속 우리 이야기만 듣고 있었다. 가끔 맞장구를 쳐 주시기도 했지만. '엄마표 갈비찜'은 점점 바닥을 보이기 시작했고 우리 가족들의 얘기도 막바지에 이르렀다. 오늘 얘기의 주된 주인공은 나였다. 오늘 하루 동안 느꼈던 감정들을 대충대충 전해줬다. 그런 말 밖에는 할 게 없었다. 이야기는 너희가 다 하고 싶었던 일 하고, 잘 돼서 다행이라는 엄마의 말로 끝을 맺었다. 오빠는 오늘 할 일이 있다며 서둘러 집으로 돌아가고, 밤 11시가 훨씬 넘어서 엄마와 나는 잠자리에 누웠다.

"영화야, 오늘 하루 즐거웠어?"

"어……. 아침에 학교 가는 길에는 그냥 설레기도 했고, 학부모님들 만나러 갈 때, 사실 긴장이 좀 되는 거야. 근데, 생각해 보니까 별로 떨릴 것도 없어서 나중에는 무덤덤해졌어요."

"당연히 그랬겠지. 처음이니까. 그래도 네가 하고 싶은 일을 하게 돼서 엄마가 더 기쁜 것 같다. 어릴 때부터 학교에서 장래희망 조사하면 특수학교 교사만 적어내더니 드디어 해냈네."

"히히. 엄마가 지금까지 내가 하고 싶은 일에 대해서도 같이 고민해주고 잘 키워줘서 그런 거죠. 고마워요."

"새삼스럽게 고맙긴. 솔직히 너희한테 내가 고마워야지. 아빠 없어서 초등학교 때 아이들이 놀리는데도, 너희는 늘 아무렇지 않은 척 했었고. 진짜 미안하다."

"엄마가 미안할 건 또 뭐야. 엄마가 아빠 노릇까지 다 해서 그렇지. 그지?"

"그래. 알겠다. 내일 또 학교 나가봐야지. 얼른 자라."

"네! 안녕히 주무세요."

오늘 하루는 이렇게 마무리를 지었다. 자기 전에 엄마랑 얘기 나눠보는 것도 얼마만인지. 눈 감고 오늘 하루를 다시 생각해 보았다. 남들한테는 몰라도, 나한테는 죽을 때까지 잊지 못할 하루가 될 거 같다. 나는 오늘 가족 모두가 함께였다. 꿈속에 나타났던 아빠까지 포함해서.

빵 만들기

벌써 아이들을 만난 지 한 달이 지났다. 오늘은 학교에서 빵을 만들러 가는 날이다. 학교에서 좀 떨어진 곳에 위치한 어느 정도 이름난 빵집에서 아이들을 가르쳐 주기로 했다. 빵 만들기는 유치원생들부터 초등학교 저학년 학생들이 가기로 되어있다. 사실 나도 어릴 적에 빵 만들기를 배워보고 싶었던 적이 있다. 정말로 소원이라 할 만큼 배우고 싶었다. 그 소원을 내가 가르치고 있는 아이들과 함께 이룰 수 있게 되었다. 그런 걸 보면 나는 정말 행복한 걸지도 모른다. 아니다. 행복한 거다. 내가 하고 싶은 일을 하고 남도 도울 수 있는 일은 많지 않을 거라 생각한다. 요즘은 늘 감사하는 마음으로 지낸다. 학교 버스를 타고 가는데 창밖으로 점점 붉어져 가는 단풍나무들이 시간이 얼마나 흘렀는지 말해주고 있었다. 9시에 출발한 버스는 10시가 다 돼서야 도착했다. 버스에서 내리자마자 선우와 민우는 서로 손을 꽉 잡았다. 저번 주에 부모님들과 만났을 때, 민우 어머님께서 아이들이 어릴 적부터 밖에 나가면 서로 손을 꽉 잡고 다니라는 말을 귀에 못이 박히게 했다고 하신다. 나도 걱정이 되는데 부모님의 마음은 오죽할까.

우리는 정말 기초적인 걸 만들었다. 기본적인 빵을 만들어서 아이들이 마음껏 꾸밀 수 있게 해주었다. 밀가루 양 맞추는 것은 거의 내가 했지만 말이다. 빵을 만들면서 아이들은 정말 말이 많아졌다.

"진아야. 이연이 좀 봐. 진짜 웃기게 크림 그렸다."
"으하하하. 진짜 재밌다. 네 것도 웃겨. 선생님 제 것 좀 보세요."
"응. 진아 진짜 잘 만들었다. 엄청 맛있게 생겼네."
"선생님이 만든 거는요?"
"선생님은 너희 중에 제일 못 만들었어. 선생님은 만들기 같은 거 잘 못하거든."
"진짜요? 바보 같아요. 이런 것도 못하고."

아이들은 정말로 좋아했다. 1부터 10까지 숫자 세는 연습을 할 때보다 훨씬 즐거워하는 표정이었다. 나도 수학을 죽어라 싫어하는데, 우리는 공통점이 있는 것 같다고 생각했다. 내가 학교에 출근한 지 하루가 지난 다음 날부터 아이들은 아무런 거리감 없이 나에게 말을 걸어왔다. 하지만 선우는 내 눈을 자주 피했다. 근데 선우가 빵을 가지고 내게 다가왔다.

"선생님, 빵 먹어요."
"와! 선우가 만든 빵 선생님 나눠 주려고?"
"네……."
"선우 꺼 진짜 잘 만들었네. 선생님이 먹기 아까워서 어떡하지?"
"안 아까워요……. 선생님 드세요."
"그래, 고마워, 선우야. 맛있게 먹을게."

처음 나에게 말을 거의 걸지 않았던, 선우가 나에게 빵까지 주는 걸 보면, 아이들과 이제 모두 친하다는 확실한 증거가 됐다. 아이들 모두가 빵을 꾸미는데 빠져 있을 동안에 나는 그걸 구경한다고 정신이 없었다. 생각보다 아이들이 정말 잘 꾸몄다. 특히 이연이의 하트 모양은 나보다도 더 잘 그린 것 같았다. 옆에 다른 반 학생들도 귀엽게 만들었다. 빵집 아저씨는 친절했다. 열심히 만드는 아이들 옆을 지나다니면서 하나하나 꼼꼼히 살펴 봐주었다. 빵을 다 만들고 집으로 돌아오는 길에 버스에서 아이들은 포장해온 빵을 들고 난리였다. 집에 가서 부모님께 드리려고 모두 들떠 있었다. 사실 나도 내가 만든 빵을 집에 가져가려고 예쁜 보라색 땡땡이 포장지로 포장을 해왔다. 오늘은 토요일이라서 빵을 만들고 아이들을 모두 집으로 태워다 주었다. 나는 집으로 돌아가는 길에 속옷 가게를 들렀다. 첫 월급을 받은 날이라서 엄마한테 선물을 사 드릴 생각이다. 첫 월급으로는 큰 걸 사드리기도 좀 그렇고, 우리나라는 많은 사람들이 내복이나 속옷을 선물한다. 나도 우리나라의 한 일원으로서 내복은 아니라도 잠옷을 사기로 마음먹었다. 가게에 들어가 주인아주머니께 엄마한테 드릴 만한 잠옷을 보여 달라고 했다. 연 노란색 실크로 된 잠옷을 하나 사고 오빠 것도 고민했다.

"아줌마, 한 이십대 후반 남자들이 좋아할 만한 스타일은 어떤 거예요? 오빠 줄 걸 사려니까 고민되네요."
"글쎄요. 저희 집에 남자 손님들은 많이 없어서 잘 모르겠는데……. 푸른색 계통을 하는 게 괜찮지 않을까요?"

"음. 오빠가 예전부터 파란색을 안 좋아했던 것 같은데. 회색 톤은 없어요?"

"있어요. 보여드릴게요. 잠시만요."

주인아주머니가 가져오신 잠옷은 생각보다 괜찮았다. 왠지 말투에서 있긴 있는데 별로 안 예쁘니깐 말 하는 것 같아서 걱정했는데, 아줌마랑 나랑 취향이 달랐나보다. 그냥 진한 회색 톤의 잠옷을 선택했다. 속옷 가게에서 나와 집으로 바로 가고 오빠에게는 나중에 선물을 주려고 했지만, 생각을 바꿨다. 지나가는 택시가 많아서 쉽게 잡을 수 있었다. 오빠가 사는 집에 도착하자마자 기사 아저씨께 택시비를 드리고 차에서 내렸다. 3층 사는 오빠 집까지 걸어서 올라갔다. '딩동' 소리가 나자마자 3초 만에 문이 열렸다. 아무리 오빠가 남자라고 해도 누군지 확인도 안하고 문을 막 열어주다니. 정말 위험하게 산다고 생각했다.

"어, 영화야. 웬 일이야?"

"오늘 첫 월급 받는 날이라서 오빠 선물 하나 사왔어."

"네가 드디어 진짜 사회인이이네. 월급도 받는 거 보니까."

"뭐, 월급 받아야만 사회인이야? 진짜 웃겨. 선물이나 뜯어봐"

"나, 네가 뭐 샀을지 알 거 같다. 맞춰볼까?"

"뭐게?"

"내복"

"잠옷인데……."

"내복이나 잠옷이나. 둘 다 똑같아."

"다르거든! 내복은 옷 안에 입는 거고 잠옷은 잘 때 입는 거지."

별것도 아닌 걸로 내가 또 꼬투리를 잡고 까불었다. 오빠는 색깔이 마음에 든다고 했다. 역시 내 취향으로 고르길 잘 한 것 같다. 오빠랑 얘기를 좀 나누고 집으로 돌아와서 엄마에게 오늘 만든 빵과 아까 산 잠옷을 함께 드렸다. 엄마는 잠옷보다 빵에 더 관심이 있는 듯했다. 엄마한테 아이들 얘기를 해주면 학교에 와보고 싶어 하신다. 어차피 조금 있으면 학교축제가 있어서 엄마도 오시라고 할 생각이다.

축제 준비하기

10월에는 학교 축제가 있다. 축제까지는 일주일도 남지 않았다. 축제는 평범하게 아이들의 그림, 글짓기를 전시하거나 각자의 가족들이 모여 맛있는 걸 먹으면서 서로서로 얘기를 나누기도 한다. 한 가지 좀 다른 점은 학부모님들께서도 각자가 자신 있는 그림을 그리거나, 공예를 해서 함께 전시한다. 강당에는 옆 학교 사물놀이를 불러 작은 공연도 보기도 한다. 한마디로 정말 모두가 함께할 수 있는 축제가 될 거다. 오늘은 올해 축제를 위해서 아이들의 작품을 준비해야 한다. 글짓기를 해야 하는데, 시를 쓸 생각이다. 시를 좋아하는 나에겐 학생들의 시가 정말 기대되었다. 학교 가는 길에 나도 시를 쓰고 싶다는 생각을 했다. 학교에 도착해서도 아이들과 시를 함께 쓸지 말지 한참동안 고민했다. 하지만 아무리 생각해도 자신이 없고, 많은 사람들이 내 시를 보게 될 걸 생각하니 막막했다. 그래서 그냥 포기하기로 마음먹었다. 아쉬운 마음을 가지고 교무실에 앉아 있는데, 종이 울렸다. 교실로 향하는 마음만은 기대로 가득 했다. 초등학생들의 시는 어떨까? 내가 시를 썼던 기억 중 가장 오래된 게 초등학교 5학년일 땐데 우리 반 학생들은 2학년이다. 어른인 내가 봤을 때는 유치하다고 느낄 수도 있겠지만, 동심이 사라지지 않은 진심만은 분명 볼 수 있을 거라 기대하고 있다. 교실에 들어서서 오늘 시 쓰는 거에 대해 말해 주었다. 시를 쓴다는 소리를 듣고 가장 좋아한 학생은 선우였다. 선우는 시 쓰는 걸 좋아하나 보다. 제일 까불까불거리는 민우가 손을 들었다.

"선생님! 야외책상에 가서 시 써요."

"야외책상? 아! 밖에서 쓰고 싶어?"

"네. 나무도 예쁘잖아요."

"민우만 나가고 싶어 하는 거 아닐까?"

"진아도 나가고 싶어요."

"아……. 진아도 나가고 싶어?"

"네. 교실보다 밖이 좋아요."

학생들 모두 밖으로 나가고 싶어 했다. 좋은 날씨에는 누구든 밖으로 나가고 싶어 하나보다. 우리 학교에는 밖에 나무 의자와 책상이 있다. 내가 여기 와서 가장 마음에 드는 점 중 하나다. 주제는 아무거나 상관없다. 아이들의 상상을 마음껏 펼칠 수 있다. 일교시가 끝나고 아이들이 모두 시를 내게 보여줬다. 이연이는 친구를 주제로 시를 썼고, 민우는 선생님, 선우는 계절과 사람을 비교하는 듯하게, 진아는 엄마에 대해 썼다. 아이들이 쓴 시가 하나같이 나에게는 가슴 깊이 와 닿았다. 뭐라 해야 할까? 사람이라면 모두가 느끼는 감정? 그런 느낌들을 아이들은 하나같이 잘 표현해 냈다. 아홉 살 나이는 덧없이 솔직하고 깨끗한 나이이다. 시에서는 사람들의 감정을 숨길 수가 없는 것 같다. 그건 내가 중학교 때부터 느꼈었다. 시를 쓰는 동안 아이들은 심하다 할 만큼 진지했다. 아이들의 이렇게 진지한 모습은 오늘이 처음이다. 내가 뭔가 말을 걸기조차 미안했다. 어제는 이번 축제를 위해서 민우와 선우 어머니께서 직접 그린 그림을 주고 가셨다. 처음 민우 어머님의 그림을 보고 깜짝 놀랐다. 이렇게 그림을 잘 그리실 줄 생각도 못했기 때문이다. 그런 생각을 혼자 하고 있었다는 게 더 이상하겠지만. 그래서 선우가 미술시간에 늘 제일 진지하고 잘 그렸나보다. 이런 거 정말 유전이 되나 싶을 정도였다. 선우가 쓴 시를 한 번 더 읽어보았다.

네 가지 색이 오고가고 오고가면
사람들은 조금씩 변해간다.
어떻게 변하는지 알 수 없지만
어쨌든 변해 간다.
사람은 계절일지도 모른다.
가끔씩 변하지만
또 어느 샌가 옛날로 돌아와 있다.

몇 번이나 새로 읽어봤다. 남들은 어떻게 느낄지 모르겠지만, 나는 이 시를 읽으면서 선우가 다른 친구들과는 조금은 다를 거라는 생각을 했다. 어디서든 제일 진지하고 말이 적었다. 자신만의 세계가 있을 것 같다고 해야 하나? 선우를 보면 종종 그런 생각이 든다. 옆에 친구들에 비하면 약간 심오한 것 같기도 하고. 생각이 깊은 아이인 건 맞는 거 같다. 선우의 머리는 하루 종일 어떤 생각들이 그 속을 차지하고 있을지 궁금했다. 어차피 알아 낼 수 없는 걸 테니 그런 궁금증은 접어 뒀다. 아이들과의 수업이 끝나고도 할 일은 많이 남아 있었다. 강당을 반짝반짝하게 윤내는 게 제일 재미없었다. 다른 선생님들과 함께 이 가을날 땀이 뻘뻘 나게 열심히 청소하고 나서는 유치원 담임을 맡고 있는 선생님께서 며칠 후면 청소가 아니라 꾸미는 걸 하기 때문에 오늘보다는 재미있을 거라고 하셨다. 평소에 만들기 같은 걸 좋아하는 터라 며칠 후가 은근히 기대됐다. 그리고 학교의 어떤 곳을 전시장으로 쓸지도 다른 선생님들과 고민하고, 맛있는 건 어떤 것을 사야 할지도 함께 고민했다. 먹을 거는 떡볶이랑 어묵도 할 생각이고, 빵과 과자 몇 가지와 마실 건 녹차와 이온음료를 선택했다. 아무래도 탄산은 몸에 좋을 게 하나도 없을 것 같다는 것이 선생님들 대부분의 생각이었다. 전시장은 1층 빈 교실을 청소해서 큰 탁자를 들여 두고 작품들을 전시하기로 했다. 일 년 가까이 아무도 드나들지 않은 교실은 먼지가 가득할게 틀림없었다. 공연은 늘 해왔던 대로 옆 학교의 사물놀이를 공연하기로 했다. 그리고 우리 학교 아이들의 노래실력도 알 수 있는 기회가 될 거 같았다. 이건 비밀인데 이번 축제에서는 나를 포함한 선생님들의 작은 공연을 준비해서 몇 주 전부터 연습을 했다. 사람들이 살아가는 따뜻한 모습을 연극으로 하기로 했다. 그 중 내가 맡은 역은 가난한 생활로 인해 집을 나간 아들을 기다리는 아줌마 역할이다. 내용은 이렇다. 아줌마와 아들은 어릴 적부터 가난하게 살았는데, 아들은 그런 가난을 이기지 못하고 집을 나가버린다. 아줌마는 집 나간 아들을 계속 기다린다. 그러던 아줌마는 병에 걸려 자리에 드러눕게 되는데, 그런 아줌마를 이웃사람들이 정성껏 보살펴 주며 함께 아들을 찾아 다니는 스토리다. 학교 학생들은 모르고 있다. 선생님들만의 깜짝쇼라고 할까? 연극 연습을 늘 재미있었다. 무대에 오르기 전부터 떨리는 것이 걱정되기는 하지만.

축제

축제날이다. 은행이랑 단풍도 완전히 초록색이란 것을 거의 벗어 버렸다. 학교 운동장을 둘러쌌던 화단의 꽃들도 모두 고개를 숙였다. 오전 9시가 넘어서자 학생들이 부모님들과 함께 학교 안으로 걸어 들어왔다. 선우, 민수, 진아, 이연이의 부모님들까지 모두와 한 번씩 인사를 나누고 내가 해야 할 일을 했다. 특별히 할 일은 없었지만, 운동장을 보고 있다가 엄마가 오시면 내가 모시러 나가고 싶었다. 저번에는 지나가는 길에 학교 운동장만 걸어보시고는 집으로 돌아 가셨었다. 20분 정도 지나고 엄마의 모습이 보였다. 사실 나도 내가 준비한 것들을 보여주고 자랑하고 싶었다. 누구에게나 그렇듯, 내게도 한 분뿐인 엄마였다. 그냥 보여 주고만 싶다는 생각이 가득했다. 엄마와 함께 나도 잠시 전시장을 돌아다녔다. 아이들이 지은 시를 보고 엄마는 아이들을 혼잣말로 많이 칭찬하셨다. 점심식사 후에 무대에 올라가기 때문에 서둘러 밥을 먹고 먼저 자리에서 일어났다. 연습을 게을리 한 건 아니지만 걱정이 되어 몇 번이나 머릿속으로 대사들을 떠올렸다. 교실에서는 부모님과 아이들이 서로 모여서 과자를 먹으면서 하고 싶은 얘기를 마음껏 할 수 있었다. 떡볶이와 어묵은 현관에서 받을 수 있었다. 전시장이 사람들 수에 비해 좁은 바람에 사람들로 꽉 찼다. 아무래도 학생들의 친척들까지 다 초대한 거 같다는 생각이 들었다. 많은 사람들이 재미있게 보고 돌아간다면 내가 좋겠지. 점심시간이 끝이 나고, 강당의 무대에는 노래 부르는 아이들이 가장 먼저 무대로 올라갔다. 노래 부르러 무대에 오른 아이들도 서로서로 기대하고 있었다. 오늘같이 즐겁고 기분 좋은 날은 신기하게도 시간이 빨리 흐른다. 또 나 역시 무대에 올라가야 해서 그런지 시계의 분침이 평소보다 세배는 빨리 흘러가는 거 같았다. 잠시 후, 사물놀이의 쩌렁쩌렁한 소리가 박수소리와 함께 끝이 나면서 무대커튼이 내려왔다. 이제 우리 선생님들이 나갈 차례가 다 되어 갔다. 대기실에 거의 나타나지 않고 있다가 시작할 때 선생님들께서 제 시간에 맞춰 오셨다. 학생들의 마지막 노래 무대도 끝이 났다. 약간의 화음도 들어갔다. 역시! 우리는 못하는 게 없었다. 나는 다시 긴장해야 했다. 이제 우리 차례가 됐으니까. 어디서든 연극은 거의 마지막 순서를 장식하는 듯하다. 노래를 부르고 내려오는 아이들이 분장한 선생님들을 보고 깜짝 놀랐다. 꼭 눈앞에 개구리라도 나타난 것 같은 표정들을 지었다. 선생님들은 놀랐냐면서 아이들을 보고 웃었다. 연습 엄청 많이 했다면서 아이들에게 재미있게 보라고 신신당부를 했다. 커튼막 뒤에 자세를 잡고 있는 선생님들은 정말 잘 하려고 각오한 듯했다. 나 또한 그랬다. 모두가 우리의 연극을 잘 봐주었으면 했다. 막이 내려가고 조명이 밝아왔다. 무대에 있으면 우리를 바라보는 사람들의 모습은 눈에 잘 들어오지 않는다. 중학생들을 맡고 계시는 선생님께서 첫 대사를 읊었다. 우리를 보고 있는 학생들의 모습은 잘 보이지 않지만, 여기저기서 들려오는 '우와! 우리선생님이다!' 라는 소리는 수시로 들려왔다. 모두들 각자의 선생님을 발견 했나 보다. 분명, 우리 반 아이들도 날 발견했음에 틀림없다. 진아 목소리를 들은 것 같기 때문이다. '저쪽에 우리 반 선생님 아니야?' 라는 말. 역시 몇 달간 아이들을 보니, 다른 아이들과 쉽게 구분할 수 있었다. 연극은 막바지에 달했고, 내가 맡은 부분도 끝이 났다. 아줌마 역할을 맡는 바람에 거의 뒤에까지 남아 있어야 했다. 대사가 적은 편도 아니었다. 내 생각에 완전히 연극 초보인 내게는 많은 대사였다. 나름 뿌듯해 하면서 무대 인사를 끝내고 내려오는데 우리 반 아이들이 강당 대기실 문 밖에서 기다리고 있었다. 무대 인사도 보지 않고 뛰어왔나 보다. 생각도 못한 내가 나와서 신기하긴 했나보다. 학부모님들께서도 생각도 못했다고 하셨다. 그리고 연기 대사 하나 틀리지 않고 잘 했다고 칭찬들을 해주었다. 나는 더욱더 뿌듯해졌다. 연극을 끝으로 축제도 끝이 났다. 아이들과 부모님들은 집으로 돌아갔고 우리 엄마도 먼저 집으로 돌아가셨다. 아이들의 부모님께서 뒤처리를 많이 도와주셨지만, 아직 치울게 남아 있었기 때문에 빨리 집으로 돌아갈 수는 없었다. 선생님들은 남아서 모두 강당을 또 청소했다. 학교 중앙문에 장식된 풍선들을 모두 터뜨려 버리고, 교실에 남아있는 과자 부스러기들도 쓸었다. 축제를 준비할 때도 즐거웠지만, 뒷정리를 할 때도 즐거웠다. 기쁜 마음으로 모든 걸 했기에 행복했다.

학교에서 이뤄지는 모든 것들은 내게 새롭고 더할 나위 없는 기쁨을 선물해 주었다. 나는 특수학교의 선생님이 되고 나서 15년 전의 불행한 선물과는 달리 행복의 선물만을 받고 있는 듯하다. 꼭 아빠가 하늘에서 지켜 주고 있는 것만 같이. 정말 그런 걸지도 모른다. 가끔씩 아빠가 꿈에 나타나는 걸 보면 정말 내 모습을 지켜보고 계신 것 같다. 어릴 적 아빠의 모습을 보고 이 길을 선택하게 되었다. 내가 이 직업을 선택한 거 죽을 때까지 후회하지 않을 것 같다. 난 특수학교의 선생님이라는 직업을 운명으로 타고 난 걸지도 모른다. 너무너무 좋으니까. 이제 겨우 몇 달간 출근한 초짜 선생에 불과하지만, 난 앞으로 학생들에게 더욱 잘해 줄 자신도 있고, 열심히 가르칠 자신 또한 있다. 난 나를 믿는다. 지금까지 그래 왔던 것처럼 모든 일에 나의 정성을 다할 것이다. 내가 15년 전부터 바라왔던 내 길을 헛

되게 할 수는 없기 때문이다. 진심으로 바라고 노력한다면, 사람들은 자신의 꿈을 모두 이루어 낼 수 있을 것이다.

[후기]

처음 글을 쓴다는 것에 대해 설렘과 자신감, 걱정이 제 머릿속에 복잡하게 얽혀 있었습니다. 글을 쓰면서 힘들다고 느끼긴 했지만, 이번을 계기로 제 꿈과 조금이나마 가까워질 수 있었다는 것에 감사합니다.

잿빛 세상

윤상은

그녀 영미라 한다.
지극히고 평범한 이름처럼 평범한 삶을 살고 있는 그녀다.
남들처럼 열심히 공부했고, 괘 좋은 대학에자기가 가고싶어하던 과를 갔고
졸업해서 좋은 회사에 입사한지 연 5년 째.
그녀는 지금 잿빛세상에서 살고 있다.
'이게 너의 모습이야.
불바다 속에 서 있는 모습,
가시덤불 길에서 길을 잃은 모습'

'아니야, 아니라고!'

자동차와 가로등 불빛이 아름다운 이곳은 서울. 공해라 불릴 만큼 시끄러운 기계 소리와 별들을 숨길 만큼 눈부신 네온사인은 영원히 꺼지지 않는 이곳의 상징. 오늘도 그녀는 이 서울 한복판을 달려 자신의 조그만 안식처에 도착했다. 안식처라 해봤자 18평짜리 오래된 빌라일 뿐이지만. 늘 불편하다고 느끼는 사무용 정장을 벗어 던진 후 후줄근하고 헐렁한 실내복으로 갈아입었다. 아침 설거지부터 시작해서 너저분한 집안 청소와 사소한 집안일을 모두 끝내고 침대에 늘어진 그 때, 시간은 벌써 새벽 1시를 넘기고 있었다.

쿵.

시계가 떨어짐과 동시에 그녀가 벌떡 일어났다. 온 몸이 땀범벅이었다. 떨어진 시계를 주어서 보니 새벽 3시. 충격이 컸는지 시계는 쩍하고 금이 가버렸다. 악몽이었다. 꿈을 꿔본 기억이 손에 꼽을 정도였는데 악몽을 꾼 것이다. 그런데 꿈속에서 왠지 낯이 익은 목소리가 들렸던 것 같다. 머리가 멍했다. 이상한 기분이 들어서.

다시는 잠들 수 없을 것 같아 그녀는 그냥 샤워를 했다. 머리 위로 떨어지는 차가운 물줄기에 멍했던 정신이 그제야 돌아오고 있었다. 축축한 머리를 한 채로 누울 수 없어서 소파에 앉아 맥주를 한잔 들이키며 다시 생각해 보았다. 악몽임은 분명했다. 빨간 불빛이 주위를 맴돌았고 낯익은 목소리가 들렸다. 하지만 무슨 말인지 기억나지 않았다. 더 생각하면 머리가 아플 것 같았다. 머릿속에서 악몽을 지워버렸다.

아직 해가 안 뜬 서울의 모습은 흐릿한 안개 속에 잠겨서 잠잠하기만 하다. 몇 시간 후의 시끌벅적함과 분주한 모습을 상상도 할 수 없을 만큼……. 노트북을 켠 후 블랙커피 한 잔을 내려놓은 그녀는 아직 준비 중인 계획서를 다시 검토했다. 일을 조금씩 당겨하지 않으면 나중에 일이 밀려 감당할 수 없을 것이라는 생각에 늘 일처리를 미리 해두는 그녀이다.

그녀의 이름은 윤영미. 우리나라에서는 꽤 알아주는 일류 광고기획사에서 일하는 그녀는 사회생활을 시작한 지 5년차. 이제는 새로운 환경이라 할 것도 없이 직장생활에서 베테랑이 되어가고 있는 그녀다. 하지만 그 때문일까? 언제나 즐거울 것만 같던 자신의 인생이 더 이상은 즐겁지 않다고 생각하는 그녀. 무료하고 반복되는 일상에 조금씩 지쳐가고 있었다.

새벽에 잠을 제대로 못 잤던 탓일까? 거울 속 영미의 피부가 푸석푸석하다. 오늘 저녁은 일찍 들어와서 피부 관리나 해야겠다고 생각한다. 조금이라도 흐트러진 모습을 보이면 다른 사람들이 마치 자신의 자리를 치고 올라올 것 같은 기분이 드는 것이다.

"좋은 아침~"

"네, 실장님. 오늘도 멋지신데요."

"어머, 이 브로치 어디서 샀어? 너무 예쁘다."

"그래서 말이지 어제……."

아침을 시작하는 회사는 입구에서부터 이렇게 활기차고 분주하다. 영미는 아무 말 없이 엘리베이터 안의 사람들과 가벼운 목례만 한다. 애써 미소를 짓지만 입 꼬리가 잘 올라가지 않는다. 아직 근육이 덜 풀렸나보다. 사무실이 있는 12층 버튼을 누르면서 생각한다. '매일 똑같은 하루가 뭐가 저렇게 즐거울까.' 라고.

사무실 모두가 커피를 직접 내려먹는 탓에 그녀 또한 아침마다 사무실 뒤의 작은 공간에서 커피를 내려마신다. 진한 에스프레소를 못 마시는 그녀는 다른 이가 먼저 커피를 건네주기 전에 직접 차가운 물에 얼음을 가득 넣어 아메리카노를 만든다. 사무실 안의 모든 동료들(서울사람이라고 해두자.)이 진한 에스프레소를 투샷으로 내려먹는 모습을 볼 때마다 그들 모두 저 커피처럼 독하다고 생각하는 그녀다.

'오늘은 안색이 안 좋네. 어디 아파?'

사무실 맡은 편에 앉은 희진이 영미에서 쪽지를 보내온다. 아침부터 수척했던 모습을 보였나보다. 영미는 그런 희진을 보며 웃어준 뒤 잠을 못 자서 그렇다고 답장을 보냈다. 그런데 눈앞에 귀여운 리본이 달린 초콜릿이 보인다. 그리고 누군가가 어깨를 툭툭 친다.

'울상 짓지 말고 힘내!'

고개를 올리자 그가 입모양으로 이야기한다. 대학 동창인 현준이다. 같은 과를 나왔고 같이 입사한 탓에 이제는 서로 너무나도 잘 아는 사이가 되었다. 제 자리로 가는 그의 뒷모습에 싱긋 웃음을 남겨준다. 안 봐도 웃고 있는 걸 알 법한 그이다.

컴퓨터를 켜고 다이어리를 펼친다. 위클리에 적혀있는 빡빡한 일정들을 체크하며 가장 급한 일부터 하나하나 체크리스트에 적어갔다. 이렇게 꼼꼼해진 것도 사회생활을 시작하면서 하나라도 실수하지 않으려고 안간힘을 쓴 덕에 얻어낸 노하우이다. 그녀는 '하루의 시작이구나.' 라고 생각했다.

얼마 전 프로젝트가 끝난 탓에 오늘은 사무실이 조금 한산하다. 다들 책상 정리나 주변 정리를 하고 휴게실로 삼삼오오 나가면서 여유를 부리고 있었다. 오직 한 사람, 윤영미라는 여자를 빼고는. 영미는 새벽에 미처 다 정리하지 못했던 계획서 PPT를 마저 정리했다. 그리고 생각해 놓았던 새 아이디어의 플롯을 짰다. 회사에서 의뢰받은 광고는 무수히 많았고 그 중에서 어떤 것을 맡아서 진행하게 될지는 미지수였다. 그래서 미리 모든 의뢰에 대해 아이디어를 짜 놓았다. 언젠가는 또 써먹을 일이 있으니 헛된 일도 아니었다.

회사 지하실에 있는 자료실. 프로젝트가 동시에 시작되는 날이 아니면 이 곳은 늘 비어있다. 갑갑하고 묵직한 이 곳을 좋아할 사람이 있을 것 같지는 않다고 느끼면서 그녀는 자료실 안내판을 보며 자신이 찾는 자료의 위치를 파악했다. 너무나도 넓은 이 곳에 올 때마다 그녀는 안내판을 한참이나 들여다 본다. 남들처럼 이 곳의 위치를 다 파악하기에는 아직 버겁기만 한 것이다.

한참 이 책 저 책을 골라 자료실 한 편의 책상에 올려놓는 순간 책상 옆 선반에 공모전 수상작들이 진열돼 있는 것을 보았다. 작품 하나하나가 마치 위대한 탑처럼 우뚝 서 있었다. 하나하나 눈길을 주고 있었는데 그 한중간에서 눈길이 멈추었다. 마치 에펠탑인 양 서있는 그 작품은 바로 영미 자신의 작품이었다. 남들은 다 조별로 지원한 공모전에서 당당히 홀로 지원해 입상했던 그것도 최우수상을 받은 자신의 옛 작품에 한참동안 눈을 떼지 못하는 그녀. 뭘까, 그녀는 마치 씁쓸한 다크 초콜릿 같은 기분을 느꼈다.

점심시간이 되자 사무실의 사람들은 일제히 삼삼오오 모여서 빠져나갔다. 자료실에서 올라와 멍하니 있던 영미는 그제야 정신을 차렸다.

“무슨 생각을 그렇게 열심히 해? 진짜 심각한 일이라도 있는 거 아니야? 천하의 윤영미가 긴장을 다 풀고 정신을 놓고 있고 말이야”

“어? 아니 아니야. 벌써 시간이 이렇게 됐구나.”

“거봐, 정신 놓고 있는 거 맞다니까. 한 건 끝나고 나니까 긴장이 확 풀려? 이거 안 되겠구먼.”

“그런가……. 다시 바짝 조여야지 뭐. 점심은 어디서 먹을 건데?”

“오늘은 자기가 한턱 내. 내가 오늘 좋은 데 데려가 줄게.”

“좋은 데? 거기가 어딘데? 일부러 밥값 덮어 씌우려고 그러는 거 아냐?”

“에이, 사람을 뭐로 보고. 아니거든요. 오늘 콘서트표가 두 장 생겼거든. 같이 가서 스트레스 풀고 오자. 응?”

“이 차림으로? 그건 좀 아니다. 피곤할 것 같기도 하고”

“어허! 우리가 괜히 사회인인가? 이럴 때 쓰라고 돈이 있는 거고. 그러니까 스트레스는 날려야 하고. 알았지? 그럼 가는 거다.”

영미는 막무가내인 희진에게 데이트 신청을 당했다고 생각했다. 절대 자기 의지로 가는 것이 아니라며 오늘 쓰는 돈은 다 덮어쓴 거라고 마음먹어 버렸다. 이런 낭비는 예상 못한 변수니까.

영미에게 점심시간은 그야말로 곤욕의 시간이다. 회사 주변의 모든 음식점들이 이 주변 회사 사람들로 온통 치이고 북적이며 시끌벅적한 것이 영 못마땅하기 때문이다. 사람이 많고 즐거운 것을 좋아했던 그녀지만 이런 정장차림의 마네킹들이 시끌벅적한 것은 영 받아들이기 어렵다. 희진의 불평에도 영미는 수제 샌드위치와 카페모카 한 잔을 테이크아웃했다. 물론 희진의 것도 같이. 오히려 이 편이 영미에겐 편했으니까.

여긴 어딜까? 귀 속에는 무당벌레라도 들어간 듯 왕왕거리고 간질거린다. 하지만 주변에는 아무 것도 없다. 단지 새하얀 빛이 비칠 뿐이다. 여기가 어딘지는 모르겠지만 벗어나야겠다는 생각이 든다. 하얗던 빛은 점점 붉은 색으로 변해간다. 그 빛을 따라 한 발짝 한 발짝 뗄 때마다 발소리가 사각사각하고 들린다. 그리고 귀 속의 소리가 점점 또렷이 크게 들린다.

눈앞에서 낯익은 건물의 형태가 잡혀간다. 호수가 잔잔해지듯 흐릿한 영상은 점점 선명해져 가고 있다. 햇빛이 반짝이는 파란 유리창의 건물이 눈앞에 서 있다. 이 곳은 지금 나의 회사가 아닌가. 잠시 내가 밖에 나왔나 생각했다. 그런데 나의 차림은 단지 맨발에 하얀 원피스 차림이다. 이건 뭘까?

'어, 잠시만요. 같이 들어가요.'

어디선가 늘 듣는 목소리와 억양에 순간 나는 소스라치게 놀랄 수밖에 없었다. 그 소리가 머무는 곳엔 또 다른 내가 서 있었다. 스물두 살, 푸르디푸른 잎사귀 같은 내가 시간에 쫓겨 미친 듯이 건물 안으로 뛰어 들어가고 있었다. 나는 본능적으로 그녀를 뒤따라 갔다.

4층 대기획실 앞에는 수많은 공모전 지원자들이 긴장한 채로 서성이고 있었다. 누구는 청심환을 먹고, 누구는 자기가 말할 멘트를 연습하고, 누구는 화장을 고치고, 서로를 향해 응원도 해주고 있었다. 그 사이에 눈을 감고 있는 여유로워 보이는 내가 앉아있다. 저 때 분명 나는 저 안에 들어가서 심사위원들의 시선을 휘어잡는 내 모습을 상상하고 있었다. 그래서 눈을 감고 있으면서도 미소를 지었다.

나의 차례가 다가왔고 또 다른 나는 당차게 기획실 안으로 들어갔다. 심사위원은 셋. 나는 그 세 명의 실험용 소비자들 뒤에서 어린 나의 당차고 유머러스한 멘트를 들었다. 그녀의 살아있는 표정, 호소력이 짙은 멘트들이 하나하나 머릿속과 마음속을 헤집어 놓았다.

저게 나다. 아니 나였다. 스물둘의 새파란 나이에 무서운 심사위원 셋을 실험용이라 생각했던 당찬 아이. 진중한 상황에서 유쾌한 멘트를 던져 분위기를 순화시키던 그녀. 저게 나였다. '하' 하고 탄식을 내뱉는 순간 자신의 목소리가 잿빛인 것을 느꼈다. 그리고 낯익은 목소리가 귓가에 울렸다.

'그래. 너의 과거의 모습이지. 지금의 너를 만들어 낸 저 모습은 어디로 갔니? 넌 지금 저 때의 너를 배신했어. 넌 저 모습을 아궁이에 집어 던졌어.'

영미는 하, 하고 한숨을 내뱉으며 눈을 떴다. 점심을 먹으려고 왔던 휴게실이었다. 같이 있던 희진이 전화를 받으러 간 사이에 간이침대에 누워 있었는데 잠이 들었었나 보다. 영미는 잠시 혼미함을 느꼈다. 그녀의 이마에는 식은땀이 송골송골

맺혀 있다. 꿈속에서 어린아이가 흘렸던 땀과는 전혀 다른 땀이었다. 도대체 '이 꿈은 뭘까?' 라는 생각과 또다시 들려왔던 낯익은 목소리에 온몸에 소름이 돋았다.

찬물로 세수를 하고 좀 진정시키기까지 너무나도 오래 걸린 것 같다. 사무실로 들어온 영미는 컴퓨터에 앉아 파일 정리를 시작했다. 여태껏 찾아놓은 자료들과 써놓았던 문서들의 방대한 양을 이 컴퓨터가 견뎌내는 것이 신기하기만 하다. 그 양을 헤아렸다간 한 달도 더 걸릴 만큼 방대한 양이기 때문이다. 지금 당장은 필요 없는 일이지만 늘 기계적으로 컴퓨터 파일을 정리하는 그녀다. 그래서 늘 그녀의 컴퓨터는 처음 그대로 깨끗이 정리되어 있다. 오늘은 평소보다 더 많은 시간이 걸리는 듯하다. 겉으로는 평소와 다름없지만 그녀의 생각이 다른 곳에 있어서가 아닐까?

아닌 게 아니라 컴퓨터 앞에 앉아 있지만 그녀는 아까의 꿈을 생각하고 있었다. 도무지 생각해도 그 뜻을 알 수가 없다. '단순한 악몽인 것일까?' 라고 생각하면서 왜 자신의 과거의 모습이 나타나는지 이해하지 못하는 영미다. 찜찜한 기분이란…….

희진을 태워 도착한 곳은 희진이 자주 간다는 한 멀티숍이었다. 영미는 희진에게 이끌려 간편한 복장의 나름 최신 유행이라는 옷을 사 입었다. 콘서트라 하면 편한 복장이 낫지 않냐고 말하긴 했지만 이렇게 옷을 사 입을 줄은 상상도 못했던 그녀다. 희진은 너무 즉흥적이라 문제다. 그래서 늘 즐거워 보이긴 하지만…….

크지는 않지만 갖출 것은 다 갖춘 작은 무대에는 형형색색의 밝은 레이저 조명들이 옹기종기 모여 있다. 인디밴드의 공연이다 보니 그렇게 많은 사람들이 모이진 않았다. 그게 참 다행이라고 생각하는 영미다. 공연의 막이 오르고 점점 커지는 사운드에 힘입은 사람들이 자기 속에 있던 다른 자아를 하나씩 꺼내 놓을 때 영미는 희진이 사라진 것을 알았다. 아마 무대 제일 앞에서 뛰고 있을 그녀기에 찾지 않고 뒤쪽의 바에 가 몸을 기댔다. 이 흥겨운 분위기를 제 몸이 따르지 못하는 걸 느끼고 있었다.

알코올이 들어가자 영미의 몸도 조금씩 풀리기 시작했다. 이 작은 콘서트는 절정에 이르러 물을 뿌려대고 방방 뛰고 광란의 도가니가 펼쳐지고 있었다. 마치 그림이라면 영미는 빨간색 동그라미를 쳐 놓아야 할 정도로 동떨어져 보였다. 그 때 누군가가 달려오며 영미와 부딪혔다.

"어머, 죄송합니다. 괜찮으세요?"

"아야, 아 괜찮아요."

"그럼 실례. 어, 혹시 영미?"

"누구신데 저를 아세요?"

"어머, 정말 영미야? 나 기억 못해? 우리 고등학교 동창이잖아. 나야, 나. 이운영."

"이……운……영?"

"그래, 어머, 얘, 진짜 나 기억 못하네? 내가 아무리 많이 변했어도 그렇지. 나를 기억 못 하니. 3학년 7반 말썽꾼이라고 말해야 해?"

"아, 그래 이제 기억났다. 그래, 너 진짜 많이 변했다. 완전 용됐네?"

"치, 그래, 내가 좀 많이 바뀌었지. 너도 꽤 많이 변했는데?"

"그래? 나야 뭐 늘 그렇지, 바뀐 게 있니?"

"그런가? 너 되게 진지해졌어. 그래 보여. 다른 사람들은 그렇다고 안 해?"

"글쎄다. 모르겠다. 아무튼 너 진짜 많이 변했다. 되게 예뻐졌네?"

"노력 좀 했지. 대학 때 피나는 노력을 했다고. 넌 대학 때도 여전히 유명하더라. 네 세미나, 나도 들은 적 있거든. 정열적인 그 모습. 역시 너라고 생각했지."

"그 땐 그랬지, 뭐."

"지금은 그 때랑 또 다르다. 완전 삶에 찌들어 보여, 하하."

"요즘 좀 힘들다. 이해해 주라."

"이해까지야 뭐. 아무튼 이런 데서 널 다 만날 줄이야. 나 여기 매니저거든."

"아, 그렇구나. 난 그냥 공모전 했던 그 때처럼 광고하고 있어."

"이미 그것도 알아. 네 소문은 우리 동창들 사이에 유명한데, 뭐."

"하하, 그래? 그것도 몰랐네."

"동창회도 좀 나오고 그래라. 우리 나이가 몇인데. 아무튼 재미있게 놀다 가. 나는 일 봐야겠다."

"그래. 다음에 만나자."

그렇게 운영은 영미 앞에서 사라졌다. 뜻밖의 만남에 잠시 흥분했던 영미는 이내 정신을 차렸다. 많이 변한 동창생의 모습에 솔직히 많이 놀란 그녀다. 다들 동창생들도 저렇게 변했을까 상상해보며 영미는 자신이 변했는지 곰곰이 생각해보았다. 안타깝게도 이미 그녀에게 이 작은 콘서트는 지워져버리고 없었다.

'변했다.' 그녀는 한 번도 그런 생각을 해본 적이 없는데 그런 소리를 들었다. 왠지 여태껏 무언가에 속아 온 느낌이 드는 것이다. 영미는 희진에게 먼저 간다는 문자를 보내고 그 시끄러운 공연장을 빠져나왔다. 이미 영미의 귀에는 들리지 않는 소리지만.

차를 몰고 서울 한복판을 가로질렀다. 오늘도 화려한 네온사인 불빛은 영미를 여러 색깔로 물들인다. 너무 반짝이는 눈부심에 이곳을 빨리 벗어나려 애쓰는 그녀이다. 집에 도착한 그녀는 씻지도, 옷을 갈아입지도 않은 채 한 쪽 스프링이 고장난 소파에 널브러지듯 몸을 던졌다. 온 몸에 기운이 다 빠진 영미는 그대로 잠이 들어버렸다. 그 순간 귓가에 울리는 소리를 제대로 듣지 못하고…….

'그래, 넌 이미 변해서 사라지고 없지.'

또 꿈인 걸까? 온통 주변이 하얗다. 나는 어딘지 모르게 꽉 막혀있는 그 곳에 서 있다. 이전의 꿈과는 또 다른 느낌이다. 저 쪽에서 환한 불빛이 어른거린다. 나는 그 곳으로 발걸음을 옮겼다. 그러자 주위가 하나 둘씩 제 형태를 찾아갔다. 익숙한 곳이라는 생각이 든다. 그래, 우리 학교구나. 이곳 내가 십대의 마지막을 보냈던 추억의 장소였다.

주위는 삼삼오오 등교하는 고등학생들로 가득 차 있다. 다들 이른 등교에 지친 얼굴이기도 하고 친구들과 활기차게 이야기하며 걸어오는 아이들도 있다. 옛 생각에 살짝 미소가 돈다. 나도 그 아이들을 따라 학교로 올라갔다.

익숙한 계단, 익숙한 복도를 지나 도착한 곳은 내가 고3 때 몸담았던 나의 교실 앞이었다. 내가 십대일 때의 모든 모습이 깃들어 있을 것만 같은 장소. 교실 안은 수업 중인 것 같았다. 그리고 저 쪽에서 익숙한 모습이 보인다. 또 다른 내가, 고등학생인 내가 수업을 받고 있다. 그 모습을 한참 동안 바라보다가 내 몸을 봤다. 온통 하얀 옷을 입고 있다. 이전의 꿈에서 입었던 옷과 똑같아 보이는 옷이었다. 그 생각에 한참 옷을 바라보고 있는데 수업이 끝났다 보다.

교실 안의 아이들은 두 가지 행동으로 나뉘어 움직였다. 엎어지거나, 모이거나. 아이들이 일제히 움직이는 모습에 나도 모르게 웃음소리가 흘러나왔다. 하지만 깜짝 놀랐다. 내 목소리가 잿빛이었으니까. 고등학생 땐 쉬는 시간만 되면 그대로 엎어져서 잤던 기억 밖에 없다.

이번에도 픽 엎어지는 내 모습에 여전하구나 생각했는데 뒤에서 친구들이 우르르 몰려온다. '이 범생이 어제 밤에 또 공부했지?', '지금은 잘 수 없어. 일어나. 일어나!' 라며 잠을 깨우는 친구들 때문에 이번 시간에 잠자기는 글렀다고 생각했는지 순순히 일어나 친구들과 수다 한 마당을 펼쳤다. 기억도 나지 않는 소소한 일이라고 생각했는데 무슨 얘기를 했는지 속속들이 떠오르는 건 뭘까?

늘 모범생이었던 고등학교 생활 내내 친구들은 날 일부러 놀려대기도 했던 것 같다. 수능이 끝나고 친구들은 '역시 독하게 한 보람이 있구나. 너는.' 이라고 말하며 나를 부러워하기도 했다.

"그래, 저게 너였어. 이제는 기억나니? 그런데 지금 넌 어때?"

그 소리에 저절로 내 몸을 들여다보았다. 새하얗던 옷이 마치 먼지처럼 잿빛으로 물들어갔다. 손도 발도 모두 다 물들어갔다. 나는 꼼짝도 할 수 없었다.

5시 30분. 얼굴에 두 줄의 선을 죽 그은 그녀의 알람시계가 미친 듯이 소리칠 때까지 영미는 잠들어 있었다. 겨우 일어난 영미는 왠지 퉁퉁 불은 몸이 무겁게 느껴져서 힘겹게 화장실로 들어갔다. 옷도 갈아입지 않은 채 잠들었던 것이라 온 몸에 근육통이 생긴 듯 버거운 그녀는 시간이 넉넉하지 않음에도 욕조에 물을 가득 받고 거품을 풀어 제 몸을 담가버렸다.

'하' 하고 긴 한숨을 뱉어내는 영미. 왜 자꾸 자신의 과거가 꿈속에 나오는지 전혀 이해할 수 없었다.

프로젝트와는 별개로 지금은 공모전이 한참일 때이다. 막바지에 이르는 공모전의 마지막 순서인 3차 PPT 발표를 참관하기로 한 날. 아침 일찍부터 자료들과 평가지를 챙겨 현준과 함께 기획실로 내려가는 영미. 현준은 '우리도 저 땐 되게 열심히 했는데 기억나?' 하며 옛 이야기를 새록새록 꺼내왔고, 그녀는 웃으면서 '그랬었지' 라고 대꾸했다. 하지만 그녀는 과거 얘기가 너무나도 불편했다. 꿈 때문이었을까?

PPT가 시작되었고 참가자들은 여러 차례를 거쳐 와서인지 조금은 여유로운 모습으로 발표하고 있는 것을 느끼는 그녀. 그들 중 유별나게 여유롭고 센스 있는 사람을 찾아내는 것이 오늘 그녀의 목표이다. 한참 진행 중에 현준이 말을 건다.

"저 사람은 어때? 너랑 되게 많이 닮았어."

"응? 뭐가 닮았다는 거야?"

“발표하는 태도, 심사위원들과 소통하는 모습. 딱 예전의 넌데?”

“뭐야, 저런 거였어?”

“응. 저렇게 열정이 철철 넘쳐 흐를 때가 좋지. 지금은 너무 능숙해져서 탈인데 뭐. 너만 봐도 그래. 지금은 너무 능숙해져서 오히려 나태해진 모습입니다. 아가씨.”

“내가 변하긴 했어?”

“어우, 많이 변했지. 변하기만 했겠어?”

현준의 말에 영미는 잠시 얼어붙을 수밖에 없었다. 결국 자신도 변한 거구나 하고 씁쓸함을 느끼고 있었다. PPT 발표가 끝나고 영미는 현준을 두고 먼저 올라가 버렸다. 그녀는 너무나도 혼란스러워 평가지를 책상 위에 던져 놓고는 옥상으로 올라갔다. 자신도 변해버렸다는 말 앞에서 흔들리고 있다고 생각했다. 아래를 내려다보았다.

바쁘게 뛰어다니지만 한결 같은 표정을 한 사람들. 그들의 얼굴은 모두 잿빛이다. 영미는 ‘저렇게 바쁘게들 사는 사람들 중에 과연 늘 행복한 사람이 몇이나 될까?’ 라고 생각하며 늘 스트레스 받으며 마지못해 회사를 다니는 사람이 절반도 넘을 것 같다고 느꼈다. 물론 자신도 거기에 포함되었다. 그렇게 자신도 잿빛으로 변해가는 것이었다.

드디어 새로 프로젝트가 시작되었다. 마치 시험기간처럼 주어지는 휴일은 프로젝트가 끝난 그 다음 하루뿐이었다. 그녀의 팀은 제품사양에 따라 많은 차이가 나는 신차에 대한 홍보마케팅을 맡았다. 이것도 이미 생각해 두었던 아이디어가 있던 그녀는 고민 하지 않고 PPT를 만들었다.

PPT 회의가 있는 날. 사무실은 사뭇 다른 긴장감에 휩싸여있다. 그녀 팀의 팀장님은 회사 내에서도 까다롭기로 유명한 분이었기 때문에. 하지만 그녀는 그렇게 긴장하지 않은 모습이다.

그녀 팀은 구성원 모두가 PPT와 아이디어를 준비한다. 그 중 좋은 아이디어들을 합작하곤 한다. 그 중 그녀의 아이디어는 거의 다 채택되거나 참고되어 팀원들이 가장 신뢰하는 아이디어가로 평가받았다. 이것이 그녀가 긴장하지 않는 이유이고, 나태해진 이유일 지도 모르지만…… .

PPT 발표는 오전 시간 내내 이어졌다. 그 중 참신한 아이디어가 나오긴 했지만 모두 다시 하라는 엄명을 받았다. 이번엔 그녀도 예외가 아니었다. 그리고 그녀는 팀장님의 호출도 받았다. 처음 있는 일이었다. 입사한 후 그동안 그녀는 한 번도 주의를 받거나 혼난 적이 없었기 때문이다.

"영미씨. 요즘 왜 그래? 너무 나태해졌다고 생각 안 해?"

"죄송합니다. 시정하겠습니다."

"오늘만 봐도 그래. 영미씨 아이디어는 늘 좋아. 오늘도 마찬가지였어. 그런데 오늘 영미씨 PPT에는 열정도 없고, 느낌도 없어, 소비자를 생각하는 마음이 하나도 없단 말이야. 늘 소비자 입장에서 먼저 바라보던 참신한 시선을 가진 영미씨는 어디 갔어?"

"아, 미처 생각하지 못했습니다. 다시 하겠습니다."

"소비자 조사부터 다시 해, 처음부터."

영미는 된통 혼났다. 늘 한결 같을 줄 알았던 자신의 목표가 변질되어 버렸다고 지적받는 순간 영미는 망치로 뒤통수를 가격당한 기분이었다. 자신은 절대 저런 광고인이 되지 않겠다고 했던 그 모습을 지금 자신이 하고 있었던 것이다.

주말. 주 5일제라는 엄청난 휴가로 인해 주말에는 늘 늘어지게 늦잠을 자는 그녀이다. 늦잠을 자고 일어나면 조금은 예전의 밝은 마음으로 돌아간 것 같아서 기분이 좋아지는 영미. 햇살이 좋은 날이다. 간만에 개운해진 몸으로 집안 이 곳 저 곳을 청소하기 시작한다. 오랫동안 비워둔 집처럼 집안 곳곳이 먼지투성이다. 쿰쿰한 먼지들을 보면서 영미는 앞으론 피곤하더라도 청소는 제대로 해야겠다고 마음을 먹는다.

여유 있게 청소를 하다 보니 절로 콧노래가 나온 걸까? 절로 웃고 있던 그녀는 속으로 흠칫 놀랐다. 자신이 요즘 통 웃지 않는다는 걸 그녀 자신도 알고 있었기에…….

하루 온 종일 청소를 하고 나니 마치 처음 만남인 양 보금자리가 새로운 모습으로 인사하고 있다. 쇠뿔도 단김에 뺍는다고 그녀는 구석에 있는 책장까지 정리하겠다고 책들을 다 뒤집어 엎었다.

어머니가 정성스레 꾸며주신 어렸을 적 사진 앨범들과 학창시절 찍었던 사진들, 편지들, 낙서하던 노트까지 추억의 물건이 여기 다 있나 싶을 정도로 꽉꽉 차 있는 타임캡슐 같은 책장. 하나하나 꺼내보고 뒤져보고 닦아내서 다시 정리하고 있는 그녀. 꽤나 정성스럽게 움직이고 있다. 이 모든 것들이 소중한 것임을 알아서……. 그 때 무심코 발밑에 떨어지는 것. 작은 비디오 테이프였다. 무어라 적어 두었는데 바래서 그런지 전혀 알아 볼 수가 없는 글자. 영미는 호기심에 무심코 틀어보았다.

재생시키자마자 왁자지껄한 사람들 소리가 귀를 휘감는다. 영미는 그 소리 중 낯익은 자기 목소리가 들어있는 것을 느꼈다. 언제일까 하고 생각하고 있는데 옛 친구들의 정겨운 얼굴들이 하나하나 보인다.

대학 시절. 빛나는 청춘이라는 이름에 걸맞게 그녀는 친구들과 함께 여행을 떠났었다. 아마 이 비디오테이프는 그 때 찍었던 것들 중 하나일 것이다. 뭐든 즐거웠을 그 때를 떠올리니 아련하게 느껴지는 그녀다. 아마 그 때 찍은 여러 테이프들 중 하나씩 나눠 가졌나 보다. 앞 뒤 내용은 다 잘려있는 이 테이프는 어느 작은 산장에서 찍은 것이다. 그 곳이 어느 지역인지는 모르겠지만 인심 좋은 주인아저씨 덕택에 산장을 통째로 빌렸던 기억이 남아 있다.

MT라도 온 것 마냥 둥글게 앉아서는 맥주에 통닭에 기분껏 다 준비한 것이 보인다. 소소한 것들에 웃음꽃이 피던 그 시절 모습에 그녀는 미소를 머금는다. 동심의 세계는 아니지만 마치 그 때로 돌아간 듯 맥주 한 캔을 따서 들이켰다. 영상 속 친구들이 하는 얘기에 어린 영미와 지금 영미는 같이 웃고 울고 소리쳤다. 그녀는 그러다 잠이 들었다.

눈을 떴다. 내 손에는 반 정도 남은 맥주 캔이 들려있다. 맥주를 한 모금 더 들이키니 씁쓰르한 맛이 나서 다시 한 번 나를 돌아보았다. '아, 다시 꿈 속이구나.' 이제는 꿈인 것이 놀랍지 않다.

주위를 둘러보니 이 곳은 그 때 그 산장이었다. 이제는 말소리도 손동작에도 모두 잿빛이 뿜어져 나와도 놀라지 않는다. 단지 꿈일 뿐이니까. 그 순간 내 손에서 맥주 캔이 떨어져 나갔다. 바로 옆으로 너무나도 환한 또 다른 윤영미가 지나가서.

이전의 꿈처럼 그녀를 따라가고 싶었지만 이번엔 그럴 수가 없었다. 손도 발도 움직여지지 않았다. 그렇게 그녀는 내 시야에서 멀어져갔고, 주위는 하얗게 변해갔다. 그리고 눈앞엔 새하얀 날개가 깃털을 날리고 있었다.

'너는 어디로 간 거니?'

깃털이 내게 속삭이듯 날려 와 말을 걸었다.

'나는 여기 있잖아. 이렇게…….'

순간 눈 옆에서 붉은 불빛이 번뜩였다.

'이렇게? 잿빛으로? 그래. 이게 너의 모습이야. 불바다 속에 서 있는 모습, 가시덤불길에서 길을 잃은 모습. 온통 잿빛으로 물든 모습!'

'아니야. 아니라고!'

영미는 아니라고 밖에 할 수 없었다.

짧은 꿈에 영미는 몸을 가누기가 힘들었다. 온 몸의 기운이 다 빠져버린 듯 했다. 꼭 넋이 나간 사람처럼 몸을 일으켜 소파에 기대었다. 비디오는 이미 다 감겨 시끄러운 잡음과 함께 한 빛깔의 화면만이 영미를 반기고 있었다. 신경질적으로 TV를 꺼버렸다.

그녀는 온 몸으로 샤워기의 찬물을 받아내었다. 잘 꾸지도 않는 꿈을 요즘 따라 왜 자주 꾸는지 영문을 알 수 없었다. 귓가에는 아직도 그 목소리들이 들리고 머리는 깨질 듯이 아파왔다. 이 모든 것을 던져버리고 싶다고 생각한다. 심지어는 제 몸뚱아리조차도.

시계는 열한 시를 알렸고, 밖은 그제야 밤이라는 이름표로 유니폼을 갈아 입었다. 그리고 서울. 도시의 영혼들이 하나 둘 눈을 떠 반짝이고 있었다. 영미는 답답함을 없애기 위해 칙칙한 색의 스웨터 하나를 걸친 채 밖으로 나왔다. 이 밝은 영혼들의 눈초리에 추위도 머리카락의 축축함도 다 잊었다. 단지 이 눈빛들이 너무 밝아 자신을 더욱 잿빛으로 만들고 있다는 것만 느꼈다.

마치 젤리처럼 꾸물거리는 한강을 지나쳐 그녀는 걷고 또 걸었다. 네온사인 불빛이 없는 곳을 향해 걸어갔지만 머리 위에서 그들은 없어지지 않았다. 아무리 걸어도 찬바람이 자신을 에워싸도 그녀의 답답함은 가시지 않았다. 그녀는 그 바람을 입에 머금고 중얼거렸다.

"그래. 나는 너무 많이 변했다."

겨우 정신이 든 걸까. 앞만 바라보던 영미는 주위를 둘러보았다. 어디까지 걸어온 걸까? 영미는 알 수 없었다. 그때 현준에게서 전화가 왔다.

"너, 어디야? 집에 전화하니까 전화를 안 받네."
"어? 어. 나 밖이야. 근데 여기가 어디쯤인지 모르겠네."
"뭐? 밖은 왜 나갔는데? 어딘지도 모르면서."
"바람 쐬러 나왔는데 걷다보니까……. 아, 네 집 근처인거 같다. 여기 ○○야."
"그래? 그럼 우리 집으로 와."
"왜? 할 말 있어? 이러면 너 당황하겠지?"
"그래. 조심해서 와"

현준이 왜 자신을 집으로 부르는지는 모르지만 영미는 그냥 현준의 집으로 걸어갔다. 삼십 분 정도 걸리는 거리였지만 영미는 시간 가는 줄 모르고 걸었다. 정말 넋을 놓은 사람처럼 터덜터덜 걸었다. 거리엔 사람이 없었고 늦가을인 지금은 낙엽조차 반겨주지 않는다. 단지 가로등 노란 불빛이 그녀를 따갑게 쏘아 볼 뿐이었다.

현준은 기다렸다는 듯이 문을 열었다. 그리고 꽁꽁 언 영미를 보고 깜짝 놀랐다. 이 날씨에 그렇게 얇게 입고 온 영미가 조금은 당황스러웠던 것이다. 영미는 소파에 털썩 주저 앉았고 현준은 그런 영미의 몸을 녹이기 위해 따뜻한 핫초코와 담요를 가져왔다. 단 걸 썩 좋아하진 않는 그녀지만 아무 생각 없이 머그잔을 받아 한 모금 꿀꺽 삼켰다. 달달한 초코향이 코끝을 찔렀지만 영미는 그 향에도 제정신을 차릴 수 없었다. 그렇게 그냥 잠들어 버렸다.

다시 꿈. 지긋지긋한 꿈을 또 꾸고 있었다. 나는 소파에 앉아 있었다. 이번엔 하얀 방이 아니었다. 이제는 보기만 해도 몸이 떨리는 잿빛. 칙칙한 잿빛의 방이었다. 벗어나고 싶다. 현기증과 함께 울렁증이 일었다. 하지만 몸을 움직일 수가 없다. 소파 바로 앞의 탁자에는 작은 영사기가 놓여 있었다. 너무 오래돼 보여서 움직일까 싶었지만 영사기는 저 혼자서 몸통을 돌리고 있었다.

그 작은 빛 사이로 파노라마가 흘러갔다. 흐릿했던 화면이 제 자리를 잡았다. 화면 속 장면 하나하나가 다 내 모습이었다. 변하기 전의 내 모습. 그 파노라마가 영사기에서 빠져나와 내가 앉은 소파 주위를 모두 휘감았다. 제대로 눈에 담을 수 없을 정도로 빠르게 지나갔지만 내 모습이라 그런 것일까? 장면 하나하나가 마음 속 깊은 곳 어딘가에 콕콕 박혀 들어왔다.

고등학교 축제 땐가? 홍보도우미로 교문 앞에서 찬바람 맞으며 인사하던 때의 모습이 눈에 들어온다. 가을치곤 너무 추웠던 날이었는데도 나는 너무 즐거워했다. 그 땐 몰랐는데 지금 보니 얼굴과 코가 온통 새빨갛게 물들어 있었다. 하지만 꽁꽁 언 그 모습이 마치 갓 피어난 홍매화처럼 아름다웠다.

눈길을 돌리니 위쪽에는 신입사원 OT때 나의 모습이 보였다. 예쁘게 꾸미고 싶었을 법도 한데 나는 질끈 묶은 머리에 민낯이다. 캠프로 이루어졌던 OT 내내 꾸민다는 생각은 해보지 않았던 것 같다. 그래서 첫 출근하는 날 나를 못 알아 봤던 동료들의 모습이 떠올랐다. 나는 아무렇지도 않았는데 상대편이 너무 놀라하니 오히려 내가 당혹스러웠다.

참가하는 프로그램마다 너무 적극적으로 뛰어드는 바람에(솔직히 무모한 도전이었다.) 전 신입사원들이 내 이름을 모두 다 알 정도였다. 다른 조였던 현준은 그런 내 모습을 보며 작작하라고 다그쳤다. 이미 내 이름은 공모전 때 날렸다면서.

새로운 마음으로 새 일을 시작하던 그 때의 설렘이 다시 내게 고스란히 전해져와서 나도 모르게 거짓말처럼 눈가에 눈물이 지어졌다. 다시 돌아가고 싶은 마음이 들었을까? 지금 내 몸은 마치 내가 아닌 듯하다. 뭔가에 홀린 듯 주체할 수 없는 에너지가 뿜어져 나오는 것이다. 다만 그 에너지는 나를 더욱 잿빛으로 묶는달까.

조금씩 얼굴선을 타고 흘러내리는 눈물을 멈추려고 눈을 깜빡이니 발밑에 있던 파노라마의 장면이 눈에 들어온다. 흐릿한 화면이지만 그 또한 내 모습이란 것을 알고 있다. 유심히 살펴보니 강가에 앉아있는 내 모습이 어렴풋이 보인다. 분명 한강일 것이다. 답답할 때면 늘 찾는 곳이니까. 작은 화면 속의 나는 혼자였다. 혼자 앉아 있어서 혼자가 아니라 수많은 사람들 속에서도 우뚝 혼자인 느낌이 풍겨서 그런 것이다. 외로워 보였고 지쳐보였다.

그 때, 주위를 휘감고 있던 파노라마들이 그림자가 걷히듯 하나 둘 걷혀서 사라졌다. 제 몸을 열심히 굴려대던 낡은 영사기의 불빛도 꺼졌다. 캄캄할 것 같던 눈앞엔 하얀 날개와 붉은 빛이 보인다. 주변을 빙빙 도는 그들에게서 천사와 악마일 것 같은 느낌이 들었다.

"뭐야? 내게 원하는 게?"

나는 나도 모르게 말을 내뱉었다. 그들에 대한 일종의 반항이었고 도전일지도 몰랐다. 그리고 왜 꿈을 꾸게 만들어 나를 힘들게 하냐고 묻는 외침이었다.

"너는 지금 네 자신의 모습에 만족하니?"

하얀 날개를 가진 이가 내게 말을 걸어왔다. 역시 익숙한 목소리. 늘 꿈속에서 보아왔던 그들이다.

"만족? 네 자신이 지금 어떤 상황에 처해있는지 네가 더 잘 알 텐데?"

미처 대답하기도 전에 붉은 불빛을 내뿜은 이가 독설인양 말을 내뱉었다. 나는 둘 중 어느 누구에게도 대답할 수 없었다. 지금 내 모습은 지극히 평범한 사회인의 모습이자 삶에 찌든 모습이었다. 그 모습을 한 나 자신을 나는 전혀 사랑하지 않고 있음을 알기에 대답을 하지 못한 채로 있었다. 갑자기 주위가 흔들리더니 내 몸이 붕하고 뜨는 느낌이었다. 순식간에 주위가 바뀌었다.

이곳은 내가 몸담고 있는 서울. 천만 명의 영혼들이 담겨있는 너무나도 큰 그릇. 지금 이 순간에도 이 서울은 그 영혼들의 넋이 거리로 나와 가로등 불빛으로 반짝이고 있었다. 여기엔 왜 온 걸까? 어두컴컴한 서울 한복판은 개미 한 마리도 지나가지 않을 만큼 조용하다. 이런 새벽에 서울을 바라보는 것은 처음이었고 너무 색다른 일이었다.

곧 해가 떠오르고 어둠이 걷히면 이 곳은 이런 아름다움을 잃고 칙칙한 잿빛세상이 되겠지? 그런 생각이 듦과 동시에 어둠이 걷히고 있었다. 대지를 짓누르는 수만 명의 구두 소리들, 이 잿빛을 자아내는 자동차 떼의 까만 매연 연기. 그리고 이 잿빛 세상을 더욱 더 짙게 만드는 그 수만 명의 넋을 잃은 굳은 표정을 한꺼번에 바라보니 정신이 아찔했다.

"너도 저 중에 있어."

"내가? 저 중에 있다고?"

하얀 날개를 가진 이가 귓가에 속삭였다. 그리고 그의 날개 짓으로 떨어진 깃털이 머무른 곳에 내가 보였다. 주위 사람들보다 덜 하지 않은 잿빛 표정. 어두움, 칙칙함, 답답해 보이는 표정. 내 자신이 저런 표정으로 지내고 있다는 걸 직접 보자 끔찍했다. 내가 생각했던 것보다 더 암울한 모습.

"내가 상상하지도 못했던 모습이야……."

"그래, 모두가 그렇게 말하지. 하지만 넌 달라. 넌 그런 너를 알고 있었어."

"하지만 어째서……. 나는 계속 그랬던 걸까?"

"그래. 너는 네 자신을 고치지 못했지. 그래서 우리가 온 거야."

붉은 불빛을 내뿜은 이가 강렬한 레이저 같은 눈을 누그러뜨리며 말했다. 나를 도와주러 왔다는 그들은 나의 어깨를 부여잡고 내 몸을 밀었다. 어느 새 나는 아까 그 소파에 앉아있었다.

나는 같은 소파에 앉아 있었지만 이 방은 아까와는 전혀 다른 분위기다. 낡은 창고 방에 할아버지 같은 영사기가 덜렁 놓여있던 전과는 다르게 엄숙한 재판장 같다. 그리고 그들. 천사와 악마는 심판자처럼 내 두 눈앞에 나란히 앉아있다. 마치 내 몸은 쇠사슬처럼 묶여 있는 듯 했다.

"내 죄목이 뭐지?"

'도둑이 제 발 저린다' 고 하듯 난 분위기에 맞게 그들에게 그렇게 말을 던졌다.

"잿빛 세상에 동조한 죄."

"잿빛 세상에 동화되어 잿빛으로 변했던 죄."

"하, 그래. 내가 그렇게 된 줄 알고 있었을지도 몰라."

"그럼에도 네 자신을 바꾸지 못한 죄."

"너 역시도 세상을 이겨내지 못한 죄."

하얀 깃털과 붉은 불빛이 번갈아가며 고막을 울려왔다. 나는 나의 죄목에 대해 반박할 여력이 없었다. 그들은 나를 심판하고 있었고, 나는 승소할 자신이 없었다.

그녀는 꿈에서 깼다. 그녀가 화들짝 놀라는 순간 현준이 이마에 하얀 물수건을 떨어뜨렸다. 그녀는 순간 그 수건을 윤영미라고 적힌 면죄부로 착각했다. 그리고 '하' 하고 한숨을 내쉬었다.

"악몽이라도 꾼 거야? 잠들어서 봤더니 끙끙 앓으면서 꿈속을 헤매던데?"

"미안. 기껏 와 놓고 잠이나 들어버리고 말이야."

"아냐. 나는 괜찮은데, 너는 괜찮은 거 맞아?"

"응. 난 괜찮아. 그런데 저건 뭐야?"

"아, 그래. 원래 목적은 저거였어. 기억나? 우리 대학교 3학년 겨울방학 때. 애들끼리 여행 갔던 거."

"응. 기억나지. 저 비디오테이프, 우리 하나씩 나눠가진 거구나."

"그래. 나도 짐 정리 하다가 우연히 발견해서 너는 몇 번째 테이프 가지고 있나 싶었지."

"그거 물어 보려고 했던 거야?"

"아, 응. 몇 번째인지는 모르겠는데 왜 우리 그 때 이야기 하다가 영수가 "천사와 악마' 라는 이야기를 했던 그 테이프더라고."

"그래? 그 이야기 무슨 이야기였지? 내가 가진 것은 음식 차려 놓고 이야기 시작하던 거보면 네 것 바로 전의 테이픈거 같은데."

"왜, 있잖아. 그때 영수가 우리 약속하자면서 사회로 나가서 이 각박한 세상에서 절대로 자신의 순수한 모습 잃지 말자고……."

"그래. 그랬던 것 같다. 그리고 혹시 그 때 만약 지키지 않으면……."

"그래. 지키지 않으면 천사와 악마가 네게 달려가서 심판할 거라고. 막 유진이랑 수미랑 천사랑 악마 목소리 흉내 내고 그랬잖아."

그 꿈이 그렇게도 낯익었던 이유. 이제야 알았다. 순수했던 그 시절 친구들과 서로 변치말자고, 이 험난하고 각박한 세상에서도 자기를 지키자고 굳게 약속했었던……. 연극을 하던 두 친구가 천사와 악마의 말투를 흉내 내면서 '네가 지키지 못한 너는 더 이상 네가 아니야', '단지 너에게 남은 것이라곤 불덩이 지옥에 담긴 빈 껍질뿐이지' 하며 했던 그 모습이 이제야 묻혀있던 기억더미를 파내고 드러났다.

현준의 말에 그 모든 것이 왜 일어났는지 알게 된 영미. 그 때 그녀의 머릿속에 불현듯 한 장면이 지나갔다.

"우리는 너에게 기회를 주는 거야."

"이 기회는 우리를 만들어 낸 너의 순수한 마음이 아직 남아있기 때문에 주는 거다."

"넌 이제 너를 다시 빛나게 할 임무를 지닌 거야."

"또 넌 이 세상에 그 빛을 전해서 이 세상을 다시 빛나게 할 명을 받은 거야."

영미는 저도 모르게 흰 수건을 꼭 쥐었다. 천사와 악마, 그들이 그녀에게 준 기회. 그녀는 그 기회를 놓칠 수 없었다. 그녀의 눈빛은 잿빛 안개를 뚫고 조금씩 살아나고 있었다.

새로운 주가 시작되었다. 아침 일찍 회사에 출근한 그녀는 사무실이 아니라 휴게실에서 블로그를 탐방하고 있다. 한결 밝아 보이는 그녀는 빙글거리는 웃음을 머금고 커피 잔과 수많은 이면지를 노트북 앞에 놓았다. 오늘 하루 종일 여기 있을 생각인 것이다.

블로그를 한참이나 들여다보니 자신이 찾지 못했던 소비자들의 마음을 찾을 수 있었다. 늘 자신이 추구해 왔던 그것.

출근시간이 한참 지난 11시에 현준이 그녀를 찾아왔다.

"여기서 뭐해? 출근 안 한 줄 알았네."

"출근을 안 하긴. 내가 제일 먼저 나왔는데."

"제일 먼저 나와서 한다는 게 블로그 탐방이냐?"

"무슨 말씀. 소비자 조사 중이거든!"

오전 내내 노트북 앞에서 블로그를 들여다 보던 그녀의 눈은 조금 충혈되어 있었다. 간단한 샌드위치로 점심을 때운 후 그녀는 무언가를 가득 적은 이면지 뭉치를 가지고 자료실로 내려갔다.

한꺼번에 여러 프로젝트가 시작돼서인지 자료실에는 평소보다 많은 사람들이 자리 잡고 있었다. 양손에 한 아름 종이뭉치를 안고 있던 영미는 안내판을 지나쳐 지난번에 앉았던 그 자리에 앉았다. 그리고 선반에 있는 공모작 수상작을 하나하나 꺼내어 살펴보았다.

자신의 작품을 다시 바라보고는 부족하고 어설픈 부분이 많이 보여 웃음이 나왔다. 이런 작품으로 상을 받았다고 우쭐했던 자신의 모습이 부끄럽기까지 했다. 하지만 그 속에 담긴 열정이 다시 한 번 그녀를 휘감아 오는 것을 느꼈다.

2차 PPT 발표 날. 영미는 사무실에 있는 어느 누구보다도 긴장한 모습이었다. 마치 처음 공모전에 지원했을 때의 긴장감이었다. 다행히도 그녀의 PPT는 무사히 마무리되었다. 역시 그녀의 아이디어는 결과물에 많은 참고가 되었으며 팀장님도 그제서야 만족한 듯 미소를 지어주었다. 그녀는 그 순간 진짜 뿌듯함을 느꼈다.

(석 달 후)

1층 로비 게시판에 많은 사람들이 우글우글 몰려있다. 게시판의 이달의 강좌란엔 '우수사원 강연회 – 윤영미, 그녀가 웃는 이유' 라는 커다란 안내문이 붙어 있었다. 그 안내문에는 그녀의 웃는 모습과 강연회의 사진들, 그리고 그녀가 그린 일러스트가 자리 잡고 있었다. 천사와 악마를 모티브로 한 그 일러스트는 그녀의 꿈속에 나온 그들과 흡사한 모습이었다.

안내문 가장자리에는 그녀가 회사 사람들, 그리고 세상 모든 사람들에게 전하는 말이 붙어 있다.

힘드세요? 지치세요? 지루하세요? 당신이 일상이 매일매일 그런가요? 그런데 어쩌죠? 저는 요즘 웃을 일이 너무 많답니다. 오늘도 출근하면서 제 친구인 산세베리아가 벌써 한 뼘이나 더 자라준 것이 기특해 예쁘게 웃어주었어요. 출근길에 만난 동네 아주머니들의 몸빼 바지가 너무 웃겨서 또 한바탕 웃었지요. 오늘 과장님의 대머리가 삐쭉 뻗쳐 있는 모습에 몰래 미소 지었고요, 계획서가 무리 없이 통과되어서 기뻤어요.

여러분, 웃을 일은 많답니다. '행복해서 웃는 게 아니라, 웃어서 행복하다' 라는 말이 있죠? 행복하길 바라시나요? 웃으세요. 작은 일에도 감사하며 웃으세요. 그리고 늘 자신의 목표를 생각하세요. 당신의 젊고 순수했을 시절 당신은 어떤 사람이 되고 싶었는지 늘 기억하고 생각하세요.

저는 대학시절 정말 멋진 커리어 우먼보다는 개성 있고 자유로운 예술인이 되고 싶었어요. 어딘가에 얽매이기보단 늘 창조적인 사람이 되고 싶었어요. 하지만 지금 전 대기업에 다니는 커리어 우먼이죠. 그렇다고 해서 제가 저를 잃었나요? 저는 금요일이면 딱딱한 정장은 옷장 깊숙이 숨겨버리고 편안한 청바지를 입고 출근해요. 주말에는 예술 공연을 보러가고 사진 동호회에 가서 사진을 찍어요. 운동도하고 쇼핑도 하죠. 저를 위해서요.

꼭 기억하세요. 당신은 세상에서 하나 밖에 없는 사람입니다. 당신을 위해 웃으세요. 그리고 자신을 지키세요. 당신을 위한 세상을 만들어 나가세요.

사람들이 몰려 있는 로비를 지나는 또 한 무리의 사람들이 있다. 중간의 한 사람을 중심으로 그들은 쉴 새 없이 질문을 한다. 그 중간에 서 있는 사람. 바로 윤영미이다.

그녀는 이번 한 달 간 신입사원들의 지도를 맡았다. 신입사원들은 무엇이 그렇게 궁금한지 사무실의 분위기부터 회사 안의 구조까지 죄다 물어보고 있다.

"사무실은 너무 조용하지 않아요?"

"팀마다 일하는 방식이 다 다르다면서요?"

"그럼 발령은 어떻게 내려지나요?"

"잠깐만, 진정들 하시고. 일단 여러분들은 신입사원들만 따로 사무실이 주어질 거야. 이번 한 달 간 나랑 다른 여러 선배님들이 지켜볼 거고, 여러분이 얼마만큼 열심히 하느냐에 따라서 모든 것이 결정되니까 일단은 이것저것 따지지 마요. 그냥 죽어라 열심히 하는 거야, 즐겁게. 알았죠?"

정신없는 신입사원들을 데리고서 사무실로 올라가는데 엘리베이터 앞에 있던 현준이 눈인사를 한다. 영미는 씽긋 미소를 짓고는 이렇게 입으로 말했다.

'다들 너무 열정적이야. 무섭다, 정말'

'힘내! 너보단 덜하니까!'

신입사원 오리엔테이션이 대강당에서 열리고 있었다. 갑자기 강당 안이 소란스러워지더니 박수와 환호소리가 쩌렁쩌렁 울렸다.

"자, 쉿. 여러분에게 마지막으로 정말 마지막으로 한마디만 할게요. 다들 슬럼프를 겪어 봤을 겁니다. 저 또한 그랬구요. 문제는 그 슬럼프를 어떻게 극복하느냐가 여러분을 평범한 사람으로 만들지 특별한 사람으로 만들지를 결정할 거예요. 두려워하지 말고 전진하세요. 매번 목표를 가지세요. 그렇지 않는다면 천사와 악마가 여러분을 심판하러 갈 겁니다. 세상의 바람에 휩쓸리지 마세요. 여러분 자신만의 개성을 지켜내세요. 힘내시고, 지켜보고 있겠습니다. 어렵고 힘들 땐 선배들에게 물어보세요. '선배님!' 하고 외치면서, 감사합니다."

윤영미. 그녀는 지금 대한민국의 아주 평범한 직장인이었다. 하지만 그녀는 잿빛세상에서 가장 빛나는 별들 중 하나이다.

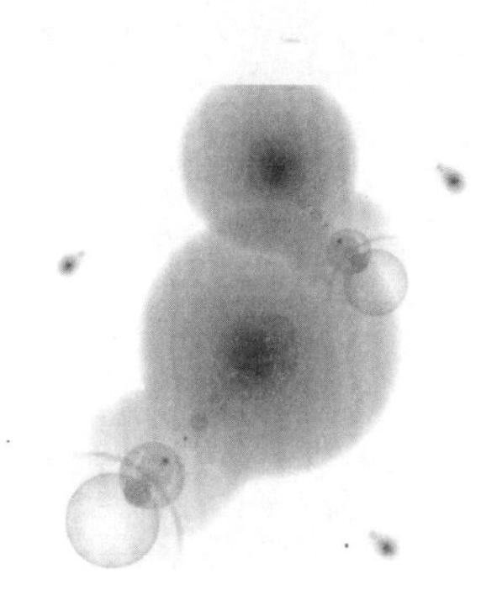

*후기

시험기간 앞에 마감하느라 이 녀석이 제 갈 길을 못찾고 이리저리 헤매서 조금 힘들었어요. 많이 부족한 글이지만 무엇보다 슬럼프를 극복해내고 좀 더 앞으로 나아갈 수 있는 모습을 보이고 싶었는데... 많이 아쉽네요....

글을 쓰면서 제 자신에 대해 좀 더 알아보고 다짐할 수 있었고, 새로운 작업에 몰두하면서 색다른 즐거움도 많이 얻었어요.

많이 부족한 글이지만 읽는 사람에게 좋은 편지가 되었으면 하면서...

P.S 표지 사진 출처
parkmansa 님 포토갤러리
감사합니다.^^

참고자료

서적 '삽질정신(박신영 저)'
'사진, 광고에서 아이디어를 훔치다(이희인 저)
그외 검색엔진 등...

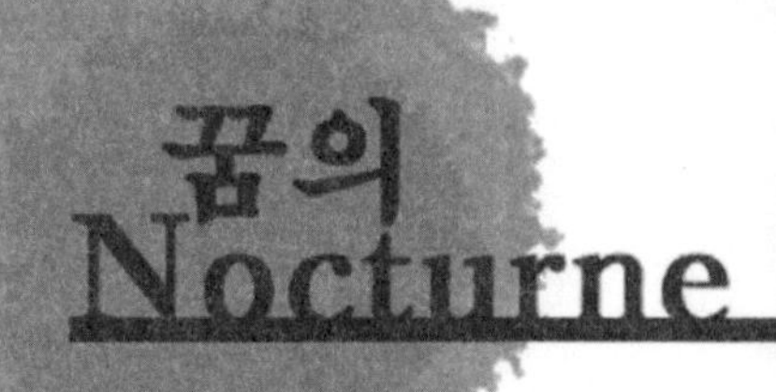
꿈의
Nocturne

그거 아니?

별은 니가 간절히 바란 순간부터

널 찾아오고 있어

강준현

1

Sometimes our fate resembles a fruit tree in winter.
Who would think that those branches would turn green again
and blossom, but we hope it, we know it.
우리의 운명은 겨울철 과일나무와 같다.
그 나뭇가지에 다시 푸른 잎이 나고 꽃이 필 것 같지 않아도,
우리는 그것을 꿈꾸고 그렇게 될 것을 잘 알고 있다.

–요한 볼프강 폰 괴테

하늘을 바라봤다. "별들"은 한없이 펼쳐져 있다.
별들은 정말 많고 많다.
예전과는 다르게 정말 많고 많다.

늪에서 난 수영을 하고 있었다. 난 늪에서 수영을 하며 여러 가지를 관찰하는 것을 즐겼다.
늪에는 정말 사람이 많았다.
많고 많은 사람들 속에 있는데 이상하게 외로웠다.
늪의 종류는 더럽게 많다.
사람들은 다양한 종류의 늪에 들어간다.
나는 나태함 · 후회 · 실망이라는 늪에 들어가서 수영하곤 했다.

처음에는 걷지도 못했는데, 어느새 배영을 하며 하늘을 바라볼 수 있을 정도로

나의 실력은 빠르게 늘어났다. 이젠 늪의 그 축축한 느낌도 자연스러워 졌다. 축축함이 스며드는 것을 느낄 수 있었다. 늪 밖이라는 세상을 차츰 잊어가고 있었다. 그런데 며칠 전 그것을 본 후로부터 축축함을 견딜 수 없었다. 무더운 여름철 구석구석 땀이 배긴 옷을 입고 태양빛에 구워지고 있는 듯한 느낌이다.

배영을 하며 계속 씹고 씹었다. 잊을 수 없는 그 기억을.

각인 되어버린 그 기억을 곱씹고 또 씹었다.

그 날은 늪의 가장자리를 돌며 하늘과 사람들을 관찰하고 있었다.

항상 구름이 잔뜩 끼어있는 하늘에 있는 별들은 항상 손에 꼽을 수 있을 정도밖에 없었다. 그 별이 그 별이고 대부분의 사람들은 그런 것을 당연하게 여겼다. 대부분이라는 말은 그렇지 않은 사람도 있다는 말이다. 그렇게 생각하지 않았던 사람들은 모두 늪에서 사라졌다. 그 사람들이 어떻게 왜 사라졌는지는 아무도 알지 못했다.

항상 사람들을 관찰하던 나와 몇몇 사람들을 제외하고는 대부분의 사람들은 그 사실조차 알지 못했다.

그런데 난, 그 날 보고 말았다. 늪 가장자리를 돌아다니며 하늘을 바라보고 있던 나는 봤다. 사람이 늪에서 사라지는 것을! 늪을 빠져나가고 있는 사람을 봤다!

처음에는 내 눈을 의심할 수밖에 없었다. 고요하던 늪이 마치 지진이 난 것처럼 흔들리기 시작하더니 악어가 지나가는 가젤을 사냥하듯 그 사람을 집어 삼키기 위해 마구 주둥이를 벌렸다. 그런데도 그 사람은 계속 빠져나오려고 애썼다. 하지만 도저히 늪을 빠져나갈 수 있을 것 같지는 않았다. 날뛰는 늪에 가려서 그 사람을 더 이상 관찰할 수 없는 상태가 되어서도 떨림은 멈추지 않았다. 그 사람은 늪에 삼켜진 것 같았다.

늪은 점점 고요해졌다. 그러다 갑자기 세상이 환해졌다. 믿을 수 없었다. 그 사람은 늪에 집어 삼켜진 게 아니었다. 그는 환한 웃음을 지으며 뭔가를 부르고 있었다. 난 늪 밖 세상을 보고 있다는 것도 인식하지 못한 체 계속 그를 지켜보았다. 시간이 지나자 그가 뭘 부르고 있었는지 알게 되었다. 뭐가 세상을 환하게 만들었는지 알게 되었다. 커다란 별이 크고 아름다운 별이 그에게 날아가고 있었다. 그런 크고 아름다운 별은 한 번도 본적이 없었다. 너무 눈부셔서 눈도 제대로 뜰 수 없었다. 난 더 이상 그를 관찰할 수 없었다. 그리고 그는 빛과 함께 사라졌다.

그 후였다. 늪의 축축함이 불쾌하게 느껴진 건. 뛰지 않을 것 같던 내 마음이 뛰기 시작하고 구름에 가려져 있던 하늘이 차츰 맑아지기 시작한건 눈부신 별과 그것을 받는 사람 그리고 아름다운 별받이를 본 후였다.

시간이 흐를수록 그냥 불쾌하기만 하던 느낌은 점차 강렬해졌고 늪은 점점 날 옥죄여 왔다. 별들을 바라보고 있을 때는 특히 심했다. 하지만 별들을 바라보는 것을 멈출 수는 없었다. 한 번도 본적 없는, 하나하나 아름답게 빛나는 별들을 보지 않을 수 없었다. 참을 수 없는 찝찝함을 느끼며 맑아진 하늘을 바라보고 있을 때, 유독 아름다운 별이 눈에 들어왔다. 그리 멀지 않은 곳에서 아주 밝게 빛나는 별이 보였다. 그 별을 가지고 싶다는 생각이 들었다. 마음 한구석에서 아주 간절히 원했다. 동시에 늪은 요동치기 시작했다. 며칠 전 봤던 그 요동이 바로 내 주위에서 일어나고 있었다! 나는 즉시 도망치기 시작했다. 쩌-억 쩌-억 벌어지는 늪의 주둥아리를 이리 저리 피해 다니면서 도망쳤다. 나를 비추어준 그 별을 향해 나아가고 아주 나아갔다. 하지만 거리가 좁혀지지 않았다. 나아가고 나아가도 별은 그 자리에 서있는 것 같았다. 늪은 점점 뜨거워지기 시작했다. 온몸에 불이 붙은 것 같았다. 하지만 포기할 수 없었다. 아무리 몸이 망가져도 그 빛을 가지고 싶다는 마음만은 망가지지 않았으면 했다. 그 마음을 계속 지키기 위해 나아가고 나아갔다. 온몸에 늪이 엉겨 붙기 시작했을 때 뭔가가 날 도와주었다. 추운 겨울 얼음을 녹이는 햇살처럼 따스한 뭔가가 나를 감싸 안았다. 난 따스함 속에서 깊은 잠에 빠져들었다.

2

You can' t wait for inspiration

You have to go after it with a club

영감이 떠오를 때까지 그저 기다리기만 해서는 안 된다.

몽둥이라도 들고 찾아 나서야 한다.

–잭 런던

주위에서 말소리가 들렸다.

"^$#^#$^."

살 안 늘려. 뭐라고 하는 거지?

"네가 정말 원한다면……. 난 네모 할게."

……뭐…… 라구?

"너밖에 없어…… 난 안에 있는데……."

여긴 어딜까? 난 늪에 파묻혔을까? 절대로 절대로 절대로 빠져나올 수 없는 늪에 묻혔을까? 이런 대화를 죽을 때까지 들어야만 할까? 죽어서도 들어야할까? 이게 늪에서 나오려고 했던 것에 대한 벌일까? 어라? 말하는 사람이 있네? 서, 설마!

"밖?!?!?!?!?!?!"

"와! 드디어 일어나 주셨군!"

눈을 뜨자 환한 미소를 짓고 있는 이들이 보였다. 보는 이를 절로 유쾌하게 만들어 주는 미소였다. 총 3명이 있었는데 두 사람은 남자고 나머지 한 사람은 여자였다. 모두 검은색 면 티와 면바지로 된 별받이를 입고 있었다.

"이제 시작해 볼까?"

아랫배가 볼록 튀어나와 있는 귀엽게 생긴 남자가 말했다. '뭘 시작 한다는 거지? 그리고 여긴 도대체 어디야?' 긴 생머리를 가지고 눈이 큰 여자가 손으로 하늘 위를 가리키며 나에게 말했다.

"저기 저 별을 받고 싶어서 나온 거 아냐? 우린 모두 저 별에 이끌려서 늪에서 나왔어. 그리고 같이 저 별을 받을 사람들을 기다렸지. 함께하는 사람이 많을수록 더 받기가 쉽거든."

"별을 받는다?"

"너 꽤 오래 늪에 있었나 보구나? 간단하게 설명하면 원하는 별이 있고 그 별을 얻고 싶다면. 그 별을 얻기 위해 필요한 다른 별들을 얻으면 돼."

"별을 얻기 위해 별을 얻는다니?"

내가 알아들을 수 없다는 표정을 짓자, 이상한 말을 내 뱉던 키가 크고 마른 남자가 말했다.

"%#$^$%&$%&"

…… 듣고 싶지 않아.

3

Make voyages! Attempt them! there's nothing else.

여행을 떠나라! 여행을 준비하라! 그 외에 할 일이 무엇이 있겠는가?

–테너시 윌리엄스

밝은 빛을 뿜으며 날아오는 또 하나의 별이 내 품으로 들어왔다.

"좋아. 거의 다 왔어."

어느덧 검은색 티와 바지에는 작은 별들이 조금씩 박혀 있었다. 그리고 하늘에서 아름답게 빛나던 그 별은 어느새 주변을 환히 비출 만큼 다가와 있었다.

아랫배가 볼록하고 귀엽게 생긴 남자 배와 긴 생머리에 눈이 큰 여자 리, 키가 크고 마른남자 동와 함께 꽤 오랫동안 함께 별을 모아왔다. 처음에는 리의 말을 하나도 알아듣지 못했으나 한 번 경험하니 이해할 수 있었다. 별 받기를 시작한 날 그 아름다운 별을 자세히 들여다보니 주변에 크고 작은 별들이 떠 있는 게 보였다. 배는 우선 작은 별을 받아야 큰 별을 받기 쉽다고, 그게 바로 그게 별을 받기 위해 별을 받는 거라고 말해 줬다. 경험해 보니, 작은 별들을 받으면 작은 별들의 빛으로 큰 별들은 점점 작아져 작은 별처럼 보이게 되어서 좀 더 받기 쉽게 되는 것 같았다. 하지만 별들은 추구하는 자가 있으면 그에게로 가고, 별들이 날아오는 시간은 정해져 있다.

그래서 작은 별들을 많이 받으면서 큰 별을 가능한 작게 만들고 추구하는 별을 받을 수 있을 만큼 별받이를 단련시켜야만 한다고 한다. 만약 기간 내에 별을 작게 만들지 못하거나 별받이를 별을 받을 수 있을 정도로 단단하게 만들지 않으면 별받이가 부서져 버린다고 전해줬다. -별을 제대로 받지 못 하거나 별받이가 부서지면 다시 늪 속에 들어간다는 무서운 얘기도 서슴없이 말했다. -

그 후로 계속해서 우리들은 별을 받았다. 크고 아름다운 별은 점점 우리에게 다가왔다. 우리들은 크고 작은 별들을 받으면서 즐거움을 느꼈다. 크고 작은 별을 받을 때마다 조금씩 바뀌는 세상을 관찰하는 것은 너무 즐거운 일이었다. 우리들이 받은 별보다 약한 빛을 내는 별은 가려지고 좀 더 큰 별들이 하나 둘씩 나타나기 시작했고 크고 아름다운 별이 점점 커지는 게 너무 신기하고 재미있어서 힘든지도 모르고 계속 별을 받고 받고 또 받았다.

별을 작게 만드는 속도보다 별이 오는 게 더 빨라서 크게 보인다는 사실을 뒤에 가서야 알게 되었다. 결국 우려했던 일이 발생했다. 우리가 추구하던 크고 아름다운 별이 점점 빨라지기 시작해서 엄청난 속도로 우리들에게 다가왔다! 시간이 된 것이다. 그토록 아름다운 빛은 난생 처음이었다. 눈부시게 빛나며 날아오는 '별'을 바라보는 것은 정말 어려운 일이었다. 눈이 멀어 버릴 것 같았지만 눈을 감지는 않았다. 그 매혹적인 순간을 놓치고 싶지 않았다. 두근두근 가슴속에서 누군가가 날 자꾸 때렸다. '내 별받이가 저 크고 아름다운 별을 받을 수 있을 정도로 강해졌을까?' 별이 다가올수록 기쁨과 함께 두려움이 커져갔다. 하지만 두려움은 금방 사라졌다. 내 곁에는 친구들이 있었다. 모두 함께 노력해온 덕에 놀랄 만큼 빠르게 별을 모을 수 있었다. 크고 작은 별을 함께 받아내고 같이 기뻐하던 친구들이 곁에 있다. 그리고 저 아름다운 별들을 받고나면 또 함께 기뻐할 수 있을 것이다. 그런 생각들 속에서 두려움이 끼어들 틈은 더 이상 남아있지 않았다. 그렇게 우리들은 아름다운 빛 속으로 사라졌다.

4

Go as far as you can see, and when you get there you will see further.
보이는 곳까지 멀리 나아가라. 그곳에 도달하면 더욱 멀리 보일 것이다.

-오리슨 스웨트 마든

"허억 허억. 모두 괜찮아?"

배가 말했다. 밝은 빛에 적응하기 힘들어 눈 가늘게 뜨며 주면을 둘러보았다. … 없었다. 배와 나 둘 밖에 없었다. 리와 동이 없었다. 긴 머리에 큰 눈을 가진 리와 키가 크고 마른 동이 없다. 여러 가지를 가르쳐주던 리와 이상한 소리를 해서 분위기를 풀어주려고 노력하던 동이 없다. 사라졌다.

둘은.. 두려웠나보다. 자신의 별받이가 크고 아름다운 별을 견디지 못 할지도 모른다고 의심했었나보다. 그런 걸… 바로 옆에 있는데도 알아차리지 못했다. 별을 받으면 함께 기뻐할 수 있을 거라고 생각했으면서… 그렇게 생각했으면서 주변을 둘러보지도 않았다.

난…

난…

나…

ㄴ…

"정신 차려!! 지금 뭐 하는 거야! 너 다시 늪에 들어가고 싶은 게 아니라면 지금 당장 그런 생각 그만둬! 리와 동은 꼭 다시 만날 수 있을 거야. 그 둘은 강하니까. 꼭 다시 늪을 이기고 함께 만날 수 있을 거야. 그 둘이 돌아왔을 때 이런 부끄러운 모습을 보여주고 싶은 거야? 지금은 변화된 세상을 즐겨. 둘이 좀 더 우리를 잘 찾을 수 있게 밝은 빛을 내보자고!"

배의 말에 정신을 차리고 주위를 다시 둘러봤다. 외관상으론 별받이가 바뀌었다는 점이 가장 큰 변화였다. 검은 티였던 부분이 검은 셔츠로 바뀌어져 있었다. 전체적으로 재질도 훨씬 좋아 진 것 같았다. – 배의 말로는 큰 별들을 받으면 '조금씩' 이기는 하지만 별받이의 모양과 질이 달라진다고 한다. – 그리고 하늘에도 더 많은 별들이 아름답게 빛나고 있었다. 받은 별들 보다 덜 빛나는 별들은 가려지고 더욱 밝게 빛나는 별들이 많이 보이기 시작했다. 예전에는 아주 밝게 보이던 별들도 지금은 보통 별정도로 보였고 받은 별과 관련된 별이 정말 많이 생겨났다. 무엇보다도

"반가워~"

"귀여운 뱃살이야!"

"……."

사람이 많았다. 배와 나는 이리 저리 돌아다니며 인사를 해오는 이들을 상대하느라 진땀을 뺐다.

"너는 어떤 별을 받으려고 하니?"

"넌 어느 쪽 하늘의 별을 받고 있니? 혹시 저 쪽 방향이면 같이 받지 않을래?"

사방에서 밀려들어오는 사람들 때문에 별들을 관찰하지도 못하고 우선 배와 나는 자리를 피했다. 좀 더 별을 잘 볼 수 있는 곳을 찾아서 사람들 사이를 헤쳐 나갔다. 인적이 드문 언덕에 도착하자마자 배와 나는 하늘을 보며 누었다.

"배. 넌 어떤 별을 받으러 갈 거야?"

"너는?"

하늘을 둘러보다가 특히 눈에 뛰는 거대한 별을 찾아냈다. 거대한 별이 발산하고 있는 신비한 빛은 날 매혹시키기엔 충분했다. 난 손가락으로 그 별을 가리키며 배에게 말했다.

"저기 저 쪽에 있는 큰 별을 받고 싶어."

"그쪽엔 아무것도 없는데?"

배가 이상하다는 듯이 날 쳐다봤다.

"저기 저 쪽. 저 큰 별이 안 보인다는 거야?"

그 거대한 별은 여전히 신비한 빛을 발산하고 있었다. 저 밝은 빛을 보지 못한다고?

"그 쪽엔 구름이 끼어 있는데? 그 주변은 하나도 안 보여."

"구름 ……."

구름이라는 말을 듣자 자연스럽게 늪에서의 경험이 떠올랐다. 가려진 별들. 두꺼운 구름. 나의 하늘에도 여전히 구름들이 떠다니고 있기는 하지만 구름 뒤의 별을 못 볼 정도는 아니었다. '아마도 그 사람의 영향이겠지? 늪에서 나오기 전 나에게 강렬한 인상을 남겼던 빛. 그 강렬한 빛의 영향으로 두껍게 끼어있던 구름들이, 흐려졌던 하늘이 좀 더 맑아진 걸거야. 다른 사람의 하늘을 맑게 할 만큼의 빛을 내는 별을 받는 사람은 얼마나 아름다운 별받이를 가지고 있을까? 잠깐, 그의 별받이는 어떻게 생겼었지?' 대답을 기다리고 있던 배가 말했다.

"뭐 생각 하고 있는 거야? 넌 저 구름 뒤가 보여?"

"어. 응? 뭐라고?"

"넌 저 구름 뒤가 보여?"
"응."
"네 눈엔 별이 몇 개나 보이는데? 큰 별들 말이야."
"저걸 다 헤아려 보라고? 그러는 동안 큰 별 몇 개는 더 받을 수 있겠다."
"헤아릴 수 없다고? 네 하늘 …"

난 배의 말을 끝까지 들을 수 없었다. 거대한 별의 신비한 빛을 보고 그 사람이 받았던 빛을 떠올리자 나도 모르게 거대한 별을 추구했고 그 결과 주변에 있던 작은 별들이 나에게로 왔다. 내가 정신을 차렸을 때 나는 또 다른 세상에 도달해 있었다.

5

배와 떨어진 후로 할 수 있는 일은 내가 추구하기 시작했을 때부터 점점 나에게 다가오고 있는 저 신비한 별을 받는 일밖에 없었다. 그것만이 친구들을 다시 볼 수 있는 유일한 길이었기 때문에, 좀 더 밝게 빛나야만 했다. 좀 더 그들이 날 잘 찾을 수 있도록 많은 별을 모아 밝아져야한다. 빨리 별들을 받아야한다는 생각에 계속해서 별을 받았다. 하지만 생각대로 빠르게 별을 받을 수 없었다. 조바심이 났다. 빨리 배와 리와 동을 만나고 싶었다. 심지어 동의 이상한 소리도 그리웠다. 욕심을 냈다. 근처 하늘을 보니 좀 더 받기 쉬울 것 같은 별이 보였다. 이리 저리 돌아다니며 아무 별이나 마구 추구했다. 별을 많이 모아서 빨리 빛나고 싶었다. 심지어 꺼림칙한 빛을 내고 있는 별조차 추구했다. 왠지 꺼림칙한 별은 더 받기가 쉬웠다. 꺼림칙한 별을 받으면 받을수록 하늘에 구름이 끼었다. 아름다운 빛을 내던 별이 가려지자 아름다운 빛에 가려 보이지 않던 불길한 별들이 보이기 시작했다. 어떻게든 빛나고 싶다.
뿌직. 별받이가 구겨졌다. 뿌직. 뿌직. 뿌직. 별을 받으면 받을수록 별받이는 일그러져 갔다. 별받이는 이미 손상 될 때로 손상 돼 있다. 몸도 지칠 대로 지쳐 있었다.

하늘을 보았다.
꺼림칙하고 불길한 빛을 내는 별들로 가득 찬 하늘.

눈을 감았다. 퐁당.

6

Only those who dare to fail greatly can ever achieve greatly
크게 실패할 용기를 가진 자만이 크게 성취할 수 있다.

–로버트 프랜시스 케네디

축축한 느낌. 꺼림칙한 축축함에 몸을 맡기고 이리저리 떠다녔다. 주위는 고요했다. 뭔가를 잃어버린 듯한 느낌. 마음이 공허했다. 뭔가를 찾아야할 것만 같은 느낌. 하지만 눈이 떠지지 않았다. 눈을 뜰 용기조차 남아있지 않았다. 그렇게 조용히 늪에 침식당했다. 아무런 저항 없이 늪에 빨려들어 갔다. 후회했다. 뭘 후회했는지도 모르겠지만 그런 느낌이 들었다. 무기력하게 늪에게 삼켜지고 있을 때 의문이 생겼다. 난 뭘 잃어버렸을까. 뭘 찾아야만 할까.

두근. 불쾌해진 축축함.
두근. 커져가는 거부감.

희미해진 기억 사이를 비집고 나오는 것들.
눈을 떴다. 신비한 빛을 내는 별이 보였다. 불길한 빛 꺼림칙한 빛을 없애는 신비하고 아름다운 별들로 가득 찬 아름다운 하늘이 보였다.
축축함은 사라졌다.

7

Failure is instructive. The person who really thinks, learns just as much from his failures as he does from his successes

실패는 우리를 가르친다. 진정 사고할 줄 아는 사람은 성공뿐 아니라 실패에서도 많은 것을 배운다.

–존 듀이

온몸이 검고 아름다운 별받이로 뒤덮힌 사람의 등장은 주변 사람들의 시선을 끌었다. 마치 하늘을 온몸에 두르고 있는 것 같았다.

무엇보다도, 그 남자의 맑고 깨끗한 눈은 사람들을 매혹시켰다. 남자는 조그마한 언덕에 올라갔다. 맑고 깨끗한 눈으로 하늘을 바라보며 환한 미소를 짓던 그는 빛 속으로 사라졌다.

"후. 좋아 이번에는 저 별을 받아보자."

진이 말했다. 나와 석은 동의했고 별을 받기 시작했다. 석이 별을 향해 큰 소리를 질렀다. 그의 여러 습관들 중 하나였다. 상은 수와 각자 추구하고 있는 별들을 바라보며 이런 저런 이야기를 하고 있었다. 이들은 모두 별을 추구하던 도중에 만난 친구들이다. 서로 힘이 되어 주며 추구하는 별이 같은 경우에는 같이 별을 얻고 서로 다를 때는 응원을 해줬다. 예전에는 다른 별을 받으면 다른 세상으로 가서 친구들을 만날 수 없다고 생각했었는데 비록 추구하는 별이 달라도 비슷한 빛을 내는 사람들끼리는 함께 만날 수 있었다. – 추구하는 별이 같은 사람들보다는 덜 만나겠지만 – 밝은 빛이 거의 도달했다.

"수, 상, 다음에 또 만나자."

"량이 보면 안부 전해 줘~"

량이도 별을 추구하다 만난 친구 중 한명이다. 수, 상과 해어진 후에는 추구하는 별의 방향이 모두 달라서 따로 따로 흩어졌다. 언젠가 다시 만날 것을 알지만 약간의 아쉬움이 남았다. 늪에 한 번 더 들어갔다 나온 뒤로 많은 것이 변했다. 그 후로도 몇 번 더 늪에 들어갔었지만 언자나 날 이끌어주는 밝은 별들이 있어 금방 나올 수 있었다. 늪을 극복할수록 별받이는 더욱 검고 아름다워졌다. 늪을 극복하는 것이 별을 받는 것 보다 별받이를 더 많이 변화 시켰다. 화려하고 아름답게.

신비한 빛을 뿜는 거대한 별의 크기는 많이 작아져있었다. 너무 쉽게 잡을 수 있었다. 그렇게 거대하게 별이었는데……. 잠깐 추억에 몸을 맡기고 있을 때 누군가가 다가 왔다.

"어! 배. 오랜만이야. 저번에 만났을 때 보다 살 더 찐 거 같은데?"

배가 눈을 똥그랗게 뜨며 말했다.

"오랜만에 봤는데 그게 할 소리냐? 그리고 며칠 전에도 만났는데 뭐가 오랜만이야."

동과 리는 자주 못 보지만 최근 배는 진과 수와 함께 자주 만났다. 하늘을 바라봤다. 맑고 깨끗한 눈을 통해 하늘의 별들을 바라보던 배가 말했다.

"이제 시작해 볼까?"

"그래"

8. 별

The person who goes the farthest is generally the one who is willing to do and dare. The 'sure thing' boat never gets offshore.

가장 멀리 가는 사람은 대개 기꺼이 행하고 도전하는 자이다.

'확실한' 배는 결코 근해를 맴돌지 않는다.

하늘을 바라봤다. '별들' 은 한없이 펼쳐져 있다.

별들은 정말 많고 많다. 하지만 구름에 가려져서 아름다운 별들을 보지 못 하는 사람이 많다. 예전엔 나도 그랬다. 늪에 빠져 구름 낀 하늘을 바라보고 살던 때가 있었다. 항상 내 하늘을 맑게 해준 그 때 그 빛을 다른 사람들에게도 보여주고 싶다고 생각해 왔다.

내 별받이는 언젠가부터 하늘의 일부분이 되었다. 난 밝고 아름다운 별을 만들어 별들을 가리는 구름을 몰아낼 생각이다. 구름까지 꿰뚫는 찬란한 별들을 많이 만들려고 노력하고 있다. 늪에 빠져 있는 사람들을 밝게 비추어줄 매혹적인 별들을 만들려고 노력하고 있다. 내가 늪에서 처음 나올 때 보았던 그 잊지 못할 그 빛을, 아름다운 그 빛을 보여주고 싶다. 사람들이 구름을 걷어버리고 자신이 원하는 별을 찾아 추구했으면 한다. 난 별을 추구하다 늪에 빠지게 되더라도 포기하거나 두려워하지 않았고 앞으로도 그럴 것이다. 늪을 극복하면 더 성장해 있을 내가 있을 테니.

별은 내가 추구할 때부터 날 찾아오고 있다.

이 사실을 절대 잊지 말고 하나하나 아름다운 별들을 추구해 나가다 보면 어느새 더욱 더 아름다워진 별밭이를 볼 수 있을 것이다.

[후기]

별 – 꿈, 목표

구름 – 편한 직업들만 찾아가게 만드는 것들.

(구름들 때문에 의사, 공무원, 대기업 취직 같은 소수의 별들만 보이게 되고 모두 그 별만 보기 때문에 엄청난 경쟁–추구할 때 얻기 힘들어진다–이 생긴다.)

늪 – 실패를 했을 때 들어가는 곳 / 깨우치는 곳

목표 이루기 위해 노력하는 과정을 이용해 추상적인 세계(?)를 만들기 위해 이리 저리 머리 굴려서 열심히 썼습니다. 주인공의 성장과정과 다른 사람들과의 만남을 좀 더 매끄럽게 재밌게 많~이 쓰고 싶었는데… 아쉬움이 많이 남지만 글 쓰는 동안 정말 즐거웠고 꿈에 대해 많은 생각을 할 수 있어서 보람찬 시간을 보낸 것 같습니다. 부족한 글이지만 열심히 읽어주셔서 정말 감사합니다.

황다정

Intersection Point of X

심각한 귀차니스트, 대책없는 에고이스트

— That's my name.

이름처럼 다정한, 다정하기만한, 젠틀한, 예의바른
다중인격인, 흥미 거리를 찾아 헤메는,
책과 음악이 인생의 전부인,
비판에 능한, 동물을 좋아하는, 감수성이 풍부한,
감정이 무딘,
스파르타식을 좋아하는, 압박감은 싫어하는, 고양이 혀인,
변덕스러운, 황소고집인, 끈질긴, 늘 도망치고 싶어 하는,
특기 파워 없는, 완벽한 BB형인, 유들유들한, 장난끼 많은,
'어릿광대'를 좋아하는, 당신이 지금 읽은 글을 쓴 사람.

My name is DJ.

깜박깜박.

새색시가 신혼 첫날밤에 볼을 붉히듯, 황소의 커다란 눈이 눈꺼풀 속에서 밤을 맞이하듯 자그맣게 솟아올랐다 가만히 사그라드는 가로등 불빛아래에서 바라보는 밤하늘은, 얇은 검은 베일을 한 겹 벗겨내면 알알이 박혀 있을, 두 손 가득 소중하게 품고 싶어지는 그 작고 앙증맞은 별빛들은, 온통 내 주위를 휘두르며 살아숨쉬는 불빛들은—

난 폭행당했어요.
중학교 1학년. 14살 때였지요.

딩동.

신경을 거스르는 날카로운 초인종 소리에 지친 몸이 움츠러들고, 이윽고 인터폰을 통해 걸러져 나오는 가라앉은 목소리에 가방 끈을 잡은 손에 좀더 힘이 들어갔다.

"저예요."

혹여나 긴장한 게 티가 날까, 몇 번이고 목을 가다듬어 겨우 내뱉은 한마디에 큰일이라도 해낸 양, 온몸의 진이 다 빠져나간다. 긴장하지 말자. 아무렇지도 않은 듯 웃어보여야지. 무엇보다 5년 만에 만난 사람이다. 처음 만났을 때처럼 웃어 보이자. 세상에서 가장 행복하다는 얼굴로.

달각거리는 소리가 둔탁하게 귓가를 울릴 때마다 흠칫거리며 뒤로 물러나려는 발을 꾸짖듯 발뒤꿈치를 서로 맞대어 찬다. 세 번. 흙이 묻고 색이 변색되어 너덜너덜해진 운동화가 오즈의 마법사에 나오는 구두라도 된 것처럼. 그러나 마법은 현실의 고통에서 벗어나기 위해 만든 상상의 산물일 뿐. 차가운 철문 뒤로 모습을 드러낼 커다란 그림자에게서 나를 지켜주진 못하겠지.

"……설마, A……?"

당분간 신세를 지게 된 B의 집은 남자 혼자가 사는 것 치곤 꽤나 간소하고 단정하게 꾸며져 있는데다 묘하게 친근한 냄새가 났다. 그에 당혹감을 느끼기도 잠깐 그것이 '사람이 살지 않는 집' 특유의 냄새라는 걸 깨닫고 안도하는 자신을 발견하곤 이내 입가에 쓴웃음을 머금었다.

2LDK. 가져온 짐을 내려놓기도 전에 이리저리 돌아다니며 기웃거리는 내 뒤를 처음 눈이 마주쳤을 때부터 변하지 않는 눈빛으로 뒤쫓는 그의 불안한 시선에 머릿속에서 뒤엉켜 그 시작조차 찾아내기 힘든 감정을 힘겹게 꺼내 긴장감으로 땀이 흥건한 손에 꼭 그러쥔다. 어떻게 시작해야 할까. 아니, 그 전에 한 번 더 웃어보여야 하는 걸까.

"5년 만이네요. 어떻게- 그동안 잘 지내셨어요?"

자칫 비꼬는 듯한 어조로 들릴 수도 있겠다는 생각을 하는 순간 B의 얼굴색이 옅어졌다. 내 말투 하나, 행동 하나에 즉각적으로 반응하는 게 신기하기도 하면서 그게 또 씁쓸해 짧지 않은 5년의 세월의 무게가 느껴진다. 그 추운 겨울로부터 5년. 나는 이렇게 커버렸는데 당신은 전혀 변한 게 없어. 그땐 정말 당신이 세상 전부라고 해도 과언이 아닐 정도로 내겐 큰 사람이었는데.

"어, 그래. 나야 뭐 늘 그렇지."

"너는 어때? 그동안 잘 지냈니……?"

난 폭행당했어요.
중학교 1학년. 14살 때였지요.
추운 겨울. 내 앞의 바로 이 남자로부터요.

달각.

"된장찌개에 감자밥, 꼬막무침과 돼지 두루치기. 그리고 손맛의 절정, 시금치 무침! 어때요? 이정도면 든든한 아침이 될 것 같죠? 잘 먹겠습니다-!"

이른 아침. 두 개의 밥그릇과 홀로 맞이하는 아침상. 집안 곳곳에 스며드는 쓸쓸한 목소리. 일주일이 넘게 사람흔적이 없는 큰 방. 내쉬는 한숨은 안도의 것일까.

한동안 소식이 없던 B는 이번 학기에 열리는 저명한 교수들이 대거 참석하는 학회에서 논문발표를 하게 되었다고 설명(새벽까지 잠자리에 들지 않고 B를 기다린 끝에서야 겨우 들을 수 있었지만)해주었다. 새로운 학설로 심리학계에서 최근 주목받고 있는 B는 그로 인해 신경이 꽤나 날카로워진 듯. 말하는 내내 눈을 마주치지 못하며 내 존재 자체에 큰 불안감을 보였다.

– 그렇다고 내가 그에게 해줄 수 있는 일은 없겠지만.

"그래도 계속 밖에서 생활 하는 건 건강에 좋지 않아요. 잠은 둘째 치고 서라도 집에서 밥 먹을 시간이 없다면 제가 병원으로 도시락이라도 싸다 드릴까요? 어떤 반찬을 좋아하세요?"

그것은 순수한 호의였다고 당당하게 말할 수 있다.

……아마도.

그는 그럴 필요 없다며 새파랗게 질린 얼굴로 손사래를 쳤지만, 얹혀사는 처지에 그럴 수는 없다며 기어코 우긴 끝에 병원에 가져갈 도시락을 싸고야 말았다. 어렸을 땐 종종 아버지가 일하는 공사장에 가끔 이렇게 도시락을 싸가곤 했었는데. 그때마다 아버지는 온몸으로 기쁨을 표현하며 크고 단단한 손으로 서투르게 머리를 쓰다듬어 주시곤 했었다.

서투름. 익숙하지 않지만 어색하지도 않은 그것. 언제나 아버지의 사랑을 느낄 수 있었던 그 때.

……그땐, 행복했었지.

촌구석에서 나고 자라 한 번도 와본 적 없는 사람의 도시 서울. 차로 한 시간 이상 걸린다는 B의 병원으로 가기위해선 길을 헤맬 시간을 포함해 조금 넉넉하게 시간을 두고 출발해야만 했다. 지금까지 이용해 본 대중교통 이라곤 마을버스가 고작인지라 콩나물시루 같이 빽빽이 들어차 서로 숨쉬기에 바쁜 지하철도, 2,3분 간격으로 지나가는 생전 처음 들어본 지명을 옆구리에 차고 있는 버스도, 신호에 걸리면 왠지 미터기가 더 빨리 가는 것 같다고 듣곤 하던 택시도 낯설음에 선뜻 발을 내딛지 못하게 했다.

멀거니 지하철 노선표만 바라보고 있은 지 얼마나 되었을까. 머리보다 높은 곳, 시선의 한참 위에서 색색깔 9개의 선들이 갓 태어난 뱀 새끼 마냥 이리저리 뒤엉켜 깨알 같은 글씨와 함께 붙어 있다. 적혀 있는 글자들 중 단 하나도 익숙한 이름이 없다는 사실이 서울이란 도시 자체가 내 존재를 거부하는 것 같아, 촌구석 시골뜨기가 길 하나 찾지 못하고 노선 표 앞에서 서성대고 있는 걸 비웃는 눈초리가 등 뒤로 따갑게 느껴져서, 울컥 솟아오르는 쓴물을 애써 삼켜내곤 아무렇지도 않은 듯 고개를 들어 4호선 삼각지역을 찾았다.

발뒤꿈치를 서로 맞대어 찬다. 태연한 표정으로.

등 뒤로 거세게 다가오는 철문에 눈을 깜빡이자 등줄기를 따라 둔탁한 동통이 훑어 지나간다. 잡힌 손목에 피가 통하지 않아 아릿해질 때쯤에서야 도착한 곳은 병원의 지하에 있는 냉동 창고. 몰려오는 한파에 몸을 추스릴 틈도 없이 어깨가 붙잡혀 다시 한 번 철문에 밀어붙여진다. 찌푸린 눈꺼풀 사이로 보이는 건 자신을 지키기 위해 털을 꼿꼿이 세우고 잔뜩 몸집을 부풀린 작은 짐승 한 마리. 달래보려 손을 뻗어 보지만 내쳐진 손에 남겨진 것은 새빨간 거부의 상흔. 추억 속에 묻혀졌던 잔상.

"……가엾은 것. 왜 화가 났니?"

"그래, 여기 B선생과는 무슨 사인가?"

올 것이 왔다고 생각했다. 웃으며 차를 마시는 동안 머릿속으로 열심히 반복했던 상황이니만큼 떨리는 입가를 부여잡아 억지로 끌어올리며 아무렇지도 않은 척, 나를 내밀었다.

"저희 막내삼촌이세요. 워낙에 시골에서만 살다보니 보고 싶은 것, 하고 싶은 것들이 너무 많아서 겨울방학을 빌미로 부모님께 졸라 서울에 있는 삼촌네에서 방학동안만 잠시 신세지기로 했었는데, 삼촌은 별로 탐탁찮아 하시는 것 같네요. 그죠, 삼촌?"

'나이대의' 여고생답게 장난스레 입술을 삐죽이며 팔꿈치로 B의 옆구리를 찌르니 감전이라도 된 마냥, 자리에서 급히 일어선다. 가빠진 호흡, 붉게 달아오른 얼굴, 떨리는 손끝. 딸만한 아이의 농담에 껄껄거리며 유쾌히 웃는 얼굴들 사이로 잔뜩 긴장한 얼굴이 눈에 확연이 드러나는 그것이 또 안돼 보여 모른 척 고개를 돌리고 손끝이 하얗게 질리도록 꽉 쥔 주먹 위에 손을 올려 가만가만 토닥여주었다.

난 폭행당했어요.
중학교 1학년. 14살 추운 겨울날.
내 눈 앞의 바로 이 남자로부터요.
난 그게 무엇을 뜻하는 건지 몰랐었어요.

"그래 B선생. 아주 맹랑한 조카를 두셨구만. 이걸로 조카 녀석 맛있는 거라도 사 먹이고 데리고 다니고 하게나. B선생 성격에 어지간히 알아서 하겠느냐 만은 나도 저 나이대의 손녀가 있어서 말이야. 주책이지 주책."

"예, 박사님 살펴 가십시오."

세월의 흔적이 깊게 패인 웃는 얼굴의 반대편. 손 안 가득 일그러진 베일 듯 날카롭게 선 날의 빳빳한 오만 원 권 두 장. 핏기가 빠져버린 손끝만큼이나 붉게 달아오른 구겨진 마음. 메인 목에 웃음이 차오른다.

돌아간 얼굴에 의아함을 느낄 새도 없이 화끈하게 몰려오는 격통에 반사적으로 시큰거리는 눈가를 부여잡으려 하지만 곧바로 팔이 잡혀 벽으로 밀어붙여진다. 엄습하는 공포에 미처 손을 쓸 새도 없이 문이 열려버리고, 저 깊은 심연의 어비스에서 스믈스믈 기어 나오는 건 오욕에 검게 물든 어둠일까 타락 끝에 추방당했던……. 그것은 어설펐던 시절의 나의 모습.

주체할 수 없이 떨리는 몸에 다리에 힘이 풀려 벽을 따라 주저앉고야 말았다. 놀란 듯 취했던 자세 그대로 눈만 크게 뜬 채 바라보는 시선에 허탈한 웃음이 새어나오고, 생각과는 달리 발작이라도 일으킨 마냥 고장 난 로봇처럼 덜걱거리는 팔을 부여잡고 애써 몸을 웅크렸다.

환상이 아닌 현실이라고 일깨워주는 날카로운 감각.

"예, 불편하시면 갈게요. 도시락은 놔두고 갈 테니까 출출할 때 드시고 통은 제가 씻을 테니 그냥 가져오기만 해 주세요. 아직 어디 내놓을 솜씨는 못 되지만 그래도 열심히 한……."

목이 메인 것과 혼자가 된 것은 어느 것이 먼저였을까.

열 셋. 세상 온갖 것들에 대한 호기심과 특유의 생동감으로 겁 없이 튀어 오르던 그 시절. 가장 유치하고도 보편적이며 자식에 대한 부모의 사랑과 그 미묘한 우열관계를 표현해주던 온 국민의 질문인 '엄마가 좋아, 아빠가 좋아?' 를 그런 식으로 듣게 될 줄은 상상도 하지 못했었다.

"둘 모두 너의 의견을 존중하기로 했단다. 그래서 하는 질문이니 너무 부담가지지 말고 편하게 대답해. 너도 알다시피 엄마 아빠는 널 무척이나 사랑한단다."

의견을 존중하는 것과 차후통보는 다르다고 생각했다. 하지만 엄마와 아빠는 내 '부모' 이기 이전에 '남자와 여자' 였고, 남녀 간의 일에 당사자가 아닌 내가 끼어든다고 해서 달라질 건 없다고 여겼다. 그래서 묵인했고, 그래서 상처받았다.

한쪽을 따라 간다거나 따로 살게 될 거라던가 하는 것은 '이해만' 했을 뿐이었다. 그것도 자신의 관점에서 심사숙고한 것이 아니라 단순히 드라마나 책에서 본 내용들을 가지고 어렴풋이 그런 거구나. 하고 발만 걸쳐놨을 뿐인데. 소설과는 달리 냉정한 현실에서 강요받는 납득은 어린 마음에 나도 모르는 채 공백으로 새겨졌다.

그 텅 빈 공간에 무엇이 들어찼는지, 그 크기가 얼마나 되는지는 나조차 아직까지도 파악하지 못하고 있다.

간섭하지 않기로 한 것이 비록 내 선택이었다고는 하나 사춘기 시절의 급격한 환경변화는 가치관의 혼란과 함께 정체성의 미비를 가져왔고, 끝내는 그 소용돌이치는 감정의 원인이 무엇이었는지도 생각하지 못할 만큼 피해자 놀이에 빠져들어 '자립' 이라는 이름하의 책임 없는 자유, 그 달콤한 유혹에 주체할 수 없을 만큼 물들어버리고 말았다.

……날 봐달라는 어리광이었을지도.

너무 오랜만에 들어서일까. 인식하지 못했던 전화벨 소리가 반고리관을 타고 유유히 흘러들어와 뇌리에 녹아든다. 이 삭막한 집에 어울리지 않는 바깥과의 연결고리가 제 존재를 열심히 증명하는 게 신기해 가만히 바라만 보다가 조심히 수화기를 들었다 다시 조심이 내려놓았다.

새들이 날개를 접은 저녁. 불조차 켜지 않은 집에서 끊임없이 울리는 투박한 전화 벨소리와 멍하니 바라만보다 수화기를 들었다 내려놓기를 반복하는 한 여자아이. 손가락으로 수화기의 매끄럽게 뻗은 등선을 따라 덧그리며 진동을 느끼기도 잠시, 흰 잠옷속의 여린 몸이 가늘게 떨린다 싶더니 눈 깜짝할 사이 변해버린 험악한 표정으로 거칠게 전화기를 들어 내팽개쳐 버린다. 방바닥에 너부러져서도 끊이지 않고 울리는 전화가 마음에 들지 않는다는 듯 몇 번이고 몇 번이고 내팽개치길 반복하던 A는 축 늘어진 발걸음으로 욕실로 향했다. 걸음을 옮길 때마다 낙인처럼 자리하는 검붉은 핏자국 뒤에는 아직 숨이 끊어지지 않은 전화기가 깜빡이고 있었다.

가슴께에서 찰랑이며 살금살금 어린아이의 부드러운 손놀림처럼 온몸을 쓰다듬어주는 물이 차다. 대체 얼마만큼 이러고 있었던 걸까. 둔해진 감각에 시야 속의 세상이 흘러간다. 내가 본건 대체 뭐였지. 다시 가서 제대로 확인해야하는데, 몸이 움직이질 않는다. 물이 온몸을 옥죄고 있는 것 같다. 평범한 욕조일 뿐인데, 저 깊은 곳으로 잠식당해 가라앉는다. 욕조의 물이 예쁜 색으로 물들여져있는 건, 왜일까…….

"어디 있는 거냐, A! 대답해!"

이름을 부르는 목소리에 무의식적으로 몸을 움직여 밖으로 나간다. 젖은 머리에서부터 몸의 굴곡을 따라 흘러내리는 물방울들에 소름끼치는 한기가 밀려오고, 놀란 얼굴로 고개를 돌릴 생각조차 하지 못하는 B를 보며 힘없이 웃어보였다.

선생님 나는요, 안 아팠으면 좋겠어요. 무서운 것도 싫어요. 그땐 너무 아팠어. 너무 무섭고 너무너무 아파서……

눈을 떴을 때 보인 것은 세상 어느 것에도 때 묻지 않은 하얗기만 한 세상.

어렸을 때부터 눈이 좋았다. 조용히, 포근하게 온 세상을 감싸 안아주는 하얀 눈이 정말 좋았다. 어느 것도 차별하지 않고 똑같이 보듬어주는 눈이 너무 좋아, 차마 만져볼 생각도 못한 채 깨금발로 창 턱에 겨우 기대어 바라만 봤었는데. 새벽의 맑은 햇빛을 고스란히 흡수해 따듯하기만 할 것 같은 쌓인 눈 위로 옆집의 어미개가 태어난 지 한 달도 채 되지 않은 새끼 개들을 데리고 옹기종기 발자국을 남기는 모습에 어린 가슴이 간질간질했었는데. 어미 개를 잡아간 것은 누구였더라. 하얀 눈 위에 남겨진 거친 바퀴자국과 흥건한 핏물은 누구의 것이었지. 그 날 어린 난 뭘 봤던 걸까. 남겨진 새끼 개들은 어떻게 되었었지……?

"A! 괜찮아? 정신이 좀 들어?"

"아아아악-!"

"과다출혈에 체온이 급격하게 떨어졌어요. 집에 가서 푹 쉬면 괜찮을 겁니다. 스트레스로 굉장히 예민해져 있는 상태이니 무슨 일인지는 모르겠지만 집에서 최대한 편의를 봐줘야 합니다. 하고 싶은 건 뭐든 하게 하세요. 그리고 이번에 생긴 상처를 제외하고서라도, 몸에 상처가 꽤 많던데 혹시 아시는 바 있으십니까?"

"……아뇨, 저도 굉장히 오랜만에 보는 조카인지라."

얼어붙은 땅 여기저기서 삐죽이 고개를 내미는 어린 잎들에 발걸음이 조심스러워지는 이른 봄. 친구와 함께 옷가지만 달랑 챙겨 내려간 부산의 밤바다는 결코 잊지 못할지도 모른다. 일탈이라는 이름의 구속으로부터의 해방을 원했지만 결국 돌아온 것은 아무 조건도, 이유도 없이 날 받아주었던 집이라는 공간과 미성숙한, 모순된 생각들의 충동. 굶주림, 추위, 외로움, 불안감 그 모든 것들을 받아주었던, 집이라는 이유 모를 종착역.

누군가가 늘 돌리곤 했던 싸구려 담배. 손만 뻗으면 잡을 수 있었던 시큼한 술들, 어디서 들어오는지도 몰랐던 정제되지 않은 약. 본드. 가스. 어른이 되고자 했지만 결국 모방에 불과했던 치기 어린 풋풋함.

집으로 돌아가기엔 이미 너무 많은 길을 걸어왔다고 생각했다. 돌아가려면 왔던 길만큼의 대가를 치러야한다고. 그래서 주저앉았다. 눈앞을 지나는 수많은 사람들이 각자의 길을 걸어가고 있을 텐데. 내가 가야할 길, 내가 가고자 하는 길은 뫼비우스의 띠라도 된 것처럼 결국 원점으로 돌아와 나아갈 의지를 잃게 한다.

겨울의 바닷바람은 매서웠고, 하루 종일 걷기만 한 몸은 무겁기만 해서 내밀어진 손을 거부해야겠다는 생각을 할 여력조차 없었다. 그냥 끌려가는 대로 놔두기만 한다면 따듯한 곳에 몸을 누일 수 있다는 생각에 비틀거리면서도 잡힌 손을 빼내지 않았었다. 아니, 그렇게 생각했나보다. 이렇게 거칠게 돌려세워져 뺨을 올려붙여지는걸 보면 손을 뿌리치고 도망가려 했던 거겠지.

"그러니까— 이 남자분이 이 여자아이를 데리고 가다 여자아이가 도망치려고 하자 머리채를 쥐어 잡고 끌고 가려 했다 이 말씀이신 거죠. 요는."

"보아하니 연배도 꽤 있으신 분 같은데 길거리에서 그런 몰상식한 짓을 하십니까. 이쪽으로 와서 조서 좀 작성하시죠. 학생. 학생은 저기 저 사람한테 가 봐."

손가락이 가리킨 곳을 따라가니 귀찮다는 듯 잔뜩 인상을 찌푸리고 있는 경찰이 빨리 자리에 앉으라 재촉한다. 눈앞으로 포물선을 그리며 떨어지는 파일철.

"적어. 불러서 받아 적는 것도 귀찮으니 거기에 쓰라는 것만 곱게 쓰고 부모님 모셔와."

"부모님 안계세요."

"뭐? 그거야 신원조사 해보면 알 일이고. 일단 그거부터 작성해."

"이름은 A. 집 같은 거 없어본 지 오래고, 생년월일은 몰라요. 학교는 안 다니고 있고 이번 일은 배가 너무 고팠어요. 춥기도 추웠고. 따듯한 데서 자고 싶었어요."

"뭐라는 거야. 얼렁뚱땅 넘길 헛소리 하지 말고 집에 가고 싶으면 빨리 적기나 해."

신상명세서 따위 말할 수 있을 리가 없었다. 보호자가 오지 않으니 간단한 훈방조치로 끝내려 했던 일도 끝이 보이지 않는다. 결론이 나지 않는 갑론을박을 늦은 밤까지 하고 난 뒤에서야 미성년자를 구치소에서 재울 수 없다는 이유로 근처의 센터에 연계되었다. 경찰서까지 마중 나와 준 센터의 자원봉사자가 손을 내밀며 말하길,

"결국 여기서 다시 보게 되는구나. 갈 곳이 없어보여서 설마 했는데."

수수한 옷차림에 유약한 인상의 남자. 일련의 행위들을 처음부터 지켜보고 곧바로 경찰서에 신고해 준. 그것이 B와의 첫 만남이었다.

"가자. 배고프지?"

난 폭행당했어요.
중학교 1학년. 14살 추운 겨울날.
내 눈 앞의 바로 이 남자로부터요.
차가운 밤바다 앞 청소년센터의 자원봉사자.
그가 날 이해해줄 유일한 사람이라고 믿었었는데

"저번의 그 박사님. 그때 한 번 보고 네가 꽤 마음에 드신 눈치던데. 한 번 더 봤으면 하시더라고. 밥이나 한 번 같이 하자고……."

시간이 지나도 답이 나오질 않아서 뭐든 부딪혀 봐야 한다고 생각했다. 그와 관련된 것이라면 할 수 있는 한 모두 겪어봐야 한다고. 어디까지고 그를 밀어붙여 초조함에 못 이겨 가슴 속에 품고 있던 것들을 모두 토해내도록. 필사의 연기를 하며 눈앞의 사람이 가지고 있는 호감을 끌어내기 위해 노력한다. 무얼 위해서? 당장이라도 자신을 잡아먹을 수 있는 흉폭한 두 야수의 사이에서 줄타기를 하고 있는 작은 동물마냥 눈동자를 이리저리 굴리는 저 유약하기 그지없는 사내를 위해? 아니, 그 사내를 잡아먹으려 호시탐탐 기회를 엿보고 있는 나를 위해서다. 탐욕스럽게 뼛속까지 발라먹기 위해선 뼈를 노골노골 연하게 만들어놓을 필요가 있으니까.

"A양은 언제쯤 다시 내려갈 생각인가? 이왕이면 B선생이 학회에서 강연하는 모습도 보고가면 좋을 텐데 말이지. 저래 뵈도 B선생, 학회에선 꽤 주목받고 있는 젊은 피 이기도 하고 말이야. A양에겐 좋은 경험이 될 걸세."

기대감에 가득 찬 눈동자로 수줍은 듯 고개를 끄덕이지만 B의 눈치를 보는 걸 잊지 않는다. 고맙게도 시선을 눈치채준 박사가 B에게로 관심을 돌려 확답을 짓듯 이야기를 종결시켜버린다.

"B선생도 이렇게 참한 조카가 와준다면 더욱 좋을 테지?"

병원에서의 사건 이후 B는 건강이나 학교. 무슨 핑계를 대서라도 날 돌려보내고 싶어 했고 물론 전혀 그에 따라줄 생각은 없었지만 진지하게 이야기를 듣는 척

하며 조금씩 쥐었다 풀었다 했던 신경 줄을 지금의 것으로 숨이 막힐 정도로 쥐어 챘으니 그 반응이 선히 눈에 보이는 듯 해 절로 입 꼬리가 말려 올라간다.

5년만의 첫 만남, 크게 흔들리던 눈동자 속에서 보이던 불안감. 아무렇지도 않다는 듯 그를 대하는 나를 보며 가끔씩 스쳐지나가던 의아함. 병원으로의 도시락 배달. 박사들 앞에서 칠칠맞게도 감추지 못했던 초조함. 그리고 신경의 끝자락에서 터져 나온 그의 분노에 무너지는 나의 모습을 보며 안도하던 그 표정.

초등학생과 고등학생의 차이는 크다. 중학생과 성인의 차이 또한 크다. 하지만 아무의미 없는 시간의 흐름 인내 끝에 성인이란 선을 한번 넘고 나면 그 다음부터는 Nothing. 성인과 성인의 차이는 – 글쎄, 굳이 그걸 정의할 필요가 있을까. 그래. 그런 거였다. 이런 답이 필요해서 이 생면부지 도시인 서울에, 제 발로 과거의 편린 중 최악의 길로를 달리는 악몽을 찾아왔던 거겠지.

'같은' 거였다. 내가 천길 나락으로 허수아비마냥 가벼운 바람에 날려 떨어지고 여름 볕에 내놓은 눈사람마냥 흩어져 무너질 동안 그는 불안했던 거다. 초조하고 무서웠겠지. 한동안은 잠도 제대로 들지 못했으리라. 다른 사람의 눈치를 살피게 되고, 길거리에 나다니는 게 숨이 막히고, 온 세상 사람들의 시선이 자기에게 향해있는 것 같았겠지. 특히 유약하고 소심한 사람이었으니 내가 누구에게도 말하지 않았다는 사실에 확신을 가지기까지 꽤나 오랜 시간이 걸렸으리라.

홀로 병원의 삐걱거리는 침대에 누워 이토록 간단하고도 명료한, 그토록 바라고 염원했던 결론에 치닫기까지 얼마나 많은 고민과 생각, 바람에 휩싸여 있었던지. 열 넷, 어린 시절 온몸으로 겪었던 그 거대하고 두렵기만 했던 어두운 그림자는 현실과의 갭 사이에서 우습기 그지없는 광대분장을 벗고 그 속의 본체를 드러내보였다. 드디어.

……내가 이겼다.

두 손을 동여맨 붕대 안의 상처가, 과거의 흔적이 흐르는 눈물에 적셔진다. 이제 스스로를 단죄하지 않아도 된다는 걸까…….

안심하고 평범한 생활을 영위함에 감사하며 살다 들추고 싶지 않은 과오의 흔적이 난데없이 찾아왔으니 불안하고 초조했겠지. 어디로 튈지 몰라서, 어떤 행동을 할지 몰라서 어떻게 반응해야 할지도 몰라 안절부절 못하고 그 예민한 신경이 끝까지 내몰리다 더 이상 참지 못하고 터져버린 신경질에 부서지는 가면을 보며 다시금 안심했으리라. 아직 괜찮다고, 스스로를 위안하며 내게 익숙해져 갔겠지. 길들여져 갔던 거다.

보이지 않아도 내게 얽매여 있던 사슬이, 힘없이 곤두박질친다.

학회까지는 사나흘, 방학이 끝나기까진 일주일도 채 남지 않은 지금, 미묘하게 달라진 분위기에 관찰하는 듯한 시선. 승리의 희열을 애써 감출 생각은 없었다. 끈질기게 이어지는 신경전, 끈적하게 달라붙는 기 싸움. 궁금하겠지. 지금까지처럼 먼저 나서주길 바라는 것일 테지만 – 원하는 대로 해 줄만한 아량이 없거니와 그럴 이유 또한 없다.

몰고 몰아서 구석으로 치닫게 해줘야지. 한계에 몰린 토끼가 발악할 수 있도록.

간만에 외식이나 하자며 퇴근시간에 맞춰 집 앞에서 보자던 B는 한껏 멋을 낸 채 근 한 달간 서울에 있으면서도 발걸음 한 번 해보지 못한 번화가로 자동차를 향했다. 저녁까진 아직 시간이 있으니 구경이라도 좀 하고 가자던 B는 그의 말마따나 '구경하러' 들르는 가게마다 족족 두서너 개씩의 쇼핑백을 내게 안겨줬다. 신발, 액세서리, 옷에서부터 화장품, 인형에 이르기까지 신기해서 손 한번 대본 것까지 악에라도 받친 듯 계산해나가는 그의 모습은, 당황스럽게도 그의 비위를 맞추기 위해 그가 좋아하는 기미라도 보이면 뭐든 해나갔던 그 시절의 내 모습을 보는 것 같아 고개를 돌릴 수가 없었다.

더 이상 손에 들지 못할 정도의 쇼핑백의 산을 트렁크 안에 겨우 밀어 넣은 뒤 향한 곳은 고급스런 느낌의 레스토랑. 똑같은 몸짓을 하는 사람들. 나지막하게 깔리는 목소리. 그리고 그 위로 모난 돌 마냥 튀어나온 내 모습에도 불구하고 더 이상 움츠러들지 않는 내가 있다.

"저…… 내일 발표에 있을 내용 중 자료 하나가 빠져서 그런데, 혹시 보지 못했니? Fax로 집에 보낸 건 확실한데 같이 보낸 내용 중 그것 하나만 사라져서…… 말이야. 아주 중요한 거라 꼭 찾아야 하는데……."

"전화기 옆 Fax로 왔던 자료 말씀이세요?"

"아아. 혹시 어디 있는지 알고 있다면 가르쳐줄 수 없을까 해서……."

"사춘기 청소년들의 급격한 가정환경 변화에 의한 정신적 미성숙과 그에 따라 보이는 증상들에 대한 대처방안을 주제로 쓰신 리포트와 그 예로 제 프로필과 신상명세, 가정환경이나 그간 있었던 일들을 적나라하게 적어놓으신 그 자료라면 제가 불장난을 하다 실수로 태워버렸는데, 어떡하죠?"

날 한계로 내몰고야 말았던, 몇 장의 글로 일목요연하게 정리된 '그 때'의 불완전했던 나의 모습. 그리고 그 경험을 함께 했던 자로서 비밀을 지키지 않은 자에 대한 차갑게 흘러내리는 분노.

"너무 신경 쓰지 마세요. 애초에 번거롭게 그런 걸 왜 작성 하셨나 모르겠네요. 한마디만 하면 사람들 앞에 나서서 그때의 상황과 제 생각들을 낱낱이 까발려줄 살아있는 자료가 여기 눈앞에 있는데. 그렇지 않나요?"

비밀을 지키지 않은 자에 대한 경고. 이깟 천 쪼가리나 쓰레기 같은 음식들로 가릴 수 있을 거라 생각 했던 건 큰 오산이었다고, 날카로운 조소와 함께 덧그려주는 지킬 것이 있는 자에 대한 부담감.

"여기 음식이 정말 맛있네요. 다 먹었으니 우리 이만 가요. 너무 늦게까지 놀았다가 피곤에 내일 발표를 망치면 안 되잖아요. 내일 일은 저도 많이 기대하고 있으니 말예요."

돌아오는 차 안, 언제까지고 굳게 다물려 있을 것 같던 그의 입을 비집고 나온, 처음으로 들어보는 흔들리지 않는 그의 진심.

"긍정적으로 생각해. 넌 그 때 나에게서 위안과 평안을 얻어갔고, 난 네게서 내

논문을 완성시켜줄 여러 예시들과 자료를 얻었지. 서로에게 좋은 게임이었다고 생각했는데. 왜 이제 와서야 그때의 일을 들춰내 서로를 피곤하게 만드는 거지."

물론, 대답 따위 했을 리가 없다.

긍정적이라는 건, 현재 벌어진 일에 순응하고 그 속에서 어떻게든 내세울만한 점을 찾아내 애써 자기위안으로 삼는, 패배주의자들의 어리석은 자기애.
긍정적으로 살라는 말은, 더 이상 현실의 비정함에 어리광부리지 말고 남에게 즐거워 보일 수 있게끔 단점들은 처음부터 없었던 것처럼, 그렇게 허위와 가장으로 자신과 타인 모두를 속이며 살아가라는 것. 참으로 웃기는 말이 아닌가.

머리 가득 같지도 않은 사색이 들어차 바람 빠진 풍선마냥 피식대고 있을 무렵, 그동안 열심히 나를 찾았다는 것을 증명하듯 눈이 마주치자 안도의 빛이 도는 얼굴을 보며 입술을 오므려 작게 읊조렸다. 소리는 들리지 않아도 입모양으로 충분히 알아볼 수 있도록.

강.간.범.

내가 무슨 짓을 할지 몰라 시야 안에 넣어두려 급히 찾았던 것일 텐데. 생각지도 못한 타격을 받아서 어쩌나. 열정적인 강의로 인해 흘러나오던 땀이 식은땀이라 해도 믿을 만큼 순식간에 질려가는 얼굴에 걱정스럽단 얼굴로 박사에게 조심스럽게 귓속말을 전했다.
"삼촌이 많이 아프신 것 같은데. 어쩌죠."

조용히 읊조린 한 마디. 옆자리 박사에게로의 속삭임. 놀란 듯 눈을 둥그렇게 뜨고 시선을 마주쳐갈 박사. B는 지금 무슨 생각을 하고 있을까.

학회가 끝난 뒤 병원에서의 뒷풀이. 정신이 없었을 텐데 용케도 이렇게까지 준비했다 싶을 정도로 잘 꾸며진 상황에 웃음이 나오는 것도 잠시, 끌려간 병원의 지하 냉동 창고는 저절로 이가 맞부딪힐 정도로 추워서, 잡힌 손목이 끊어질 듯

아려와 인상을 찌푸릴 수밖에 없었다.

—단순히 아파서 그런 거니 그런 안심한 표정 짓지 마.

"아까, 강연할 때, 박사님에게 무슨 말을 했지?"

아무것도요.

"젠장! 대체 내게 원하는 게 뭐야! 입모양으로 내게 했던 말은 무슨 의미였지? 박사님에게 무슨 말을 했길래 그런 표정으로 날 쳐다본 거냔 말이다! 말해!"

글쎄, 내가 당신에게 원하는 것. 그건……

"이제 좀 그만 하잔 말이다! 질리지도 않니? 너 병신이야?! 왜 이딴 짓……!"
"저 이만 내려갈게요."
"뭐?"
"집으로 가겠다구요. 이제 당신한테 별 볼일도 없을 것 같으니 그렇게 바라던 대로 우리 서로 바이바이 하죠. 그동안 감사했습니다. 바로 짐 챙겨서 오늘 떠날게요."

뭐라고 하고 싶은 말은 많은데, 정리가 되지 않아 복잡해진 표정이 날 내려다보고, 그 속에서 읽을 수 있는 갈등에 질질 끌기엔 장소가 맞질 않아 붙잡힌 팔목을 내치곤 팔짱을 낀 채 말을 이었다.

"별로 달라지는 건 없어요. 우린 지금까지 전혀 다른 길을 걸어 왔잖아요? 서로 다른 곳에서 출발했다 X의 교점에서 잠깐 만났을 뿐이에요. 생애를 통틀어 단 한 번 이어질 수 있는 기회를 우린 너무 오래 끌어왔어요. 교점이 진정한 의미를 가질 수 있게 이제 끝낼 때가 됐다고 생각해요."
"그런 식으로 끝낼 수 있는 거였다면!"
"뭐 어때요. 말했다시피 달라지는 건 없잖아요? 긍정적으로 생각해요. 결과적으로 당신은 손해 본 게 없으니 오히려 잘 되었잖아요? 피해자인 내가 용서한다는데, 왜 가해자인 당신이 되려 역정을 내는 건지 이해가 가질 않네요."

"긍정적으로 생각하라고? 몇 년 동안 연락도 없다가 홀쩍 나타나 사람을 그렇게 뒤흔들어놓고, 그러더니 이제 와서 아무 의미가 없었다고? 그게 말이 된다고 생각하나? 넌 내 인생을 한순간에 망쳐놓을 뻔했어!"

"그러니까 긍정적으로 생각하라니까요. 나는 이미 망쳐졌지만 당신은 망칠 뻔한 거잖아요. 가정, 그것도 과거형인 게 어디야. 그러고 보니 신기하네. 이렇게 소심하고 융통성 없는데다 자기 감정 주체 못해 밥그릇 챙기기에 여념이 없는 당신이 회장에선 용케도 잘 넘어갔단 말이지. 성공하는 게 그렇게 중요한가? 응? 말해봐요. 그게 당신한테 그렇게 중요한 거였으면 좀 더 내가 신경 써서 준비하는 건데 그랬어."

"스쳐 지나가 곧게 뻗어나갔으면 되는 건데. 교점에 머물러 벗어나지 못하고 뫼비우스의 띠 위를 벗어나지 못한 채 돌고 돌게 만든 건 당신이잖아요? 잘나신 심리학자님의 소견으로 한번 말씀해 보시죠. '그 때' 의 나에 대한 우월감, 연민으로 둘러싼 정복욕, 망가진 인형에 대한 비뚤어진 소유욕, 뭐 그런 건가? 대체 무슨 생각으로 그랬던 거죠? 난 고작 14살이었고, 당신은 대학을 갓 졸업한 세상물정 모르는 풋내기였을 뿐인데, 어린 몸에 발정했나요? 응, 그럴 정도로 쓰레기였어?"

창고의 냉기에 얼어붙은 듯한 표정으로 딱딱하게 굳어있는 B를 넘어 문을 열자 후끈한 바람이 몸을 띄워들 듯 휘몰아친다. 둔탁한 소리와 함께 닫히는 문에 기대어 주저앉자 싸한 냉기가 목덜미를 타고 등줄기를 훑어 내려간다. B, 타인에게 상처를 준다는 건 이렇게나 어려운 일인데, 당신은 어떻게……

닫힌 문 뒤, 풀린 무릎이 땅에 닿기도 전에 바닥의 서리를 먼저 녹여 내리는 건 그 때 지녔던 후회의 감정일까, 흔들린 위치에 대한 불안의 말로일까. 알 수 없는 감정들이 한데 묶여 흐리는 시야에 당황한 듯 가져다 댄 B의 손끝에 차갑게 서리가 내린다.

"어디로 갈 거냐?"

"경찰서로 가진 않을 테니 걱정 마요."

"……미안했다. 이걸로 이제 잊어다오."

"……갈게요. 그래도 덕분에 제 꿈을 어느 정도 이룰 수 있게 되었으니, 앞으론 선생님도 너무 자기비하만 하지 말고 긍정적으로 사시길 바라요."

현실에 순응하면서, 과거의 과오마저 모두 받아들이며 수동적으로, 그렇게 자신의 의지 없이 살아가.

받아들일 수밖에 없는 자신에게 한탄하며 틀 안에 갇혀 살아갈 당신이면, 나는 그걸로 족해.

과거에 묶여 헤어 나오지 못했던 잔재들에게 작별을.

bye bye.

Epilog

"해서 그 집을 나왔지. 엘리베이터에서 딱 내렸는데 아무것도 생각이 나질 않는 거야. 어디로 가야 할지, 뭘 해야 할지 아무것도 알 수 없어서 한동안 멍하니 아파트 벤치에 앉아서 하늘만 바라보고 있었지. 한참동안 그렇게 있다가 터미널로 발걸음을 옮겼지. 결국 갈 곳은 집밖에 없더라고."

"그럼 여긴 어떻게 오게 된 거예요?"

"집에 도착해서도 변한 게 없었지. 하고 싶은 것도 해야 하는 것도 없어서 그냥 하릴없이 시간만 축내고 있었는데, 문득 거기가 생각난 거야."

은하수가 범람한 듯 별빛처럼 쏟아지는 빗방울들이 바다의 잠을 깨우고, 그 속으로 대열을 맞춰 날갯짓을 재촉하는 철새 무리가 하늘과 바다와 두 눈에 함께 비추었다. 다시 찾은 부산의 밤바다. 여기에서 찾고 싶었던 것은, 무엇이었을까.

그 시절 방황하던 길을 따라 걷는 발걸음이 사뭇 조심스럽게 느껴진다. 자박거리는 발소리는 빗소리에 가려 묻혀지고, 그렇게 소리 없이 걷던 길을 멈춘 것은 어떤 건물 앞에 다다라서였다.

'가장 행복했던 때' 라고 생각했었던 시절의 장소. 비록 좋은 결말로 끝내진 못했지만 이해 받고, 이해하며 이겨나갈 수 있을 거라 믿었던 그 때의 그곳.

"저, 죄송하지만 여기서 일하려면 어떻게 해야 하나요?"

"에에, 그럼 선생님이 말했던 거기가 여기란 말예요? 난 좀 더 음침하고 막 그런 데인 줄 알았는데!"

"그땐 아직 '청소년센터' 라는 개념이 없었기 때문에 여기도 그렇게 제대로 된 시설은 아니었어. 그동안에 많이 좋아진 거지."

"그렇구나. 그럼 선생님 땐 어땠는데요?"

방 두 개와 거실 겸 주방, 그리고 화장실이 전부였다. 수용 가능한 인원은 애써 봐야 열 명 남짓. 상처받은. 혹은 현실에서 도피하고 싶은 아이들이 우연의 우연 끝에 모여들어 조용히 숨을 고르던 공간.

B는 센터의 자원봉사자로, 경찰서에서 넘겨지거나 혹은 가뭄에 콩 나듯 스스로 찾아오는 아이들을 받아 그들이 이곳까지 흘러 들어오게 된 진위와 아이들의 심리상태 등에 대한 상담, 그리고 생활의 전반을 3교대로 담당하고 있었다. 청년 시절부터 심리학자를 꿈꿔왔던 B에겐 꽤나 좋은 경험을 쌓을 수 있는 기회였는지, 스스로의 안으로 자꾸 파고드는 아이들을 어떻게든 어르고 달래 최대한 많은 이야기를 끌어내고, 타인의 시선에도 정말 열심이란 게 보여질 정도로 최선을 다해 상담에 임하곤 했는데, 그래서인지 타인에 대해 굉장히 배타적이었던 아이들도 B에게는 천천히나마 마음을 열었고, 아이들이 보이는 작은 변화 하나하나에도 기뻐하고 또 고마워했다.

그리고 그 '아이들' 중 내가 가장 특별하다 생각했었던 때가, 비슷한 처지의 아이들끼리 믿고 의지하며 서로 교감을 나누고, 좋아하는 사람이 곁에 있었던 그 때, 나는 정말로 행복했었다.

"그럼 선생님은 센터에 얼마나 계셨던 거예요?"

"지금은 쉼터와 센터가 구분되어 쉼터에선 일주일이 머물 수 있는 한계이고 장기간 머무르려면 센터로 넘어가야 하지만 말했다시피 그 땐 그런 것도 없이 그냥 있고 싶으면 있고, 떠날 때가 되면 떠나는 게 다였달까. 그래서 계속 있었지. 아마 내가 제일 오래 있었을 거야. 그동안 숱한 아이들이 센터를 스쳐 지나가면서 서로 마주하고, 아이들의 상처와 또 다시 마주하면서 나도 점차 나아져갔던 것 같아."

"지금은 나라에서 1388이니 뭐니 홍보도 많이 하고 그러는데, 그 땐 그런 것도 없었다면서요? 그럼 그 많은 아이들은 어떻게 거기를 찾아 온 거래요?"

"제일 많은 케이스가 경찰서에서 갈 곳이 없다 판단해서 넘겨지는 아이들이었고, 그 다음이 정말 있을 곳이 필요해서 수소문해서 스스로 찾아오는 아이들이었지. 개중엔 정말 회생 불가능한 케이스도 더러 있었지만, 대부분은 각자의 길을 훌륭하게 찾아 냈어."

그래서 나도 할 수 있을 거라, 더 이상 가상처럼 꾸며진 현실에서 위안으로만 사는 것이 아니라, 비정한 현실에 뛰어들어 여기저기 부딪혀 깨지고 망가져도, 스스로 고쳐낼 수 있는 내가 되었다고 믿었다. 그리고 처음 느껴보는 희망과 꿈에 들떠 설레는 마음을 안고 센터를 떠나겠다 그에게 말하던 날…….

"으음. 그렇지만 이해가 안 되는걸요. 그 남자는 대체 왜 그랬던 걸까요? 그렇게 열심히 자원봉사를 할 만큼 일에 애착을 가지고 있었다면서?"

"나도 이 일을 하면서야 어렴풋이 이해하게 된 거지만, B는 아마 영웅심리에 빠져있던 게 아닐까."

"영웅심리?"

"자신을 믿고 의지해 주는 아이들과 그들을 보호해야 한다는 책임감, 애착감 같은 게 시간이 지날수록 변형된 거지. 그는 센터의 유일한 어른이었고 아이들이 가장 따랐으며 센터 안에서 그는 무엇이든 원하는 대로 할 수 있었으니까. 뭐, 그렇다고 내가 말하는 게 정답은 아니겠지만."

"그거랑 그 영웅심리 라는 거랑 무슨 관계인데요?"

"본래 B는 소심하고 유약한 사람이었어. 그런 사람이 영웅심리 같은 달콤한 감정에 노출이 되니 급하게 빠져들 수밖에 없겠지. 아마 한동안은 정말 자기가 영웅이 된 것 같고 세상 무슨 일이든 자기 마음대로 되지 않는 일은 없다고 여겼겠지. 그러다 그 하늘 높은 줄 모르고 높아져가던 자신감을 내가 한 번에 무너뜨린 거야. 배신감을 느꼈겠지. 순식간에 끌어내려진 현실에 화가 났을지도. 영웅은 알아주는 이가 없으면 범인과 다를 바 없으니까."

부산의 차가운 뒷골목에 버려진 날. 새파랗게 돋아 봄의 얼어붙은 땅을 비집고 솟아나오는 새싹마냥 여리게 돋아 막 날갯짓을 하려던 날개가 흔적도 없이 사라진 날. 그날 난 오래 간의 방황을 끝내고 집으로 돌아갔었다.

죽은 듯 살아갔던 나날. 대인기피증, 남성혐오증, 인간불신증과 더불어 들러붙은 악령 마냥 쉬지 않고 찾아오는 환각, 환청에 자해마저 일삼는 나날이 이어지고, 정신병원에 입원해서도 완치되지 않는 현상에 이대로 죽을 순 없단 이유 하나만으로 익숙하지 않은 주소 하나만 들고 홀로 서울로 향했다.

"그 다음부턴 네가 처음부터 들은 이야기랑 이어져. 이대론 살 수 없다는 생각에 문제의 근원과 맞서 죽이 되던 밥이 되던 결론을 짓지 않는 이상 내려오지 않으려고 했었어. 처음엔 거부감과 공포심, 나아지지 않는 혐오감에 미쳐 버리는 줄 알았지. 그런데도 정신 줄을 붙잡고 계속 붙어 있었던 건 아마 그 때 잠깐 맛봤던 희망과 꿈에 가득 찼던 순간이 내 마음 속 어딘가에 계속해서 남아있었기 때문이 아닌가해. 물론 그 때는 나도 몰랐지만 말이야."

"그럼 그 뒤로 그 남자가 어린 시절에 느꼈던 것처럼 머리 아홉 개에 팔이 여섯 개 달린 괴물이 아니라 지난날의 과오에 끊임없이 괴로워하고 두려워할 뿐만 아니라 심약하기 그지없는 한 사람이라는 걸 깨닫고서 그 집을 나온 건가요? 다 용서하고서?"

"다 용서한건 아니었어. 그렇지만 그 사람은 내가 없어도 스스로 끊임없이 자신을 괴롭힐 사람이었으니까. 내가 구태여 관여하지 않아도 충분히 자신이 저지른 과오의 무게에 눌려 꼴사납게 허덕이며 그래도 살아가겠다고 발버둥칠 사람이었으니까 그냥 그대로 내버려 둔 거야."

그렇게 돌고 돌아 오랜 시간이 지난 뒤에 상반된 기억이 공존하는 곳에 도착하고 나서야 그 때의 일을 제대로 돌아볼 수 있게 되었다. 도망치고 싶은 마음에 무작정 끔찍한 일로 과장해서 저 깊은 곳에 처박아 뒀던 일을 객관적인 시선으로 바라보고, 조금이나마 받아들일 수 있게 되고 나서야 지금까지 틀어 막혀 왔던 숨통이 트인 것마냥 가쁘게 숨을 들이쉬었다.

딛고 나아갈 수 있다고, 이제 자신만을 위해 살아갈 수 있게 되었다고 등 뒤의 날개가 말해주는 것 같아 눈물이 흘러내렸다. 지금껏 자신을 직시하지 않는 나를 위해, 외면하려 보지 않으려 하는 나를 대신해 비바람을 막아주며 푸르른 하늘로의 비상을 꿈꾸었을 나의 날개.

"그럼 선생님은 꿈을 찾으셨다는 거네요? 꿈이 뭐였는데요?"

"작가. 네가 지금 들고 있는 그 책, X의 교점선상에서가 내 처녀작이야."

"에에, 정말?"

"그럼. 나와 같거나 비슷한 일을 겪었을 아이들에게 보내는 나만의 비밀 메시지가 가득 담겨 있는 책이지."

"난 그런 거 모르겠던데? 뭔데요 선생님, 나도 가르쳐줘요!"

세상 모든 아이들에게 고하노니, 아무리 힘들고 견뎌내지 못할 것 같은 고난과 역경이 닥쳐와도 그대의 등 뒤에 있는 날개를 외면하지 말지어다. 어떠한 일에도 꺾이지 않고 옆에서 그대의 지지대가 되어줄 따듯하고 포근한 그 날개를…….

지금의 고난과 역경을 딛고 일어섰을 때 내가 가질수수 있는 것들, 가지고자 열망하는 것들이 표현된 것이 바로 흔히들 말하는 꿈이라는 것인데, 사람들이 각기 다른 꿈을 가지고 있는 만큼 그 꿈을 자신의 목표로, 그리고 그 목표를 현실로 바꾸기 위해 이겨내야 할 것들과 버려야 할 것들은 그야말로 각양각색이라고 할 수 있다.
이 글, Intersection point of X, X의 교점선상에서에서는 남들보다 조금 더 어렵고, 버려야 할 게 많았던 길을 걸어온 A에 대해 글을 써 보았다.

A가 진정으로 이루고자했던 꿈이 무엇인지, B가 가졌던 감정, 생각들이 무엇이었는지 찾아보며 글을 한번 더 읽어본다면 좀 더 많은 것들을 발견할 수 있지 않을까
국어선생님이 늘 말씀하시듯이,
모든 답은 지문 안에 포함되어있다.

모두 좋은 꿈꾸시길.

〈작가후기〉

자연철학의 희성적 원리

박희성

'나' 라는 녀석이라면
-현 포산학사 거주 중.
-우주소년 아톰 말고 Atom에 관심 많은 미래의 공대생.
-물리에 관심이 많지만 생물 수업을 듣게 된 불쌍한 녀석
-면과 뜨끈한 국물을 매우 사랑함.
-밥 사주세요.

인간은 누구나 다 불완전하지만 존엄하다.
그 존엄성 안에서만 평등하며
모든 사람은 사랑받을 가치가 있다.
결국 안다는 것과 사랑한다는 것은 하나다.
-도스토예프스키-

프롤로그

그의 앞에는 굶주린 아이 한 명이 있었다. 튼튼하지도 못한 뼈에 가죽만이 얇게 덮여 있을 뿐이었다. 다른 곳보다 유달리 배만이 불룩한 아이의 눈은 두려워하고 있었다. 아이는 자신의 눈앞에 있는 남자의 행동이 두려웠고, 큰 키가 두려웠고, 하얀 복장이 두려웠고, 붉은 넥타이가 두려웠으며 아무튼 그의 모든 것이 두려웠다.

아이가 두려워하는 것을 본 남자는 그 아이를 향해 무릎을 구부리고 앉아 아이와 눈높이를 맞추었다. 그의 행동에 아이는 몸을 순간적으로 움츠렸다. 그 모습을 본 남자는 안타까운 듯이 씁쓸한 웃음을 띠었다. 그리고는 가지고 있던 종이가방에서 빵 하나를 꺼내어 아이에게 건네주었다. 빵을 받은 아이는 한동안 말없이 빵과 남자의 얼굴을 번갈아 쳐다보았다. 고개를 돌리는 것이 느려지더니 급기야 남자의 얼굴만을 응시하게 되었다. 남자가 고개를 끄덕이자 아이는 입을 쩌억 벌리고는 허겁지겁 빵을 입에 구겨 넣었다. 아이가 빵을 다 먹자 남자는 고개를 돌려 자신이 원래 가던 방향으로 가기 시작했다. 남자의 모습이 보이지 않게 되었을 즈음 아이는 갑자기 상복부를 움켜잡고 쓰러졌다. 먹었던 빵을 토해내었다. 자신이 뱉어낸 빵 조각을 본 아이는 그것을 다시 입으로 집어넣었다. 그러나 다시 튀어나왔다. 그것을 수차례 반복한 아이는 결국 기력이 다해 자신이 남긴 빵의 옆으로 쓰러져 일어나지 못했다. 아이가 남긴 빵은 조각만 맞추면 다시 원래의 형태로 돌아올 수 있다고 느껴질 만큼 습기가 없었다.

하야색의 Juguar XJ220가 터널을 질주한다. 시트는 빨간색으로 특수 제작된 것이 새빨간 눈동자처럼 느껴져 징그럽게 보였다. 차 안에서 흘러나오는 음악은 Intestinal Disgorge의 초창기 노래들. 게다가 소리는 최대. 언제까지고 계속되는 비명소리에 머리끝이 곤두서는 것 같았다. 뒷좌석에 앉은 두 경찰은 귀를 막는 것으로 모자라 고개를 푹 숙이고는 머리를 감싸며 절규했다. 만약 두 경찰이 멀쩡했으면 규정 속도의 4배를 달리는 이 과학자를 제지했을 것이나 고막을 울려대는 찢어지는 고함소리에 기절하지 않는 것이 고작이었다. 과학자는 경찰들의 재롱에 엷은 미소로써 화답했다. 터널의 어두운 부분과 밝은 부분을 너무 빨리 지나쳐 눈이 아프다.

"……해서 저희 쪽에 신고가 들어오게 됩니다. 저기요, 듣고 계십니까?

"아아, 뭐 그리 설명을 길게 하나. 집에서 나오지 않으면 되는 것 아닌가?"

"예. 말씀드리자면 그렇습니다. 다음 출두 때까지는 안 만났으면 합니다."

그는 문을 닫으면서 언젠가 같이 드라이브나 하자는 말을 두 경찰에게 건네며 미소를 지었다. 문이 닫히기 직전에 경찰들의 것으로 추정되는 비명이 들린 듯 했으나 문을 닫는 것만으로 그 소리는 완벽히 차단되었다.

문이 닫히자 그의 입에서는 장난기를 머금었던 미소가 사라지고 광기만이 가득한 웃음이 폭발했다. 그 웃음은 홀을 가득 메웠다. 이 웃음을 멈춘 것은 자그마한 발소리. 웃음이 끝나고 생성된 빈 공간을 적막감만이 메우는 것을 참지 못했는지 발소리의 근원은 조용했던 흐름을 끊기 위해 입을 열었다.

"휘유. 정말 가택구금뿐이잖아? 내 호의를 거절하기에 네가 갱생이라도 한 줄 알았어."

하얀 양복에 하얀 중절모. 그리고 본인은 아인슈타인의 혀를 흉내낸 것이라고 하지만 유감스럽게도 대부분의 사람들에게 피를 연상시키게 하는 악취미적인 검붉은 색 넥타이를 옵션으로 한 과학자는 홀을 지나 발소리를 2층의 자신의 서재로 인도하며 대답했다.

"말하지 않았는가? 그 이상도, 그 이하도 되지 않을 것이라고. 그자들에게는 그저 그들이 필요로 하는 것만 거짓 없이 진술해 주면 되는 법이다. 그자들을 내 뜻대로 휘젓는 것쯤은 쉽지. 무엇보다 나는 아직 악행을 저지르지 않았다."

서재의 문이 열렸다. 문은 남쪽, 창문은 북쪽에 있었다. 불을 켜지 않으면 전혀 안이 보이지가 않았다. 때문에 대낮임에도 불구하고 불을 켤 수밖에 없었다. 그렇지만 불을 켜도 앉을 장소가 없을 정도로 정리가 되지 않아 불을 켜기 전과 마찬가지로 앞을 내다보기가 힘들었다. 먼지 또한 시야를 가로막았다. 서재는 마치 지하의 창고 같은 느낌이었다. 먼지 대신 널려 있는 것은 찢겨져 있는 메모용 노트, 포스트-잇. 그것들에는 뭔가가 적혀 있었으나 도저히 판독할 수가 없었다.

"계획은 언제 시작할 거지?"

그 전과 마찬가지로 대화를 먼저 이끌어 가는 사람은 이 자였다. 아무래도 조용히 있는 것은 싫은가 보다.

"일주일 후가 좋겠어. 그 때면 기본적인 형태는 다 되었을 거다. 게다가 아직은 내용물이 없는 상태니 알리지 못했을 테고. 내용물은 우리가 채우면 되니까."

"내가 채우는 거겠지."

'내가'를 강조하며 그는 말을 끊었다. 그 말을 들은 과학자는 그를 힐끔 쳐다보았다. 그러나 바로 그 눈길을 거두었다. 눈길을 받았던 그 자는 인공적인 미소만 머금고 있을 뿐이었다.

"-그런데 가택구금을 당한 상태로 어쩔 셈이지?"

과학자는 장난에 대응하듯 웃으며 말했다.

"법을 지키는 악당을 본 적이 있는가?"

한 소녀가 거울을 들여다 보고 있었다. 어느 정도 성숙해 보이는 것이 고등학교 1, 2학년쯤 돼 보였다. 그녀는 하얀 가운을 겉옷 위에 살짝 걸쳐보고는 거울 앞에서 한 바퀴 돌아보았다. 그 후 나타난 얼굴의 미소는 자신의 모습에 대한 만족. 보통의 소녀들이 짓는 표정이다. 그러나 아이러니하게도 소녀의 방은 그렇지 못했다. 소녀의 방은 앞서 언급했던 과학자의 방과 유사했다. 아마 그가 이 소녀의 방에 들어온다면 - 물론 그 정도로 변태는 아니겠지만 - 친근감과 데자뷰를 느낄 것이다.

"자, 미리 가 둬야 되겠지?"

소녀는 집을 나섰다. 그녀의 행동이 뭔가 불안하다고 느껴지는 것이 나사가 하나 정도 빠진 것 같았다. 모퉁이 하나를 돌 때까지도 소녀가 알아차리지 못한 것이 있었다. 소녀가 잊은 그것…… 그녀는 문을 잠그는 것을 잊었다.

일주일 후 태평양. 저녁.

거대한 잠수함 하나가 해수면 위로 튀어 나왔다. 잠수함은 보통 높은 수압에 잘 견디게끔 원통형을 취하는데 이 잠수함은 이상하게도 위쪽이 평평한 것이 배 같았다. 갑판-이라고 부를 수밖에 없는 그것-은 마치 항공모함의 활공장을 연상시켰다. 때문에 이처럼 해수면 위로 올라올 때 조용히 올라오지 못하고 물보라를 일으키며 나타나는 것 같다. 이 잠수함의 표면은 검은색이었다. 이 까만색은 탄소 특유의 색이다. 이 까만색 덕에 밤에는 육안으로 찾을 수 없었다. 게다가 레이더에는 잡히지 않는 스텔스 기능이 있다. 그래서 물자를 보급 받으려면 이렇게 해가 저물기 1시간 전 쯤에는 나와야지 운송하는 사람들이 이 배의 존재를 발견할 수 있었다.

바다가 해를 삼켜가기 시작했다. 붉게 빛나는 바다 위의 검은 섬. 그림에서 보았던 절벽 위의 흡혈귀의 성과 같이 불길한 모습이었다. 태양이 사라지며 일그러지기 시작했다. 동쪽에서 CH-47D(치누크) 부대가 오고 있었다. 운송을 하기 좋은 헬기다. 그렇지만 치누크만 있는 것도 아니었다. 얼핏 보이는 SA365 F/F1 Dauphin. 무기를 장착할 수 있는 다용도 헬기다. 아마 안의 내용물을 해적들이 탈취해가지는 않을까 하는 생각 때문이었으리라.

물품 수용 담당자는 이번의 내용물이 뭐길래 이렇게 엄호가 붙었을까하고 생각했다. 이 잠수함은 바다 속의 메탄과 수소를 이용해 움직이기 때문에 연료는 크게 필요하지 않았다. 식수 또한 심해의 깨끗한 물을 사용하기 때문에 걱정할 필요가 없었다. 이 잠수함에 부족한 것은 음식. 지금까지 왔던 대부분의 물품들은 음식이었다. 당연히 음식을 옮기면서까지 엄호는 붙지 않고 수송 헬기만이 와서 옮길 뿐이었다. 그렇지만 이번에는 달랐다. 물품의 양부터 그전의 갑절은 되었고 엄호까지 있다. 절대 음식만 있는 것은 아닐 것이다. 담당자는 아마도 일주일 후면

이 잠수함이 언론에 공개되다보니 치장 도구들을 잔뜩 주고서 그때까지 잠수함 치장이라도 하라는 상부의 지시인가보다 하고 스스로 납득했다.

신호에 따라 치누크가 들고 온 컨테이너를 선상에 올려놓았다. 처음으로 열린 컨테이너에는 음식이 아닌 금속의 기자재가 들어있었다. PX파티를 기대한 선원들은 실망한 기색이 역력했다. 차례대로 내려온 다른 컨테이너들에도 음식이라고는 없었다. 선원들은 실망한 얼굴로 각각의 물품들을 안쪽으로 옮겼다. 옮기는 와중 담당자는 기자재에서 좋지 못한 느낌을 가졌다. 기자재들이 뿜어내는 기운은 무기의 것과 흡사했다. 그러던 와중 그러한 불안감을 증폭시키게 만드는 부품 하나 발견. 자국기가 아닌 Yak-141이다. 둘러보니 AV-9B Harrier라 추정되는 부품도 있었다. 왜 자국기가 아닌 기체가 있을까하고 생각하던 때 떠오른 한 가지. 자국의 헬기라 생각했던 수송헬기에도 불손하게도 국가 표시가 없었다. Dauphin을 본 것만으로 너무 쉽게 자국의 물품이라 믿어버렸다.

담당자는 사색이 되어 소리쳤다.

"적이다!"

그러나 그 말은 끝까지 전달되지 못했다. 선상에서 나는 총성들이 그의 말을 삼켜버렸다.

전 세계는 공황 상태에 빠졌다. 공식적으로 쏘아 올려진 인공위성 400여 개와 비공식적으로 쏘아 올려진 인공위성 500여 개에 대한 동시다발적인 해킹. 인공위성을 보유하고 있는 모든 국가들이 정체불명의 테러범에게서 인공위성을 되찾기 위해 노력하던 중에 거대한 포탄 하나가 미국 무기고에 떨어졌다. 미국 핵무기의 절반을 보관하고 있다고 추정되던 장소였다. 버섯구름이 피어올랐다. 아마 수소폭탄에서 원자폭탄까지 모든 핵무기들이 한꺼번에 폭발을 일으킨 것이리라.

한시도 쉬지 않고 울려대는 경보에 국민들은 불안하기만 했다. 그렇지만 그들의 국가는 그들을 보호해 주지 못했다. 인공위성을 되찾기도 버거웠으며 어딘지 모르는 곳에서 가해지는 폭격은 아직 끊이지 않고 무기고들을 파괴해가고 있었다. 최초의 피해국가인 미국은 공격을 가한 국가에게 테러혐의로 전쟁을 선포하였으나 적이 누군지도, 어디에 있는지도 모르는 상황에서 그런 선포는 효과가 없었다. 적들은 마치 콧방귀를 뀌듯 차근차근 무기들을 파괴해나갈 뿐이었다.

공격은 미국에 그치지 않고 러시아, 프랑스, 영국, 중국 등에도 가해졌다. 이러한 공격이 시행된 후 각국의 대표들은 모여서 협의를 하기로 하였다. 전 국가의 대표들이 모이는 데에는 공격 시작 후 2일이 소요되었고 전 세계를 상대로 퍼부어대던 무차별적인 공격은 공격이 시작되고 이틀 후에서야 멈추었다. 대표들이 모두 모인 자리에서 시작된 회의. 회의가 시작된 지 꽤 오랜 시간이 흘렀음에도 그 누구도 의견을 내지 못하고 조용하였다. 모이기까지 2일, 해킹이 시작된 지 2일, 공격이 시작된 지 2일. 그동안 그들의 무기고는 모조리 파괴되었다. 그 누구도 그들의 송곳니를 드러내지 않았다. 부서진 송곳니를 드러낼 수는 없었다. 그 때 한 영상이 회의장에 보내져 왔다. 폭격 당시 유일하게 해킹당하지 않았던 인공위성이 보내온 폭격 영상이었다. 모든 인공위성이 해킹을 당했으나 이 하나만이 멀쩡했던 것에 의구심을 품지 않을 수 없었지만 아무런 단서가 없기 때문에 지푸라기라도 잡는 심정으로 혹시나 하는 믿음을 갖고 인공위성이 제공한 유일한 단서인 영상을 다 같이 보기로 했다. 위치가 좋지 못했는지 왼쪽 하단 귀퉁이에 조그맣게 제일 처음 폭격을 당했던 알래스카 쪽이 보일 뿐이었다. 몇 초 후 알래스카가 폭발했다. 폭발 장면 후 인공위성은 통신이 두절되었다. 아마 그 직후에 해커의 마수에 당한 것이리라. 유일한 정보가 훼손되지 않게 대표들은 영상을 조심스럽게 뒤로 돌려 이번에는 컷 단위로 재생했다. 폭격의 순간을 정지시키자 모든 사람들은 입을 다물 수 없었다. 알래스카에 떨어지는 것은 불타는 운석 같았다.

"정말 굉장하군! 불과 이틀 만에 모든 전력들을 박살내다니!"

흥분으로 인한 웃음소리가 울려 퍼졌다. 선체가 금속이라 소리가 특히 크게 울렸다. 분명 일을 진행한 사람은 2명. 그러나 웃음은 한 사람분의 것만 울려 퍼졌다. 과학자는 아무런 답을 하지 않고 있었다. 그들의 작전이 성공하였음에도 불구하고 너무 조용했다. 그렇지만 그 누구도 의문을 품지는 않았다. 다른 사람들은 그저 '원래 성격이 저러니까.' 라고 생각함으로써 스스로 납득하였다.

'아무도 눈치 못 챘나.'

해킹하지 못한 인공위성 하나가 있었다. 그 인공위성은 최초 공격 당시 알래스카 부근을 지나고 있었다. 물론 '지나고 있었다.' 라고 하더라도 간신히 걸치는 정도였다. 과학자는 자동 해킹 프로그램에 의해 해킹되지 않은 것을 눈치 채고는 직접 해킹을 시도했다. 해킹은 그의 초조감을 비웃듯이 너무나도 쉽게 성공. 그러나 인공위성에서 뽑아 낼 수 있는 정보는 없었다. 그 인공위성은 벌써 작동이 정지된 상태였던 것. 과연 이 위성은 원래부터 기능이 정지되어 우주 쓰레기인 채로 떠돌고 있었던 것일까, 아니면 누군가에 의해 정지당한 것일까. 과학자는 물음표를 띄웠다. 가장 확실한 방법은 이 위성을 회수해 기록들을 확인하는 것이지만 이 잠수함으로 우주까지 나가는 것은 무리다. 거기에 이 위성은 추락하기까지 얼마 남지도 않았다. 아무리 빨리 우주선을 준비하더라도 우주선이 그 위성에 도달하기 전에 추락해 회수가 불가능하다. 의문을 던져준 미스터리의 이 위성은 앞으로 몇 초 후면 이 곳. 넓디넓은 태평양으로 추락할 것이다. 어머니의 품에 안기듯. 그러나 바다를 염원하는 그 물체의 소원은 이루어지지 못하고 공기와의 마찰을 통해 불꽃에 휩싸여 사라질 것이다.

해상 순찰을 돌고 있던 배에 상부에서 지시가 내려왔다. 미사일 발사 연습 및 성능 시험이라고 한다. 함장은 납득할 수 없는 지시에 반대의사를 비추었으나 위에서부터 내려오는 명령에 거스를 수는 없었다. 함장이 납득할 수 없는 부분. 얼마 전 있었던 폭격으로 모든 국가들이 서로를 의심하고 있는 상황이다. 그런데 지금 군사훈련을 한다니 다른 국가들의 질책과 의심의 눈초리를 피할 수 없을 것이다. 하지만 무엇보다 가장 납득할 수 없었던 부분은 연습임에도 탄두를 확실하게 장착하고 뇌관까지 설치하라는 것이었다.

또다시 울려대는 경보. 이번에는 태평양 연안에 나와 있는 군함에서 쉴 새 없이 울려대고 있었다. 미사일로 추정되는 것이 레이더에 잡힌 후 신속하게 대피 명령이 떨어졌다. 궤도 및 속도로 볼 때 착탄점은 이 곳. 해당 군함의 해군들은 잔뜩 울상이었다. 왜 이런 일들에 휘말리게 되는지. 이 배가 아무리 재빠르게 우회해 도망가려 하더라도 아마 저 공격을 피하지 못할 것이다. 십자를 긋는 사람들이 가끔 보였다. 그 기도에 신이 답해준 것일까? 날아오던 물체는 공중에서 사라졌다. 착탄하기도 전에 하늘 위에서 폭발했다.

어째서인지 바로 위에 배 한 척이 있다. 해적 아니면 원양 해선으로 추측되었다. 그런데 이놈의 배는 계속 머무르는 것이 꿈쩍할 생각을 안 한다. 거슬린다. 전 세계를 상대로 선전포고를 해 도취되어 있는 상태였는데 이상한 파리 한 마리가 훼방을 놓는다. 짜증난다. 이러한 화를 없애려면 어떻게 해야 할까. 별 것 아니다. 그냥 박살내면 된다. 어차피 우주에서 우리를 감시하던 녀석들은 이제 없다. 배 한 척 따위는 쉽게 부숴버리고 다시 가라앉으면 된다. 거슬리는 것들의 파괴를 생각하자 자연스레 미소가 떠올랐다. 희열을 느낀다. 하얀 녀석에게 말할 필요는 없을 것이다. 그 녀석은 어차피 허수아비. 비유하자면 체스의 킹 정도 될까. 어디까지나 이 게임을 하는 사람은 바로 나. 나의 무대다. 게다가 지휘권은 그 누구에게도 있지 않고 오로지 나에게 있다. 그리고 저 배가 계속 있으면 앞으로의 활동에도 제약이 따르게 되어 방해가 되는 것도 사실이다. 근엄한 자태로 용병들에게 물위로 올라갈 것을 명했다.

하지만 우습게도 당당했던 그 포부와는 달리 잠수함은 잠수할 때처럼 빠르게 올라오지는 못했다. 배출을 하는 데는 흡입할 때보다 시간이 더 걸리는 것이다. 우여곡절 끝에 해수면 위로 부상했다. 해수면 위로 튀어 나오는 모습은 처음의 등장처럼 위풍당당했다. 엄청난 물보라는 여전했다. 이 여파로 위에 있던 파리는 저 멀리 밀려났다. 조금 시간이 지나 잠수함은 자세를 완벽히 제어했고 바다도 잠잠해졌다. 멸치잡이 배는 아무 반응도 없이 위에서 알짱거리던 처음 그 상태를 잠잠하게 유지하고 있었다. 아마 엄청난 크기의 물체가 갑자기 튀어나왔으니 놀라서 반응조차 못하는 것이리라. 우스웠다. 그렇지만 너무 반응이 없어 짜증나기도 했다. KMK45 함포를 꺼내 조준했다. 잠수함에는 없을 물건이지만 기본 바탕이 전함이니 충분히 있을만한 물건이다. 조준 즉시 발포하지는 않았다. 우왕좌왕하는 모습이 보고 싶었던 것이다. 그렇지만 반응 없음. 화가 났다. 발포를 명하려는 순간 미사일 하나가 머리 위로 오고 있었다. 그렇지만 궤도 및 속도를 봤을 때 이곳에 떨어질 물건이 아니라고 판단되었다. 이곳을 지나 한참을 더 간 후. 그러니까 태평양 끝자락에 떨어질 것이다. 여유롭게 명령을 내리려는 순간이었다. 갑자기 허공에서 날아가던 발사체가 폭발했다. 몇 초나 후에 파편들이 바다로 떨어졌다. 물리적 피격은 없음. 그렇지만 정신적인 피격은 있었다. 전장 따위에 서 본 적이 없었던 터라 엄청난 폭음에 놀랐다. 폭음이라고 해봤자 50km 상공에서 폭발한 것이라 그렇게 크지도 않았지만. 명령을 내리는 사람이 머뭇거렸으니 당연히 발포는 지연. 순간 화가 치밀어 올랐다. 이 놈이고 저 놈이고 다 나를 놀리는 것 같았다. 보류하고 있던, 아니 보류되고 있던 발포를 명했다.

'이 많은 운석들이 우주에서 날아왔을 리는 없다. 분명 어떤 국가, 어떤 단체의 소행이다.' 라는 것이 회담의 결론. 물론 유일하게 피격의 상황이 녹화된 영상은 언론에 발표되지 않았다. 사람들이 불안을 느끼지 않도록 하기 위해서였다. 그리고 이렇게 운석처럼 보이는 물체가 떨어지는 영상이 배포되면 오컬트 단체, 종교단체 등이 주장하면서 이슈가 되고 있는 "외계의 침략이다."라든가 "제 3차 세계대전의 발발이다."라든가 "계시록의 때가 도래했다."나 "2012년 때 어떠한 사정상 지연되었던 지구 종말이 드디어 시작되었다." 같은 이야기들이 힘을 더 얻게 될 것임이 분명하다. 이러한 종말론들이 퍼지게 되면 이 사태가 수습되었을 때에도 사람들은 상황이 끝났음을 믿지 않을 수 있으므로 그러한 상황을 직접 만들 필요는 없을 것이다. 이상이 회담에 영상이 회의장에서 공개되고 약간의 정적이 흐른 후에 나온 이야기들이었다. 회담에서 사건 은폐 및 수습에 대한 이야기들은 충분히 나왔지만 중요한 이야기가 빠져 있었다. 어떻게 이 사건을 타개할 것인가 하는 문제였다. 이 사안은 모두가 알고 있었지만 언급하고 싶지 않았다. '어떻게' 라는 문제는 가장 근본적이어서 가장 어려운 것이었다. 그 이전에 있었던 어떠한 침묵들보다 더 긴 침묵. 이 기나긴 침묵의 시간을 끊은 것은 최초의 피해자였던 미국, 가장 열이 올랐을 미국이었다. 비록 무기고들은 파괴되었지만 항공기, 항공모함들은 남아있었다. 이것들은 다른 국가들도 마찬가지였다. 미국은 비록 전력이 대폭 감소하기는 했지만 테러리스트들과는 타협하지 않겠다고 선언했다. 미국의 선언에 힘입어 다른 선진국들도 동참했다. 물론 테러리스트들로부터 요구사항이 없었으니 타협자체가 불가능했지만. 아무튼 선진국들이 동참하기로 선언함으로 물꼬가 터져 그 계획에 동참하기로 선언하는 국가들이 점차 늘어나더니 결국 모든 국가들이 힘을 합해 사회의 악을 무찌르기로 약속했다. 원래는 옆 사람과 악수를 하면서 끝을 내지만 이번에는 모두 같이 손에 손을 얹음으로 회의를 파하기로 했다. 그 누구의 흑심도 없을 이 회의는 정말 빛을 발하고 있었다. 그 누구의 반발도 없는 완벽한 회의. 마지막을 장식하기 위해 모든 원수들이 손을 모으고 있었다. 마지막으로 손을 얹을 나라는 미국. 모든 사람들이 미국의 원수를 바라보고 있었다. 반드시 해내고 말리라는 눈빛. 이는 마치 삼국지에 나오는 도원결의 같았다. 가장 강대한 군사력과 경제력을 가지고 있던 그 나라는 마지막에 손을 얹었다. 바로 그 순간 엄청난 해일이 해안을 강타했다. 원수들은 엄청난 지진이 일어나는 바람에 무릎을 꿇고 말았다. 마지막 결의로 잠잠했던 회의장은 또다시 아수라장이 되었다.

"무슨 일인가!"

"확인할 수 없습니다! 갑작스런 공격입니다."

"레이더에 감지된 것은 없었는가!"

"지금 기록을 다시 확인하는 중입니다. 기다려 주십시오."

발포를 명한 그 순간 잠수함은 무엇인지도 모를 어떤 물체에 피탄되었다. 가공할 만한 폭발력. 안광에 헐레이션(halation)을 일으킬 만큼 엄청난 폭발이었다.

폭발에 의해 발생되었던 먼지들이 걷혔다. 잠수함은 돌출되어 있던 KMK45 함포를 제외하고는 멀쩡했다. 사용된 자재들이 가지고 있던 원래 강도가 강했던 뿐만 아니라 바다에 있었기 때문에 어느 정도 충격을 분산시킬 수 있었던 것이다.

바다가 고요해진 후 다시 올지 모르는 공격에 대비해 잠수함은 상처를 안고 바다 속으로 들어갔다. 원인은 깊은 바다에서 밝혀지리라.

하지만 이들은 이 짧았던 마법 같은 시간 속에서 이변이 하나가 아니었다는 것을 알아차리지 못했다.

높으신 분들이 침착하는 데는 꽤나 많은 시간이 걸렸다. 세월이 세월이다 보니 노쇠하셨기 때문이다. 그렇지만 그들의 지식과 지혜는 진짜다. '흰머리는 지혜의 상징이다.' 는 말이 있듯이.

자세를 가다듬은 원수들은 '이번의 포격은 도대체 어디에 떨어진 것일까. 혹 우리나라에 떨어진 것이 아닐까?' 하는 생각이 가장 먼저 떠올랐다. 모두들 두통 때문에 머리를 감쌌다. 초조한 마음으로 지진관측소의 결과를 기다렸다. 위성으로 판단하는 것이 가장 정확하고 빠를 것이나 그런 편리한 것은 이제 불가능했다. 너무나도 길게 느껴졌던 몇 초가 지난 후 발표된 지진관측소의 결과. 그것은 너무 뜬금없었다. 진원은 태평양이다. 사이판과 마셜제도, 웨이크 섬까지의 영역이었다. 플로리다 해협, 푸에르토리코, 버뮤다를 잇는 버뮤다 삼각지대 정도의 크기다. 진원이 이렇게 넓다니 진원역이라면 이해가 될지도 모르지만 분명 관측 자료들은 그 지역들 전체에 점들을 찍어 나타내어 각각들을 모두 진원이라고 말하고 있다.

자연적으로 절대 발생할 수 없는 상황에 모든 사람들은 당황하고 있었다.

그 때 많은 원수들 가운데 살짝 미소를 짓는 한 사람. 그 사람은 상당히 젊어보였다. 물론 길거리에 나간다면 '아버지'의 인상을 받게 할 그런 사람이지만 지금 주변 상황에 있어서는 젊어보였다. 그 사람은 동그란 안경을 벗은 후 깨끗하게 닦았다. 그 후 조용히 덥수룩한 손을 들고 발언권을 얻었다.

"자연적인 현상이 아니라면 인위적인 것이 아니겠습니까?"

원래라면 모든 원수들이 번역을 통해 의사소통을 했기에 이해하기까지 몇 초가 걸렸겠으나 신기하게도 이번만은 번역 없이 모두 알아들었다. 그 말을 들은 몇몇 원수들은 얌전히 박수를 쳤고 다른 원수들은 자신의 모자 끝을 잡고 내렸으며 정말 몇몇의 원수들은 환호를 했고, 극소수는 눈에 의식적으로 만든 것인지 만들어진 것일지 모를 눈물마저 맺혀 있었다. 결정적인 단서가 발견된 것이다. 이 발견에 대한 사람들의 반응차이는 분명 성격차일 테지만 이런 차이점들 속에서도 그들의 반응에서는 공통점이 있었다. 미소. 그 미소들은 이 사태를 해결할 수 있다는 희망을 발견한 것에 대한 미소일지, 아니면 이 사태를 만들어낸 원흉이자 자국의 무기들을 파괴한 적에 대한 분노표출의 미소 중 하나일 것이다.

문을 잠그고 나왔던 소녀는 들어와서는 확실하게 문을 잠갔다. 그러나 문을 잠그는 것이 조금 늦어 바닷물이 어느 정도 들어온 뒤였다.

"B-612영역에 해수 유입. 해수 유입을 막기 위해 2분 32초 후 B−612영역 전체를 차단합니다. B-612영역에서 작업 중인 분들은 신속히 이웃 영역으로 이동해 주시기 바랍니다. 반복합니다. B-612영역에 해수 유입. 해수 유입을 막기 위해 2분 21초 후 B-612영역 전체를 차단합니다. B-612영역에서 작업 중인 분들은 신속히 이웃 영역으로 이동해 주시기 바랍니다."

소녀는 셔터가 내려오기 전에 여유롭게 그 장소를 벗어났다. 그녀는 셔터가 내려오는 것을 보면서 입을 열었다.

"해수…… 인가."

"무슨 일이지? 오르괴유(Orgueil)가 갑자기 부상하고, 선체가 흔들리더니 바로 잠항이라니. 설명을 들어야 되겠군."

과학자는 잠수함-오르괴유-이 어째서 방금과 같은 행동을 보였는지 그 행동을 지시한 범인에게 물어보았다. 무게감이 있는 목소리. 그렇지만 얼굴에 미소가 얼핏 보이는 것이 문책하는 것 같지는 않았다.

"들은 그대로야 라우(懶虞). 다음 공격에 방해될 것 같아 위에 있던 파리를 잡으려고 했더니……."

그의 얼굴은 방금 전에 느꼈던 굴욕감으로 잔뜩 구겨졌다.

"피격 당했어."

라우라고 불린 과학자의 얼굴에는 미소라고 추정되는 것이 엷게 퍼져있었다. 잠수함의 가장 이점 중 하나가 은밀하게 움직일 수 있다는 것이다. 그런데 잠수함이 해수면 위로 부상한지 얼마 되지 않아 피격을 당했다는 것은 그 은밀성이 사라졌다는 것을 의미했다. 이렇게 심각한 상황임에도 라우는 당황하거나 분개하지 않았다.

"그리고 그 피해는 이 오르괴유에 해수가 유입될 정도였나? 다운(??)."

라우의 물음에 다운은 아랫입술을 깨물었다. 단 한 번의 피격으로 엄청난 방어력을 자랑하던 오르괴유가 치명적인 데미지를 입었다. 겨우 한 번의 실수였지만 그 피해가 너무 컸다.

잠깐의 정적. 이번에는 라우가 그 침묵을 깼다.

"나는 상황을 살피러 가보겠네."

몸을 돌리는 라우의 얼굴에는 그 전과 마찬가지로 미소가 퍼져있었다. 어느 정도 시간이 지난 후에 복도에서는 웃음소리가 들렸다. 필시 라우의 웃음이었다. 한자리에 가만히 서서 그의 웃음소리를 듣고 있던 다운의 입술에서는 피가 흐르기 시작했다. 그의 주먹은 힘이 잔뜩 들어가 노랗게 되어있었다.

휘청.

잠항을 하던 잠수함이 멈추었다. 창문이 있었다면 눈에 보이는 사물들의 움직임을 감지해 관성력에 대비할 수 있었겠으나 잠수함 내부 복도에 있던 소녀는 타이밍을 알 수 없었기 때문에 관성력을 안전하게 분산시키지 못해 휘청거렸다. 넘어지지 않기 위해 벽에 기댔다.

까강.

소녀의 몸이 벽과 부딪치며 둔탁한 금속음이 2번 울렸다. 소녀는 오래 붙어 있으면 체온이 많이 빼앗길 것 같아 벽에서 떨어졌다. 잠수함의 질량이 큰데다가 다운이 치욕감으로 빠르게 잠항했기 때문에 관성력은 어마어마했다. 그러나 소녀는 다리를 살짝 벌리는 것만으로 관성을 버텼다. 다른 장소에 있던 남성 군인이 관성을 이기기 위해 벽에 기대서 버티거나 주저앉거나 아니면 아예 고꾸라져있던 것과 비교되었다.

잠시 후 잠수함의 움직임이 잠잠해지자 소녀는 원래 가던 길을 계속 걸어 나갔다. 처음 오는 곳이 확실함에도 그녀의 걸음에는 망설임이 없었다. 초행자라는 사실을 전혀 눈치 챌 수 없을 만큼 당당한 걸음이었다.

그녀는 약 2시간 가량 걸었다. 상당히 오래 걸었지만 처음 있었던 위치와 변위 차이는 별로 나지 않았다. 길이 꼬여있었기 때문이다. 복도를 걷는 중 여러 갈림길이 있었으나 지체하지 않고 길을 선택해 나갔다. 그녀는 이윽고 어떤 한 문에 다다랐다. 그 문에는 락(Lock)이 걸려 있었다. 그러나 소녀는 신경 쓰지 않고 발로 입력기를 찼다. 입력기는 외력에 무력하게 껍질과 이별했다. 소녀는 입력기에 연결된 선 하나를 뽑아 자신의 PDA(Personal Digital Assistant)와 연결했다. 검은 빛을 내던 PDA의 화면이 푸른색으로 바뀌었다. 그 후 입력기와 PDA에 0과 1이 마구 지나가더니 입력기에 초록 불이 켜졌다. 그 후 철로 되었던 문은 처음에 뿜어대던 육중한 기운과는 다르게 조용히 위로 올라가 침입자가 들어오는 것을 허용하고 말았다.

"그 녀석이 온 건가?"

라우는 웃음을 참지 못하고 결국 웃음소리를 마음껏 분출시켰다. 고개를 뒤로 젖히고 팔을 크게 벌려 과장된 행동을 취하고 있었다. 웃음소리와 같이 구두와 복도 바닥이 부딪치는 소리가 퍼져나가고 있었다. 웃는 중에 둔탁한 소리가 들려왔으나 라우는 아무래도 상관없었다. 웃고 있는 지금의 상황에 희열을 느꼈다. 걸음을 계속하던 그는 어떤 문에 도착했다. 그 문은 이 잠수함에 무단으로 침입한 소녀가 열었던 문과 차이가 없었다. 라우는 문 앞에 다가갔다. 그것만으로 문은 위로 올라갔다.

소녀는 들어갈 때 사용했던 문을 통해 다시 밖으로 나왔다. 그녀는 얼굴을 들더니 빠르게 걷기 시작했다. 빠르게 걷는 것은 시간이 지나자 어느새 뛰는 것으로 바뀌었다. 곧 달리는 것은 질주로 바뀌었다. 굳게 닫혀 분노를 나타내던 입은 이제 하얀 숨결을 내뱉고 있었다. 아까와 비슷한 거리를 30분 정도 걸려 이동했다. 그 앞을 가로막은 것은 아까와 마찬가지로 문. 소녀는 고개를 들어 자신을 찍고 있는 CCTV를 바라보았다. 그 후 문이 열렸다. 문 안에서 기다리고 있던 사람과 문 밖에서 들어오는 사람의 얼굴에는 동일한 미소가 있었다.

"네가 이 사건의 원흉이냐?"
두 사람의 목소리가 겹쳤다. 목소리의 높이, 세기, 음색 모두가 달랐다. 비슷하다고는 절대 느낄 수 없는 목소리들이었다. 굵은 목소리는 위에서, 그 목소리에 비해서는 가는 목소리는 그보다 아래에서 들렸다.
"이틀 전의 일이라면 나겠군."
라우가 먼저 대답했다. 대답 전까지 약간의 공백이 있었던 것은 '누가 먼저 대답할까' 하는 망설임이 생겼기 때문이었다. 그러나 소녀가 대답할 의지가 없음을 내비치자 라우가 먼저 대답을 했다. 라우의 말이 끝나기 무섭게 피식거리는 웃음소리가 들렸다.
"내 앞에서 거짓말을 해도 소용없어. 그 전부터 해왔던 일들이 있잖아?"
이번에는 남자가 웃었다.
"이번에는 내가 질문을 하지. 인공위성의 범인은 네 녀석이냐."
의문형태의 질문이 아니었다. 그의 말에는 확신이 있었다. 상대방이 어떤 말을 하더라도 자신의 생각을 바꾸지 않을 그런 의지가 가득했다.
그러한 느낌을 소녀도 느꼈는지 대답하지 않았다.
"정답이군."
라우는 멋대로 결론을 내렸다. 그렇지만 소녀도 부정하지 않았다. 조금의 시간이 지났을 때 오르괴유가 부상하기 시작했다. 흔들리는 잠수정의 안에서 소녀는 몸을 낮추어 균형을 잡았다. 관성력을 이겨낸 오르괴유는 물과의 마찰에 의한 진동 외에는 아무런 흔들림이 없었다. 라우는 가장 먼저 물어봐야 했던 것을 물었다. 그 질문은 가장 근본적인 것이었다.

"너는 누구냐."

소녀는 표정의 변화 없이 균형을 잡기 위해 낮추고 있던 몸을 세우며 대답했다.

"나는 네 억지력(抑止力)이다."

라우는 큰 소리로 웃었다. 그렇지만 품위가 떨어진다던가 하는 것은 아니었다. 오히려 그에게 어울리는 광기가 가득한 웃음이었다. 거기에 비웃음 3% 가량이 가미되어 있긴 했지만.

"억지력이라고? 억지력이라면 이미 늦었다. 전쟁은 시작되었으니까."

소녀는 역시 무표정한 얼굴로 그의 잘못된 생각을 비판하며 그의 오류를 수정해주었다.

"나는 전쟁을 막는 것이 아니다. 나는 너를 막는다."

라우는 어이없다는 것을 일부러 얼굴 밖으로 표현하려 애썼다. 그러자 나온 것은 웃음이었다. 사람이 너무 기가 막히면 입이 벌려지는 것에서 모자라 입아귀까지 쌜룩거리는가보다.

"우습군. 적진 한복판에 홀로 들어와서 적장의 수급을 베겠다고 하는 건가?"

소녀는 이전과 같은 방식으로 그의 잘못된 생각을 비판하며 그의 오류를 수정해주었다.

"사람을 막기 위해서는 꼭 죽여야만하나? 그렇다면 이 세상에 남아나는 사람은 한 명도 없겠군. 그렇게 죽고 싶다면 죽여줄 수도 있지만 나는 범죄를 저지르고 싶지는 않아."

"테러리스트를 죽였다고 처벌받지는 않을 것이다. 영웅으로 추앙 받는다면 몰라도. 게다가 그들은 이 깊은 바다 속에서 어떤 일이 일어났는지 모를 것이다."

라우는 엷게 미소를 띠었다. 이전까지 보여주었던 웃음과는 달랐다. 다른 사람들이 그 미소가 진실된 것인지 판별하기도 전에 그러한 표정은 지은 적이 없다는 듯이 표정을 바꾸었다.

"자, 그렇다면 나를 어떻게 막을 셈이지? 인도인가? 나는 지금 이 잠수함의 모든 권한을 갖고 있다. 내부에서 적이 활개 하게끔 봐줄 만큼 내가 자비로운 사람으로 보이는가."

소녀는 얼굴에 웃음을 품으며 그 전에 문을 열 때 사용했던 PDA를 꺼내어 보였다.

"싫어도 봐줘야할 거다. 내 PDA에는 기폭장치가 있지. 폭탄은 공격의 중추에 있다. 함포가 없는 지금 그 레일건이 파괴된다면 전쟁 자체가 불가능할 거다."

그리고 소녀는 아까 라우가 내비치었던 엷은 미소를 재현해냈다. 똑같은 미소를 지은 것이 의도적인 것인지 저절로 나타난 것인지는 알 수 없었으나 의도적인 것이었다면 순식간에 사라졌던 그 미소를 잘도 포착해내었다. 그녀의 미소를 본 라우 또한 자신이 보였던 미소를 다시 재현해냈다. 서로 마주보기를 몇 초간. 소녀가 씁쓸한 표정을 띠면서 입을 열었다.

"무미건조하고 재미없는 긴 이야기가 될 것 같군. 다과까지는 요구하지 않을 테니까 뭔가 푹신한 앉을 것이라도 내어줘."

정확한 위치는 아니지만 그 삼각지역까지 범위를 줄인 것만 해도 어마어마한 정보였다. 대강의 정보가 주어지자 모두 예비하였던 대로 항공모함들을 발진시켰다. 니미츠급 항공모함이 17대, 전함이 143대. 그 배들의 선행으로는 이지스 함들이 포진해 있었다. 운석처럼 떨어지던 그 폭격을 방어할 수 있을지는 의문이었지만 폭격이 가해졌을 때 해일로 입을 피해를 줄일 수 있었기 때문에 무리해서 포진시켜 놓았다. 각각의 항공모함에는 최대한 적재 가능한 만큼 전투기들을 배치시켰다.

F-18, F-35, Rafale, Su-33, AV-9B Harrier II+, Harrier GR9, Yak-141 등의 전투기들이 국적을 불문하고 모함들에 배치되어있었다.

마지막으로 육지에서 AS-565 SA Panther, F-22 Raptor 등과 같은 헬기, 전투기가 날아올랐다. 항공모함에 탑재가 불가능해 뒤늦게 육지에서 출진한 것이다.

항공모함 안에 있는 사람들의 얼굴에는 미소가 있었다. 모두 이 정도 병력과 사기로 질 리가 없다는 표정이었다. 그러나 그들의 미소는 어색한 것이 경직되어있었다. 그들의 마음 한 구석에는 불안한 마음이 자리 잡고 있었다.

"너는 왜 내가 전쟁을 일으켰다고 보나? 나의 억지력 양."

라우는 의자에 앉은 채로 어찌 들으면 느끼하게 들릴 수 있는 대사를 아무렇지도 않은 듯이 물었다. 질문에 대해 바닥에 방석을 깔고 정좌로 앉아 있던 소녀는 고개를 들지 않고 양손의 손가락 끝을 각각 다른 손의 손가락 끝에 붙이고는 손바닥을 오므렸다 펴는 것을 반복했다. 소녀의 눈은 자신의 손만을 쳐다보고 있었다.

"혜수(慧修)라고 불러. 미안한데 잠시 심호흡 좀 하고……. 음……. 핵융합을 이용한 무한적인 에너지, 해킹을 통한 정보의 정복, 전략적 잠수함의 은밀성. 아, 미안하지만 이 잠수함 이름이 뭐지?"

"오르괴유다."

"오르괴유……. 본론으로 돌아가서 많은 무기들 중에서 잠수함을 선택한 것이 흥미로웠어. 정보를 완벽히 통제할 수 있으면 들키지 않고 더 굉장한 무기, 예를 들어 초플루토늄탄 등을 만들 수 있었는데 너는 그러지 않았어. 왜 그렇게 했을까? 내 멋대로 내린 결론으로는 너는 그다지 표면적으로 나타내고 싶어 하지 않아. 음침한 곳에서 자신의 존재를 타인의 의식 깊은 곳에서부터 각인시키려하고 있어. 바깥사람들에게 각인시키려 하는 것은……."

두 사람이 동시에 입을 열었다.

"절망."

"희망."

그러나 서로의 말은 너무 달랐다. 두 글자 중에 한 글자는 같기는 했지만 낱말의 의미가 상반되었다. 첫 대면의 환상적인 호흡은 기대할 수 없었다.

"'매트릭스'라는 영화를 본 적이 있나? 꽤나 오래된 영화라 네가 보았을지는 모르겠군, 혜수 양. 거기에서 스미스 요원이 말한 것이 있지. 내 기억이 확실하다면 아마 대사 일부가 이런 것이었을 꺼다. 'I realized that you're not actually mammals. Every mammal on this planet instinctively develops a natural equilibrium with the surrounding environment, but you humans do not. You move to an area, and you multiply, and multiply, until every natural resource is consumed. The only way you can survive is to spread to another area. There is another organism on this planet that follows the same pattern. A virus.' 나는 그 말에 동의할 수가 없었다. 인간은 자기 자신을 절제할 수가 있다. 자신의 행위가 어떠한 것을 초래할지 알기 때문이다. '죄수의 딜레마'의 '딜레마'에서 벗어날 수가 있지. 이미 벗어난 사람도 있고."

희망이라고 말한 사람이 계속해서 대화를 이어나갔다.

"그렇다면 스미스 요원이 '왜' 그러한 생각을 가졌을까? 나는 아직 그 딜레마에서 벗어나지 못한 사람이 있기 때문이라는 것까지 생각이 미쳤다. 남이 호의로 다가왔을 때 배신을 하는 사람. 뭐, '죄수의 딜레마'의 경우에는 선택의 자유니까 상관하지 않겠다만. 단지 내가 벌하려는 사람은…….”

“남에게 피해를 주는 악한 인간.”

혜수는 자신이 생각한 라우의 말끝에 들어갈 수 있는 명사구를 하나 내뱉었다. 그녀는 그 말을 내뱉은 후 정답을 확인하기 위해 라우의 얼굴을 쳐다보았다. 혜수는 방석에 앉아있었고 라우는 의자에 앉아있었지만 고개를 과하게 들어 올리지 않았다. 방석을 고집하는 혜수를 위해 라우가 두 사람의 처음 만날 때 서있던 위치를 서로 바꾸었기 때문이었다.

라우는 혜수의 말에 고개를 살짝 끄덕여 동의를 표하고는 말을 계속해서 이어나갔다.

“가끔 생각해 본 적이 있지. 신이 인간의 부도덕에 개입해 즉각적으로 그들을 처벌한다면 악행들은 사라지지 않을까 하고. 자비? 이만큼 자비로운 것이 없지 않을까? 악행을 일삼던 자들이 처벌을 두려워한다면 자신을 절제할 테니 악행은 그만큼 감소하겠지. 그로써 타인에 의해 피해보지 않을 것이 보장되어지는 것이다. 나는 그들에게 안전이라는 혜택을 주는 것이다. 이것은 지금까지 처벌이 제대로 이루어지지 않던 것을 확실히 함으로써 최후통첩을 명하는 것이지. 이것은 사회의 손해가 아니야. 오히려 그들을 딜레마로부터 구제해 더욱 더 큰 이익을 추구하는 것이다. 강압적? 그게 무슨 문제라도 되는가? 그로써 모두에게 이익이 된다면 무슨 상관인거지? 나는 전체주의처럼 그들의 희생을 강요하는 것이 아니다. 시비를 가려 그들의 행위에 대해 합당한 것을 해주며 합당한 것을 요구하는 것이지. 자유롭지 못하다? 틀에 박혀 즐겁지 못한 생활이다? 너희들은 남들의 몫을 가로채고, 무임승차를 하고, 타인을 괴롭힘으로써 자유를 느끼나? 희열을 느끼나? 그게 인간인가!”

라우는 분개했다. 그러나 그 분노에는 어째서인지 자신에 대한 혐오감도 일부 있었다. 자신의 뜻이 확실하다면 왜 자신을 증오해야 하는 것일까.

라우는 억장을 낸 자신을 한심하다는 듯이 고개를 뒤로 젖혔다. 그리고는 오른손으로 얼굴을 덮어 가렸다. 손바닥에 입을 대고는 한숨을 크게 내쉬었다가 손으로 얼굴을 훑으며 쓸어내렸다. 힘이 빠진 손은 의자 뒤로 축 처졌다. 라우는 자신의 감정을 추스르고는 이야기를 계속해 나갔다.

"인간이란 남에게 도움을 주는 존재여야 한다. 다른 인간에게 피해를 준다면 그 인간은 살 가치가 없어. 인간이 존중을 받아야 할 이유가 타인, 혹은 '나'의 삶을 윤택하게 만들어 줄 수 있는 가능성이 있기 때문이니까. 국가가 그 국가의 국민에게 투자를 하는 이유는 당연히 그 국민들이 자신들에게 투자한 것 그 이상을 되돌려 주기를 원하기 때문이다. 그 국민들은 자국을 지켜줄 군사력이 될 수도 있고, 세금을 내는 것으로 자금원이 되어 줄 수도 있고, 자국의 산업을 발전시켜 다른 국가와의 경쟁에서 이기게 해줄 수도 있지. 만약 그들이 자신이 받은 혜택에 준하지 못한다면 그들은 단순한 짐일 뿐이다. 인권(Human Rights). 인간이 인간답게 살 수 있는 권리. 권리가 있으면 그에 합당한 의무도 존재하는 법이다. 그들 각각을 인간으로서 취급해 주는 대신에 그들 또한 다른 이들을 인간으로서 대해 줘야 하지 않는가? 의무를 실행하지 않으면서 권리만을 추구하는 것이 합당한가? 합당치 못한 행위를 하는 자들은 당연히 그에 합당한 처벌을 받아야 되지. 그렇지만 어떤가? 자비로우신 신은 왜 그들을 허용하는 거지? 자신의 아들들이 고통 받고 있는데 왜 구경만 하는 거냐!"

"……그래서 네가 신이 되겠다는 건가? 그들을 고작 너 따위가 다스리겠다는 뜻이냐? 무력으로써 그들을 감시하고 그들에게 '신'의 벌을 내리겠다는 거냐? 오만하기 짝이 없군. 나는 네가 인권을 침해한다고 생각되는군."

"천만에. 나는 그들을 지배하려는 것이 아니다. 단순히 지켜보는 것이지. 그리고 그들이 악행을 저질렀다고 판단되면 그들에게 그에 합당한 보상을 요구하겠다. 이타적인 사회에서 잘못 나타난 이기적인 인간을 개종시키는 것. 그것으로 질서를 정립시키는 것이다. 이 질서는 그 누구에게도 피해가 가지 않고 모두에게 이익이 되는 것이다. 앞서 말하지 않았는가? 그들을 딜레마로부터 구제해 내겠다고. 자신의 이익만을 좇는 자들에게는 딜레마에서 벗어날 의지가 없어. 그렇다면 그들에게 그 의지를 심어주어야 한다."

처음에 서로 말이 없어 이야기가 진행되지 않던 것과는 다르게 서로의 의견을 쉬는 시간 없이 숨 가쁘게 엮어나갔다. 잠시 숨을 고르기 위해서 긴 대화의 호흡을 멈추었다. 곧 혜수가 입을 열었다.

"닮았군."

그 말을 끝으로 라우와 소녀가 들어왔던 문이 다시 열렸다. 문이 어느 정도 열리자 무기들을 잔뜩 든 사람들이 몰려 들어와 한 쪽 무릎을 굽히고 총구를 앞의 두 사람에게 겨누었다. 문이 다 열리자 그 안에서 다운이 나왔다. 그의 표정에는 홀에서 라우와 만났을 때 머금었던 미소와 같은 웃음이 드러나 있었다.

"이걸로 체크메이트(Checkmate)."

나비 한 마리가 바다 위를 날고 있었다. 그러나 나비 같은 현란한 움직임은 되지 못했다. 그 나비는 한 배에 안착했다.

다운의 오른쪽 주먹은 살이 벗겨져서 피가 흐르고 있었다. 그 피는 그의 총-Beretta M92F-의 총신을 타고 흘러내리는 형태로 굳어있었다. 피가 굳을 정도로 총이 가열되어 있었다. 그러나 그는 그 열기가 놓치고 싶지 않은지 잡는 힘은 더욱 더 거세져만 갔다.

"안녕? 허수아비씨, 그리고 침입자씨. 나는 내 것을 되찾아야 되겠어. 어느 순간부터 저 흰 녀석이 주인인 양 떠들고 있더라고. 좋게 넘어가려고 했는데 도저히 안 되겠더란 말이지."

다운은 웃고 있었다. 자신의 말을 끝내고는 총구를 라우에게 겨누었다. 가늠쇠를 통해 라우를 보면서 휘파람을 불렀다. 휘파람이 능숙치 못해 무슨 곡인지는 알 수 없었으나 다만 원래는 잔잔한 곡임을 알 수 있었다. 중간 중간 바람소리만 들리는 것은 그의 성격에 잘 맞는 듯 했다. 바람소리만 들릴 때에는 그의 총구가 조금씩 흔들렸다. 그의 총구 앞에서 라우는 천천히 의자에서 일어났다. 표정에는 변화가 없었다. 그 모습을 본 다운은 짜증이 섞인 투로 말했다. 그러나 그의 얼굴에는 미소가 있었다.

"나는 네가 이래서 싫다니까."

그는 큰 소리로 웃었다. 그리고 그의 손에는 힘이 들어갔다. 곧이어 폭음이 들렸다.

레이더에는 아무것도 잡히지 않았었다. 그러나 바로 눈앞에 붉은 해를 가로막는 검은 물체가 보였다. 모든 국가들이 공유한 함대 정보에 따르면 저런 배는 없었다. 무인정찰기가 보내온 정보에 의하면 국가 표시도 없었다. 무엇보다 해를 등지고 있는 배를 찍었으니 뭐든 거멓게 나올 뿐이었다. 만약 해가 중천에 떠 있고 밑에서 보았다면 프랑스 마크가 그려진 것을 볼 수 있었을 테지만. 이 점은 프랑스로서는 쾌재가 아닐 수 없었다. 아무튼 적이 확인되었으니 다 같이 타이밍을 잡고 공격에 들어갔다.

베레타가 크게 흔들리다 못해 결국 겨누었던 총을 다시 거둬들여야 할 정도가 되었다. 앞의 두 사람만 주시하던 사람들이 모두 당황해 허둥대고 있었다. 모든 사람들의 표정을 확인할 수는 없었지만 그 와중에 혜수만은 웃고 있었다.

폭탄을 탑재한 전투기들아 자신이 싣고 있던 모든 폭탄을 한 점에 집중적으로 투하하고 선회하여 돌아갔다. 돌아가는 도중 채프와 플레어를 잔뜩 뿌리고 가였다. 곧이어 그 점은 금속성 울음을 내뱉기 시작했다. 이때를 놓치지 않고 모든 항공모함에서 전투기들을 토해 내었다. 그 사이에 공격이 이루어지지 않은 공백기가 있었다.

"무슨 일인가!"

대답은 돌아오지 않았다. 현재의 상황과 그의 질문은 데자뷰를 일으킬만한 대사였지만 그 때의 진동과는 비교할 수 없을 정도로 선체가 흔들렸다. 위성과 레이더에는 아무 것도 잡히지 않았다. 이전에도 이와 비슷한 일이 있었으나 그 때와는 다른 것이 지금은 그 진동이 멈추지 않고 있었다. 즉, 공격은 계속되고 있었다. 다운은 급히 전투기 발진을 명령하였다.

수차례 진동이 발생한 후 약간의 공백이 생겼다. 그러자 들리지 않았던 웃음소리가 들렸다. 라우는 주체할 수 없이 크게 웃고 있었다. 그의 오른쪽 정강이 부분의 옷이 찢어져있었다. 그의 웃음이 절정에 달했을 때 그 곳은 조용히 붉게 물들고 있었다.

"다운. 나는 이 OS를 만든 자라는 것을 잊었는가? 나는 자네가 모르는 백도어 몇 십 개를 갖추고 있다. 자네가 오르괴유를 갖게 되는 일은 내가 살아 있는 한은 절대 불가능하다.”

그 말을 들은 다운은 베레타를 꺼내었다. 그 사이에 전등이 한 번 깜빡였다. 때문에 다운의 움직임은 전혀 다른 사진 두 개를 붙여놓은 듯이 인식되었다. 그는 재빨리 총구를 라우에게 겨누었다. 그리고는 총성 한 발이 울렸다.

항공모함에 탑재되어있던 전투기가 목적지에 다다랐을 즈음 구체 하나가 수직으로 솟아올랐다. 그것은 너무나도 빨라서 구체로 인식되지 못하고 거꾸로 솟구치는 물방울 정도로 인식되었다. 그러나 물방울이라고 하기에는 너무 빠르고 거대했다. 군함들은 미사일들을 발사하였고 전투기들은 검은 배에서 발진된 전투기들과 각각 도그파이트를 형성하였다. 유리가루가 떨어지는 것이 꼭 은하수에 수놓아진 별들이 하늘하늘 내려오는 것 같았다.

S&W 모델과 비슷한 총 하나가 나와 있었다. 그 총을 잡고 있는 손가락은 가늘기 그지없었다. S&W 모델이 생김새가 대체로 비슷비슷하고 특히나 그녀의 총은 그립이 이상하리만큼 두껍고 길었기 때문에 어떤 모델인지 확신할 수가 없었다.

“테러리스트라고해도 살인은 살인이야.”

혜수는 그 말만을 남기고는 다시 시작된 흔들림에 아랑곳하지 않고 사람들 사이를 빠르게 지나갔다. 그러나 아무도 그녀를 제지할 수 없었다. 사람들이 있는 사이를 지나갔기 때문에 아군이 맞을까 봐 아무도 발포 할 수 없었다. 게다가 흔들림도 너무 심해 조준자체가 너무 힘겨웠다.

혜수는 라우와 만나기 전에 먼저 도착했던 곳에 다시 돌아왔다. 문은 내려오다 말고 멈춰있었다. 문이 폭격으로 찌그러진 탓도 있었지만 무엇보다 아까 있었던 한 차례의 정전으로 고장이 난듯했다. 혜수는 그 문 사이로 들어갔다. 그러자 긴 도선 하나가 나왔으며 그 옆으로는 하나뿐인 광원이 되어주는 컴퓨터 한 대가 켜져 있었다. 그 컴퓨터에는 온갖 케이블이 복잡하게 연결되어있었다. 그 앞에 앉은 혜수는 빠르게 손을 놀리기 시작했다.

“잠깐. 아직 우리 이야기는 끝나지 않은 것으로 보이는데.”

찌그러진 문으로 라우가 들어왔다. 복도에는 불이 없었기 때문에 중앙의 컴퓨터로부터 나오는 빛만이 라우를 비추고 있었다. 때문에 라우는 혜수의 모습이 까맣게만 보였다. 라우의 말을 들은 혜수는 컴퓨터를 만지던 것을 잠시 멈추고 의자를 돌려 라우를 쳐다보았다. 라우는 오른쪽 정강이에서 피가 흐르는데도 태연히 걸어왔다.

"내 할 말부터, 그러니까 본론부터 들어갈게. 너는 인간이 다른 동물과 차이점이 뭐라고 생각해? 나는 지식을 받아들일 수 있는 지성이라고 생각해. 각각의 지식들을 연계해서 생각해내고, 발전시키려면 그 지식을 자신의 것으로 만들어야할 필요가 있어. 이때 필요한 것이 지성이야. 지성은 모방하는 것만으로는 절대 생길 수 없어. 때문에 인간이 더욱 특별한 존재인 거야. 나는 인권에 나오는 '인간' 이란 '지성을 가진 존재' 라고 정의를 내렸다. 물론 지극히 개인적인 정의지만. 아무튼 나는 너의 '인간' 의 정의에 동의할 수 없어. 네 정의에 따르면 이기적인 자는 살 가치가 없다는 거잖아?"

"그건 아니다. 이기적인 자라도 그의 행위가 이타적 결과를 낳는다면 존재의 가치가 있는 것이다. 때문에 나는 '가능성' 이라고 말하는 것이지."

라우는 혜수의 질문에 자신의 정의에 부가설명을 했다.

"정정하지. 그렇다면 한 가지 물어볼게. 너는 이타적 행위에 정도의 차이에 대해서는 어떻게 생각해? 어떤 한 인물에 대해서 그 사람보다 더욱 더 정도 높은 이타적 행위가 가능한 사람이 존재한다면 앞의 그 인물은 존재가치가 없어지는 거야?"

"그것 또한 아니다. 비교우위를 접목시킨다면 이타적 행위를 하고자 하는 의지가 있으면 존재가치가 있는 것이다. 그리고 인간의 이타적 행위는 일대일 대면적인 것이 아니라 여러 관계가 유기적으로 연결되어 있다. 네 가정, 두 인물만을 비교한 것부터 잘못되었다."

"그러면 너의 '인간' 의 정의는 '이타적 행의를 하고자 하는 의지가 있는 자' 인 거야?"

혜수는 계속해서 그의 정의에 대해 물어보았다.

"그렇다."

라우는 그녀가 정리한 자신의 정의에 동의하였다. 그의 대답을 들은 혜수는 묘한 미소를 띠며 질문을 계속해 나갔다.

"그렇다면 이익을 준다는 것은 어디까지를 말하는 거지?"

그녀는 앞서 요구하던 정의에 대한 전제에 대해서 정의내리기를 요구하였다. 그의 정의에 우선적으로 내려졌던 전제. '타인에게 이익을 주는 행위는 존재한다.' 에 대한 의문이었다. 선, 악을 구분할 수 있다면 당연히 타인에게 이익을 주는 행위란 어떤 것인지 구분할 수 있을 것이다. 그러나 혜수는 그러한 것이 존재하는지를 물은 것이다. 라우는 그녀가 어떠한 생각을 하는 것인지가 궁금해졌다.

"무슨 말이지?"

"말 그대로 이익을 준다는 것이 어디서부터 어디까지를 일컫는지를 알 수 없다는 거야. 네가 말한 대로라면 인간의 관계는 서로 유기적으로 연관되어 있지. 마찬가지로 사회의 회전 또한 유기적으로 연관되어 있어. 그렇다면 결과를 예상한다는 것은 불가능한 것 아닌가? 예를 들어 어떤 사람이 까닭 없이 살인을 저 질렀어. 그런데 그 때의 피해자는 세상을 파멸로 이끌 인물이어서 그의 행위가 아니었다면 세상은 끝장이었겠지. 그렇다면 이때 살인자의 행위에 대한 결과는 선한 것인가, 악한 것인가? 결과를 어디까지 잡느냐에 따라 달라질 수가 있다. 그렇기 때문에 인간의 행동에 선, 악을 결과적으로는 구분하기 어려워. 어디까지가 결과인지를 알 수가 없기 때문이지. 카오스 이론을 접목시킨 결과야. 그렇다면 네가 말한 이타적 행위가 가능할까? 그 행위의 정의가 불가능한데도 말인가."

"그러면 존재가치가 있는 자들은 네가 말한 '지성을 가진 자' 로서 정의를 내려야 한다는 뜻이냐."

오르괴유의 이음새 부분들이 비명을 질렀다. 폭격으로 받은 에너지를 소리로 전환시키고 있었다. 오르괴유의 소리와 혜수의 말을 들은 라우는 자기의 입술을 깨물며 그녀가 했던 것처럼 그녀의 정의에 대해 질문을 하였다. 혜수는 그의 질문에 대해 당황하는 기색이 없이 당당히 자신의 주장을 펼쳐나갔다.

"지극히 개인적인 정의야. 때문에 이 정의에 대해 반론을 제기해도 할 수 없지. 다만 나는 네 정의는 상당히 위험하다는 것을 경고하는 거야."

"거기에 너는 이미 인간이란 존재를 '지성을 가진 자' 로서 정의를 내렸다. 그렇다면 너는 모든 인간이 존재가치가 있다는 건가? 악인으로서 태어난 자조차도? 모든 인간이 존재가치가 있다면 너는 그 이들에게 처벌은 내리지 않을 텐가?"

라우는 그녀의 대답이 끝나자마자 바로 자신의 질문을 추가하였다. 자신이 이 일을 펼친 이유에 대한 그녀의 해답을 듣고자한 것이다.

"처벌은 내가 내리는 것이 아니지. 그건 내 권한이 아니야. 네 정의의 이면에는 공포정치가 깔려있어. 유해가 된다고 판단하는 것에 대한 명확한 정의도 없으면서 악을 제하겠다고 힘을 휘두른다면 그 힘이 어디까지 미칠지 알 수 없기 때문에 그만큼 위험한 것은 없지. 그리고 네가 말했던 타인을 괴롭히면서 자유를 느끼고, 즐거움을 느끼는 자는 오히려 너잖아?"

"동의할 수 없다."

라우는 자신이 혐오하는 악인에 라우 또한 포함된다고 말하는 혜수에게 강한 적대감을 표했다. 그의 분노에도 아랑곳하지 않고 그녀는 그를 계속 쏘아붙였다.

"그렇게 믿고 싶은 것이겠지. 공포정치에서 사람들이 쾌락을 느낄 때는 자신에게 악행을 저지른 자를 처벌할 때야. 악인이 처벌을 받을 때 희락을 느끼는 것이지. 중세의 콜로세움에서 있었던 놀이도 비슷한 맥락이야."

라우는 혜수가 자신을 정죄한다고 느껴 분노로 가득 찼으나 그는 그녀의 말에 반론을 제기할 수 없었다.

"내 의견에 보충 설명을 할게. 처벌은 내 권한이 아니라는 것까지 말했나? 거기서부터 이어나가겠어. 처벌이 내 권한이 아니라면 누구의 권한일까? 나는 '세상'이라고 하고 싶어. 세상 자신이 자신에게 처벌을 내리는 것이 진정한 처벌이야. 세상은 지성을 가진 존재들을 모두 지키고 싶어 했어. 그런데 그 존재들은 자신의 지성 또는 정의 때문에 타인과 마찰이나 갈등이 발생해. 그때 세상이 선택한 자들은 세상이 생각한 정의에 더욱 가까운 정의를 가진 자야. 너의 '가능성'을 접목시키면 가능성이 더욱 큰 자를 지키기 위해 그에 비해 가능성이 적은 자를 처벌하는 것은 세상 자신이야. 가능성이 적은 자를 처벌함으로써 그 만큼의 삶을 윤택하게 만들어 줄 가능성을 잃겠지만 더욱 큰 가능성을 지킬 수가 있어. 때문에 세상 자신이 자신에게 내리는 처벌이라고 표현한 것이야. 그의 선택은 틀리지 않아. 기회비용측면을 생각한다면 당연한 선택이 아니겠어?"

라우는 더 이상 말을 잇지 못하였다. 혜수는 대화가 끝났음을 깨닫고는 원래하던 일에 다시 집중하기 시작했다. 그러나 그녀의 소망은 이루어지지 못했다. 혜수는 S&W를 닮은 형태의 자신의 총구를 훼방꾼으로 가져갔으나 한 발 늦었다. 훼방꾼은 경고용 사격을 한 발 쏘았다. 혜수는 다운에게 겨누기 위해 총구를 옮기던 것을 멈추고 총을 손에 든 채로 양 손을 머리 위까지 올렸다. 다운은 그녀가 항복한 것으로 받아들였으나 총구를 거두지는 않았다. 다운은 당장 총구를 라우에게 옮겨 라우를 쏘아버리고 싶었지만 어째서인지 아까까지의 패기가 없어진 라우보다는 지금 눈앞에 있는 소녀가 더 위험해 보였기 때문에 신경을 끊기로 했다. 그녀가 갑자기 어떤 행동을 할지 알 수 없기 때문이었다. 그래서 그는 혜수에게 총을 내려놓을 것을 요구하였다. 혜수는 여전히 손을 올린 채로 손아구의 힘을 빼어 총을 떨어뜨렸다. 아니, 손을 펴는 힘을 이용해 총을 살짝 던졌다. 총이 그녀의 얼굴 앞을 순간적으로 가렸다. 그녀는 총을 이용해 자신의 미소를 숨겼다. 총이 바닥에 떨어졌다.

탕.

다운은 왼쪽 허벅지를 피격 당했다. 그립이 무거워 총이 눕지 않고 바로 떨어지며 바닥과 부딪치면서 공이가 저절로 풀린 것이다. 다운은 다리가 꺾였다. 그 와중에 그는 방아쇠를 당겼다.

퍽.

총알이 바로 날아가지 못했다. 총알이 날아가는 힘을 총신이 버티지 못해 슬라이드가 쪼개졌다. 그 순간 혜수는 다운에게 달려가 허벅지 춤에서 의료용 주사기 하나를 꺼내 그의 목을 찔러 액을 주사했다. 다운은 믿을 수 없을 만큼 빠르게 그녀의 손을 쳐내고 그녀의 목을 향해 손을 뻗었으나 붙잡지 못했다. 손이 오그라들지 않았다.

"움직이지 마. 움직일수록 반응이 더 빨라질 뿐이야. 이것은 tRNA와 아미노산의 결합 반응을 격하게 이끌어내 ATP의 인산을 순식간에 끊어내 AMP까지 만들어. 그래서 근육이 운동할 때 필요한 ATP가 부족해지지 때문에 크레아틴인산이 ATP를 공급하지. 하지만 이것조차 AMP까지 분해시켜버려. 결국 근육이 수축할 힘을 잃어버리고 말지. 그리고 AMP까지 분해되면서 생성된 에너지는 몸 내부의 에너지 불균형을 이끌어 질서가 파괴돼. 게다가 AMP가 되면서 질량까지 가벼워졌으니 움직임이 더욱 활성화 되면서 급속도로 세포가 노화되고, 결국 그 세포는 떨어져 나갈 거야."

그 말을 끝으로 다운의 무릎은 꺾여 쓰러지고 말았다. 그의 피부가 하얗게 일어났다. 혜수는 그가 어떻게 되든지 신경 쓰지 않으려고 노력했다. 그녀의 노력을 응원해준 것은 오르괴유의 비명. 붕괴가 다가오고 있었다. 혜수는 그녀의 아랫입술을 깨물었다. 나가는 방도를 구상하였으나 어떻게 나가야 할지를 몰랐다. 계속된 폭격으로 탈출의 기회를 잡긴 했으나 폭격이 끝날 기미가 보이지가 않아 도저히 잠수함에서 나갈 수가 없었다.

"그렇다면 내가 한 행동은 모두 의미가 없었다는 건가……."

라우는 절망하며 부르짖었다.

"너에게는 자의식이 너무 부족했던 것이 문제였어. 네 의지를 계승할 자가 생길 수가 없었지. 표면적으로 드러내지 않았는데 그들이 너의 뜻을 알 수가 있었을까? 네가 무슨 생각을 품었었는지 알 방도가 없어서 네 뜻을 관철시킬 수가 없었던 거야. 네가 어떤 행위를 했든 그들에게 직접적으로 어떠한 방향도 제시해 주지 못한 거다. 다만,"

라우는 천천히 그녀에게 고개를 돌렸다.

"앞서 말하지 않았어? 그게 어떤 작용을 할지 결과적으로는 알 수 없다고. 작게 '공기의 흐름을 변화시켰다' 조차도 어떤 큰 파장을 몰고 올지는 예측하기가 어려워."

라우의 얼굴에는 엷은 미소가 떠올랐다. 아까까지 없었던 생기까지 돌아왔다. 라우는 그녀에게 넘치는 생명력을 담아 물어보았다.

"이것이 끝나고 너는 이것을 어떻게 수습할거지? 그들의 관심을 돌리는 것은 상당히 힘들 텐데."

"보드리야르가 말한 디즈니랜드 효과가 있어. 그에 따르면 우리가 보여주는 것이 그들에게 허구라고 느껴진다면 그들은 지금 살고 있는 것이 진실이라고 느껴지게 된다는 이론이지. 그들에게서 이 사건 자체를 은폐하기보다는 믿기 어려울 형태로 각색해서 선보인다면 그들은 그 자체를 허구로 인식하고 자신이 있는 위치를 진실로 인식해 지금 자신들이 있는 위치에서 최선을 다할걸? 그렇다면 수습이 빠르겠지."

그의 질문에 대답하는 그녀의 얼굴에는 그 어느 때보다 생기가 넘쳤다. '끝나고' 를 가정한다는 것은 이곳을 빠져나갈 수 있다는 것을 전제로 한 것이다.

"수소폭탄을 수직으로 발사시켜놓았다. 바깥에는 이지스 함들이 배치되어 있더군. 그들의 요격수준이 얼마나 될지는 모르겠지만 서투른 총질도 마구 쏴대면

한 발쯤은 맞지 않겠는가? 그들은 그게 수소폭탄인지를 모르겠지만. 폭발이 일어난다면 주변으로 모든 공기가 흩어질거다. 무슨 말인지 알겠나?"

"물론이지. 그나저나 출입구가 하나인 걸? 들어 온 방법대로 나가야 한다니."

라우와 혜수는 서로 미소를 주고받았다.

검은 물체로 어떤 구체가 떨어지고 있다는 연락이 들어왔다. 어째서인지 인공위성의 제어권이 돌아온 것이다. 그 구체는 그 때 떨어졌던 운석으로 판단되었다. 각 부대는 모두 산개하였다. 이지스 함들은 모두 그 구체를 요격하기위해 인공위성이 보내오는 시간으로 그것이 이곳에 도착할 때 얼마나 걸릴지 계산하였다. 그러나 대피하는 것, 요격하는 것, 그 어느 것 하나 제때 맞출 수 있을지는 확신할 수 없었다.

"설마 그런 식으로 들어오리라고는 생각지도 못했어. 다른 인공 위성을 지켜낼 수도 있었을 텐데 하필 그 인공위성을 지키다니……."

"원래대로라면 대기와의 마찰열로 사라졌을 위성을 끝까지 내려오게 하는 방법……. 마찰될 물체를 없애버리면 그만 아니겠어? 위성의 앞을 가로막던 저항인 공기가 없어진다면 바다까지 충분히 내려올 수 있지. 그래서 일부러 미사일을 공중에서 폭파시켰지. 폭발로 공기를 흩어버리기 위해서. 게다가 공기가 흩어졌던 동안은 슬립스트림 효과를 내서 효과는 더욱 극대화되지. 그리고 흩어졌던 공기들이 다시 모여들면 뒤에서 밀어내는 힘이 생기고 좌, 우의 균형도 맞춰 지지. 그렇게하면 정확도 또한 더욱 커지게 돼. 그렇게 위성을 명중시키고 우왕좌왕 하는 그 틈에 배에서 내려 잠수함으로 들어갔지."

"이번에는 그 미사일 역할을 레일건을 통해 발사된 수소폭탄이, 그리고 인공위성의 역할을 하는 것이 바로……."

"이 구체. 그리고 바로 뒤를 쫓는 이것이 우리가 탈 '배' 가 되겠지."

"준비는 모두 다 되었다. 앞으로 남은 것은 수소폭탄이 요격에 의해 폭발하는 것을 기다리는 것 뿐. 수소폭탄이 폭발하면 수소 폭탄을 발사했던 레일건으로 구체 하나를 더 발사한다. 그 때 생기는 반작용으로 레일이 밀려나는 것은 주변에 플라즈마로 막을 두르고, 레일에 흐르는 전류를 증가시켜 자기장을 두름으로써 막아낸다. 그 때 흐르는 전류를 타고 '배'가 날아간다. 이때 전류가 더 세고, 앞서 날아갔던 구체에 비해 질량도 크니까 가속도가 빨라져서 그 구체와 충돌할지 모르지만 '배'가 날아갈 때 생기는 반작용을 그대로 오르괴유에 흘려보낸다면 오르괴유는 레일과 함께 붕괴하겠지. 그러면 힘을 받는 시간이 감소하니까 가속도가 그리 많이 붙지는 않을거다."

라우의 설명을 들은 혜수는 자신의 생각도 같음을 고개를 끄덕임으로써 나타내었다.

인공위성을 통해 내려오고 있는 폭탄을 보았다. 구체는 대기와의 마찰로 생긴 화염 옷을 두르고 있었다.

"시간 다 됐어. 빨리 타."

혜수는 라우가 아직 '배'를 타지 않은 것을 의아하게 생각하며 말하였다.

"아니, 나는 타지 않겠다. 내가 만든 이 무기를 철저하게 파괴시켜야 돼. 그것이 내가 마지막으로 할 일이다. 프랑스에서 이것을 다시 회수해 가게 할 수는 없다."

"그게 무슨 말이야! 도망치는 거야? 나는 네가 죽든 말든 신경을 안 쓰지만, 네가 만든 이 사태를 수습하고 죽으란 말이야! 책임감을 느껴? 네가 그 이론을 만든 것은 악행이 아니잖아! 네 입으로 말했으면서 너 자신은 왜 그렇게 믿지 못하는 거야! 네가 한 것은 아무것도 없어! 이론을 만들어낸 것을 으스대기라도 하는 거야 뭐야! 네가 한 것은 신이 만들어낸 것을 단순히 인간의 언어로 풀어쓴 것뿐이야. 고작 번역 일을 한 것 가지고 네가 창조해 낸 것처럼 행동하는군. 기만행위(Fraud)를 하면서 우매하기까지……. 참 형편없어. 너는 네 자신이 보고 싶은 것만 봤을 뿐이야. 실제로는 아무런 연관이 없는 것임에 불구함에도. 너는 자기 규찰(Self polishing)이 필요해. 자기 스스로 검증을 해봐!"

그녀의 말을 들은 라우는 아무런 움직임도 만들어낼 수 없었다. 자신의 마지막 자존심까지 부정당했다. 자기의 소임이라고 여겼던 것을 박탈당했다. 자신이 해야 할 일이 사라졌다.

"안 타고 뭐해! 이제 온다!"

그녀의 목소리에 라우는 제정신으로 돌아왔다. 라우는 황급히 '배'에 올라탔다.

2, 3개의 요격용 미사일이 박힌 후에야 구체는 사라졌다. 곧이어 파도가 크게 몰아쳤다. 바다 위에 있던 배들은 순식간에 밀려났다. 요격용으로 발사했던 미사일 중에 구체까지 도달하지 못한 미사일들은 공기가 내려친 것을 버티지 못하고 조각나 파편이 되었다. 그 후 빈 공간으로 공기가 다시 들어갔다. 파편들은 그 공기에 휩쓸려 중앙으로 모였다. 모든 물체들은 검은 점을 향해 돌진했다. 그로써 검은 점은 확실하게 소실되었다. 이로써 모든 작전은 종료되었다. 모든 함정들에게 귀환 명령이 떨어졌다. 검은 배에 남아있던 데이터는 상당히 가치가 있어 보였으나 지금 그것을 탐하려 한다면 국가의 이미지가 실추될 것 같아 일단은 그냥 돌아가기로 하였다. 언젠가 탐사선을 보내어 데이터를 가장 먼저 획득해 독점할 계획을 모든 국가들이 갖고 있었다.

그 순간, 모든 배에 비상램프가 켜졌다. 구체가 폭발할 때 또 다른 구체가 대륙을 향해 발사되었다는 보고가 들어왔다. 그러나 지금 그들이 할 수 있는 것은 아무것도 없었다. 그저 자신의 국가가 아니길, 혹여 자신의 국가라 해도 공중요격에 성공하기를 빌 뿐이었다.

계산은 완벽하게 맞아떨어졌다. 앞서 나갔던 구체가 공기들을 흩어놓아 배는 저항 없이 날아갈 수 있었다. 만약 구체가 없었더라면 저항 때문에 안에서 버텨낼 수가 없었을 것이다. 그러나 그들은 알지 못했다. 구체가 위험한 폭탄으로 인식되었기 때문에 지상에서 요격미사일이 발사되었다는 사실을. 곧이어 공기를 흩어놓던 구체는 미사일과 함께 사라졌다. 그리고 폭발로 생긴 공기 대포는 그들이 탄 배를 휩쓸었다.

라우는 재빨리 정신을 차렸다. 주변의 공기가 너무나도 뜨거웠다. 어서 빨리 이 구체에서 나가려고 문을 보았으나 문은 찌그러져서 본래의 역할을 할 수가 없었다. 라우는 이 사태를 해결하기 위해 우선 어떤 일이 있었는지 생각했다.

"앞서가던 구체가 공격당했나……."

앞서가던 구체가 사라졌으니 공기와 마찰이 직접적으로 이루어져 그 힘에 정신을 잃은 것 같다. 그리고 그 힘에 문이 찌그러지고, 마찰열에 표면이 녹아 틈새까지 막아버린 듯했다. 사태파악이 된 라우는 공기가 희박함을 느꼈다. 더 이상이 상태로 있다가는 다시 정신을 잃어버릴 것만 같았다. 그의 몸은 뜨거운 열기에 대사량이 증가해 더욱더 많은 산소를 요구하고 있었다. 그러나 그는 힘을 낼 수가 없었다. 이미 호흡조차 곤란할 지경이었다.

라우는 주변을 둘러보았다. 그의 옆에는 혜수가 기절해있었다. 그녀의 주머니에서는 금속 케이스가 나왔다. 그 안에는 주사기 하나가 있었다.

소녀가 정신을 차렸을 때 라우는 이미 자리에 없었다. 그녀가 탄 구체는 기이하게 구부러져 열려있었다. 문은 찌그러져 사용할 수 없었다. 소녀가 내려서 확인을 해보니 구체의 표면은 모두 녹아 금속성 물체가 흘러내린 흔적이 보였다. 구체 주변에는 고드름처럼 금속이 맺혀있었다. 소녀는 정신을 차리고 해변 가까지 떠밀려온 구체를 내버려두고 자신의 집을 향해 걸어 나갔다.

소녀는 화분 밑에서 스페어 키를 꺼내어 문에 꽂았다. 문을 열기위해 열쇠를 시계방향으로 회전시켰다. 열쇠는 걸리는 것 없이 부드럽게 돌아갔다. 잠겨있지 않았다. 혜수는 '어째서 열려 있지?' 라고 생각하며 고개를 갸우뚱거리며 문을 열었다. 나갈 때는 낮이었고 거기에 먼지까지 뿌옇게 흩날려서 판별할 수 없었는데 알고 보니 문을 잠그지 않았던 것과 더불어 형광등까지 켜놓고 나갔었다. 혜수는 신발을 벗고 들어가 모퉁이 하나를 돌았다. 거침없던 걸음은 모퉁이를 돈 즉시 멈추었다. 그녀의 눈앞에는 부러지고 껍질이라고 부를 수 있을 만큼 거칠어진 피부가 마구 뜯겨져 나간 자신의 오른팔–팔의 끝에 있는 손가락들이 절대 휠 수 없는 방향으로 기이하게 꺾여 있는–을 부여잡고 있는 라우가 있었다. 온 몸에는 멍이 들어있었으며 출혈 반점이 군데군데 나있었다. 게다가 어깻죽지까지 갈라진 피부 사이사이에서 차마 흘러내리지 못한 피가 고여 있었다. 부여잡고 있는 왼손에 힘이 들어가자 왼손 주변으로 고여 있던 피가 흘러내렸다. 그 피는 하얀 양복 군데군데를 적셨다. 양복을 적신 피는 예상외로 그의 넥타이 색과는 달랐다. 라우의 얼굴이 붉은 색과 대비되어 더욱 창백해 보였다.

"여어, 문은 잠그고 다녀야지."

라우는 눈동자만을 굴려 인사했다. 그의 눈동자는 원래 자리로 돌아가지 못했다. 그는 그저 입만을 열어 이야기했다.

"우리 집과 닮은 분위기더군. 순간 우리 집인 줄 알고 들어와 버렸어. 그나저나

아가씨가 이런 환경이라니 어울리지 않다고 해야 할지, 어울린다고 해야 할지."

"유언은?"

혜수는 라우의 말을 끊으며 말했다. 잔인한 말을 하는 그녀의 표정은 굳어 있었다.

"귀염성 없기는……."

라우는 자조적 웃음을 흘리며 불평했다. 이어진 그의 유언은 유언 같지 못했다. 그는 그녀에게 질문을 한 가지 던졌다.

"네가 슬퍼해 줄 수 있나?"

대답이 없었다. 그에 대한 꾸중도 없었다. 대화는 거기서 끝이었다. 그 어느 때보다 긴 적막감이 흘렀다. 고개를 돌리려던 혜수의 머리는 숙여졌다. 그의 머리 위에는 덥수룩한 손이 놓여 있었다. 손의 무게 때문에 소녀의 머리는 숙여졌다.

"아버지……."

'아버지' 라고 불린 대상은 올렸던 손으로 소녀의 머리를 쓰다듬으며 내렸다. 그리고는 동그란 알의 안경을 벗어서 깨끗이 닦았다. 소녀의 옆에 잠시 서서 잠든 사람을 보았다. 한참동안 그저 지켜보았다.

조금 더 시간이 흐른 후에 혜수는 고개를 들었다. 그녀의 주변에는 누워 있는 사람 한 명을 제외하고는 아무도 없었다. 혜수는 형광등을 끄고 나가 집 문을 잠갔다. 집 안에서는 꺼진 형광등이 초록색으로 잔상을 남기듯이 빛나고 있었다.

에필로그

라우는 그녀가 이 용액에 대해 한 말을 찬찬히 곱씹어 보았다.

"이것은… ATP의 인산을 순식간에 끊어내 AMP까지 만들어주지… ATP가 부족해지… 이것조차 AMP까지 분해… AMP까지 분해되면서 생성된 에너지… 내부의 에너지 불균형……."

그녀의 말을 떠올린 라우는 망설임 없이 주사기를 잡고 자신의 오른팔에 찔러 액을 끝까지 집어넣었다. 순간적이지만 에너지를 많이 생성해낼 것이다. 물론 그 대가는 혹독하겠지만 일단 이 상황을 타개해야만했다.

통증.

그는 아득해지는 정신을 다잡고 이음새가 막혀버려 사용할 수 없는 문은 내버려두고 그나마 벌려진 이음새를 찾아내 잡아서 강제로 벌렸다. 그러자 뜨거운 바람이 빠져나가고 바깥의 차가운 공기가 순식간에 들어왔다.

그 틈을 비집고 나온 라우는 비틀비틀 걸어 나갔다. 그의 오른팔은 더 이상 말을 듣지 않았다. 그는 팔을 붙잡고 오른쪽 어깨를 벽에 대고 끌며 나아갔다. 정신은 다시 한 번 아득해져 쓰러질 뻔하였다. 그 때 그의 머릿속 기억에 떠오른 것. 그 아이가 입을 벌렸을 때 그의 입에는 침이 없었다. 얼마나 굶주렸는지 파악조차 불가능할 정도로……. 침조차 나오지 않을 정도였다면 분명 위액도 분비되지 않을 터. 그런 그에게 나는 텁텁한 것을 강요했다. 남이 어떤 상황인지 아무런 신경도 쓰지 않았다. 나의 시점만으로 모든 것을 보려했을 뿐이었다. 그렇기 때문에 그녀가 나에게 기만행위를 그만두라고 말한 것일까. 보고 싶은 것만 보고 싶어 한 결과일까.

"나보다는 네가 가능성이 더 크겠군."

라우의 말에 대답해주는 사람은 아무도 없었다.

[후기]

우와, 쓰고 보니 생각보다 많이 써졌군요. 원래 계획은 15쪽 정도였는데 '이왕 쓸 거라면 남자답게 20쪽까지 써버리자!' 라고 마음먹자마자 순식간에 25쪽 달성! (A4, 수정 전 기준) 덕분에 후기는 조금 짤막하게 쓰는 것이 좋을 것 같습니다만 그냥 쓰다보면 어느 순간 30쪽을 넘어가 있겠지요?

일단 책을 보면 뭐 전투기라던가 뭐 무기 이름 같은 것이 마구 나오는데 속지 마세요. 그런 거는 그냥 인터넷 두들기면 다 나오는 것들입니다. 저는 밀리터리 쪽은 잘 모릅니다. 군대도 안 간 사람인데다가 공부하기 바쁜 학생인데요. 온유한 저로서는 금속성의 물체들이 조금 두렵습니다. 군사관련해서 나온 것 말고도 제일 처음에 나왔던 재규어라던가, 뭐 가수였나요? 걔들도 잘 모릅니다. 그냥 찾다보니 별게 다 나오더군요. (자료 제공 감사드립니다. N군) 그러다보니 뭐 이미 퇴역한 기체가 글 속에서는 운용되고 있다던가, 아무튼 이상한 부분이 없잖아 있을 수 있겠습니다만 너그러이 봐주시기 바랍니다.

거기에 뭐 여러 가지 이론 같은 것이 나오는데 그걸 적재적소에 쓴 것인지는 저조차도 의심이 갑니다. 가장 중요한 것은 제가 어떻게 느꼈으며 어떻게 이해했느냐는 것 아니겠습니까? 뭐 제가 글을 쓴 목적이 저를 위해서이니까요. 제가 들은 것이 맞는다면 뉴턴도 프린키피아를 쓴 까닭이 자신을 위해서였으니 저라고 저를 위해서 쓰면 안 된다는 법은 없지 않겠습니까?

본문에 레일건을 사용하는 것이 나오는데 그게 이론적으로 가능할지는 잘 모르겠습니다. 다만 제 머릿속으로 만든 것이니 신경 쓰지 마시고 그러려니 하고 넘어가시면 됩니다. (언젠가 기회가 된다면 한 번 실제로 실험해 보고 싶습니다만 붕괴될 정도의 반작용을 버티는 것이라니, 스케일이 너무 커져서 어찌할 방도가…) 거기에 오르괴유에 침입하는 거나, 빠져나오는 거나 다 제 머릿속으로 상상한 것입니다. 그러니까 픽션? 허구 쯤 되겠네요. 뭐 소설이니까요.

일단 이 글을 쓴 목적(후기 말고)을 말하자면 '올바른 인격 도야를 위해서' 라고 대답하겠습니다. 한 번쯤 '내가 이 세상을 이끌어나간다면 정말 잘 이끌어 나갈 수 있지 않을까?' 라고 생각되지 않나요? 사회의 부조리함을 이렇게 하면 사라질 것만 같은데 말입니다. 그런데 현실은 그렇지 못하죠. 그 때 우리는 지도자가 부도덕하다고 몰아세우기도 합니다. 근데 그거 곰곰이 한 번 생각해보시죠. 머릿속으로 자신이 만들어낸 세상에 반박을 해보면 반박할 거리가 한두 가지가 아닙니다. 그런데 거기까지 생각이 미치지 않는 것은 자신이 부정당하고 싶지 않다는 생각이 자리 잡고 있기 때문이라고 느껴지더군요. 어디 한 번 마음 다잡고 자기 자신을 철저히 부정해 봅시다. 그러면 뭔가 더 알게 되는 것이 있지 않을까요?

생물마다 간상세포와 원추세포의 개수가 다를 겁니다. 그만큼 보는 세계가 다르지요. 좀 극단적으로 생각을 해볼까요? 지금 저는 빨간색 물건을 보고 있습니다. 이 빨간색이 눈에 비치었을 때 저는 빨간색으로서 인식이 됩니다. 그런데 다른 사람도 그럴까요? 다른 사람이 보았을 때에 그 사람은 엉뚱하게도 '빨간색'이라고 대답할지도 모릅니다. 뭐가 엉뚱하냐하면 만약 제가 그 사람의 눈으로 동일한 물체를 보았을 때 저는 파란색으로 인식이 되었습니다. 그렇다면 그는 파란색을 빨간색이라고 대답한 꼴이 된 거지요. 이렇게 이상한 상황, 그러니까 내가 그의 눈으로 보았을 때 파란색인 것을 그는 빨간색이라고 말할 수 있는 것은 그 색이 빨간색이라고 어렸을 때부터 들어왔기 때문 아닐까요? 색깔을 보았을 때 느껴지는 감정이 비슷하기 때문에 그런 일이 없다고 말하지만 빨간색이라고 하면 보통 '불'이 떠오르겠지요. 때문에 뜨거울 것 같다, 흥분된다, 위험 같은 것이 느껴지지요. 그런데 그 불조차 파란색으로 보였다면 어떻게 하렵니까? 뭐 극단적으로 생각하면 이렇다는 겁니다. 뭐 차이가 있다면 명도를 감지하는 것에 사람마다 개인차가 조금 있는 정도겠지요. 아무튼 사람마다 시각의 차이가 존재하기 마련인 겁니다. 다원화 사회에서 자신의 생각을 강요하는 것은 옳지 못하다고 들어 온 것과 같은 맥락일까요? 아, 극단적으로 모두 옳다고 하는 것도 위험합니다. 살인하는 것도 옳다든지 아무튼 위험한 것도 나옵니다. 뭐든 극단적인 것은 안 좋다죠? 아무튼 뭐 그런 이유로 쓴 겁니다. 저한테 도움을 주려고요.

이름의 어원을 이야기해 볼까요? 일단 혜수부터 보자면 슬기 혜, 닦을 수를 씁니다. self polishing에서 따온 겁니다. 뜻이라면 자기규찰이지요. 앞의 self를 천천히 읽다 보면 '세혜엘프' 쯤 될까요? 약한 소리들을 다 지우고 마음에 드는 소리만 남기면 '혜'만 남습니다. '세'가 남는다는 사람! 어차피 제 주관입니다. 거기에 polishing. polish가 '닦다'니까 닦을 수를 써서 혜수 완성.

라우는 개인적으로 정말 잘 만든 이름이라고 생각이 듭니다. 과학자 막스 폰 라우에(Max Theodore Felix von Laue)와 '기만'이라는 뜻을 가진 fraud에서 따왔지요. fraud를 한국식으로 읽으면 '프라우드' 정도 됩니까? 여기에서 약한 f, d 탈락! 따라서 라우 탄생. 게으를 라, 염려 우를 씁니다. 저의 속성이지요. 참고로 막스 폰 라우에는 노벨상도 받은 과학자입니다. 다만 양자역학을 받아들이는 것에 반감을 표한 것이 아쉬운 점이지요. 뭐, 제가 그 시대 때 사람이었다면 저도 반대했을 것 같군요.

거기에 다운. 아양떨 다, 넉넉할 운을 씁니다. 필트다운 인(Piltdown man) 사건에서 따왔지요. 원래는 이름이 '필트' 였습니다만 너무 외국인 같아서 고쳐버렸습니다. 고치니까 뭔가 어감이 좋지 못하긴 합니다만. 아무튼 필트다운 인 사건은 진화 중간 단계에서 발견된 화석이라고 소개되었지만 사실 여러 뼈를 조합한 가짜였습니다. 즉 만들어진 인간이지요. 글을 전개시키기 위해서 제가 만든 사람이 다운입니다. 여러 군데 치이는 캐릭터를 만들어 냈습니다. 아, 베레타가 갑자기 부서지는 대목이 나오는데요, 그건 규격 외의 총알을 써서 그런 겁니다. 실제로 해당 총은 미군들이 쓰다가 자주 부서지곤 했다나요.

잠수함의 이름으로 사용된 오르괴유(Orgueil). 1864년에 프랑스에 떨어진 운석입니다. 뭐 사기로서 이용되었으니 출생지나 사용되어지는 거나 딱 이 잠수함에 어울리겠더군요. 아, 프랑스 이야기가 좀 나오는 편인데 제가 프랑스를 싫어하는 것은 절대 아닙니다. 다만 이야기를 쓰다보니 그렇게 되더군요. 멋있는 헬기를 찾아보니 프랑스산이더군요. 그래서 프랑스가 나온 겁니다. 별 뜻은 없었습니다.

중간에 B-612 영역이 나오는데 알 사람은 알겁니다. B-612는 어린왕자와 관련이 깊습니다. 그리고 그 때 혜수가 "해수…… 인가."라고 말한 것은 언어유희입니다. 책의 앞쪽을 다시 보는 겁니다!

마지막에 라우가 다시 '가능성' 의 이야기를 한 것은 완전히 변화되지 못했다는 것과 그 '가능성' 의 모든 것을 부정할 수는 없다는 것을 의미합니다. '이기적 유전자' 라는 책을 읽는다면 제 뜻을 이해하는 데 더욱 도움이 된다고 생각되는군요. 강요하지는 않습니다. 외계의 문물도 탐구할 의지가 있는 사람만. 아, 그럴수록 더 탐구의 의지가 생기나요?

마지막에 라우의 최후에서 잘 드러나지 않아서 걱정되는 것이 있는데 라우는 백혈병입니다. 퀴리 부인이 방사선 때문에 백혈병에 걸렸었지요. 라우는 핵융합을 다루었습니다. 제 꿈이기도 하니까요. 핵융합이 핵분열에 비해서 방사선 방출양이 적다고는 하지만 없는 것은 아니니까요. 게다가 라우의 성격상 안전하게 실험을 했을 것 같지도 않고요. 안전하게 실험만 한다면 그럴 일은 없을 겁니다.

혜수가 '아버지' 라고 부른 인물은 제 아버지입니다. 제 아버지는 이런, 저런 방식으로 참견을 하시지요. 이 아버지가 누구인지는 책 속에서 조금 드러내긴 했습니다만 그것만으로는 알 수가 없을 겁니다. 그냥 말씀드리자면 저는 기독교인입니다. 이 정도면 완벽한 설명이 되었을까요?

중간에 나비가 나오는데 그거 사실은 정찰기입니다. 나비와 비슷하게 생긴 정찰기가 있더군요. 그리고 그 전에 나왔던 부분인데 혜수가 벽과 부딪치면서 난 금속음은 혜수가 어떠한 물건을 갖고 있음을 내비친 거였는데 잘 전달되었습니까? 자, 다시 돌아가서 열심히 찾아보세요!

아무튼 후기는 이정도로 마치겠습니다. 후기만 해도 양이 좀 많군요. 제가 좀 말이 많은 타입이라 그러려니 하십시오.

끝을 어떻게 내야할지 잘 모르니 대충 끝맺음 말을 하겠습니다.

식사하십시오.

박희성 씀.